DES WIKINGERS PREIS

TANYA ANNE CROSBY

Übersetzt von
CHRISTINA LÖW & ANJA BAUERMEISTER

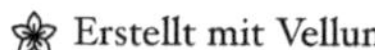 Erstellt mit Vellum

Für Scott.

LOB FÜR DES WIKINGERS PREIS

4½ Sterne!

„Eine verlockende Erzählung von Liebe und Verrat ... eine sinnliche Liebesgeschichte, die Sie fesseln wird."

— RT BOOK REVIEWS

„Eine reizende Liebesgeschichte. Eine, die Sie immer und immer wieder lesen wollen. Tanya Anne Crosby in Höchstform."

— MEDIEVAL CHRONICLE

„Wunderschönes und tief bewegendes Wikinger-Drama ... angefüllt mit Charme, Leidenschaft und Intrigen, also allem, was einen guten Roman ausmacht. *Des Wikingers Preis* ... zeichnet ein meisterhaftes Porträt einer Ära, als Magie das Land beherrschte und das Christentum zögerlich Fuß fasste."

— AFFAIRE DE COEUR

„Tanya Anne Crosby bringt uns Lesevergnügen
mit Humor, einer temporeichen Geschichte und
genau der richtigen Prise Romantik.“

— THE OAKLAND PRESS

KAPITEL 1

Alarik Trygvason war sich des Risikos durchaus bewusst, so weit die Seine flussaufwärts zu segeln, aber der französische Graf verdiente seine Vergeltung. Nie wieder würde dieser rückgratlose Mistkerl sich gegen ihn verschwören – dafür würde er sorgen.

Er hätte den wahren Grund erkennen sollen, aus dem Comte Phillipe den untersetzten, kleinen, glatzköpfigen Mann mit dem französischen Wein als Geschenk zu ihm gesandt hatte. Aber er war zu gierig gewesen. Zu fasziniert von der üppigen grünen Schönheit des französischen Bodens. Zu begeistert von der Aussicht, einen kleinen Teil davon zu besitzen. Er hätte die List sofort erkennen sollen – heimischen Boden im Tausch gegen Frieden zwischen ihnen? Sollte Loki sie doch alle holen!

Wie Nattern waren sie in sein schlafendes Lager eingedrungen. Und wie Nattern hatten sie angegriffen. Er hatte die Hälfte seiner Männer verloren, bevor sie sich vom Rausch des Weins und Schlafs befreien konnten. In ihrem betrunkenen Zustand waren sie schlecht vorbereitet gewesen, den Überfall abzuwehren, doch dank dem kleinen glatzköpfigen Diener des Grafen waren Alariks Augen nun weit geöffnet; er wusste genau, wem er den unverhofften Besuch dieser Nacht zu verdanken hatte.

Phillipe de Brouillard.

Seine Augen verengten sich rachgierig.

Der betrügerische Dummkopf glaubte zweifellos, dass er durch Alariks Beseitigung König Robert aus den Bedingungen ihrer Vereinbarung befreien könnte. Aber Phillipe hatte sich den falschen Mann ausgesucht, um sich in Scharfsinn und Können mit ihm zu messen.

Heute Nacht würde er dafür bezahlen.

Alariks Blick fixierte den Horizont, seine Miene so hart und unnachgiebig wie Stahl. Seine Züge waren kantig wie die eines Falken, seines Namensvetters. Die zinngrauen Augen glichen dem Silber seines Schwerts Dragvendil, denn auch sie konnten das Herz eines Mannes mit der Leichtigkeit einer erstklassigen Klinge durchdringen.

Als Erstes erschien der einzelne Eckturm. Er stand alleine Wacht; seine Zinnen waren wie ein Mund, der sich zum Himmel öffnete, die zerklüfteten Zähne entblößt und bereit, die ihn umwabernden Nebelschwaden zu verspeisen.

Elegant und lautlos, abgesehen von dem Heben und Senken der lederummantelten Ruder im schwarzen Wasser, näherte sich der Bug des *draken* dem Ufer.

Wie ein Mantel aus dunstigem Weiß verbarg der undurchdringliche Nebel seine Männer vor wachsamen Augen aus der Festung. Alarik entdeckte den Posten oben auf dem steinernen Turm jedoch sogleich und ein Schauer überlief ihn, während er darauf wartete, dass der Mann Alarm schlug.

Er hörte nichts – nichts außer polterndem Donner, dem Beifall des Himmels.

Seine Leute fassten Mut. „Thor! Das ist Thor! Er steht uns bei!", riefen sie.

Ihr Sieg war vorherbestimmt.

Alarik war den alten Göttern nicht mehr verhaftet.

Er ließ seinen Männern ihre Begeisterung, schloss sich ihrem Triumph aber nicht an. Er nahm ihren Glauben mit einem respektvollen Nicken zur Kenntnis, würde jedoch nicht davon ausgehen, dass ein bloßes Donnergrollen den Ausgang dieses Gefechts vorhersagte. Allein ihre überlegenen Fähigkeiten als Krieger, hart verdient mit dem Schweiß und Blut ihrer Körper, würden ihnen den Sieg verschaffen, den sie heute Nacht erstrebten. Das und nichts anderes.

Der Wind frischte auf, wehte den Nebel weg und entblößte sie vollends dem Blick der Wache ...

Immer noch nichts als Stille.

Mit einer Ruhe, die der Situation kaum angemessen war, lauschte Alarik und wartete, das Gesicht gen Himmel gewandt und ohne die kleinste Gefühlsregung in seinen ausdrucksstarken silbernen Augen. Er beobachtete den Posten genau, suchte nach einem Zeichen, dass der Alarm bereits geschlagen war ... etwas, das er irgendwie übersehen hatte, doch es gab nichts. Sein Blick blieb auf den Turm gerichtet.

Währenddessen brachte die Strömung sie näher.

Und näher ...

Mit einer Handbewegung bedeutete er seinen Männern, das Rudern einzustellen. Die Wellenbewegung würde sie ans Ufer tragen und er brauchte die Ruhe, um ihre Lage besser einzuschätzen.

Die Riemen wurden verlassen, doch kein Geräusch durchbrach die Stille; nur das Flüstern des Winds drang an sein Ohr. Erstaunlicherweise erschallten von drinnen keine Rufe zu den Waffen – obwohl Alarik sicher war, dass die Wache ihre Ankunft entdeckt haben musste. Abwesend strich er über das Heft seines zweischneidigen Schwerts. Er dachte über sein Ziel nach, beurteilte ihre Möglichkeiten mit zusammengekniffenen Augen.

„Eine Falle, Jarl?"

Inzwischen hatten alle an Bord der drei Kriegsschiffe die einsame Figur auf dem Turm entdeckt, aber es war Sigurd Thorgoodson, Alariks Vertrauter, der die Sorge schließlich aussprach.

„Nei." Alariks Blick kehrte zu dem Posten über ihnen zurück. Die Silhouette wurde langsam deutlicher, während sie sich weiter näherten. „Sie können nicht gewusst haben, dass wir kommen."

Keiner der linkischen Händler des Comte hatte lang genug gelebt, um etwas auszuplaudern. Alarik hatte keine Ahnung, warum die einfältige Wache die Festung nicht alarmierte.

Brouillards dickes Mauerwerk mochte abschreckend wirken, da die meisten Burgen aus Holz gebaut waren, doch Alarik kannte das Geheimnis, das diese dem Untergang weihen würde. Seine Lippen verzogen sich mit kaum verhohlener Verachtung, als er an den Mann dachte, dessen Blut er in dieser Nacht vergießen würde.

Feigling.

Nur ein unfähiger, feiger Mistkerl hätte sich so einen Fluchtweg offengehalten. Es gab nur eines, was Alarik mehr verabscheute als einen Feigling: einen Verräter.

Comte Phillipe war beides.

Letzteres hatte das Schicksal des Grafen entschieden. Ersteres besiegelte dieses nun.

Verborgen von dichten Bäumen und dem Gebüsch des umgebenden Waldes befand sich der Schlüssel für das Bezwingen dieser nebelverhangenen Monstrosität – ein versteckter Weg, der tief in den schützenden Forst führte. Er grinste bei dem Gedanken daran, ein langsames, unerbittliches Lächeln, das Winterkälte in das Silber seiner Augen mischte. Dieses Wissen verdankte er ebenfalls dem kleinen glatzköpfigen Mann und er würde es ihm zehnfach in dieser Nacht zurückzahlen.

Er verstärkte den Griff um Dragvendils Heft, als er an den Pfad dachte. Es war nur angemessen, dass der verborgene Weg der Niedergang des Grafen sein würde.

Er hatte keine Gewissensbisse, den Comte zu überrumpeln. Wie Phillipes christlicher Gott schließlich selbst verkündete, war es recht und billig, Auge um Auge und Zahn um Zahn zu vergelten. Und ein Leben für ein anderes. Wie der Graf mit ihm verfahren war, so würde es ihm selbst geschehen.

Ein kalter Wind erhob sich, verwirbelte den verbleibenden Nebel und verhüllte die Wache auf dem Turm für einen Moment, bevor der Dunstschleier in den aufgewühlten Himmel gesogen wurde.

In diesem Augenblick, als der Bug des Schiffs mit seinem Kiel auf dem weichen Schlamm des Ufers auflief und seine Fahrt beendete, sah Alarik die Person über ihnen in aller Klarheit.

Ein Schock durchfuhr ihn ... Es war eine Frau ... Ihr langes, dunkles Haar flatterte in der Brise, ihr helles Kleid bauschte sich heftig im Wind.

Bei ihrem Anblick richteten sich die Härchen seines Nackens auf.

Elienor schüttelte den Kopf. Sie wollte es nicht wahrhaben, doch der Beweis segelte genau vor ihren Augen, erschien aus Nebel und Schatten wie ein grimmiger Geist aus der Dunkelheit.

Sie kämpfte mit aller Kraft darum, dass ihre Knie nicht unter ihr nachgaben. Der Traum, der sie geweckt und zum Turm hatte eilen lassen, um sich von seiner Unwirklichkeit zu überzeugen, nahm vor ihren Augen seinen Lauf. Der auffrischende Wind schlug ihr ins Gesicht, verwirbelte ihre Haare und sandte eisige Schauer der Angst über ihren Rücken.

Bloße Zufälle, hatte Mutter Heloise gesagt. Immer wenn sie träumte und ihre Träume wahr wurden, versicherte die alte Äbtissin ihr, dass sie nicht von dem Fluch ihrer Mutter heimgesucht wurde. Weil sie nur wenige Visionen hatte und ihre Verzweiflung darüber groß war, hatte Elienor ihr gerne geglaubt. Doch der Anblick vor ihr verlieh ihrer Furcht Wirklichkeit.

Was sollte sie jetzt tun? *Dreh dich um und flieh die Stufen hinunter*, flüsterte eine Stimme.

Alarmiere die Burg.

Ihre Beine bewegten sich nicht.

Wenn ihre *Gabe* sie nur nicht als eine Hexe abstempeln und sie zu dem tragischen Schicksal ihrer *maman* verdammen würde. Sie zitterte im Wind, der ihr kalt wie Eis durchs Gesicht fuhr und ihre Tränen gefror. In diesem Moment sah sie sich wieder als Vierjährige, wie sie auf einer Anhöhe mit verlassenen Gräbern stand, die weiße Lilie, die sie für ihre Mutter gepflückt hatte, fest in der kleinen Hand. In ihrem Kopf hörte sie die Stimme erneut mit solcher Klarheit: *„Was hat dich nur dazu verleitet, hierherzukommen, Kind?"*

Beim Klang von Schwester Heloises Stimme hatte Elienor fast vor Erleichterung aufgeschrien. Sie war herumgewirbelt und hatte sich in die ausgebreiteten Arme der Schwester geworfen.

„Die Lilie", sagte sie und wand sich. Die alte Nonne hatte Mühe, Elienor in ihrer Umarmung zu halten. „Die Lilie!", beharrte Elienor.

„Non, non, ma petite! Es regnet. Wir müssen jetzt gehen. Aber ich bringe dich wieder her", redete sie ihr gut zu. „Wenn der Regen nachgelassen —"

Elienor wehrte sich heftiger. „Non!", schrie sie.

Sie befreite sich, eilte zu der Blume und trug mit den Händen etwas feuchte Erde von der Mitte des Hügels ab. Vorsichtig steckte sie die Lilie in das Loch, das sie gegraben hatte, und füllte es wieder. Sie ließ sich Zeit, während Schwester Heloise über ihr kauerte und sie vor dem prasselnden Regen abschirmte.

Elienors Augen waren voller Tränen, als sie sich umdrehte und wieder in die Arme der Nonne warf.

Schwester Heloise hob sie hoch. „Ganz ruhig", sagte sie. „Schwester Heloise hat dich lieb, ma bonne petite. Zusammen kümmern wir uns um die Lilie deiner maman. Oui?"

Elienor nickte an der warmen Schulter von Schwester Heloise. „Maman mag Lilien", sagte sie traurig. Sie hob ihr Kinn ein wenig und eine Träne tropfte von ihren dunklen Wimpern. „Sie mag sie sehr gern!"

Als Schwester Heloise sie forttrug, schaute sie über die Schulter der Nonne zurück. Mit ihren dunklen, veilchenblauen Augen sah sie zu, wie das Grab aus ihrem Blickfeld verschwand, während sie hügelabwärts gingen. Ihre Stimme brach vor lauter Emotionen, als sie ihre kleine Hand hob und zum Abschied winkte.

„Adieu, maman. Adieu!"

Das Schicksal war in der Tat grausam.

Elienor unterdrückte ein verzweifeltes Schluchzen. Der Schmerz über den Tod ihrer Mutter war immer noch frisch in ihrem Herzen, selbst nach all diesen Jahren. So grausam zu sterben, nur weil sie den Verlauf der Krankheit eines Babys vorhergesagt hatte ... und die größte Beleidigung von allen ... ein kaltes Grab fern von geweihter Erde.

Sie blinzelte und richtete ihren Blick auf die Geisterschiffe unter ihr. Wenn sie die Burgbewohner warnte, würden diese womöglich hinterfragen, warum sie diese Nacht auf dem Turm gewesen war. Sie schloss die Augen und flehte um Stärke.

Vielleicht war es doch ein Traum ...

Non, sie spürte den kalten Wind so sicher, wie sie Taubheit fühlte, die in ihre Knochen kroch. Wenn sie nur nicht so ein Feigling wäre. Die Vorstellung, dass sie dasselbe Schicksal ereilen könnte wie ihre Mutter, ließ ihre Knie schwach werden und verknotete ihre Zunge.

Selbst jetzt noch konnte sie die Schreie ihrer Mutter hören und vor sich sehen, wie sie hilflos gegen die Flammen der Hölle ankämpfte.

Man hatte sie gezwungen, zuzuschauen, obwohl sie gerade einmal vier Jahre alt gewesen war. Sie hatten ihre

Haare festgehalten, sodass sie sich nicht wegdrehen konnte.

Die letzten Schreie ihrer Mutter hallten in ihrem Kopf wider.

Sie biss in ihre weißen Knöchel, als die Schiffe sich weiter näherten – schwarze Schatten auf dem Fluss.

Keine Zeit, um noch zu verharren.

Sie musste niemandem sagen, was sie auf den Turm getrieben hatte, nicht wahr? Niemand brauchte es zu wissen. Sie konnte ihnen erzählen, dass sie frische Luft schnappen wollte – dass sie nicht schlafen konnte.

Aber sie zu warnen, würde sie nicht retten. Das wusste sie. Nichts konnte sie heute Nacht retten.

Voller Trauer über das Schicksal, das Brouillard erwartete, schaute Elienor noch einen Augenblick länger hin. Sie musste vollends sicher sein. Aber als sie sah, wie die Wikinger mit ihren Schiffen an der mondbeschienenen Küste anlegten, zögerte sie nicht länger. Sie durfte keine Zeit mehr verschwenden, wenn sie ihre Leute warnen wollte.

Sie fuhr herum und eilte die Turmtreppen hinab. Tränen brannten in ihren Augen, ihr Körper war steif von Furcht und Kälte.

Sie hätte es wissen sollen: Es war alles zu schön, um wahr zu sein. Obwohl Comte Phillipe um ihre Hand angehalten und ihr Onkel seine Zustimmung gegeben hatte, hätte sie niemals glauben dürfen, dass es wirklich zur Hochzeit kommen würde.

Nachdem Mutter Heloise ihm versichert hatte, dass Elienor nicht von dem Fluch ihrer *maman* heimgesucht wurde, hatte ihr Onkel sie aus dem Kloster geholt – nur wenige Tage, bevor sie in der Kirche das Ordensgelübde ablegen sollte. So lange hatte sie gewartet und war beinahe verzagt. Heute war sie seit einem Monat in Brouillard und in weniger als zwei Wochen wäre sie Comtesse geworden. Endlich könnte sie lieben und geliebt werden. Sie würde Kinder gebären, sie lieben und für sie sorgen. Endlich.

Doch so würde es nicht kommen.

Obgleich Mutter Heloise um Elienors willen meineidig geworden war.

Tränen glänzten in ihren Augen, während sie die Stufen hinabeilte. Sie fühlte nach dem Silberring, der um ihrem Hals hing, holte ihn aus dem Ausschnitt ihres Bliauts und presste ihn an ihre Brust. Die Nacht war weit fortgeschritten. Sie hoffte nur, dass sie die Burg rechtzeitig wecken konnte, um wenigstens einige zu retten – doch wozu?

Tränen liefen über ihre blassen Wangen, denn tief in ihrem Inneren verstand sie.

Ihr aller Schicksal war besiegelt.

Der Wikinger würde heute Nacht siegen.

KAPITEL 2

Sie bewegten sich schnell, wie geräuschlose Schatten, die durch die Nacht schlichen.

Sie pressten ihre kriegserprobten Körper gegen die Steinmauern und huschten zum verborgenen Eingang.

Die Gestalt war jetzt fort, dennoch konnte Alarik seinen Blick nicht vom Turm über ihm losreißen. Selbst als seine Männer sich abmühten, das Holztor zu durchbrechen, suchten seine Augen noch nach ihr. Sobald der Zugang hergestellt war, konnte er sich nicht länger aufhalten. Er schüttelte das Prickeln einer Vorahnung ab, bevor er sich seinen Leuten zuwandte.

Keine Wache war an der versteckten Pforte postiert – arroganter, dummer Franksmann.

In seinen Augen glomm Abscheu. „Achtet auf eure Rückendeckung!", warnte er seine Männer. Dann reckte er sein majestätisches Schwert in die Nacht. „Möge Dragvendil niemanden verschonen!", sagte er. „Mögen eure Klingen keine Gnade walten lassen!" Damit bückte er sich und führte sie durch den kleinen, gut verborgenen Eingang.

„Zu den Waffen! Zu den Waffen!"

Elienor wischte sich die Tränen aus den Augen, die ihre Sicht verschleierten, und schrie aus Leibeskräften.

„Zu den Waffen!", rief sie erneut, während sie die Wendeltreppe hinunterrannte. Ihre verzweifelte Stimme schallte durch den vor ihr liegenden Gang und sie war erleichtert, die darauffolgende Unruhe zu hören, die bezeugte, dass die Leute aus dem Schlaf fuhren.

Ein Mann eilte die Turmtreppe herauf und stolperte über die eigenen Füße, während er sich die Müdigkeit aus den Augen rieb. Er blieb stehen, als er sie erblickte. „Madame!", keuchte er.

„Gaston!" Es war der Wachposten. Er war nach drinnen gegangen, wohl um sich zu wärmen, war jedoch am Fuß der Treppe eingeschlummert. Sie hatte sich auf dem Weg nach oben an ihm vorbeigeschlichen, um ihn nicht zu wecken – sie war so sicher gewesen, dass ihr Traum nicht wahr werden konnte. Wäre er auf seinem Posten geblieben, hätte Gaston die Wikingerschiffe entdeckt, und nicht Elienor. Sie wünschte mit Leib und Seele, dass es so gewesen wäre. Ihr Herz raste in ihrer Brust. Einen unerträglichen Augenblick lang sprach keiner von beiden.

„Die Nordmänner sind gekommen!", berichtete sie. „Ich habe sie vom Turm aus gesehen. Schnell – warnt die Burg!"

Die Augen des Mannes weiteten sich. „Madame, seid Ihr sicher?"

„Oui!", rief sie. „Sie legen gerade an! Geht!"

Ernüchtert durch ihre Offenbarung zögerte er keinen Moment, um sich zu fragen, was sie auf dem Turm gemacht hatte. Noch verharrte er, um ihr zu erklären, wieso er nicht auf seinem Posten gewesen war. Sie schickte ein stummes Dankesgebet gen Himmel und beobachtete, wie er herumwirbelte, wieder nach unten eilte und Alarm schlug.

Da sie wusste, dass keine Zeit zu verlieren war, folgte Elienor ihm und betete, dass sie den Halt auf den rutschigen Stufen nicht verlieren möge. So konzentriert war sie auf den Abstieg, dass sie fast mit Stefan zusammenprallte, der die schwach beleuchtete Treppe nach oben kam. Obwohl sein neu erworbenes Schwert immer wieder scheppernd gegen die Steinwände schlug, sah sie ihn erst, als es beinahe zu spät war.

„Madame!", tadelte er sie. „Ihr werdet noch in Euren Tod stürzen!"

Elienor schrie auf, als er ihren Arm ergriff. „Stefan!" Himmel, wie konnte sie ihn übersehen haben? Auch wenn er kaum mehr als dreizehn Sommer zählte, hatte er als Einziger ihre Furcht verstanden, als sie allein in diesen ihr fremden Haushalt gekommen war. Die anderen hatten sich von ihr ferngehalten. Es war ihre Pflicht, ihn zu retten, wenn es ihr möglich war.

„Madame? Ist es wahr?" Seine Stimme zitterte vor Aufregung. „Gaston sagt, Ihr hättet die Nordmänner entdeckt."

Ein Schauer der Angst überlief Elienors Rücken, aber sie behielt die Fassung und ergriff sein Handgelenk. Da sie wusste, dass er es als seine Pflicht erachten würde, an die Seite seines Herrn zu eilen, ignorierte sie seine Frage und zog ihn hinter sich her. „Schnell", befahl sie ihm. „Folge mir!" Hätte sie sein Gesicht in ihrem Traum gesehen, hätte sie gewusst, dass ihre Bemühungen vergebens waren. Doch es war ihr nicht offenbart worden, und Stefan war viel zu jung, um zu sterben.

„Madame!", protestierte er. Er zuckte zusammen, als das Schwert, das Comte Phillipe ihm erst kürzlich übereicht hatte, an der Wand entlangschabte. „Comte ..."

„Ich habe mit ihm gesprochen", log sie. „Er sagte, du sollst mit mir zur Kapelle gehen." Es war nur eine Notlüge, versicherte sie sich. Gott würde ihr gewiss vergeben.

„Madame?" Er versuchte, seinen Arm aus ihrem Griff zu befreien, doch Elienor umklammerte ihn nur noch fester. „Wisst Ihr es denn nicht? Comte Phillipe ging nach Pa–"

„Bitte!“, flehte Elienor. „Hör auf mich – nur dieses eine Mal!“

Stefan stemmte stur die Füße in den Boden.

Um diese Zeit lag die große Halle dunkel da; nur eine einzelne Fackel am Treppenaufgang hinter ihnen spendete etwas Licht. Als Elienor sich zu ihm drehte, glänzten Tränen in ihren Augen. „Stefan“, schluchzte sie. „Ich flehe dich an!“

Er ließ die Schultern hängen und runzelte die Stirn, aber er nickte. Elienor weinte fast vor Erleichterung.

Sie hielt seine Hand fest und zog ihn aus der Halle und durch den schmalen, überdachten Gang in die Küche. In der Überzeugung, dass der Bergfried binnen Augenblicken von Nordmännern überlaufen sein würde, rannte sie durch den rauchgeschwängerten Raum, zu den gegenüberliegenden Türen. Es war der schnellste Weg, das wusste sie, und sie hatte keine Zeit zu verlieren. Comte Phillipes kleine Truppe war der Plage aus dem Norden einfach nicht gewachsen.

Als sie die Küche verließen und den nächsten schmalen Verbindungsgang zwischen den Gebäuden betraten, zog sie den Jungen beschützend an sich. Stefan löste sich sofort von ihr. „Madame, bitte! Ihr braucht mich nicht zu behüten. Ich wurde zum Knappen erhoben, zum Adjutanten meines Herrn!“, protestierte er.

„Sei still, Stefan! Du kannst mich nach Herzenslust belehren, wenn wir sicher im Inneren der Kapelle sind!“

Doch dann verzog Elienor das Gesicht. Sie erinnerte sich, wer der Feind war. Seit wann betrachteten die Nordmänner eine Kirche als geweihten Boden? Mutter Heloise hatte ihr erklärt, dass diese Unmenschen weder Burg noch Kloster verschonten, ob römisch, französisch oder englisch. Ihre Plünderungen der großbritannischen Städte Jarrow und Wearmouth waren wohlbekannt, ebenso wie die unzähliger Gemeinden ihres Heimatlands. Es stimmte, dass ihre Schreckensherrschaft in der letzten Zeit nachgelassen hatte, aber jetzt war auch fast der gesamte Norden Frankreichs in ihrer barbarischen Gewalt.

Die Tür zur Kapelle stand einen Spalt breit offen, nur wenige Fuß entfernt. Das dunkle Innere war für sie ein größeres Leuchtfeuer als das hellste Licht. Sie betete, flehte Gott um Gnade und Hilfe an – nicht für sich, sondern für den jungen Stefan.

Lass uns die Kapelle erreichen – bitte, bitte, bitte.

Sie würde die heutige Nacht überleben, das hatte ihr der Traum enthüllt ... aber Stefan? Es blieb keine Zeit, um ein Kreuz zu schlagen, sonst hätte sie es getan.

In der Kapelle war es noch dunkler, als es zunächst den Anschein gehabt hatte, aber da sie so viele Stunden zwischen diesen gemauerten Wänden zugebracht hatte, brauchte Elienor keine Kerze, um sich im Vestibül zurechtzufinden. Sie ließ sich von ihrer Erinnerung leiten, ergriff den hölzernen Riegel und schob ihn in die eisernen Ringe zu beiden Seiten der schweren Tür. So schloss sie sich und Stefan sicher ein.

„Madame?" Diesmal klang ein Hauch von Verzweiflung in seiner Stimme mit. Er wurde eindeutig ungeduldig, doch da sie keine Wahl hatte, ignorierte Elienor ihn weiterhin. Sie fasste seine Hand und führte ihn unter der Vierung entlang, durch den Chorraum und schließlich hinter den Altar. Dort drückte sie ihn mit aller Kraft nach unten. Als er sich weigerte, schubste sie ihn, bis er auf den Hintern fiel.

„Bon dieu!", beschwerte sich Stefan. „Genug! Sagt mir, was hier vorgeht. Warum verbarrikadiert Ihr die Tür, wenn Ihr doch wisst, dass ich –"

Aus der Richtung des Bergfrieds erklangen Angriffsschreie. Stefan blickte sie vorwurfsvoll an und eilte zur Tür.

Elienor hielt ihn am Handgelenk fest. „Non! Das wirst du nicht tun! Es ist zu spät! Es ist zu spät!"

„Madame! Lasst mich bitte los. Ihr verwehrt mir, meine Pflicht zu erfüllen!" Die Schreie der Verwundeten und Sterbenden schwollen an, ebenso wie seine Verzweiflung. „Lasst mich los, sage ich!"

„Non!" Das Schaben von Metall auf Stein war vor der Tür der Kapelle zu hören. „Non!"

Sie vernahmen einen markerschütternden Schrei. Elienor konnte sich lebhaft vorstellen, wie die wilden Nordmänner ihre Äxte hoch in die Luft reckten. Es brachte nichts, ihre Lider zu schließen, denn die Vision war ihrem Inneren entsprungen, einem verfluchten dritten Auge in ihrer Seele.

„Lasst mich gehen!", verlangte der Junge wütend. „Ihr verwehrt mir, meine Pflicht zu erfüllen!" Mit einem letzten Zerren befreite er sich und rannte auf seinen langen Beinen unbeholfen zur Tür.

„Stefan! Non, oh, Non!"

Er durfte nicht gehen. Sie würde es nicht zulassen. Verzweifelt tastete Elienor in der Dunkelheit herum und suchte nach etwas, um ihn aufzuhalten. Ihre Hand schloss sich um die heilige Reliquie, ein kleiner kupferner Kasten, der einen Splitter des Kreuzes Jesu enthielt, und sie wusste sofort, was sie zu tun hatte.

„Vater, vergib mir", flüsterte sie inbrünstig, dann eilte sie Stefan durch das Mittelschiff hinterher und schlug ihm das Kästchen auf den Kopf.

Stefan, der damit beschäftigt gewesen war, den Balken aus dem Ring zu lösen, gab einen erstickten Laut von sich und ließ ihn los. Auch wenn sie ihn in der Dunkelheit nicht fallen sah, hörte sie, wie er bewusstlos auf den Holzboden stürzte. Der Balken knallte gegen die Tür, als er aus dem anderen Ring zu rutschen begann. In Sekundenschnelle ergriff Elienor ihn und sicherte die Tür erneut.

KAPITEL 3

Der *skáli*, oder Saal, war dunkel, abgesehen von dem schwachen Schein einer einzelnen Fackel, die weiter oben im Treppenhaus flackerte.

Alariks Augen durchbohrten die Schatten und er betrachtete mit Verachtung die erschlagenen Feinde zu seinen Füßen. Wie wenig Widerstand diese jämmerlichen Franzosen geleistet hatten. Mit einem angeekelten Grunzen bedeutete er seinen Männern, auszuschwärmen und sich zu nehmen, was sie fanden – ob Bier oder Weib, Tier oder Edelstein.

Er hatte nie bezweifelt, dass sie triumphieren würden, aber der Sieg war viel zu leicht gewesen. Deshalb beschloss er, dass seine Leute verdienten, was auch immer sie wollten, denn er wusste, dass sie nicht zufrieden waren. Bei den Toren von Hel, das war er auch nicht, denn der Graf, den er hatte vernichten wollen, hatte in der Schlacht verdächtig mit Abwesenheit geglänzt.

Das Lärmen eines wüsten Gelages folgte Alarik, als er umherwanderte und nach dem fehlenden Comte suchte, doch das furchterfüllte Heulen eines Mannes, der sich unter einem der Tische in dem dämmrigen *skáli* versteckt hatte und entdeckt worden war, hielt ihn zurück. Er drehte sich um und schaute zu, mit einer Schulter an den gewölbten Durchgang gelehnt.

Vor seinen Augen eilte Sigurd Thorgoodson die Stufen hinauf, um die dort brennende Fackel zu holen, und kehrte wie ein Mahlstrom aus Feuer zurück. Er bahnte sich seinen Weg durch die Halle und entfachte alle Fackeln, an denen er vorbeikam. Er huschte so schnell von einer zur anderen, dass es schien, als würde er sie allein durch die Funken entzünden, die hinter ihm her wehten.

Alarik verstand seine Eile.

Diese letzte Tötung würden sie vollends auskosten und dem stämmigen Mann mit ihrem unbefriedigten Blutdurst Angst und Schrecken einjagen. Er würde vor Furcht wahnsinnig werden. Dann würden sie dem armen Wicht eine Kriegsaxt geben, denn Nordmänner schlachteten ungern Wehrlose ab. In einer Hinrichtung ließ sich kein Ruhm finden. Im Angesicht der Gefahr zu kämpfen, brachte den wahren Mut eines Mannes zum Vorschein. Und wenn doch einmal ein Krieger an der Stelle eines Feindes starb, kamen die Walküren aus Asgard. In glänzenden Rüstungen ritten sie auf ihren weißen Stuten, hoch aufgerichtet über das Schlachtfeld, die Mienen ernst und nachdenklich. Die Jungfrauen Walhallas – der Wohnstatt der Gefallenen – suchten unter den Toten nach den Seelen der Einherjer, der Tapfersten, um sie zu Odin zu bringen.

Seine Männer umringten ihre Beute und unterbanden erfolgreich jeden Fluchtversuch. Dann bahnte sich Sigurd, der alle Fackeln angezündet hatte, knurrend und mit gefletschten Zähnen seinen Weg durch die Menge. Er benutzte die Pechfackel als Waffe, indem er die Haare des Mannes von hinten in Brand steckte, was die anderen zum Lachen brachte. Der Franzose jaulte vor Schmerz und Sigurd löschte die kleine Flamme mit seiner flachen Hand, wobei er über seine eigene Schläue johlte.

Alarik hob eine Braue angesichts dieser skurrilen Unterhaltung. Sigurd, der ewige Spaßmacher, war so loyal wie kein anderer, doch sein Humor war etwas gewöhnungsbedürftig. Auch wenn der Rotschopf Hrolf Kaetilson das nicht so zu sehen schien. Hrolf grölte lautstark und hielt sich vor Lachen den Bauch. Sogleich schloss sich Ivar Langbart der Darbietung Sigurds an und ängstigte den Franzosen, indem er seinen eigenen rotbraunen Schnurrbart an beiden Enden ergriff und wild zog daran, sodass er aussah wie ein Berserker. Nun hielt sich auch Lars Blondschopf nicht länger zurück und tat es ihm gleich.

Bjorn, Alariks jüngster Bruder, braungebrannt von der Sonne und zu gutaussehend für sein eigenes Wohl, begann zu rufen: „Stirb! Stirb! Stirb!"

Die anderen schlossen sich ihm an und ihre rauen Stimmen klangen in der nächtlichen Stille wie Musik für das Ohr eines Nordmannes.

Plötzlich warf Sigurd dem Franzosen eine Axt vor die Füße und wartete darauf, dass der Tölpel sie ergriff. Als würde er sein Schicksal erahnen, stand der Mann wie festgefroren da, erstarrt vor Angst.

Um ihm einen weiteren Anreiz zu bieten, die Waffe aufzunehmen, streifte Sigurd seine Rüstung ab und schließlich auch seine Kleidung, bis er so nackt war wie am Tag seiner Geburt.

„Schau mich an, Fransk!", rief Sigurd in gebrochenem Französisch. „Kein Brustpanzer! Kein Schild! Und doch werde ich dich unter meinen Füßen zermalmen!"

Schallendes Gelächter antwortete ihm.

„Ha! Eine Klinge hinter meinem Rücken!" Mit einem Schwung und einem anzüglichen Beckenstoß verbarg Sigurd sein Schwert hinter seinem Rücken. Dann drehte er sich unter dem beifälligen Grinsen der anderen um sich selbst.

Widerwillig schmunzelte auch Alarik, dennoch schüttelte er den Kopf.

Der Franzose suchte seinen Blick. Er hatte instinktiv erkannt, dass er der Anführer war.

Alariks Haut prickelte, als der Mann ihn, ohne zu blinzeln, anstarrte. Er verengte die Augen und trat näher. Der Gefangene zitterte heftig, doch er schaute nicht weg, und einer nach dem anderen folgten seine Leute mit ihren Augen dem Blick des Franzosen. Als sie Alarik sahen, verstummten sie.

„Sag mir, französischer Abschaum", befahl Alarik, sobald Stille herrschte, „wo ist dein mörderischer Comte?"

Der Klang seiner Schritte hallte von den Steinwänden wider.

Der Blick des Mannes huschte weg und kehrte dann zurück.

Alarik blieb vor ihm stehen und gab ihm einen weiteren Moment für seine Antwort. Als offensichtlich war, dass er nicht sprechen würde, wiederholte Alarik seine Frage: „Dein Comte?" Sein Griff um Dragvendils Heft verstärkte sich.

Es dauerte eine Weile, bis der Franzose sein Zittern lang genug unterbrechen konnte, um zu reagieren, doch dann spuckte er Alarik lediglich vor die Stiefel.

Alarik behielt die Fassung, denn es gab nur einen Mann, dessen Blut er heute Nacht vergießen wollte. Diesen würde er seinen Leuten überlassen. „Dummer Mistkerl", sagte er. „Ich hätte dir einen sauberen Tod geschenkt."

Er bedeutete seinen Kriegern, fortzufahren. „Macht mit dem Dummkopf, was ihr wollt."

Das Treiben setzte sogleich wieder ein und Johlen und Gelächter ertönte. Sigurd schien es leid, darauf zu warten, dass der Mann die Axt aufhob, und tat so, als würde er sie selbst ergreifen. Erst dann nahm der Franzose die Waffe an. Er hatte verstanden, dass dies seine einzige Erlösung sein würde.

Sigurds Behauptung war mehr als nur Prahlerei gewesen, wusste Alarik. Seine Leute waren die besten Krieger des gesamten Nordens. Der Franzose besaß nicht den Hauch einer Chance. Das Schicksal des Mannes war in dem Moment besiegelt, in dem seine feisten Finger den Stiel der Axt umschlossen.

Alarik wandte sich von dem Kampf ab und betrat, was das *eldhus* oder die Küche zu sein schien, während hinter ihm ein Schmerzensschrei ertönte. Auf das grauenvolle Geräusch folgte schallendes Gelächter. Es war vorbei, doch trotz seiner Genugtuung war Alarik nicht zufrieden – nicht solange der feige Comte noch lebte.

Hinter dem *eldhus* war ein Weg, der zu einer kleinen *kirken* oder Kirche führte. Seine Mutter war Christin gewesen, erinnerte er sich, als er die großen geschnitzten Türen vor sich betrachtete. Seine Finger wanderten über die Holzarbeit, während er sich fragte, was auch seinen Bruder zu diesem Glauben zog. Er schüttelte den Kopf über dieses Rätsel – so viele Kriege wurden deswegen gefochten, doch wozu?

Er erstarrte, als von drinnen ein gedämpftes Geräusch erklang. Etwas polterte gegen die Tür und er wich zurück. In Erwartung des Grafen verharrte er mit erhobenem Schwertarm, zum Angriff bereit, sobald sich die Pforte öffnen würde. Doch alles, was er hörte, war ein leises Schlurfen ... als würde jemand ein verletztes Bein über den Boden schleifen.

Der Comte?

Entschlossen, sich seine Genugtuung nicht nehmen zu lassen, wollte Alarik die Tür öffnen, fand diese jedoch verriegelt vor. Fluchend machte er seinem Unmut Luft. Er könnte sich gut vorstellen, wie der feige Mistkerl sich in seiner verdammten Kapelle versteckte – nur allzu bereit, seine Leute den Kampf ohne sich austragen zu lassen.

Alarik schwor, dass dieser Mann für seine Niedertracht heute Nacht eines möglichst grausamen Todes sterben würde.

„Feigling!", knurrte er die Tür an und mit einem Schrei nahm er die Breitaxt von seinem Gürtel und reckte sie hoch in die Luft. Krachend traf die mit Silber intarsierte Klinge auf das Holz und zersplitterte es mühelos mit seinem heftigen Schlag.

Bei dem furchtbaren Geräusch sprang Elienor auf die Füße und ergriff Stefans Arm. Sie zog mit aller Kraft an ihm. Sie musste ihn hinter den Altar bekommen, ihn verstecken.

Als das donnernde Geräusch, mit dem die Kriegsaxt auf das Holz der Eingangstür krachte, erneut ertönte, wurde sie von Panik übermannt. Instinktiv warf sie sich über Stefan. Ihr Herz pochte wie verrückt, als die Barriere zwischen ihnen und dem Wikinger zersplitterte. Sie kniff die Augen zusammen und versuchte, die schreckliche Stimme aus ihrem Kopf zu verbannen.

Das Herz schlug ihr bis zum Hals, als schwere Schritte durch den geweihten Zufluchtsort stampften und in der Gruft, die unter ihnen lag, widerhallten. Sie unterdrückte den Drang, vor Angst aufzuschreien, und umklammerte Stefan.

Sie wagte nicht, sich zu bewegen.

Als die Schritte schließlich vor ihr verstummten, nahm sie es nicht einmal wahr, zu laut dröhnte ihr Herzschlag in ihren Ohren.

KAPITEL 4

Der Mondschein drang hinter ihm ins Gebäude – genug, um einen Großteil der *kirken* zu erhellen, aber Alariks eigener großer Schatten hüllte die Person vor ihm in Dunkelheit. Er trat zur Seite und offenbarte nicht einen, sondern zwei Menschen, die still zu seinen Füßen lagen. Er neigte neugierig den Kopf, runzelte die Stirn und wunderte sich über die eigenartige Position ihrer Körper.

Waren sie Liebende, die es vorgezogen hatten, sich selbst zu töten, anstatt seiner Klinge zu begegnen?

Er hielt den Atem an und bemühte sich, eine Art von Lebenszeichen wahrzunehmen, doch er konnte keinen Laut hören.

„Erbärmlich“, knurrte er auf Norwegisch. „Mögen eure Kadaver verrotten, wo sie liegen!“ Er stieß die obere Person mit dem Stiefel an.

In diesem Moment bemerkte er die dichte Mähne dunklen Haars, die den Boden zu seinen Füßen bedeckte, und er zog die Brauen zusammen. Neugierig trat er einen Schritt zurück und bückte sich, um das Meer aus schimmernden Strähnen zu berühren.

Weich. So weich.

Er ging in die Hocke, stützte einen Arm auf seine Schenkel und hob eine lange Strähne vom Boden der

Kapelle. Sogleich erinnerte er sich an die langhaarige Frau auf dem Turm, wie der Wind mit ihrem Haar gespielt hatte, und ein Schauer überlief seinen Rücken. Irgendwie hatte er sie über das Gefecht vergessen. Überwältigt von Neugier schlang er die seidigen Strähnen um seine Faust und riss, ohne einen Hauch von Sanftheit, ihren Kopf hoch.

Bei dem Anblick, der sich ihm im silbrigen Licht bot, konnte er ein plötzliches Aufkeuchen nicht unterdrücken. Er fiel rückwärts auf seine Hacken. Dunkle Haare rahmten ein Gesicht, das schöner war als überhaupt vorstellbar. Die Haut wirkte fast durchscheinend im Mondschein und lockte seine Finger, sich an der Weichheit ihres cremefarbenen Teints zu ergötzen. Ihre Augen waren so blau, dass sie überirdisch wirkten, und sie waren mit einer Intensität auf ihn gerichtet, die ihn beinahe zu Fall brachte.

Sein Gesicht verzog sich zu einer finsteren Maske, denn die lüsterne Reaktion seines Körpers kam ihm in dieser Situation völlig ungelegen.

Ihre Augen glichen einem Mahlstrom, es war das tiefe Blau einer stürmischen See, das in der Dunkelheit mit der Intensität einer sengenden Flamme brannte. Er hatte sie tot geglaubt, doch es war mehr als offensichtlich, dass das nicht stimmte – beim besten Willen nicht. Ihre Augen pulsierten vor Leben. Seine Finger erfühlten die zerbrechliche Weichheit ihrer Wangen und untersuchten die kühle, samtige Haut.

Elienor schluckte schwer bei der federleichten Berührung, doch sie war nicht sicher, ob sie Angst hatte. Sie schloss die Lider, als ein Schauer sie durchlief.

Niemand hatte sie je so sanft berührt.

Bei der gesegneten Jungfrau, durfte es sich so gut anfühlen, wenn man von seinem Feind liebkost wurde?

Oder war sie einfach nur treulos?

Ihre Augen flogen auf und in diesem Moment erst nahm sie ihn wirklich wahr. Dieses Gesicht! Süßer Jesus

– dieses Gesicht! Sie erkannte es aus ihrem Traum und zitterte, wenngleich sie nicht genau wusste, weshalb, denn sie erinnerte sich lediglich an sein Gesicht. Ihr Schreckensschrei wurde durch den Kloß in ihrer Kehle erstickt. Die Geschichten, die sie so oft über sein Volk gehört hatte, wurden diesem Mann ganz eindeutig nicht gerecht. Er glich jeder Übertreibung, die je erzählt wurde – um ein Hundertfaches verstärkt.

Was hatte sie von ihm geträumt?

Sie konnte nicht denken.

Sie war sich des Streichelns seines Daumens allzu sehr bewusst. Sie versuchte, ihre Stimme zu finden – um ihn anzuflehen, dass er aufhörte –, aber der schreckliche Kloß in ihrer Kehle hinderte sie daran. Möge Gott ihr helfen, sie glaubte nicht, dass sie es noch viel länger ertragen würde!

Was für ein Mann war dies? Dass er sie mit seinem Blick töten und gleichzeitig so sanft berühren konnte, als wäre sie ein Neugeborenes? In der Dunkelheit glichen seine Augen düsteren Löchern, die sich in ihre Seele zu bohren schienen. Sie mussten kohlrabenschwarz sein, denn sie waren tatsächlich dunkler als die Nacht, die sie umgab. Doch so schwarz seine Augen auch schienen – das komplette Gegenteil galt für seine löwengleiche Mähne das komplette Gegenteil. Im bleichen Mondlicht wirkten sie silbern.

Sie zwang sich, den Blick von seinem umschatteten Gesicht und dem glänzenden Haar abzuwenden, und schluckte schwer, als sie den Rest seines Körpers musterte. Seine Schultern waren breit, breiter als die irgendeines Mannes, den sie je gesehen hatte. Sie klammerte sich verzweifelt an den Anblick seiner Stiefelschnüre, die sich über Kreuz nach oben wanden, bis zu seinem ledergeschützten Knie. Doch wenn sie gedacht hatte, sie könnte ihre Fassung wiedergewinnen, solange sie nicht in sein Gesicht schaute, dann hatte sie sich geirrt. Seine Beine waren ebenfalls gewaltig. Sie erinnerten sie an Eichenstämme. Sie befahl sich selbst, wegzusehen, aber sie konnte sich dazu überwinden. Panisch schoss ihr Blick nach oben – zu seinen Armen. Er war zweifellos in der Lage, sie allein mit einem Schlag seiner flachen Hand zu töten, so leicht, wie ein Gerber es mit einer Fliege tun würde.

Gott sei ihrer Seele gnädig.

Er schmunzelte und ihr Blick suchte alarmiert den seinen.

„Wir werden sehen, ob Gott Euch hilft, kleine Französin", sagte er selbstgefällig.

Elienor gerann das Blut in den Adern, als sie seine heisere Stimme vernahm und sein perfektes Französisch hörte. Wie hatte er wissen können, was sie dachte? Sie hatte doch nicht laut gesprochen! Oder doch?

Jesus – besaß er auch das zweite Gesicht?

Non, non, reiß dich zusammen, Elienor!

Sie warf den Kopf in den Nacken, eine herausfordernde Geste, die die Nonnen tadelnd als weltlich und stolz bezeichnet hatten; keine Tugenden für eine, die dem Kloster versprochen war. Allerdings hatte sie nie die Berufung in ihrer Seele gespürt. Stattdessen hatte sie immer gegen ihr ungehorsames Selbst angekämpft, um so zu sein, wie es nach Meinung der Ordensschwestern richtig war.

„Was wisst Ihr von meinem Gott?", fragte sie ihn.

Wieder lachte er leise. Das Geräusch hallte in der alten Kapelle wider und zermürbte ihre Nerven. „Genug, um zu wissen, dass er heute Nacht nicht auf Euer Geheiß eingreifen wird", sagte er gleichmütig. „Und jetzt, meine kleine Französin ..." Mit einem Finger fuhr er über ihre Wange und unter ihr Kinn und zwang sie, seinem Blick zu begegnen. „Ob es Euch gefällt oder nicht ... Ihr seid mein und ich werde mit Euch machen, was ich möchte, und es gibt niemanden, der mir das nehmen kann – nicht Ihr und nicht Euer feiger Comte."

Er lachte wieder und es klang unheilverkündend. „Nei, nicht einmal Euer Gott."

Sein Lachen verhöhnte sie.

Elienor schloss vor Abscheu die Augen und schüttelte seine ungebührliche Berührung ab. Doch sein Griff verstärkte sich nur in ihrem Haar. Ihre Kopfhaut schmerzte unter der Qual, aber Elienor wagte nicht, aufzugeben.

„Er war noch nicht *mein* Comte!", informierte sie ihn. Er fasste heftiger zu. Elienor zuckte zusammen, aber so leicht ließ sie sich nicht einschüchtern. Sie hob ihr Kinn. „Auch war er nicht feige!", fügte sie hinzu.

Trotz ihrer Entschlossenheit, nicht hysterisch zu werden, beschleunigte sich ihr Herzschlag, wenngleich sie ihre Furcht verbarg. *Er ist auch nur ein Mann*, sagte sie sich. *Oui*, erwiderte eine Stimme in ihrem Kopf, *ein Mann! Aber auch ein blutrünstiger Wikinger!* Mit Fingern so warm und sanft, dass ihr Schauer den Rücken hinabliefen. Tränen standen in ihren Augen. *Non!*, schalt sie sich. *Du wirst nicht vor ihm kapitulieren!* Wenn sie Angst verspürte, dann nur um Stefan – zumindest redete sie sich das ein, als sie spürte, wie sie am ganzen Leib zu zittern begann.

Der Wikinger hob eine Braue und seine Stimme war voller Hohn, als er sagte: „Genau genommen ist Euer Graf so feige wie nur möglich."

Elienor erbebte. „Ist?", fragte sie verächtlich. „Was ist er jetzt anderes als tot? Durch Eure Hände! Ihr mörderischer Mist–" Sie spürte, wie seine Finger den Zug an ihrer Kopfhaut verstärkten, und schrie vor Schmerz auf.

„Mit einer so scharfen Zunge würde ich an Eurer Stelle vorsichtig umgehen", wies er sie mit leiser Stimme an. „Mit *ist* meine ich, dass der Mistkerl lebt. Ich wette, er ist aus der Burg geflohen." Ihre Augen verengten sich ungläubig und er runzelte die Stirn. „War Euch nicht bewusst, dass er Euch zurückgelassen hat, auf dass Ihr durch unsere Hände sterbt? Sowohl Euer Comte wie auch Euer Gott haben Euch verlassen."

Elienor war so geschockt von dieser Offenbarung, dass sie ihn nur anstarren konnte.

Unter ihr stöhnte Stefan und sie schaute ihn ängstlich an. Sie betete inbrünstig, dass er nicht zu sich kommen würde. Sollte er sterben ... wäre es am besten, wenn er es nicht mitbekäme. Es wäre besser, wenn er nicht fühlte, wie seine weiche Haut von dem kalten Stahl der Klinge des Barbaren durchbohrt wurde.

Der Wikinger blickte vielsagend auf Stefans sich windende Glieder. Seine Augen glitzerten gefährlich. „Oder ist er es etwa, den Ihr da beschützt?"

„Non!", schrie Elienor und ihr Herz klopfte wie wild. „Ich schwöre, so ist es nicht! Verschont ihn!"

Der Blick des Wikingers haftete auf ihr und Elienor konnte ihren eigenen nicht von ihm lösen. Süßer Jesus!

Gnade!, flehte sie stumm. Gnade!

Alarik überdachte die Reaktion der Frau in Bezug auf den Jungen. Es war offensichtlich, dass sie in irgendeiner Beziehung zueinanderstanden. Was für eine es war, wusste er nicht, doch seine Neugier war geweckt.

Er verstärkte seinen Griff im Haar der Frau, erhob sich aus seiner gebückten Haltung und riss sie mit sich auf die Füße. Ihren weichen Körper dabei an seinem zu spüren, ließ seinen noch mehr erhärten. Er bemerkte, dass sie weder ächzte noch stöhnte, obwohl er ihr Schmerzen zufügen musste, und er bewunderte ihren Mut. „Wer ist er dann?", verlangte er zu wissen, sein Ton so drohend wie die schimmernde Klinge seiner Axt.

Die Frau befeuchtete ihre Lippen. „Er ... Stefan ist nur ein Junge ... bitte – tut ihm nichts!"

Sein Mund verzog sich zu einem langsamen Grinsen, als er sie enger an sich drückte und das Gefühl ihres vollen Busens an seiner Brust genoss. Er beugte sich vor, um ihr ins Ohr zu flüstern, sodass seine Lippen ihr Ohrläppchen berührten. „Ihr wollt, dass ich ihn verschone?"

Sie nickte heftig.

„Und was versprecht Ihr mir im Gegenzug?"

Sie schloss die Augen, doch das beeinflusste ihn nicht. Dass sie sich so warm und weich und prall an den richtigen Stellen anfühlte, sorgte jedoch dafür, dass er sich anders positionieren musste. Dabei streifte er ihren Körper und unterdrückte ein lustvolles Stöhnen. Stattdessen wiederholte er: „Was versprecht Ihr mir?"

KAPITEL 5

Elienor schluckte heftig, denn der Blick des Wikingers ließ keinen Zweifel daran, was er von ihr wollte. Mutter Heloise hatte ihr, um sie für Comte Phillipe vorzubereiten, die Bedürfnisse von Männern erklärt. Und es war genau dieses Verlangen, das der Wikinger in diesem Moment stillen wollte. Aber dass er willens war, deswegen zu verhandeln, erschien ihr sonderbar für Krieger, die sich ansonsten alles ohne Gnade nahmen.

„Ich –"

Stefan bewegte sich und stöhnte. Elienor schaute sofort zu ihm. Ohne daran zu denken, dass ihr Haar immer noch fest um die Hand des Riesen gewickelt war, wollte sie sich auf Stefan werfen, um ihn mit ihrem Körper abzuschirmen. Stattdessen wurde sie mit einem schmerzvollen Keuchen zurückgerissen. Sie drehte sich so, dass sie hinauf in die glimmenden Augen des Wikingers sah.

Sie drohte erneut, in Tränen auszubrechen, als sie den Blick des Wikingers erwiderte. Hysterie wallte in ihr auf. Zum ersten Mal in ihrem Leben war sie wirklich um Worte verlegen. Was konnte sie schon sagen? *Seigneur Rohling, würdet Ihr bitte mein Haar loslassen, damit ich diesen freundlichen Jungen vor Euch warnen kann?* Ha!

Er würde ihr wahrscheinlich ins Gesicht lachen und dann mit seinem Schwert Stefans Herz durchstoßen ... und danach vielleicht auch ihres. Doch was auch immer er ihr antun mochte, sie konnte nicht zulassen, dass er Stefan verletzte. Sie würde den Jungen um jeden Preis retten.

Sie schloss die Augen und schluckte. „Ich ... ich besitze nichts von Wert", sagte sie bitter. „Bitte ..."

Der Wikinger grinste, seine Zähne blitzten im Dämmerlicht weiß auf und dann lachte er geradeheraus.

Elienor zitterte bei diesem verruchten Klang. „Nichts außer mich selbst", sagte sie ehrlich. Ihre Augen wurden verräterisch feucht, aber sie stand aufrecht und stolz da.

Also konnte sie doch weinen?

Alarik hob eine Braue, als ihre Augen sich mit Tränen füllten. Seine Lippen verzogen sich höhnisch.

Wieder fragte er sich, in was für einer Beziehung sie und der Junge zueinander standen, dass sie ihn so sehr beschützte und selbst so weit ging, ihm ihren Körper anzubieten, um den Knaben zu retten. Bot sie sich immer so freimütig an? Die Möglichkeit machte ihm zu schaffen, obgleich er nicht wusste, warum dies so war.

Er erwiderte schärfer, als er vorgehabt hatte: „Warum sollte ich um etwas feilschen, das ich bereits besitze?"

Furcht blitzte in ihren blauen Augen auf und auch das wurmte ihn – dass sie ihn so abstoßend fand. Doch was sonst sollte sie für ihn empfinden? Und wieso sollte es ihn kümmern? Als er in ihre umwölkten veilchenblauen Augen sah, fühlte er sich veranlasst, ihre Haare loszulassen.

Sie fiel sogleich auf die Knie und beugte sich über den Jungen – es war wirklich ein Junge, das erkannte er an dem bartlosen Gesicht.

Ein Zittern überlief ihn, als die langen dunklen Haarsträhnen wie Seide durch seine schwieligen Finger glitten. Die angenehme Empfindung sandte eine Welle vertrauter Hitze durch seine Adern und seine Lippen verzogen sich zu einem Lächeln, als er sich vorstellte, wie die feinen Strähnen über seine nackten Schenkel strichen. In diesem Moment sehnte er sich mehr nach ihr als nach seiner Rache an dem feigen Grafen und die Erkenntnis schockierte ihn. Mehr noch als das wollte er sie kennenlernen – diese kaum verhohlene Leidenschaft, die er mit solcher Klarheit in ihren Augen gesehen hatte. Er wollte sie fügsam und so überwältigt von Lust, dass sie unter ihm wimmern und seufzen würde.

„Ich nehme Euer Angebot an, kleine Französin."

Überrascht schaute die Frau zu ihm auf. Ihre Miene war verwirrt und er lächelte düster. „Eure Willfährigkeit für das Leben des Jungen."

Er sah keinen Grund, ihr zu sagen, dass er dem Knaben ohnehin nicht schaden wollte. Kinder abzuschlachten war nicht nach seinem Geschmack, auch wenn es ihm dienlich war, wenn sie das glaubte.

Sie schluckte sichtlich und erschauerte, doch sie nickte zustimmend, bevor sie ihre Aufmerksamkeit wieder dem Jungen zuwandte. Mit einer schnellen Handbewegung wischte sie ihr langes dunkles Haar aus dem bleichen Gesicht des Knaben.

Voll hitziger Erwartung trat Alarik vor, um die beiden besser in Augenschein zu nehmen. Das unscheinbare Gewand der Frau verhüllte ihre Figur vollends, doch selbst in diesem formlosen Kleid waren ihre üppigen Kurven mehr als offensichtlich und er spürte, wie sich das Brennen in seinem Unterleib verstärkte.

Noch nie in all seinen Jahren hatte er etwas Vergleichbares erblickt – Haar so dunkel wie eine Byzantinerin und doch ein Teint so rein und hell wie der einer Norwegerin. In seiner Vorstellung zog er sie aus und hatte bald ein sinnliches Bild vor Augen. Zum ersten Mal war er wirklich versucht, eine Frau flach auf den

Boden zu werfen und sie gegen ihren Willen zu nehmen. Aber das würde er nicht tun. Er verabscheute diese Schwäche bei seinen Männern, auch wenn er in diesem Moment nachvollziehen konnte, was sie zu solchen Taten antrieb.

Stumm beobachtete er, wie sie sanft das schmutzverschmierte Gesicht des Jungen anhob, um es prüfend zu mustern.

Mit ihrem Blick warnte Elienor Stefan, still zu bleiben. In ihrem Herzen betete sie, dass er sie verstehen würde.

„Madame", stöhnte Stefan und zuckte zusammen. „Was habt Ihr mir angetan?"

Tränen brannten in Elienors Augen, als sie sich den Ausgang des Kampfes in ihrem Kopf ausmalte. „Es ist vorbei, Stefan." Sie schluckte. „Jetzt kann nichts mehr getan werden."

Stefan stöhnte mitleiderregend. „Dann habe ich Scham auf mich geladen", sagte er und stemmte sich hoch. Er vergrub seinen Kopf in ihrem Schoß, um die Tränen zu verstecken, die sich in seinen Augen sammelten. Elienor spürte die verräterische Feuchtigkeit selbst durch all ihre Stoffschichten.

Vor Frust schnürte sich ihr die Kehle zu, als sie nach Worten suchte, um das Gewissen des Jungen zu beruhigen. Doch bevor sie etwas sagen konnte, knurrte der Wikinger plötzlich ungehalten, hob sie auf seine Arme und legte sie über seine Schulter. Sie keuchte überrascht auf. Das Blut stieg ihr zu Kopfe, während er sich bückte, um auch Stefan hochzuhieven.

Mühelos schleppte der Wikinger sie beide nach draußen in das helle Mondlicht.

Elienors Herz war bei dem Jungen, als sie beobachtete, wie Stefan sich wehrte, und sie schwor sich in diesem Augenblick, dass sie sterben würde, um ihn zu retten, wenn es sein musste. Sie war wütend, dass er so rau behandelt wurde, obwohl die Abmachung längst geschlossen war. „Lasst ihn los!", verlangte sie deshalb.

Der Wikinger entgegnete nichts. Er lief weiter und Elienor schlug ihm mit all ihrer Kraft auf den Rücken. „Untier! Wir hatten eine Vereinbarung!", erinnerte sie ihn erbittert.

Alarik ließ Stefan los, sodass er zu Boden fiel, und packte ihn im nächsten Moment am Kragen, um ihn hinter sich her über den leeren Hof zu zerren, wie einen Hund an der Leine.

Elienors Wut verstärkte sich. „Ist Gewalt die einzige Lösung, die Euer Volk kennt?", rief sie. „Barbaren!"

Abrupt stellte der Wikinger Stefan auf seine Füße und zwang ihn, zu laufen, doch der Junge stolperte und fiel auf die Knie. Der Riese riss ihn wieder hoch und schubste ihn vorwärts.

„Geh", knurrte er. „Oder du wirst keine Beine mehr zum Laufen haben."

Zum Glück tat Stefan wie ihm geheißen und lief, ohne zu stocken, den ganzen Weg bis zum Bergfried, obwohl ihm sichtlich die Knie schlotterten. Elienor zerriss es das Herz. Als sie die hell erleuchtete Halle betraten, stieg ihr der überwältigende Gestank von Blut in die Nase. Bei dem Anblick, der sich ihnen bot, riss sie die Augen auf: Eine Horde Wikinger tobte ausgelassen durch den Saal. Sie nahmen sich schamlos von dem Ale und allem, was sie in die Finger bekamen. Ein Mann, der so nackt war wie eine Eiche im Winter, tanzte fröhlich um die Leiche des toten Wachpostens Gaston. Sie schrie auf und krallte die Hände in das Hemd des Riesen, damit sie nicht unter der Welle von Übelkeit, die sie zu überrollen drohte, zusammenbrach. Sie kniff die Augen zu und versuchte, den Anblick aus ihrem Gedächtnis zu vertreiben.

Jubel erklang, sobald sie die Halle betraten. Wikingerstimmen begrüßten sie – und gratulierten zweifellos dem Barbaren, der sie hereingeschleift hatte. Der Lärm drohte, ihr das Trommelfell zu zerreißen, und in diesem Moment wurde ihr klar, dass die Schultern, über die man sie so respektlos geworfen hatte, niemand anderem als dem Anführer selbst gehörten.

„Jarl! Jarl! Jarl!", schrien sie, ein Mann lauter als der nächste.

Ein ungepflegtes Untier mit den roten Haaren blieb hinter Elienors Fänger stehen. Roh riss er ihren Kopf an den Haaren hoch, um sie besser anschauen zu können. Ungläubiger! Was sie nicht geben würde, um ihm ins Gesicht schlagen zu können, nicht für sich selbst, aber für all den Schrecken, die sie über die Burgbewohner gebracht hatten. Für Stefan. Für die Art und Weise, wie sie ihn behandelt hatten. *Bon dieu*, wäre sie nicht so friedfertig, würde sie ihm dieses gräuliche Grinsen für immer vom Gesicht wischen!

Sie konnte sich nicht länger zurückhalten. Elienors Hand klatschte auf die Wange des Mannes.

Mit einem Mal wurde der Saal still und alle Augenpaare richteten sich auf sie.

Der flammenhaarige Mann schaute sie aus verengten Augen an; in seinem Blick funkelte Zorn.

Ihre Handfläche schmerzte. Immer noch hielt sie ihren Arm in der Luft, bereit, erneut zuzuschlagen. Sie sah ängstlich auf und erkannte, wie sich ein feuerroter Abdruck ihrer Finger auf seiner Wange bildete.

„Jesus!", wisperte sie hysterisch. Angesichts der Wut in seinen Augen bereute sie ihre Unbesonnenheit, wenngleich er viel Schlimmeres verdient hätte.

Unter ihr begannen die Schultern des Wikingers zu zittern, dann zu beben und schließlich bemerkte sie zu ihrem Entsetzen, dass er lachte.

Er lachte?

Wie konnte er es wagen!

Der Unhold, den sie geschlagen hatte, starrte sie immer noch böse an. Doch zu ihrer großen Erleichterung tat er nichts weiter, als vor ihrem Gesicht mit seinem Ale zu gurgeln. Als er fertig war, grinste er und ließ die schaumige, bernsteinfarbene Flüssigkeit zwischen seinen verfaulenden und fehlenden Zähnen hindurchsickern. Sie zuckte zusammen, als ein feiner Sprühregen ihre Stirn traf, und widerstand dem Drang, die ekelhaften Tropfen wegzuwischen.

Unter ihr bebten die Schultern des Blonden immer noch vor Heiterkeit. Elienor klammerte sich an seinen Rücken, um mehr Halt zu finden, und wünschte ihm unendliches Verderben. Doch selbst während sie ihn verfluchte und darum kämpfte, nicht zu stürzen, erfüllte sein raues Lachen all ihre Sinne. Es fesselte sie, und sie bemerkte zu spät, dass der Flammenhaarige einen weiteren herzhaften Schluck aus seinem Krug genommen hatte. Er gurgelte wieder und pumpte seine Wangen auf, um sie damit zu bespucken. Pfui! Zweifellos würden diesmal alle in lautes Gelächter ausbrechen. Ungehobelte Wilde! Sie kniff die Lider zusammen und wappnete sich für den Schwall.

Der nie kam.

Der metallische Klang, mit dem ein Schwert aus der Scheide gezogen wurde, erregte die Aufmerksamkeit aller. Stefans Stimme hallte von den Wänden wider und drang bis hinauf in den Turm. „Lasst sie in Ruhe!"

Elienors Augen weiteten sich, als er sich auf den Rücken des Anführers stürzte.

Ihr Mund formte einen Schrei, der nie gehört werden würde, denn die folgenden Ereignisse passierten so schnell, dass sie auch später nicht sicher war, was genau in welcher Reihenfolge geschehen war. Stefan lief auf sie zu, Blutgier in den Augen, das Schwert erhoben. Im einen Moment stand der Wikinger mit leeren Händen da, im nächsten umfasste er sein Schwert und wandte sich Stefan kampfbereit zu. Mit erstaunlicher Leichtigkeit schaffte er es zudem, sie von seiner Schulter zu heben und vor sich zu stellen, wo er ihre Taille umschlungen hielt. Im nächsten Augenblick lag Stefan auf dem Boden, von seinem Schwert durchbohrt.

„Non!", schrie sie. „Non! Non! Wir hatten eine Abmachung!" Sie wand sich wie rasend im Griff des Anführers, bis dieser gezwungen war, sie loszulassen. „Wir hatten eine Abmachung!", schluchzte sie, als sie neben Stefans Körper zu Boden sank.

Auch im Tod war sein Gesicht so süß und unschuldig, wie es zu Lebzeiten gewesen war, keine Furcht, keine Reue – er hatte es für sie getan. „Non ... oh, non!" Er war nur ein Knabe gewesen! Gott sei ihr gnädig, er war für sie gestorben! Sie umschlang ihn mit ihren Armen, drückte ihn an ihre Brust und wiegte ihn. „Stefan!", wimmerte sie. „Es tut mir ... so ... leid!" Es war ihre Schuld.

Sie schrie auf und ihr Gesicht verzog sich vor Entsetzen, als sie mit von Tränen verschleiertem Blick das Chaos um sich herum betrachtete. Leichen lagen auf dem Boden der einst makellosen Halle, beschmutzten jede Ecke. Tische waren umgeworfen und mit Schnitzereien verzierte Stühle zu wenig mehr als Brennholz zerhackt worden. Die einzigen Leben, die man verschont hatte, waren die der Dienerinnen, die nun unter den sie zu Boden drückenden Leibern der mörderischen Nordmänner um Gnade flehten.

Non, sie wurden bisher nicht vergewaltigt, aber wie lange noch, bis sie alle geschändet waren? Sie wünschte so sehr, sie könnte ihnen helfen! Sie ließ Stefan los und versuchte, aufzustehen, doch vor ihren Augen wurde es schwarz. Verzweifelt kämpfte sie eine weitere Welle der Übelkeit zurück, als sie sich erhob. Ihre Beine hatten sich noch nie so wackelig angefühlt.

Zorn, wie sie ihn noch nie zuvor verspürt hatte, durchströmte sie. Sie wirbelte herum und schaute voller Abscheu auf den Anführer der Wikinger. „Wir hatten eine Abmachung!", schrie sie wütend. Sie hob die

Fäuste, um ihn zu schlagen, doch er fing ihre Handgelenke ab und hielt sie fest.

Elienor riss sich los und drehte sich zu dem Rest seiner Schlächter, während sie immer noch ungläubig den Kopf schüttelte. „Er war nur ein Knabe!"

Der flammenhaarige Wikinger lachte schallend. Unerschrocken begegnete sie seinem Blick, ihre Augen blitzten vor Zorn. Er lachte? Er erfreute sich am Tod eines Kindes? Zu wütend, um über die Folgen nachzudenken, stürzte sie sich auf ihn. So verzweifelt wollte sie Stefan rächen, dass ihr die Konsequenzen gleich waren.

Ein Arm umfing ihre Taille. Elienor schrie, bockte und wand sich in dem eisernen Griff.

„Denkt Ihr, ein Junge kann keinen Todesstoß ausführen?", fragte eine raue Stimme in ihrem Rücken.

„Gott sei mein Zeuge, ich wünschte, das hätte er getan!", verkündete Elienor und meinte es von ganzem Herzen. „Lasst mich los, Ihr trügerischer, scheußlicher Mistkerl!"

Als es ihr nicht gelang, sich zu befreien, trat sie nach ihm. Er ließ sie sofort los und murmelte etwas, das verdächtig nach einem norwegischen Fluch klang. Dann drehte er sie zu sich um. Seine Miene war wütend, doch er sagte nichts.

Tränen verschleierten Elienors Sicht und liefen über ihre Wangen. Dennoch hob sie herausfordernd ihr Kinn. Sollte er es nur wagen, zu verlangen, dass sie ihre Worte zurücknahm, oder seinerseits etwas zu seiner Verteidigung hervorbringen. Sie hatten eine Abmachung gehabt und er hatte sich nicht daran gehalten. Das würde sie nicht vergessen. *Niemals!*

Ein Muskel zuckte an seinem Kiefer. „Ob Knabe oder Mann", sagte er, „tatsächlich hat er sich durch die Klinge, die er schwang, selbst zum Mann erklärt!" Er schaute den Flammenhaarigen kurz an, dann wandte er sich wieder Elienor zu und sein Blick war mörderisch.

Elienor schüttelte den Kopf. Verfluchtes Schicksal!

Sie sah denjenigen, den sie den Roten Hrolf nannten, vernichtend an.

Der Anführer knurrte und riss seinen Blick abrupt von ihr los. „Genug!", befahl er seinen Männern. Sein düsterer Gesichtsausdruck war so kalt und grimmig wie die Nordwinde. „Wir gehen jetzt! Nehmt, was immer ihr wollt, aus diesem erbärmlichen Steinhaufen – aber tut es schnell!"

Der Wikinger in der nächsten Ecke kicherte wild und wandte sich wieder dem Frauenzimmer zu, das er zu Boden gedrückt hatte. Der Rote Hrolf drehte sich mit einem ruchlosen Schrei um und stürzte sich ebenfalls auf das Dienstmädchen. Sie rangen miteinander und quetschten die vollbusige Maid unter sich, die protestierend und furchtsam aufschrie.

Ein weiterer Mann tippte dem Anführer auf die Schulter. Er lächelte vielsagend und deutete auf Elienor, die wieder neben Stefans Leiche zu Boden gesunken war. „Ich würde gerne diese ausprobieren, wenn du erlaubst."

„Nei, das wirst du nicht", brüllte der Anführer. Er verengte seine Augen drohend. „Nimm, was immer dir sonst gefällt, dazu hast du meinen Segen, aber tu es jetzt. Stell meine Geduld heute Nacht nicht auf die Probe!"

Der andere Wikinger blieb stur neben ihm stehen und verzog beleidigt das Gesicht.

„Wie du willst", knurrte der Anführer und wandte sich dann mit immer noch finsterem Blick zu dem nächsten – dem Nackten. „Genug, du nacktärschiger Jungspund, zieh dich an! Wir gehen! Und Ihr", fügte er an Elienor gerichtet hinzu, „kommt auf die Füße und geht!" Er zog sie von Stefans Leichnam weg, zerrte sie hoch und schob sie vorwärts.

„Non!" Elienor stemmte die Füße in den Boden. „Ich werde ihn nicht verlassen!"

Diesmal schubste er sie. „Ihr werdet", versicherte er

ihr. „Geht freiwillig, Mädchen, oder ich werde Euch nach draußen schleppen." Als sie sich nicht fügte, grub er warnend seine Finger in ihren Oberarm. „Geht!", befahl er.

Elienor wusste, dass er sie tatsächlich hier raustragen würde, wie er es angedroht hatte, aber sie würde auf keine andere Weise mit ihm gehen. Das schwor sie sich. Wenn er sie aus ihrem Heim stehlen wollte, würde sie es ihm nicht leicht machen!

Er murmelte einen weiteren wilden Fluch, hob sie hoch und warf sie zum zweiten Mal in dieser Nacht über seine kräftige Schulter.

KAPITEL 6

D rei Langschiffe lagen am flachen Ufer, das größte von ihnen war gigantisch, über achtzig Fuß lang. Es war in der Mitte über achtzehn Fuß breit, doch es enthielt keine Sitzbänke. Stattdessen saßen die Ruderer auf Seetruhen, deren Oberflächen vom Wetter und durch Abnutzung glatt gescheuert waren. Das polierte Holz schimmerte im Mondlicht und warf dunkle Schatten auf die Planken.

Elienor wurde unsanft in die Mitte des größten Schiffes geworfen, neben eine junge Frau, die sie als Clarisse, Brouillards *fille de chambre*, erkannte. Mit einem heftigen Fluch wandte sich der Wikinger ab und entfernte sich.

„Ich werde dafür sorgen, dass Ihr diesen Tag bereut", schwor sie unter Tränen.

Noch nie hatte sie solchen Abscheu für einen anderen Menschen empfunden. Sie hatte es noch nicht einmal für möglich gehalten. Sie hätte ihm alles verzeihen können – alles! Dass er sie entführt hatte, die Plünderung von Comte Phillipes Burg – alles, außer dem Töten eines unschuldigen Knaben!

„Oh Gott … Stefan."

Ihre Kehle zog sich zusammen.

Vor ihrem inneren Auge sah sie ihn erneut vor sich: wie seine jungen, unschuldigen Augen sich weiteten, als er den Tod fühlte. „Ungerecht, ungerecht, ungerecht", schluchzte sie. Ihr Blick bohrte sich in den Rücken des Wikingers, als dieser zu seinem Posten am Steuerruder zurückkehrte. Verflucht sollte er sein – eintausend Mal verflucht! Der nordische Unhold war dreimal so kräftig gewesen wie Stefan und wahrscheinlich auch dreimal so erfahren.

Zitternd vor Angst und Wut saß Elienor in verbittertem Schweigen da und sah zu, wie die letzten Wikinger an Bord kamen und sich auf ihren Seetruhen niederließen. Sogleich ergriffen sie ihre Riemen.

„Madame?", begann die junge Frau neben ihr schüchtern. „Ihr solltet es Euch nicht vorwerfen. Ich ... ich habe alles gesehen ... Es war ..." Sie schluckte schwer. „Es war Stefans Schuld."

Elienor schüttelte heftig den Kopf. Sie weigerte sich, den angebotenen Zuspruch anzunehmen.

„Oui, Madame!", wiederholte Clarisse. Sie begann leise und untröstlich zu schluchzen. Sie mochte für Stefan weinen, dachte Elienor, denn sie wusste, dass die beiden einander nahegestanden hatte. Es war unmöglich, dass einem der junge, fröhliche Stefan mit seinem herzlichen Lächeln nichts bedeutete. „Es war seine Pflicht, Euch zu verteidigen!", beharrte Clarisse. „Comte Phillipe hätte es von ihm erwartet."

„Er war so jung!", rief Elienor. „So, so jung!"

Heiße Tränen verschleierten ihren Blick. Sie schluckte und sah Clarisse an. Sie wischte sich die warme Nässe von den Wangen und schüttelte den Kopf. „Wenn ... wenn ich doch bloß den Unhold nicht geschlagen hätte ..." Sie wandte den Blick ab, konnte nicht fortfahren, Trauer und Reue drückten ihr das Herz zusammen.

Mit feuchten Augen beobachtete sie, wie die Wikinger ihre Drachenschiffe in die Seine steuerten. Es war anders als alles, was sie je zuvor gesehen hatte. Für einen flüchtigen Moment war die Burg gut sichtbar und im nächsten war sie fort, spurlos verschwunden im nächtlichen Nebel, so schnell glitten sie davon. Und damit auch ihre letzte Chance auf Befreiung.

Würde ihr Onkel wissen, wo er sie suchen musste? Würde es ihn kümmern? Und was war mit Comte Phillipe? Der Wikinger hatte gesagt, dass er lebte. Konnte das wahr sein?

Sie wagte es, zu hoffen.

Gegen ihren Willen wanderte ihr Blick zum Steuerruder, wo der König der Dämonen stand und aufs Wasser schaute.

Mörder!, schrie ihr Herz.

Im Moment wandte er ihr den Rücken zu, doch selbst über die Entfernung erkannte sie ihn. Oui, sie erkannte ihn – niemals würde sie diese silbernen Augen vergessen, so kalt und feindselig!

Die Männer, die ihn umgaben, waren alle hochgewachsen, und doch überragte er sie noch. Sein helles Haar schimmerte schwach im silbrigen Mondschein. Die seidige Mähne, die von einem geflochtenen Lederband in der Stirn zusammengehalten wurde, fiel ihm bis weit über den Nacken. Während sie ihn anstarrte, kam ihr der plötzliche, bittere Gedanke, dass sie noch nie solches Haar gesehen hatte. Nicht einmal die hübschesten Damen des französischen Hofes konnten ähnlich eine ähnliche Pracht vorweisen. Sie fragte sich, wie es sich wohl anfühlen mochte.

Würde es so weich sein, wie es aussah?

Im gleichen Moment zuckte sie zusammen. Jesus, wessen Gedanken waren das bloß? Sicherlich nicht ihre!

Sie zitterte, als eine Brise ihr das Haar ins Gesicht wehte, und schloss die Augen, um die störenden Strähnen aus ihren Wimpern zu befreien. Als sie die

Lider wieder aufschlug, begegnete sie dem finsteren Blick des Goldenen. Die Art, wie er sie anschaute, sandte jedes Mal wieder Schauer über ihren Rücken.

Sie war wirklich treulos.

Aber non, um diese Gedanken im Zaum zu halten, brauchte sie nur an Stefans Gesicht im Moment seines Todes zu denken. „Mörder", wisperte sie und hoffte, dass er von ihren Lippen lesen konnte. Noch immer konnte sie ihren Blick nicht abwenden, und so bemühte sie sich, ihm den ganzen Abscheu zu zeigen, den sie in ihrem Herzen fühlte. Doch falls es ihr gelang, so schien es keinen Einfluss auf ihn zu haben, denn seine Augen blieben hart. Lediglich einer seiner Mundwinkel hob sich wie zum Hohn, bevor er sich dankenswerterweise an seine Männer wandte und sie endlich freigab.

Mit einem weiteren Schaudern drehte sich Elienor zu Clarisse und begegnete deren forschendem Blick. Vor Überraschung, dass sie so aufmerksam beobachtet wurde, keuchte sie auf. Beschämt über die Gedanken, die ihre verwirrte Miene womöglich preisgegeben hatte, sah sie weg.

„Madame?", fragte Clarisse leise. „Was glaubt Ihr, was sie mit uns tun werden?"

Elienors blaue Augen waren gequält, als sie sich Clarisse wieder zuwandte. Sie wusste nicht, was sie sagen sollte, um die Ängste der jungen Frau zu mindern. Tatsächlich hatte sie keine Ahnung, was ihnen bevorstand. Der Traum hatte in der Kapelle geendet, mit den Schreien der Verwundeten und Sterbenden. Sie schüttelte unglücklich den Kopf.

Clarisse nickte und senkte den Blick. Elienor drehte sich um und beobachtete die Männer beim Rudern.

Sie mochten Heiden sein, aber sie bewegten sich anmutig zusammen, in vollkommenem Einklang. Und doch, so schön ihre Bewegungen auch waren, die Geräusche waren teuflisch. Im Takt zu dem gleichmäßigen Rhythmus, den der erste Ruderer vorgab, ächzten die Riemen gespenstisch, während sie über das nasse Holz schabten. Immer wieder schossen sie aus dem trüben Wasser und senkten sich wieder hinein wie wilde Tiere. Während die drei Drachenschiffe über das nachtschwarze Gewässer glitten, steigerte sich der Lärm noch und zerrte an Elienors Nerven.

Eine lange Zeit sprach weder sie noch Clarisse. Sie saß einfach da, beobachtete alles und sah doch nichts. Gegen ihren Willen kehrten ihre Gedanken zu dem Anführer der Wikinger zurück. Wie sein Blick sie in der Kapelle durchbohrt hatte. Wie er sie berührt und ihre Wange so zärtlich liebkost hatte ...

Diese Augen.

Sie sah sie erneut vor sich – in dem Moment, als er sie in der Kapelle berührt hatte ... sanft ... sanfter als irgendeine andere Person sie je berührt hatte. Nicht einmal Schwester Heloise hatte ihr solche Zuneigung entgegengebracht. Von der Vorstellung verwirrt schloss Elienor die Augen, um die Erinnerung zu verdrängen, die sogleich von einer anderen ersetzt wurde.

Stefan.

„Herrgott." Sie ächzte. Würde sie jemals vergessen, wie sein Gesicht aussah, als er starb? *Niemals!*, schwor sie sich. „Niemals!", wisperte sie.

Viel zu bald verließen die drei Langschiffe die Mündung der Seine und segelten in den aufgewühlten Kanal.

Das Wasser erhob sich und schien wie mit mächtigen wütenden Händen gegen das Drachenschiff zu schlagen. Sogleich wurde das Rudern eingestellt und die Takelage aufgeriggt, das Segeltuch ausgerollt und vorbereitet. Nach kurzer Zeit flatterten die roten rautenförmig gemusterten Segel, die die Herzen von Männern, Frauen und Kindern in Schrecken versetzten, in der auffrischenden Brise.

Elienors Brust zog sich zusammen, als sich die Segel füllten und das Schiff mit einer furchtbaren Wildheit vorwärtsschoss. Das Festland Frankreichs wurde hinter ihnen immer kleiner.

Sie wagte nicht, zu weinen, obgleich sich ihr Herz vor Kummer verengte. Mit stummem, stoischem Stolz sah sie zu, wie ihr Heimatland vor ihren Augen verschwand, dann kniff sie die Lider zu.

Es war ihre Pflicht, stark zu sein, sagte sie sich. Für Clarisse.

Neben ihr begann die junge Frau heftig zu schluchzen. Sie vergrub ihr blasses Gesicht in einem Ärmel ihres Gewands und sank weinend nach vorne auf die Planken.

Stunden später, als der Himmel heller wurde, lag Clarisse immer noch weinend da, wenngleich sie leiser geworden war. Elienor hatte keine Ahnung, was sie sagen sollte, um das arme Mädchen zu trösten. Sie versuchte es, doch die Worte wollten nicht kommen. Sie rutschte neben die junge Frau, um sie so zu beruhigen, wie Schwester Heloise es oft bei ihr getan hatte. Sie strich Clarisse über das zerzauste Haar, und als die Schluchzer endlich weniger wurden, zog sie dem Mädchen den Arm vom Gesicht.

Clarisse wehrte sich, wimmerte und bedeckte die Augen. Sie drehte Elienor den Rücken zu und erst in diesem Moment bemerkte diese das Blut, das das dunkle Haar der jungen Frau am Hinterkopf verklebte. „Clarisse!", schrie sie auf. „Du bist verletzt. Jesus, wieso hast du nichts gesagt?"

Clarisse stöhnte und schüttelte den Kopf. Sie weigerte sich, Elienor anzuschauen. „Es ... es ... tut mir leid, Madame! So leid ..." Sie ächzte erbärmlich. „Es ist das Licht", jammerte sie.

So gut es eben möglich war, teilte Elienor das Haar des Mädchens und sah, dass die Wunde kaum mehr als ein Kratzer war. Die Beule darunter jedoch leuchtete feuerrot. Sie zögerte, die Schwellung zu berühren. „Tut es weh?", fragte sie und schalt sich selbst für die Frage. Natürlich tat es ihr weh!

Clarisse nickte eindringlich und vergrub das Gesicht wieder in ihrem Ärmel. Dabei enthüllte sie jedoch die Wunde, sodass Elienor sie besser sehen konnte. Elienor keuchte, als sie erkannte, wie stark die Schwellung an der Schädelbasis war. Sie schüttelte den Kopf. „Himmel ... was haben sie dir angetan?"

Clarisse antwortete, indem sie sich zu einem kleinen menschlichen Ball zusammenrollte, wie um sich zu schützen.

„Clarisse, wie soll ich dir helfen, wenn du nicht mit mir sprichst?"

„Er ... er ..." Ihre Brust hob sich mit einem Schluchzen. „Er hat meinen Kopf gegen die Wand im Treppenhaus geschlagen."

Elienor musste nicht fragen, wer es gewesen war. In ihrem Herzen hätte es auch keinen Unterschied gemacht, wer der Verantwortliche war. Sie wusste genau, wen die Schuld traf.

Ihn.

„Es tut mit jedem Moment mehr weh!", wimmerte Clarisse.

Vorsichtig streckte Elienor die Hand aus, um die Wunde mit ihren Fingern abzutasten, ganz sacht, um nicht noch mehr Schmerz zu verursachen.

Dennoch zuckte das Mädchen mit einem hohen Aufschrei vor Elienors Berührung zurück und rutschte außer Reichweite. Sie begann wieder zu schluchzen. Elienor fühlte sich vollkommen hilflos; sie wollte ihr helfen und wusste doch, dass sie nicht die Mittel dazu hatte. Sie schaute zum Steuerruder und erhob sich entschlossen. Sie dachte nicht nach, sondern ließ sich von ihren Gefühlen leiten.

Diese Heiden konnten ihr zumindest ein Stück Stoff und Wasser geben, damit sie die Wunde reinigen konnte!

Bevor sie ganz aufgestanden war, wurde sie vom Roten Hrolf zurückgeschubst. Er schaute sie finster an und begann sie heftig in seiner unverständlichen Sprache zu beschimpfen. Elienor verstand kein Wort, doch ihr war klar, was er ihr sagen wollte. Er befahl ihr, sitzen zu bleiben – wie einem Hund! Nun, sie würde sich nicht einschüchtern lassen. Clarisse brauchte Hilfe und sie würde sie nicht enttäuschen!

Wie sie Stefan enttäuscht hatte, erinnerte sie eine leise Stimme.

Entschlossen erhob sich Elienor erneut, nur um wieder zurückgestoßen zu werden.

„Wie könnt Ihr –" Sie hielt keuchend inne, schluckte Schmähungen herunter und stand trotz zitternder Beine noch einmal auf, um sich dem zornigen Wikinger gegenüberzustellen. „Ich möchte mit Eurem Jarl sprechen!", verlangte sie wütend. „Ich werde nicht ruhig herumsitzen und zusehen, wie diese Frau stirbt! Kennt Ihr denn gar keine Barmherzigkeit?"

Sie verschwendete keinen Gedanken daran, wieso der Jarl ihr eher helfen sollte als der Flammenhaarige.

Der Rote Hrolf beschimpfte sie weiter und schubste sie dabei ab und zu am Arm, nur um dann abrupt seine Schimpftirade abzubrechen und über ihre Schulter zu stieren.

„Seit wann haben Sklaven das Recht, irgendetwas zu verlangen?", wollte der Anführer wissen.

Elienor schlug das Herz bis zum Hals und sie sank auf ihre Knie. Maria, Mutter Gottes! Sie widerstand dem Drang, sich zu bekreuzigen. Sie wagte weder, sich zu erheben, noch, ihn anzuschauen, weil sie fürchtete, dass ihre Augen sie verraten würden. Ihr Herz pochte schmerzhaft, als sie darauf wartete, dass er wieder seine Stimme erhob. Doch als er den Mund erneut öffnete, wandte er sich in seiner Sprache an den Roten Hrolf.

Dieser setzte sich umgehend auf seine Seemannskiste. Unter wütendem Schweigen nahm er seinen

Riemen wieder auf und starrte Elienor dabei aufgebracht an.

Im nächsten Augenblick riss der Anführer der Wikinger sie zu sich herum.

„Und Ihr! Vermessenes Weibsbild! Ich erinnere mich nicht, Euch irgendwelche Freiheiten zugestanden zu haben!"

„Vermessen!" Elienor keuchte. Vor Wut bekam sie fast keine Luft. „Vermessen?", erwiderte sie verächtlich. „Und was, Seigneur Viking, könnte vermessener sein, als sich in ein schlafendes Haus zu schleichen und seine Bewohner um Ruhm oder Gier willen abzuschlachten?"

Die Augen des Wikingers wurden kohlschwarz, Zorn brannte in ihnen. „Ruhm?", wiederholte er scharf. „Gier?" Sein Schnauben verhöhnte sie. „Nei, Frau! Doch ich sehe nicht ein, mich vor Euch zu erklären. Hört mir gut zu, denn ich schwöre, ich werde euch nicht noch einmal warnen! Von diesem Moment an werdet Ihr tun, was von Euch erwartet wird, oder Ihr werdet die Folgen ertragen!"

Elienor erwiderte seinen Blick kühn. Etwas an diesem barbarischen Wikinger befreite diesen ungehorsamen Zug an ihr, den sie so lange unterdrückt hatte. So oft hatte sie sich auf die Lippe beißen müssen, um nicht alles auszusprechen, was ihr auf der Zunge lag. Nicht an diesem Tag jedoch, schwor sie sich. „Und was mag das sein?", fragte sie verächtlich. „Soll ich mich vor Euch legen und ebenfalls sterben?"

Er schüttelte sie kurz und sie schluckte einen überraschten Aufschrei hinunter. Seine Augen funkelten gefährlich, sein Kiefer mahlte heftig. „Was von Euch erwartet wird ..." Er hielt inne und kämpfte offensichtlich gegen seine aufbrausende Wut. „... ist, dass Ihr schweigend dasitzt und aufhört, meine Männer zu reizen. Ihr habt heute schon mehr als genug Unruhe gestiftet."

Sie hatte Unruhe gestiftet? *Sie?*

Elienor würde nie wissen, woher dieser plötzliche Mut kam, denn in diesem Augenblick fühlte sie sich alles andere als tapfer, doch sie hob trotzig das Kinn. „Non!", spie sie. „Das habe ich nicht, Seigneur! Ihr seid das gewesen. Ihr habt heute Nacht so viel Zerstörung und Verderbtheit verursacht! Und *Ihr* wagt es, *mich* zu beschuldigen?"

Der wütende Einspruch verhärtete seine Züge und seine andere Hand flog zu ihrem Arm. Bevor Elienor wusste, wie ihr geschah, hatte er sie schon hochgehoben, bis sie nur mehr auf ihren Zehenspitzen stand. Sein Kiefer war vor Zorn angespannt und er schüttelte sie, bis ihre Zähne klapperten. Als er wieder sprach, waren seine Lippen so nah an ihren, dass sie die Hitze seines Atems spürte. „Am besten merkt Ihr Euch jetzt, kleine Französin", riet er ihr in einem fauchenden Flüstern, das ganz sicher nichts Zärtliches an sich hatte, „dass ich *alles* wage, was ich möchte! Vielleicht habt Ihr gestern noch mit Eurer zänkischen Art und Eurer spitzen Zunge Euren Willen bekommen, doch heute gehört Ihr mir. Stachelt meine Leute noch einmal zur Gewalt an und Ihr werdet es bitterlich bereuen – Euer Geschlecht bewahrt Euch davor nicht. Stellt meine Geduld heute nicht mehr auf die Probe!"

Elienor warf den Kopf in den Nacken, so weit sie konnte. In ihren Augen blitzte die Wut. *Gehören?* „Non, Seigneur Viking", erwiderte sie säuerlich und spuckte das Wort aus, als wäre es die abscheulichste Beleidigung. „Ich *gehöre* keinem Mann!" Sie wagte es erneut, ihr Kinn zu heben, und verfluchte den sündigen Stolz, der sie dazu antrieb. „Keinem Mann unter den Augen Gottes!" Sie warf ihm einen Blick voller Abscheu zu. „Und ich möchte Euch erinnern, Seigneur Viking, dass Ihr unsere Abmachung gebrochen habt, nur Sekunden, nachdem wir sie geschlossen hatten."

Er verengte die Augen und seine Lippen wurden schmal vor Ärger. „Doch, meine kleine Französin", erwiderte er heiser, „Ihr gehört mir – Abmachung hin oder her!"

Wieder hob sie ihr Kinn. „Ihr habt keinen Anspruch auf mich, noch werde ich Euch irgendetwas aus freien Stücken geben. Nun lasst mich los, wenn ich bitten darf!"

Er grinste unbarmherzig und drückte sie enger an sich. „Wenn das so ist ... glaubt mir, wenn ich Euch sage, dass ich das Nehmen sehr genießen werde!" Er lachte gehässig. „Schließlich bin ich ein Untier", sagte er sarkastisch, „ein Wikinger, wie Ihr so gerne betont, und nach Euren eigenen Worten ist Gewalt das Einzige, was mein Volk kennt. Nichts – *nichts*", sagte er mit Nachdruck, „wird mir größere Freude bereiten, als mir zu nehmen, was Ihr mir nicht freiwillig gebt!"

Elienor schlug das Herz bis zum Hals, denn sie glaubte ihm aufs Wort. „Dann, bei allem, was heilig ist, werde ich mich wehren!", gab sie zurück und schluckte ihre Furcht hinunter. Doch zu ihrem Entsetzen zitterte sie unter seinem Blick.

Als er ihr Beben spürte, lachte er lauthals. Seine Miene war wissend und sein Grinsen wurde breiter. „So soll es sein! Ich gehe davon aus, wir verstehen einander?"

Elienor schaute weg. In diesem Moment verabscheute sie selbst seinen Anblick, ebenso wie die Angst, die zweifellos in ihren Augen sichtbar war.

Er schüttelte sie erneut und stupste sie an. „Verstehen wir uns?" Sein Griff um ihre Arme verstärkte sich, als sie nicht antwortete.

In ihren Augen funkelte blaues Feuer, als sie seinen Blick erfasste. „Lasst mich los, Barbar!"

Triumph, dieses verbotene, stolze Gefühl, durchströmte sie, als er bei ihren Worten zusammenzuckte. Es war ein Sieg, ganz gleich wie klein, und sie genoss ihn vollends. Doch dann wurde sein Gesichtsausdruck brutal.

Süßer Jesus, sie würde noch jegliche Selbstkontrolle verlieren, wenn er sie nicht bald losließ. Sie konnte seinen forschenden Blick und auch seine Berührung nicht länger ertragen. „Oui!", fauchte sie und fühlte sich im Angesicht seiner Wut plötzlich schwach und verletzlich. „Oui! Wir verstehen uns! Lasst mich jetzt los!", schrie sie.

Er entsprach dem sofort. Sie stürzte auf ihre Knie. Mit einem letzten vernichtenden Blick und einem angewiderten Kopfschütteln wandte er sich zum Gehen.

Elienor wimmerte leise, während sie den Schmerz aus ihren Armen massierte, und verfluchte ihn als den herzlosen Heiden, der er war. So sehr sie ihn verabscheute – und, oui, sogar fürchtete –, sie konnte nicht zulassen, dass er ging, ohne ihn um Hilfe für Clarisse zu ersuchen. „Das Dienstmädchen ist immer noch verletzt!", rief sie seinem Rücken mit zitternder Stimme zu.

Sie betete um Stärke.

Der Wikinger blieb abrupt stehen und wandte sich zu ihr um. Sein Blick wirkte so tödlich wie sein Schwert.

Mit den letzten Resten ihres Stolzes hob Elienor ihr Kinn. „Ich würde ihr helfen, aber ich brauche Wasser –"

Wortlos löste er seinen Wasserschlauch von seinem Gürtel und warf ihn ihr zu. Dann drehte er sich um und entfernte sich. Elienor konnte gar nicht anders, als ihn zu fangen, denn er klatschte genau gegen ihre Brust und nahm ihr den Atem – nicht vom Aufprall, sondern weil sie nicht erwartet hatte, ihn so leicht zu bekommen.

Sie schaute dem Wikinger stumm nach. Nicht dass er seine Meinung änderte und ihr den Beutel wieder abnahm. Ihr Blick fiel auf Clarisse. Die Augen des Mädchens waren vor Angst geweitet und auf den breiten Rücken des Jarls gerichtet, auf ihren Wangen glänzten Tränen. Sie sah Elienor an.

„M-Madame, ich ... ich fürchte, es ist unklug, ihn zu

provozieren", sorgte sie sich. Plötzlich schloss sie die Lider und verzog vor Schmerz das Gesicht.

Entschlossen, ihr zu helfen, kniete Elienor sich neben sie und strich das feuchte Haar aus ihrer Stirn. „Dein Fieber ist gestiegen, Clarisse ..."

Die junge Frau stöhnte mitleiderregend. „Oui, Madame, oui ... aber – oh, das Licht!", rief sie. „Das Licht b-brennt in meinen Augen!"

Elienor runzelte die Stirn. „Was ist mit der Wunde?" Sie benetzte ihren Rock mit Wasser aus dem Beutel und wischte mit dem feuchten Stoff über Clarisses Stirn, um sie zu beruhigen. „Wo tut es am meisten weh?"

Das Mädchen schüttelte ruckartig den Kopf. „Mein Nacken ... und ... und meine Augen – das Licht, Madame! Es ist das Licht!"

Elienor reichte Clarisse den Wasserbeutel, damit sie trinken konnte.

Die junge Frau schüttelte ablehnend den Kopf.

Elienors eigener Mund war trockener als sonnengebleichte Wolle und ihre Zunge fühlte sich viel zu groß an, doch sie hielt Clarisse bestimmt den Beutel hin. „Ich bin gerade nicht durstig", log sie ohne Zögern. Gott möge ihr vergeben, aber sie wusste, das Mädchen würde das Wasser nicht annehmen, wenn es bedeutete, dass Elienor ihren Durst nicht stillen konnte. Clarisse konnte ihre Stellung nicht vergessen, obgleich das hier unter Feinden bedeutungslos war. Immer noch wollte die junge Frau den Beutel nicht annehmen. „Komm schon", forderte Elienor sie auf. „Mir wäre es lieber, wenn du zuerst trinkst."

Clarisse zögerte weiterhin. Elienor nickte ihr aufmunternd zu, ihre Augen flehend. „Nimm ihn."

Endlich streckte die junge Frau ihre Hand aus. Ihre schmalen Finger zitterten, als sie den Wasserschlauch an ihre ausgedörrten Lippen führte. Sie trank verzweifelt und als sie den Beutel senkte, schenkte sie Elienor einen dankbaren Blick.

Elienor legte den Schlauch beiseite.

„Warum bringen sie uns nicht einfach um?", rief Clarisse plötzlich.

Elienor fragte sich dasselbe. Sie zuckte die Achseln. „Clarisse ... würdest du dich umdrehen, damit ich die Wunde auswaschen kann?"

Sie schauten einander an. Elienor wusste, sie verlangte zu Unrecht von dem Mädchen, ihr zu vertrauen, denn sie hatte Stefan im Stich gelassen. Doch Clarisse nickte, rollte sich auf die Seite, sodass ihr Rücken zu Elienor zeigte, und ächzte dabei vor Qual.

Elienor blickte wieder zum Steuerruder, die Augen angefüllt mit Schmerz. Was auch immer es ihr abverlangen mochte, versprach sie sich, sie würde nicht zulassen, dass Clarisse etwas zustieß. Sie weigerte sich, zu akzeptieren, dass sie nicht die Macht hatte, so etwas zu verhindern. Sie könnte es nicht ertragen, noch einen Tod auf dem Gewissen zu haben.

Während er einen herzhaften Schluck aus einem anderen Wasserschlauch nahm, beobachtete Alarik, wie die kleine Französin den Beutel, den er ihr gegeben hatte, dem verletzten Mädchen anbot. Er konnte deutlich den Durst in ihren eigenen Augen sehen, und doch stillte sie ihn nicht, selbst als die andere junge Frau das Wasser ablehnte.

Mit einem gemurmelten Fluch verschloss er seinen eigenen Schlauch. Wieso hatte er sie nicht in Frankreich gelassen? Das hätte er tun sollen, gab er mit einem finsteren Blick zu. Welcher Wahnsinn hatte von ihm Besitz ergriffen, dass er sie mitgenommen hatte? Was hatte er sich bloß dabei gedacht? Es geschah ihr recht, wenn sie an Wassermangel starb.

Wieso sollte es ihn interessieren?

Er verspürte den Drang, zu ihr zu gehen und die Kratzbürste zum Trinken zu zwingen.

Dann warf er dem Roten Hrolf einen zornigen Blick zu und verfluchte sie erneut. Seine Männer würden eine solche Geste als Schwäche seinerseits sehen, vor allem nach der vorherigen Auseinandersetzung, und das konnte er sich nicht erlauben. In seiner Welt herrschte allein Stärke, jetzt mehr als je zuvor, denn es gab viele Unruhen im Nordland.

Es half nicht gerade, dass sein Bruder Olav die Menschen mit Zwang unterwerfen wollte, wenn sie sich nicht von selbst änderten. Mit eigenen Augen hatte er die eiserne Hand gesehen, mit der sein Bruder regierte. Aus Zorn, dass einer seiner Männer den neuen Glauben nicht annehmen wollte, hatte Olav ihn vor seinen Leuten Odin dargebracht und ihn wie ein Opfertier auf dem Altar aufgeschlitzt. Er hatte an ihm ein Exempel statuiert.

Alariks Blick wanderte wieder zu der jungen Frau. Sie war nicht mehr als eine Sklavin, erinnerte er sich. Sie war es nicht wert, dass er die Loyalität seiner Männer riskierte. Damit richtete er seine Aufmerksamkeit zum Himmel.

Im Moment füllte der Wind die Segel der *Gyllen falk*, aber es war nur eine Frage der Zeit, bis sich das Wetter wieder gegen sie richtete. Hoffentlich waren sie bis dahin bereits ein gutes Stück Richtung Norden gekommen ... vielleicht sogar schon in Sicht von Frieslands zerklüfteter Küste.

Er schaute wieder zu dem Mädchen.

Bei den Nornen, er scherte sich keinen Deut um die Französin, sagte er sich. Er hatte sie nur mitgenommen, um sich an dem Grafen zu rächen.

Und doch besaß das Weibsbild genug Feuer für eine ganzes Dutzend Nordmänner. So sehr ihn dies faszinierte, ärgerte es ihn auch, denn so, wie die Furie ihn anstarrte, wusste er ganz sicher, dass sie ihm noch Kummer bereiten würde. Trotzdem würde er es noch einmal genauso machen ... er würde sie wieder mitnehmen.

Bei diesem Eingeständnis runzelte er die Stirn. Er wusste, in Wahrheit hatte seine Entscheidung, sie mitzunehmen, wenig mit Phillipe de Brouillard zu tun. Der Grund dafür war schlicht und einfach und so intensiv, wie er es nie für möglich gehalten hätte ...

Er wollte sie für sich selbst.

KAPITEL 7

Am späten Nachmittag konnte Elienor die Hitze der Sonne auf ihrer Haut nicht mehr spüren, auch wenn die blendende Helligkeit ihr versicherte, dass sie nicht verschwunden war. Mit einem Ächzen schaute sie zu Clarisse und sah, dass das Mädchen unruhig schlief. Es war gut, dass sie überhaupt schlummerte, denn es schien ihr elend zu gehen, wenn sie wach war.

Über ihnen flatterten die Segel geräuschvoll. Aber hier unten, wo sie lagen, war die Luft abgestanden, feucht und eigenartig friedlich, sodass Elienor sich etwas betäubt und benommen fühlte. Am Anfang war es auf dem Meer kälter gewesen als an Land, aber nun, da ihr Körper sonnenverbrannt war, konnte sie nichts anderes mehr empfinden als Hitze. Die salzige Luft stach in ihre Augen und sie kniff die Lider zu, um das Brennen abzuwehren. Obwohl sie unglaublich müde war, konnte sie sich dem Schlaf, der sie lockte, nicht hingeben. Ihr Durst war viel zu stark, ihr Gesicht zu verbrannt, ihre Kehle zu rau und ihre Sorge um Clarisse zu groß. Mit einem Seufzen legte sie sich so nah wie möglich zu der jungen Frau, schloss die Augen, um sie zu entspannen, und irgendwie döste sie endlich ein.

Sie hatte kaum Stunde geschlafen, als sie von dem

unmenschlichen Geräusch, mit dem die Wellen gegen das Schiff klatschten, aufschreckte. In so kurzer Zeit hatte das Wetter umgeschlagen. Salzwasser stürzte über die Reling, Sprühwasser traf ihre heißen Wangen und minderte das Brennen flüchtig, bis die Feuchtigkeit verdunstete und ihre Haut erst recht loderte, weil das Salz sie austrocknete.

Sie stöhnte leidvoll und drehte sich um, damit eine Seite ihres Gesichts eine Auszeit von der glühenden Sonne und dem heißen Wind bekam. Als ihre gequälte Haut das von Meerwasser durchtränkte Holz berührte, wimmerte sie. Herrgott! Zu allem Unglück begegnete sie in diesem Moment auch noch dem des Roten Hrolf Blick, dessen blaue Augen vor Heimtücke blitzten. Ein kalter Schauer überlief ihren Rücken. Hemmungsloser und erbitterter Hass stand in seinem Gesicht. Er würde sie töten, wenn es seine Entscheidung wäre, das war offensichtlich. Dem Himmel sei Dank, dass es nicht seine war!

Furcht drückte ihr das Herz zusammen und sie schaute schnell weg. Zu ihrem eigenen Entsetzen war sie auf einmal dankbar, dass sie unter dem Schutz des Jarl stand. Obgleich es sie bei der Erkenntnis schüttelte, erkannte sie auch die zugrundeliegende Wahrheit und gestand sich ein, dass er das geringere Übel war – so sehr sie dieses Eingeständnis auch verabscheute.

Neben ihr ächzte Clarisse mitleiderregend. Instinktiv griff Elienor nach dem Wasserschlauch. Sie ließ den Roten Hrolf nicht aus den Augen, während sie selbst zwei gierige Schlucke nahm, bevor sie sich zwang, aufzuhören. Mit so wenig Wasser wie möglich benetzte sie ihren Rock und benutzte ihn erneut, um Clarisses Stirn zu kühlen. Danach hob sie den Kopf der jungen Frau in ihren Schoß und bemühte sich vergebens, deren Mund zu öffnen, um ihr etwas Wasser einzuflößen. Betroffen sah sie zu, wie es lediglich an ihrem Kinn herunterlief. Schweren Herzens gab Elienor auf, verschloss den Wasserbeutel und verstaute ihn unter sich.

In diesem Moment wachte Clarisse auf, das Gesicht vor Qual verzogen.

„Clarisse?"

„Oui, Madame", krächzte die junge Frau.

Elienor strich feuchte Haarsträhnen aus ihrem kränklich bleichen Antlitz. „Geht es dir besser?"

Clarisses Stimme war diesmal noch schwächer, kaum mehr als ein Flüstern. „Oui, Madame." Sie zuckte zusammen, als eine weitere Welle das Schiff traf und es heftig zum Schwanken brachte. „Das Licht", krächzte sie. „Es ist das Licht ..."

Elienor blickte zur Sonne hoch und wünschte von ganzem Herzen, sie würde verschwinden.

Die Dunkelheit kam ohne Vorwarnung, spannte Schatten über das Meer wie ein riesiger schwarzer Schleier und mit ihr kam eine unerträgliche Kälte, die in die Knochen kroch.

Der Wind wurde immer stärker, je weiter sie nach Norden segelten, und in der Finsternis kam es Elienor so vor, als würden Dämonen sie bestürmen.

Ganz gleich, wie sie auch lag, sie fühlte sich unbehaglich und so suchte sie immer wieder nach einer neuen Liegeposition. Zweifellos war *er* ganz in seinem Element in diesen teuflischen Gefilden – Unhold, der er war.

Nicht zum ersten Mal wanderte ihr Blick zum Steuerruder.

Nur zwei Wikinger waren noch wach, der Anführer und der Nackte. Non, er war jetzt nicht mehr unbekleidet, aber für Elienor würde er immer so aussehen, wie sie ihn zum ersten Mal erblickt hatte: entblößt und fröhlich um die Toten herumtanzend. Sie blinzelte, um das Bild von Gastons lebloser Gestalt unter dem Wikinger zu vertreiben.

Beide Männer starrten auf das dunkle Wasser. Die

Umrisse ihrer riesigen Körper hoben sich durch den hellen Mondschein davon ab. Leises Murmeln drang an ihr Ohr, aber sie versuchte nicht einmal, zu lauschen. Sie wusste, dass sie ohnehin nichts von ihrer Heiden-Sprache verstehen würde.

Als er zum wiederholten Mal die überwältigende Gegenwart der Frau spürte, durchdrang Alariks scharfer Blick den dichten Meeresnebel.

Sie schaute in dem Moment weg, in dem er sie ansah.

Unbeachtet von seinen schlafenden Männern beobachtete er, wie sie sich neben dem Mädchen zusammenrollte und ihren Kopf vorsichtig auf die Planken bettete. Als sie einfach keine angenehme Lage finden konnte, klaubte sie ihr langes dunkles Haar zusammen und versuchte, es als Kissen zu benutzen. Ihre Bewegungen waren trotz der Eiseskälte anmutig und sinnlich. Sein Körper verhärtete sich, während er zuschaute, wie sie sich in diese prächtige Mähne kuschelte.

Wie würde es sich anfühlen, dieses seidige Kissen mit ihr zu teilen?

Er erinnerte sich an die weichen Strähnen, die er in der Kapelle liebkost hatte, und sehnte sich danach. Dennoch widerstand er dem Drang, zu ihr herüberzugehen.

Er würde es bald genug herausfinden, sagte er sich – sobald ihre Füße festen Boden berührten. Mit diesem Entschluss nahm er seine Nachtwache über die launische See wieder auf und verbannte alle Gedanken an die junge Frau ein für alle Mal aus seinem Kopf.

Es hatte keinen Zweck, an sie zu denken.

Dass sie es so schwierig fand, auf den harten Planken zur Ruhe zu kommen, verriet ihm viel. Obwohl sie sich nicht beschwerte, schien sie auch nicht mit dem Platz zufrieden, den man ihr zugewiesen hatte. Sie war keine Dienstmagd, überlegte er, was ihn wiederum zu dem Schluss führte, dass sie in Wahrheit das Weib des

Grafen sein musste. Aber war sie seine Hure oder seine Frau?

Eine leichte Brise zupfte an seinem Mantel und zerzauste sein Haar, als er wieder zu ihr herüberschaute und ihren Schlaf beobachtete.

Sie zitterte.

Er starrte sie weiter an. Sein Körper gehorchte ihm nicht, auch wenn er sich sagte, dass sie ihn nicht rührte. Bei Odins verlorenem Auge, wer zitterte nicht? Die Nachtluft war eisig. Doch warum sollte ihn ein erbärmliches Frauenzimmer kümmern?

Er stieß Sigurd mit dem Ellbogen an. „Übernimm das Ruder", befahl er ihm und dann ging er wortlos weg.

Er bahnte sich einen Weg durch die schlummernden Körper seiner Besatzung und blieb neben der Frau stehen, die Hände in die Hüften gestemmt.

Es überraschte ihn, dass sie doch wieder eingeschlafen war, denn er hatte sich bereits für eine weitere Auseinandersetzung gewappnet. Oder hatte er darauf gehofft?

Ohne sich Zeit zu lassen, sein Handeln oder Denken zu hinterfragen, zog er seinen Mantel aus und breitete ihn über sie. Ein Blick über die Schulter verriet ihm, dass im Moment das Meer Sigurds uneingeschränkte Aufmerksamkeit verlangte.

Sigurd Thorgoodson war Alariks treuester Mann, er war schon länger bei ihm als alle anderen. Er vertraute Sigurd sein Leben an, doch in diesem Augenblick wollte er nicht beobachtet werden, auch nicht von jemandem mit seiner Loyalität. Sigurd schien das zu verstehen und für diese Rücksicht war Alarik ihm dankbar.

Der Rest der Mannschaft schlief weiter und in diesem Wissen konnte er seine Hand nicht zurückhalten. Der Drang, sie zu berühren, war übermächtig. Er hob eine lose Strähne an seine Lippen, als wollte er sie kosten, dann führte er sie an seine Nase und atmete den belebenden Duft ein: Rosen, Meer, Wind. Es sollte nicht so gut zusammenpassen, aber das tat es.

Herrlich.

Einmal mehr erinnerte er sich daran, wie sie auf dem Turm gestanden hatte, eine Silhouette vor dem hellen Mond, umweht von ihrem wilden, offenen Haar, und er erbebte erwartungsvoll. Nie zuvor hatte er sich mehr nach zu Hause gesehnt als in diesem Moment. Das Ausharren war fast unerträglich.

„Was für einen Einfluss übt Ihr auf mich aus, kleine Französin?", wisperte er.

Sie erweckte ein eigenartiges Gefühl in seinem er-härteten Herzen. Als er zum ersten Mal in ihr himmli-sches Gesicht geblickt hatte ... war es irgendwie, als hätte er ein Stück von sich selbst verloren.

Und dann, nachdem er den Jungen erschlagen hatte, hatte sie ihn so anklagend angeschaut, dass er den ihm unerklärlichen Drang verspürt hatte, seine Tat zu ver-teidigen. Sein erstes Leben hatte er vor seinem zwölften Geburtstag genommen − wie viele andere auch −, aber ihr Blick hatte seinen Lippen dennoch eine Verteidi-gung entlockt.

„Es ist nur Lust!", sagte er sich mit Nachdruck und hob ihr Haar erneut an seine Nase. Er sog ihren Duft in sich hinein und ließ sich einen Moment davon fesseln.

Als sie sich nicht rührte, wanderten seine Augen über ihren Körper und auf einmal überfiel ihn ein an-deres Bild ... wie sie auf dem Rücken unter ihm lag, die langen, wohlgeformten Beine um seine Mitte geschlun-gen. Sein Körper verhärtete sich schmerzhaft und er verlagerte sein Gewicht, jedoch ohne dadurch Erleich-terung zu finden. Er fluchte leise, ließ die Locke ihres Haars los und sprang auf.

Hel und Verdammnis! Es war Begierde und nichts weiter, versicherte er sich erneut und fluchte noch ein-mal. Denn die Unwahrheit dieses Gedankens folgte ihm bis zurück zum Steuerruder.

KAPITEL 8

Der Himmel blieb den ganzen nächsten Tag bewölkt. Und den darauffolgenden ebenso, auch wenn es zum Glück nicht regnete.

Spätabends am vierten Tag begann der Wind plötzlich aufzufrischen, als sie an einer Reihe großer Inseln vorbeisegelten. Vom Sturm getrieben preschte das Schiff so schnell vorwärts, dass sie die Inseln schnell hinter sich ließen.

Elienor hatte am ersten Tag nichts gegessen. Am zweiten hatte man ihr armselige Mengen an getrocknetem Fisch und Wasser gegeben. Clarisse nahm nichts zu sich und ihr Zustand wurde schlechter; glücklicherweise trank sie wenigstens ein paar Schluck Wasser. Im Moment verspürte Elienor keinen Hunger, obwohl sie heute noch nichts gegessen hatte. Vor einer Stunde hatte sie mehr von dem getrockneten Lachs bekommen, aber sie hatte ihn nicht verzehrt. Stattdessen hatte sie ihn für Clarisse aufbewahrt, in der Hoffnung, dass die junge Frau ein paar Bissen probieren würde, wenn sie diesmal aufwachte. Elienor betete verzweifelt, dass der Wind abflauen und die Wellen sich beruhigen würden, doch zu ihrem Entsetzen nahm der Sturm noch zu.

Sie schob ihre Angst beiseite und richtete ihre Gedanken auf eine fröhlichere Zeit. Die Monate, die sie am Hof ihres Onkels verbracht hatte, waren allzu schnell vergangen. Zum ersten Mal in ihrem Leben hatte sie sich als Teil von etwas gefühlt, selbst wenn ihre Verwandtschaft zu Robert von Frankreich nur wenigen bekannt war.

Während sie sich zurückerinnerte, berührten ihre Finger den Ring, der unter dem Ausschnitt ihres Bliauts verborgen war. Wann immer ihr das Leben vor dem Kloster unwirklich oder entfernt erschien, oder wenn sie den dunklen Erinnerungen an ihren edlen Vater und ihre sanfte Mutter misstraute, brauchte sie nur den Ring anzuschauen, der ihr Familienwappen trug, das Königswappen von Frankreich. Ihr Onkel hatte ihr den Ring gegeben. Es war für sie das größte Geschenk von allen, denn er hatte einst ihrem Vater gehört.

Sie hielt ihn in Ehren.

Bittersüß war ihr der Moment in Erinnerung geblieben, in dem Robert in ihr überreicht hatte – es war der Tag gewesen, an dem er sie aus dem Kloster geholt hatte.

Sie war zur Kapelle gerufen worden und fand ihn dort, wie er vor sich hin summte, zu leise, als dass sie die lateinischen Worte verstehen konnte. Beim Klang ihrer Schritte auf dem hohlen Holzboden wandte er seinen Blick von dem Kreuz über dem Altar ab und verstummte. Er drehte sich zu ihr um und räusperte sich. „Du siehst aus wie deine Mutter, Kind", sagte er.

„Oui", erwiderte Elienor. „So erzählt man es mir, Seigneur." Sie konnte die Bitterkeit nicht aus ihrer Stimme verbannen. „Aber wie Ihr sehen könnt, bin ich kein Kind mehr."

„Oui ... in der Tat ... dein Vater wäre stolz auf dich."

Er musste gespürt haben, dass sie sich danach sehnte, diese Worte zu hören. Nachdem sie sich eine Weile unterhalten hatten, streifte er den Ring von seinem Finger. „Nimm ihn, Elienor, er gehörte deinem Vater ...“

Elienor zögerte.

„Ich verstehe es, solltest du ablehnen ... doch er steht dir ebenso sehr zu wie mir.“

Immer noch zögerte sie.

„Versuche, ihn nicht zu verachten, Elienor. Dein Vater war – wie ich auch – nurmehr eine Schachfigur auf dem Spielbrett der Politik.“

Schließlich nahm sie den Ring an. „Wie auch ich“, erinnerte sie ihn.

Er nickte und seufzte schwer. „Das bist du. Aber du solltest wissen, dass er sich zunächst weigerte, sie zu verstoßen.“

Ihr Herz setzte einen Schlag aus und sie schaute ihn an.

„Allerdings ... wie du weißt ... ohne Erfolg. Ich fürchte, es kam meinem Vater zupass, dass deine Mutter bekanntermaßen die Gabe der Voraussicht besaß. So musste er nicht viel tun, um das gemeine Volk gegen sie aufzubringen.“ Er blickte sie eindringlich an. „In jedem Fall ist es günstig, dass sie dir nicht ... ihr ... unheilvolles Talent vererbt hat.“

Elienors Herz zog sich zusammen. Sie wagte nicht, seinem Blick zu begegnen, weil sie fürchtete, dass er etwas vermuten könnte. „Oui“, krächzte sie. „Das ist wirklich gut.“

Er schien die Angst in ihrer Stimme nicht zu bemerken, denn er führ fort: „Ohne die Fürsprache deines Vaters bei der Kirche“, erzählte er ihr, „wäre sie wahrscheinlich nicht einmal in geweihter Erde bestattet worden. Zumindest dafür solltest du deinem Vater verzeihen ... denn er liebte dich auch.“

Also nahm Elienor den Ring.

Und sie war dankbar dafür, denn so hatte ihr Onkel ihr ein Gefühl der Zugehörigkeit gegeben. Es bedeutete ihr viel, von ihrer Familie anerkannt zu werden. Sie hatte schon die Hoffnung aufgegeben, diesen Traum jemals erfüllt zu bekommen. Sie glaubte zu verstehen, warum er sich verpflichtet gefühlt hatte, ihr all das nach so langer Zeit zu enthüllen. Zweifellos fühlte er sich mitschuldig an dem, was sein Vater Elienor und ihrer Mutter angetan hatte.

Außerdem hatte sie ein bisschen Mitleid mit Robert von Frankreich, weil sie aus erster Hand wusste, wie es sich anfühlte, einen geliebten Menschen zu verlieren. Auch er war das Opfer solcher Machenschaften. Seine erste Ehe war genauso annulliert worden wie die ihres Vaters und seine Liebe danach in einem Kloster weggesperrt worden.

Doch so dankbar Elienor auch war, sie kam nicht umhin, etwas Bitterkeit für all das zu empfinden, was ihr als Kind genommen worden war. Für die Schmerzen, die ihre Mutter ausgestanden hatte.

Es war besser, nicht bei diesen Gedanken zu verweilen, das wusste sie. Stattdessen bemühte sie sich, an all das zu denken, was es Gutes in ihrem Leben gab: Sie kannte die Heilige Schrift und besaß Geschichtskenntnisse; außerdem konnte sie gut rechnen, denn Mutter Heloise hatte sie darauf vorbereiten wollen, ihre Nachfolgerin als Äbtissin zu werden.

Mit einem Seufzen zog sie die Beine unter den Mantel, der auf geheimnisvolle Weise am Morgen des zweiten Tages auf ihr gelegen hatte, und fragte sich erneut, wem er gehören mochte. Ganz sicher nicht dem Roten Hrolf. Noch schien einer der anderen Männer sich um ihr Wohlergehen zu sorgen.

Sie hatte einen Verdacht, vom wem er sein könnte, denn der Stoff roch nach ihm: eine schwer definierbare Mischung aus Wind, Meer und Mann. Es war verrückt, seinen Duft zu kennen, wenn sie *ihn* doch gar nicht kannte. Und doch war es so.

Der Wind über ihr heulte und zischte wie eine Schlange durch die Segel, und Elienor stellte sicher, dass

Clarisse ebenfalls zugedeckt war. Sie beugte sich über die junge Frau und steckte die Decke unter ihr fest, dann spähte sie über die Reling. Nichts außer wütenden grauen Dünungen weit und breit. Sie waren so weit von allem entfernt. Die unvorstellbare Weite des Ozeans ließ sie zittern. Sie fühlte sich so verletzlich hier draußen, fast so verletzlich wie zu dem Zeitpunkt, als man sie aus den Armen ihrer Mutter gerissen hatte ...

Die See war so dunkel – so dunkel, wie sie sich oft das Grab ihrer Mutter vorgestellt hatte.

Sie zitterte erneut und schlang die Arme um sich; dabei verfluchte sie ihre Lippen, die unaufhörlich brannten – selbst in der kalten, feuchten Finsternis. Sie berührte sie mit ihren Fingern, als könnte das Linderung bringen.

Es war nicht so sehr die Angst vor dem Tod, sagte sie sich. Es war eher die Furcht, dass man ihre Leiche über Bord werfen würde – zu den furchtbaren Kreaturen, die dort hausten. Mit einem unglücklichen Ächzen blickte sie auf Clarisse herab. Das Antlitz des Mädchens schimmerte im Mondlicht und ließ die Haut viel zu bleich erscheinen und die Augen schwarz und gespenstisch. Ihr kam plötzlich der Gedanke, Clarisse könnte die Überfahrt nicht überleben. Wieder würde sie jemanden nicht retten können. Wie bei Stefan. Sie schluckte den Kloß in ihrem Hals herunter und wandte das Gesicht gen Himmel.

Hatte Gott sie wahrlich verlassen?

Sie bedeckte ihren Mund mit einer Hand. In der Dunkelheit, wo niemand sie sehen und der aufbrausende Wind das Geräusch fortwehen würde, begann sie leise zu weinen.

Fünfzehn Winter hatte sie im Kloster verbracht. Fünfzehn lange, einsame Winter. Und Phillipe war ihre größte Hoffnung gewesen.

Über ihr flatterten die Segel heftig und drehten den Mast windwärts. Bebend bekreuzigte Elienor sich. Was für ein Schicksal hatte Gott für sie vorgesehen? Den armen Stefan sterben zu sehen – und nun vielleicht ertragen zu müssen, wie Clarisse litt und auch verschied? Nein, bei Gott, das würde sie nicht zulassen!

Als wäre ihr Zorn greifbar geworden, erhob sich der Wind plötzlich und schaukelte das Schiff so heftig, dass alle an Bord übereinander stolperten.

„Clarisse?", rief sie.

Die schwache Gestalt neben ihr antwortete nicht.

Verzweifelt schüttelte Elienor die Schulter des Mädchens, als das Schiff erneut krängte. „Clarisse!", schrie sie.

Immer noch keine Reaktion. Clarisse lag bewegungslos da.

„Oh, non!" Panisch tastete Elienor nach einem Puls an Clarisses Hals. Sie fand ihn, zwar schwach, aber vorhanden. Vor Erleichterung atmete sie zitternd aus. Mit bebenden Händen griff sie nach dem Wasserschlauch hinter ihr. Es war das Fieber, da war sie sich sicher. Wenn sie die brennende Stirn des Mädchens nur irgendwie kühlen könnte. Als ihre Finger sich um den Schlauch schlossen, schaukelte das Schiff wieder und das Behältnis flog weit hinter sie. Sie fuhr herum, um es einzusammeln, und sah dabei, dass der Rote Hrolf wach war und sie beobachtete. Mit einem unheilvollen Grinsen fuhr sein Stiefel herunter und stoppte den Wasserbeutel, der über die Planken gerutscht war. Weil sie sich fürchtete, ihn selbst aufzuheben, streckte Elienor ihre Hand aus und hoffte entgegen aller Vernunft, dass der Wikinger ihn ihr zurückgeben würde.

Sein Grinsen wurde noch breiter und Elienors Herz verkrampfte sich. Doch da sie wusste, dass Clarisse das Wasser brauchte, wagte sie es, danach zu greifen – unsicher und ohne den Roten Hrolf aus den Augen zu lassen. Zu ihrem Entsetzen krängte das Schiff erneut, heftiger diesmal, und bevor sie den Wasserschlauch in die Hände bekam, brach Chaos aus.

Mit einem ängstlichen Kreischen rollte Elienor auf Clarisse, sodass diese sich aufrichtete, nur um wieder auf die Planken zu prallen und sich mit einem so haarsträubenden Geräusch den Kopf anzuschlagen, dass Elienor es selbst über das Heulen des Winds und die Rufe der hochschreckenden Mannschaft hörte. Betroffen sah Elienor zu, wie Clarisses Körper zu zucken begann, als wäre die junge Frau besessen. Elienor schrie, als sie spürte, wie das Mädchen sich unter ihr wand und krümmte.

Bei dem Anblick von Clarisse begann Hrolf zu brüllen. Er sprang voller Abscheu auf die Beine. „Sie ist besessen!"

„Non!", widersprach Elienor. „Sie ist nur krank."

Clarisse zuckte und krümmte sich weiter. Elienor konnte nichts dagegen tun. Die Zunge der jungen Frau hing ihr schlaff aus dem Mund und ihre Augen flogen auf und schielten. Der Anblick war furchtbar genug, um selbst Elienor zu erschrecken.

„Das ist ein von Hella geschicktes Übel", rief der Rote Hrolf. „Wir werden alle sterben! Bis auf unsere Knochen verkümmern!"

Furcht senkte ihre Klauen in Elienors Herz.

Vor ihrem inneren Auge sah sie erneut die Ankläger ihrer Mutter, hörte ihre skandierten Verleumdungen: *Hexe! Tötet die Hexe! Gott wird uns für ihre Sünden bestrafen! Tötet die Hexe!*

Sie schloss die Augen, um das schmerzliche Bild zu vertreiben, und flehte um Stärke. Gnädiger Himmel. Sie musste stark bleiben.

„Werft die Hure ins Meer!", schrie jemand.

Tötet die Hexe! Oui! Tötet sie beide! Die Tochter ist auch eine dreckige Hexe! Schickt sie beide in die Unterwelt, wo sie herkamen!

„Non!" Elienor keuchte unter der Last der Erinnerung. „Non! Bitte! Bitte!"

„Werft sie beide ins Meer!", wiederholte ein anderer auf Französisch und starrte sie an.

„Non!", schrie Elienor, panisch vor Angst. „Non! Non! Gnade – ich bitte Euch! Süßer Jesus! Habt Gnade!" Sie stand auf und klammerte sich an Hrolfs Hemd. „Jesus Christus – bitte!"

Der Rote Hrolf schubste sie voller Abscheu von sich. „Dreckige französische Hure!" Er hob sein Ruder, um sie wegzuscheuchen.

Jetzt vollkommen außer sich kam Elienor wieder auf die Beine und flehte zusammenhangslos voller Angst: „Bitte, bitte, lasst sie in Ruhe – oh, bitte!"

Sie hatte keine Zeit, sich vor dem Schlag zu ducken, selbst wenn ihr bewusst gewesen wäre, dass er kommen würde.

Sie schrie, als das Ende des Riemens ihren Kopf traf. Ihre Augen weiteten sich, als sie hörte, wie ihre Haut aufplatzte. Es war so laut, dass es aus ihrem Inneren zu dringen schien.

Oh Gott ... war ihre Vision so falsch gewesen?

Würde sie auch hier sterben?

Etwas Feuchtes und Warmes bedeckte ihre Schläfe. *Blut*, dachte sie flüchtig.

Blut.

Eine verschwommene Schwärze legte sich über ihre Augen und eine Ewigkeit schien zu vergehen, während sie gegen das Unvermeidliche ankämpfte. Ein hohles Läuten erfüllte ihre Ohren und verdrängte alle anderen Geräusche.

Stille.

Die Stille des Grabs ihrer Mutter.

In diesem Moment war ihr, als müsste sie sich übergeben, so furchtbar übel wurde ihr plötzlich. Sie öffnete den Mund, wollte um Hilfe flehen, doch die Worte verließen nie ihren Lippen.

Wer würde ihr schon helfen? *Niemand*, höhnte eine

leise Stimme. „Niemand", flüsterte sie schwach, während ihre Sicht langsam verschwamm.

Zu ihrem Entsetzen war das Gesicht, das in diesem Moment vor ihren Augen auftauchte, weder das ihres Onkels noch das ihrer Mutter, auch nicht das der freundlichen, alten Äbtissin, nicht Comte Philippes, nicht Stefans, nicht Clarisses ... sondern *seines*.

Sie versuchte, zum Steuerruder zu schauen, um Hilfe zu bitten, doch plötzlich drehte sich alles um sie.

Da er erhitzte Auseinandersetzungen unter seinen auf See gelangweilten Männern gewohnt war, schenkte Alarik dem plötzlichen Aufruhr keine Beachtung, bis er den Schrei hörte. Als er sich umdrehte, sah er gerade noch, wie sie auf die Planken stürzte.

Mit einem heiseren Aufschrei eilte er an ihre Seite und hob ihr Gesicht an. Blut floss aus einer Wunde an ihrer Stirn über seine Hände. Sein Zorn richtete sich auf Hrolf, der als Einziger nah genug stand, um den heftigen Schlag ausgeführt zu haben. „War das wirklich nötig?"

„Sie ist verrückt!", verteidigte sich der Rote Hrolf empört. Verunsichert von der Art, wie Alarik ihn anstarrte, betonte er: „Sie ist verrückt, wirklich! Und die andere ist besessen!" Sein Gesicht rötete sich unter Alariks tadelndem Blick, doch da er ein zustimmendes Nicken von Bjorn bekam, wagte er, seine Stimme erneut zu erheben: „So oder so, wieso sollte es dich kümmern, was ich mit der Hure mache, Jarl? Sie ist nur eine dreckige Französin! Wir sollten beide über Bord werfen und fertig."

Als würden selbst die Götter Asgards den Atem anhalten, um Alariks Entgegnung zu vernehmen, flaute der Wind in diesem Moment ab und die unheimliche Stille, die Hrolfs Frage folgte, verhöhnte ihn. Ehrlich gesagt war es eine Frage, die Alarik sich selbst schon gestellt hatte. Doch bisher wusste er keine Antwort. Trotzdem wollte er nicht, dass das Frauenzimmer misshandelt wurde, und die Heftigkeit, mit der er die nächsten Worte aussprach, überraschte ihn selbst noch mehr als seine Männer.

„Es kümmert mich", knurrte er, „weil sie mir gehört!" Er schlug sich mit der Faust gegen die Brust und schaute Bjorn finster an, um ihn zu warnen, denn er hatte den ermutigenden Blick, den sein Bruder dem Roten Hrolf zugeworfen hatte, nicht übersehen.

Bjorns Augen weiteten sich erschreckt und als Alarik fand, dass seine Warnung ausreichend angekommen war, drehte er sich zu allen in Sichtweite um und wiederholte: „Die Französin gehört mir! Nur ich mache mit ihr, was ich will. Ich fordere jeden, der anderer Meinung ist, heraus, mir die Stirn zu bieten!"

Er schaute alle an und einer nach dem anderen schüttelte den Kopf und wich vor der Kampfansage zurück.

Keiner wagte es, auch nur zu sprechen.

Alarik fühlte, wie das warme Blut über seine Hände rann. Er blickte nach unten und wischte mit seinem mit Salzwasser benetzten Hemd über die Wunde, aus der immer noch so rasch Blut austrat, dass er ihre Stirn nur für einen Moment ihre Stirn sehen konnte. Es war eine recht tiefe Platzwunde, direkt unter der Schläfe, eine heikle Stelle, wie er wusste. Voll Sorge um die Schwere ihrer Verletzung ließ er den Blick über das vom Sturm aufgewühlte Meer schweifen.

Der Wind war wieder stärker geworden, doch er hatte keine wirkliche Wahl, wenn er dem Weibsbild helfen wollte. Er war der beste Steuermann an Bord, aber in Anbetracht der Umstände hatte er das Gefühl, dass er keinem anderen zutrauen konnte, sich um die Französin zu kümmern.

Sigurd, überlegte er, könnte das Schiff sicher durch das Unwetter steuern ... Dennoch übernahm er in einem solchen Sturm normalerweise lieber selbst das

Ruder. Warum eigentlich verspürte er immer den Drang, alles selbst zu machen?

Doch er hatte nur diese beiden Wahlmöglichkeiten: Er konnte selbst steuern und die Frau sterben lassen oder sich um sie kümmern und wahrscheinlich alle an Bord dadurch umbringen.

In diesem Moment kippte die *Gyllen falk* zu einer Seite. Mit einem gemurmelten Fluch wappnete Alarik sich, doch es war zu spät. Er stürzte auf sie herab.

So klein.

Sie war so klein unter ihm.

Er konnte sie nicht sterben lassen.

Seine Hände verfingen sich in ihrem blutigen Haar. Nei, er würde sie nicht sterben lassen!

So lange er lebte, würde er den Einfluss, den sie auf ihn hatte, nicht verstehen, aber er tat seinen verrückten Schwur dennoch: Er würde ihr Leben retten, um jeden Preis, selbst auf die Gefahr hin, sein eigenes und das seiner Männer aufs Spiel zu setzen. Warum er so einen tückischen Pakt mit sich selbst schließen würde, war ihm unverständlich. Er wusste nur, dass etwas außerhalb seiner Vernunft ihn dazu zwang, so zu handeln.

Als der *draken* seinen Bug erneut in die Schaumkronen senkte, löste Alarik sich von dem Mädchen. Sein Blick durchdrang die Gischt und den Nebel und er sah, dass der Mann am Steuerruder um die Kontrolle kämpfte.

Sigurd würde es einfach versuchen müssen. Er hatte seinen Entschluss gefasst und nicht einmal Thor selbst hätte ihn davon abbringen können. Obgleich er seine eigenen Beweggründe nicht verstand, wandte er sich an Sigurd. „Übernimm Ivars Position am Steuer! Schnell!"

Sigurds Kinnlade sank herab und er sah Alarik aus ungläubig geweiteten Augen an. „Aber Jarl –"

„Geh!", brüllte Alarik. „Jetzt!"

Kopfschüttelnd gehorchte Sigurd.

Alarik legte den Kopf der Frau so sanft wie möglich

auf die Planken, um ihr nicht noch weitere Verletzungen zuzufügen. Er stand auf, blickte noch einmal zu Sigurd und funkelte dann Hrolf an. Dabei zückte er seinen Dolch mit dem knöchernen Griff. Der Wind fuhr durch sein Hemd, als er den Saum ergriff. Er schnitt einen breiten Streifen des Stoffes ab, um die Französin damit zu verbinden, und gab seine Brust dem beißenden Sturm preis.

Der Rote Hrolf erhob sich und schüttelte den Kopf; er schien hin- und hergerissen zwischen seiner Furcht vor einem wässrigen Grab und Alariks Zorn. „Du wirst uns noch alle umbringen!", bezichtigte er ihn.

Sigurd, der wahrscheinlich hoffte, dass Alarik seine Meinung ändern würde, blieb abrupt stehen und wandte sich zu Alarik um.

Derweil wagte Bjorn es, die Stimme zu erheben. Als Alariks Bruder besaß er gewisse Privilegien, die anderen versagt waren – zumindest das war ihm vergönnt. „Alarik, mein Bruder, du bist der Einzige, der uns durch diesen Sturm führen kann!"

Alarik stand stumm da, die Beine hüftbreit auf die Planken gestemmt. Seine Augen glitzerten gefährlich.

Bjorn runzelte ungläubig die Stirn. „Du würdest uns alle umbringen wegen einer wertlosen französischen Hure?" Fast sogleich bereute er seine Kühnheit. Als er den Zorn bemerkte, der wie feurige Klingen in Alariks dunklen Augen tanzte, erschauerte er. Noch nie hatte er seinen Bruder so wütend gesehen.

Alarik fasste den Dolch fester und schnitt einen weiteren Stoffstreifen von seinem blutverschmierten Hemd. Er nahm die betäubende Kälte nicht wahr. Stattdessen fixierte er Sigurd mit einem mahnenden Blick. „Übernimm das Steuerruder", sagte er kalt. Auch wenn seine Warnung an Sigurd gerichtet zu sein schien, galt sie in Wahrheit seinem jüngsten Bruder. Das wurde deutlich, als er an Bjorn gewandt fortfuhr: „Oder ich werfe dich anstelle des Weibsbilds über Bord."

Er drehte sich wieder zu Hrolf und fügte mit vor Zorn brennenden Augen hinzu: „Du wirst meine Befehle nie wieder hinterfragen! Verstehen wir uns?"

Da er wusste, dass Alariks Worte keine leeren Drohungen waren, lief Sigurd umgehend zum Steuer.

„Nun zu dir, Bjorn", sagte Alarik. „Ich werde keine weitere Frechheit von dir erdulden – Bruder oder nicht. Geh jetzt und hol die verdammten Segel ein!"

Bjorn beeilte sich, die Anordnung auszuführen, denn er wusste selbst, dass sie keine Zeit zu verlieren hatten. In diesem höllischen Sturm würde es nicht viel brauchen, um das Segeltuch zu zerstören.

„Lass den Mast aufgestellt!", rief Alarik ihm nach. Er würde ihn später noch benötigen, um einen Unterstand zu errichten. Und wenn der Wind abflaute, würde er das Segel wieder hissen und den Treibanker benutzen. Sie mussten alles einsetzen, solange sie es konnten.

Einmal mehr neigte sich die *Gyllen falk* heftig seitwärts. Mit heiseren Schreien und Flüchen wappneten sich die Männer gegen den Sturm, damit sie nicht in die schäumende See stürzten. Alarik hielt seine Stellung wie ein Bildnis aus Hel, unwirklich, aber lähmend in seiner gewaltigen Macht und Stärke.

Überzeugt, dass er von seinen Leuten keinen Widerstand mehr zu erwarten hatte, wandte er der Frau zu seinen Füßen seine volle Aufmerksamkeit zu.

KAPITEL 9

„**S**ie wird Unruhe bringen", sagte Hrolf in Bjorns Rücken.

Bjorn drehte sich nicht um.

„Sie ist eine Christin", beharrte der Rote Hrolf.

Ein Prickeln überlief Bjorns Wirbelsäule bei Hrolfs Ausruf. Er hielt in seinem Tun inne und wandte sich um.

Die Miene des Roten Hrolf zeigte Verachtung. „Was sonst sollte eine Französin sein?"

Bjorn erschauerte, runzelte die Stirn und fuhr damit fort, die Segel einzuholen. Er riss heftig an den Seilen. „Warum sollte mich das interessieren? Du hast es genauso gehört wie ich ... sie ist das Problem meines Bruders! Sprich mit ihm, wenn du willst!"

Hrolfs Augen verengten sich unheilvoll. „Bist du so blind, Bjorn? Ich sage, sie ist eine Gefahr für uns alle!"

„Sie ist nicht mehr als ein schwächliches Weibsbild!"

„Du unterschätzt sie!"

„Das glaube ich nicht."

„Das Bettgeflüster einer Frau ist wie eine aufgerollte Natter. Wenn du es zulässt, wird sie euch beiden ihren verfluchten Glauben aufzwängen! Eure Verbindung zu den alten Göttern zerstören! Erinnere dich an meine

Worte, mein Freund – sonst wirst du dem Einfluss erliegen ... wie Olav ... wie Alarik."

Bjorns Gesicht verzog sich vor Abscheu und er wies den Roten Hrolf ein für alle Mal zurück. „Du lügst!", warf er ihm vor. „Mein Bruder hat sich nicht dem Weißen Christus angeschlossen! Das wüsste ich. Ganz gleich, was sonst zwischen uns steht, wir sind immer ehrlich zueinander."

Hrolf zog eine Grimasse. „Siehst du nicht, wie er uns in Gefahr bringt, um sie zu retten? Nei, Bjorn, wir alle erkennen, welchen Wert er unseren Leben beimisst – deinem Leben."

Sogleich schaute Bjorn zu Alarik, der über der Französin kniete. Er beobachtete ihn einen Moment und gegen seinen Willen kamen ihm Zweifel.

„Sieh ihn dir genau an", warnte Hrolf düster. Damit ließ er Bjorn allein mit seinen Gedanken zurück.

❧

ALS DER STURM NACHLIEß, FIELEN FROSTIGE WEIßE Flocken vom Nordhimmel und schwebten in die eisige, blaue See.

Obwohl der Orkan nur kurz angehalten hatte, war er doch heftig gewesen und Alarik schätzte, dass sie ihrem Ziel mindestens einen Tag näher gekommen waren. Er hatte sich eine Zeit lang gesorgt, weil der dritte und kleinste *draken* zwischendurch aus seinem Blickfeld verschwunden war, doch wenige Momente zuvor hatte er das Schiff vor ihnen gesichtet: die Segel leicht ramponiert durch den Sturm, doch ansonsten intakt.

Eine kühle Flocke landete auf seinem Nasenrücken und schmolz fast sofort. Da die Temperaturen drastisch gesunken waren, ging er zu dem kleinen Unterstand aus Segeltuch, der am Mast errichtet worden war. Wieder einmal verfluchte er sich dafür.

Er verstand immer noch nicht, wieso er das Leben

der anderen Frau gerettet hatte, obwohl es möglich war, dass seine Männer recht hatten. Sie könnte tatsächlich eine Seuche haben – und auf hoher See sollte er ein solches Risiko nicht eingehen. Und doch hatte er genau das getan. Nur weil die kleine Französin das Mädchen so heftig beschützt hatte. Aber wieso beeinflusste ihn ihr anklagender Blick dermaßen?

Und warum, beim Donner Thors, machte es ihm etwas aus, wie sie über ihn dachte?

Es war nur ein geringer Trost, dass sich der Zustand des anderen Weibs so rasch verbesserte, denn er hatte mehr aufs Spiel gesetzt, als er sollte, indem er ihr Leben schonte. Alarik hatte keine Ahnung, was für ein Übel sie vorhin befallen hatte, aber es wirkte, als würde sie sich jetzt erholen, und Sigurd schien ihr ebenfalls zugetan zu sein. Der alte Krieger wurde zur Krankenschwester, wenn er nicht anderweitig verhindert war, und Alarik sah durchaus, wieso: Sie war schon ein hübsches kleines Ding.

Er streckte die Hand nach der Zeltklappe aus, zögerte jedoch, sie anzuheben. Er war hin- und hergerissen zwischen der Loyalität seinen Männern gegenüber und der Treue, die er der Frau im Inneren geschworen hatte. Er wusste, er sollte am Steuerruder helfen, aber ihm war auch klar, dass er sich nicht auf sein Kommando konzentrieren könnte, wenn er vorher nicht nach dem Weibsbild sah. Sein Stirnrunzeln vertiefte sich.

Er war ganz sicher verhext worden.

Mit einem angewiderten Kopfschütteln schob er die Klappe beiseite und bückte sich, um den kleinen Unterschlupf zu betreten. Drinnen richtete er sich zu voller Größe auf und näherte sich leise der friedlich schlafenden Gestalt auf der Pritsche. Neben ihr sank er auf die Knie und bemerkte, dass das feuchte Tuch, das er auf ihre Stirn gelegt hatte, zur Seite gerutscht war. Er hob es auf und betrachtete ihr blasses Gesicht.

Im schwachen Licht waren ihre Züge himmlisch, die feinen Konturen ihres Antlitzes so perfekt wie bei keiner Frau, die er je gesehen hatte. Und ihre Haut ... so rein und makellos wie frisch gefallener Schnee im Winter. Doch es waren ihre Augen, die ihn am meisten anzogen, die ihn unerklärlich fesselten. Sie waren ein Kunstwerk: die Iris von faszinierendem Veilchenblau, über der sich feine, schmale Brauen wölbten. Auch wenn sie jetzt geschlossen waren, sah Alarik ihre lebhafte, erstaunlich klare Farbe immer noch vor sich.

Für ihn war sie sogar schöner als die Walküren, die er sich in seiner Jugend ausgemalt hatte. Er wusste, dass wenige andere seine Meinung teilen würden, denn sie war dunkler als die Frauen seiner Heimat.

Er ergriff den Schlauch mit Frischwasser, der auf den Decken lag, schraubte ihn auf und befeuchtete das Tuch erneut. Er hatte gesehen, dass sie dasselbe bei dem Mädchen getan hatte, vermutlich um deren Fieber zu senken. Ihm war bewusst, dass Fieber Wahn hervorrufen konnte. Vielleicht war das der Grund für die Anfälle der jungen Frau gewesen. Er verschloss den Schlauch wieder und warf ihn beiseite, dann faltete er das benetzte Stück Stoff und betrachtete die vor ihm liegende Französin.

Sie hatte die Stunden seit ihrer Verletzung durchgeschlafen und das besorgte ihn. Er hatte mit eigenen Augen gesehen, wie Verwundete in einen tiefen Schlaf fielen und darin für Tage, Wochen, selbst Monate verharrten, bevor sie erwachten. Von einigen hieß es, dass sie nie mehr aufgewacht waren. Doch das würde hier nicht geschehen, versicherte er sich selbst und sein Mund verzog sich zu einem unbewussten Lächeln, denn das Frauenzimmer plapperte im Schlaf so viel wie im Wachzustand.

Sie schien tatsächlich den Großteil ihres Schlummers in einer Welt wilder Fantasien zuzubringen.

Einer plötzlichen Regung folgend schob er die

Decke nach unten und betrachtete ihren Körper.

Ihr nasses Gewand zu entfernen hatte ein Unterkleid aus feinem, besticktem Leinen offenbart, was ihm bestätigte, dass sie aus gutem Hause war. Er warf das Tuch beiseite und legte eine Hand auf ihren Brustkorb, um festzustellen, ob der Stoff getrocknet war. Gegen seinen Willen erwachte sein Körper bei dem Gefühl ihrer warmen, weichen Kurven unter dem dünnen Kleidungsstück. Er konnte sich nicht erinnern, dass ein Weibsbild je eine so heftige Reaktion bei ihm ausgelöst hatte, und schüttelte angeekelt über sich selbst den Kopf.

Sein Blick wanderte nach oben und er starrte wie gebannt auf die Wölbung unter dem Stoff, sein Herz hämmerte wie heftige Hufschläge gegen seine Rippen. Mit aller Kraft unterdrückte er den Drang, seine Hand um eine der üppigen Brüste zu schließen und sie sanft zu drücken ... er verzehrte sich wie verrückt danach.

War er nicht besser als der Rote Hrolf?

Er fluchte und seine Hand wanderte tiefer, fort von dem, was ihn so sehr versuchte. Dabei erspürte er etwas Hartes und Rundes unter ihrem Kleid. Neugierig glitten seine Finger in ihren Ausschnitt und er schloss die Augen, um seine Selbstbeherrschung zu wahren. Während seine Hand sich zwischen ihren nackten Brüsten hindurchbewegte, berührte er flüchtig ihre warme Haut. Die Götter mussten ihn wahrlich verhöhnen.

Aus ihrem Unterkleid zog er ein langes Lederband. Überrascht hob er die Brauen, denn am Ende hing ein glitzernder Silberring, großzügig verziert mit winzigen Edelsteinen.

Einen langen Augenblick starrte Alarik den Ring einfach nur an und musterte ihn eingehend. Wenn sein Gedächtnis ihn nicht täuschte – und das tat es nicht –, dann war das Muster des erhabenen Rands dasselbe, das auch der französische König trug.

Wer war diese Frau, dass sie einen solchen Ring ihr

eigen nannte? Tausend Möglichkeiten gingen ihm durch den Kopf, keine davon zufriedenstellend.

„Bei den Kiefern von Fenri!", flüsterte er. Er nahm ihr Lederband samt Ring ab und wog ihn abschätzend in seiner Hand. „Wer seid Ihr, Weibsbild?"

Seine Finger umschlossen das Schmuckstück, dann streifte er sich das Band selbst über den Kopf und ließ den Ring unter sein Hemd fallen. Er griff erneut nach dem benetzten Tuch und tupfte damit ihre Stirn ab. Trotz seiner düsteren Gedanken verstärkte sich der Schmerz in seinen Lenden, als er den feuchten Lappen über ihren schönen Hals gleiten ließ ... so weiß und weich.

War sie Mätresse oder Tochter?

Er wollte nicht in Betracht ziehen, dass sie Phillipes Braut sein könnte. Sie hatte behauptet, er wäre nicht ihr Graf, noch nicht. Vielleicht war sie seine Verlobte?

Er versuchte nicht einmal mehr, sich einzureden, dass er sie aus Rache mitgenommen hätte, denn er wusste, dass es nicht stimmte – nicht wenn allein der Gedanke, dass Phillipe sie berühren könnte, ihm den Magen umdrehte.

Einem plötzlichen Gedanken folgend hob er eine ihrer Hände an und bemerkte die Schwielen, die der adligen Abstammung, von der der Rest ihrer Erscheinung kündete, widersprachen. Es war eigenartig, dass eine Adlige die Hände einer Arbeiterin haben sollte. Er dachte einen Moment darüber nach und ließ dann ihre Hand abrupt los, sodass sie wieder an ihre Seite fiel. Er führte seine Finger ehrfürchtig an ihre Lippen – sie hatten so ein sinnliches Rosa, obgleich sie durch den Wind aufgesprungen waren.

Doch es war ihr Haar mit seinem prächtigen Schwarz, das ihre Schönheit bekrönte. Gerade war es wie eine Krone aus schimmerndem Samt um ihr Gesicht ausgebreitet. Nur eine widerspenstige Locke wand sich um ihren schlanken Hals. Angefeuchtet durch den

Lappen schmiegte sich die Strähne an sie wie ein eifersüchtiger Liebhaber. Der Vergleich erregte ihn vollends.

Nun war er entschlossen, alles zu betrachten, auf das er Anspruch erheben würde, und zog die Decke bis zu ihren Knöcheln herunter.

Seine Augen kamen nicht weiter als bis zu ihren Brüsten. Unter dem hauchdünnen Unterkleid zeichneten sich ihre Knospen ab, dunkel und schön und nur von dem zarten Leinen verhüllt. Er widerstand dem fast unbezähmbaren Drang, sie zu berühren. Er sagte sich, dass er zufrieden wäre, sie allein mit seinem Blick zu genießen, wie sie sich mit jedem Atemzug hoben und senkten.

Später würde er sie zur Genüge haben ... wenn sie genesen war und sich beteiligen konnte ... wenn er sich an der Leidenschaft erfreuen konnte, die er in ihr erwecken würde. Er bezweifelte nicht, dass er das konnte, aber er wusste, dass er sie für den Moment in Ruhe lassen musste. Anders als Hrolf bereitete es ihm kein Vergnügen, eine Frau in diesem Zustand zu lieben.

Er breitete die Decke über sie und stellte sicher, dass die Bereiche ihres Körpers, die ihn versuchen würden, verhüllt waren. Dann stand er abrupt auf und überlegte, was er wegen dem Roten Hrolf unternehmen würde. Das Weibsbild mochte ihn selbst betört haben, doch ihm war klar, dass Hrolf sie als Anlass nehmen würde, Streit in seiner Mannschaft zu provozieren. Er war vielleicht durch die Frau abgelenkt gewesen, aber er hatte nicht die Auseinandersetzung übersehen, die der Rote Hrolf mit Bjorn gehabt hatte – noch war ihm Bjorns aufgewühlte Miene danach entgangen.

Es verhieß nichts Gutes für sie alle.

Er fuhr sich durch die Haare, strebte zur Zeltöffnung und spähte zu seinen Männern. Im Moment war alles ruhig, doch ein weiterer Sturm braute sich zusammen.

Das fühlte er in seinen Knochen.

KAPITEL 10

Elienor wurde sich erst der bitteren Kälte bewusst, die durch die Decken drang. Sofort danach stieg ihr der salzige Geruch des Meers in die Nase.

Wo war sie?

So sonderbare Träume. Schiffe und Krieger. Eine Schlacht zu See – und dieses Gesicht – sein Gesicht!

Der Boden unter ihr schwankte plötzlich und sie zuckte zusammen, als bei der unerwarteten Bewegung ein scharfer Schmerz durch ihren Kopf schoss. Sie setzte sich mühsam auf und berührte mit einer Hand ihre pochende Stirn. In diesem Moment erblickte sie ihn und die Erinnerung brach über sie herein. „Was habt Ihr mit Clarisse getan?" Die Stimme versagte ihr.

Er wandte sich abrupt zu ihr um und zog die Brauen hoch, doch wenn sie geglaubt hatte, Erleichterung in seinem Gesicht zu lesen, musste sie sich getäuscht haben. Seine Lippen verzogen sich zu einem süffisanten Grinsen und seine silbernen Augen verengten sich, als sie ihren blauen begegnete. „Als ich Euch das letzte Mal sah, wart Ihr in keiner Verfassung, um Antworten von irgendwem zu verlangen."

Elienor entgegnete nichts, sie starrte ihn nur an.

„Ich nehme an, Ihr erinnert Euch?"

„Mir wäre lieber, ich würde es nicht tun!"

Ein gefährliches Flackern trat in seine silbrigen Augen. „Wie dem auch sei", erwiderte er und seine tiefe Stimme sandte Schauer über ihren Rücken, „was geschehen ist, ist geschehen." Sein Blick war herausfordernd und höhnisch. „An Eurer Stelle würde ich mich nur darum kümmern, mich zu bedecken ... es sei denn, Ihr wollt das Untier in Versuchung führen."

Elienor folgte seinem Blick zu ihrem Schoß, wo die Decke zusammengeknüllt lag. Sie keuchte auf und zog es mit brennenden Wangen zu ihrer Brust. „Wo ist meine Kleidung?" Sie legte die Arme schützend um ihren Körper.

„Nass", verkündete er nüchtern. „Ich habe sie Euch ausgezogen, damit Ihr keinen Schüttelfrost bekommt."

„Und was ist mit Clarisse?", beharrte Elienor und hob ihr Kinn leicht.

Als er nicht antwortete, sondern nur eine Braue hob, schluckte sie. Sie schloss kurz ihre Augen und kämpfte bittere Tränen zurück. Als sie die Lider wieder aufschlug, begegnete sie seinem durchdringenden Blick. Gott stehe ihr bei, aber sie musste Gewissheit haben.

„Sagt mir, Seigneur Viking", begann sie und versuchte, beiläufig zu klingen, wenngleich sie furchtbar scheiterte. „Habt Ihr es genossen, zu sehen, wie sie ihren letzten Atemzug tat?"

Ein Muskel zuckte an seinem Kiefer, als er sich bückte, um den Wasserschlauch aufzuheben und zu öffnen. Er trank langsam, als würde er über seine Antwort nachdenken. Dabei ließ er sie nicht aus den Augen.

Elienor reizte seine Gleichgültigkeit.

Er wischte sich mit dem Handrücken über die Lippen, hob herausfordernd seine Brauen und fragte: „Wäre es Euch lieber, dass ich meine Leute ihrer Krankheit aussetze – was auch immer es gewesen sein mag?"

Elienors Herz zog sich bei dieser Bestätigung zusammen. Sie kniff die Augen zu, als heiße Tränen daraus hervorquellen wollten. „Jesus!", flüsterte sie aufgebracht „Ihr seid alle wilde Tiere!"

Sie hörte, dass er sich ihr näherte, und wandte ihr Gesicht ab. Ein Schrei entfuhr ihr aus Angst, er könnte sie für die Beleidigung schlagen. Doch das tat er nicht. Stille breitete sich zwischen ihnen aus – eine Stille, die ihr das Ächzen des Masts und das Stimmengewirr vor der Zeltöffnung ins Bewusstsein brachte. Darunter mischte sich der Klang ihres Herzens, das gegen ihre Rippen pochte.

„Verurteilt nicht, was Ihr nicht versteht", sagte er mit täuschender Ruhe. „Das ist das Gesetz der See, Weib."

Elienor wagte es, die Augen zu öffnen und ihn anzuschauen. Doch das war ihr Untergang, denn die Intensität seines Blicks nahm sie gefangen.

„Es ist auch das Gesetz des Landes", verkündete er in demselben hypnotisierenden Tonfall.

„Die Unschuldigen zu töten?" Erwartete er, dass sie so etwas einfach hinnahm? Niemals! „Nicht in meinem Land!", entgegnete Elienor kläglich.

Er hob eine Braue. „Nei?"

Elienor schüttelte den Kopf; ihr Blick wanderte zum Wasserbeutel und wieder zurück.

„Vielleicht", räumte er ein. Seine Augen wurden noch dunkler und raubten ihr den Atem.

Er ließ ihren Blick nicht los; als würde er ihn physisch festhalten und sich weigern, ihn freizugeben.

„Allerdings wurde ich nicht in Eurem Land geboren", bemerkte er und schaute auf den Wasserschlauch in seiner Hand herab. Er trank einen weiteren kleinen Schluck und hielt ihn danach der überraschten Elienor hin.

Elienor starrte den Schlauch an, als würde er ihr die Sünde selbst anbieten. Sie leckte sich über die Lippen und verfluchte ihre Schwäche – sie war so durstig, dass sie noch nicht einmal versuchen konnte, das Wasser abzulehnen.

Er lächelte plötzlich, als hätte er ihre Gedanken gelesen. „Ihr müsst nicht", sagte er und in seinen Augen funkelte Belustigung auf ihre Kosten.

Elienor blinzelte.

„Sprecht Ihr Eure Gedanken immer laut aus?", fragte er.

Die Hitze ihrer Wangen intensivierte sich – verflucht sei ihre unberechenbare Zunge! „Es scheint ganz so", räumte sie widerwillig ein. Sie nahm den Wasserschlauch aus seinen Händen – riesige Hände mit langen, eleganten Fingern.

Sie neigte den Beutel zu ihren Lippen, erinnerte sich dabei an die Wärme seiner Berührung auf ihrem Gesicht und seufzte. Und dann versteifte sie sich plötzlich, als sie seinen Geruch wahrnahm.

Zu ihrem Verdruss stellte sie fest, dass es der Wasserschlauch war, der noch nach ihm roch – sie hätte schwören können, dass sie ihn auch schmeckte –, doch das war albern. Sie runzelte verwirrt die Stirn und riss den Beutel von ihren Lippen, als hätte sie sich verbrannt. Dabei bemerkte sie, dass er sie immer noch beobachtete. Er wirkte nachdenklich und etwas Undefinierbares lag in seiner Miene.

„Das Nordland ist grausam zu denen, die nicht stark genug sind, um ihm zu widerstehen", sagte er unvermittelt. „Diejenigen, die ihm nicht gewachsen sind, sterben."

Sein Gesichtsausdruck ließ Elienor vermuten, dass er seine Entscheidung, Clarisse zu töten, zu rechtfertigen suchte. Sollte er es versuchen – nichts konnte das rechtfertigen, dachte sie bitter.

Als wollte er ihren anklagenden Augen entkommen, erhob er sich abrupt und spähte nach draußen. Einen Moment sprach niemand, dann fügte er hinzu: „Ist es nicht grausamer, die Schwachen leben zu lassen ... nur damit sie am nächsten Tag sterben?"

„Was sagt Ihr da?" Elienor funkelte seinen Rücken an. Gegen ihren Willen erinnerte sie sich an die Festigkeit seiner Muskeln unter ihren Händen, als er sie aus der Kapelle und später zum Schiff getragen hatte. Veredelte Kraft lag in jeder seiner Bewegungen, in der Leichtigkeit seines Schritts. Sie schluckte heftig.

„Ich betrachte es als Gnadenakt und nicht als Grausamkeit, die Schwachen aus ihrem Elend zu erlösen", sagte er schlicht.

„Gnade?", wiederholte Elienor ungläubig. „Gnade!" Sie schüttelte den Kopf. „Wie könnt Ihr so denken? Das ist Mord und nichts anderes!"

Er sah über seine Schulter zu ihr hin und wirkte, als würde er seine Antwort überdenken. „Glaubt Ihr auch, es wäre barmherzig, die Kränklichen leben zu lassen, wenn dadurch andere leiden müssen? Nahrung ist knapp im Nordland – oft treibt das die Männer aus ihrer Heimat, um eine andere zu finden." Er drehte sich wieder um und spähte aus dem Zelteingang nach draußen. Selbstverhöhnung schien nun in seiner Stimme zu liegen. „Es führt Männer blindlings ins Gemetzel, für die bloße Chance, ein Stückchen fruchtbares Land zu ergattern."

„Ihr habt recht", sagte Elienor säuerlich. „Ich verstehe es nicht. Wie kann das eine das andere rechtfertigen? Wenn jemand Not leidet, sollte man meinen, sein Mitgefühl für andere wäre größer."

„Würden die kränklichen Kinder leben, hätten die Gesunden in mageren Zeiten Mangel an Essen ... hätte das Mädchen eine Seuche gehabt, hätte meine ganze Mannschaft deswegen leiden müssen." Er blickte sie über seine Schulter hinweg an und fragte spitz: „Hätte ich zulassen sollen, dass viele ums Leben kommen – für ein einziges Weib, das zweifellos ohnehin gestorben wäre?"

Endlich dämmerte ihr, was er zu sagen versuchte. „Meint Ihr etwa, dass bei Euch unschuldige Kinder getötet werden? Dass eine Mutter das zulässt?" Ihre eigene Mutter hatte gerne ihr Leben gegeben, um ein Kind zu retten, das nicht einmal ihres war.

Er kehrte ihr weiterhin den Rücken zu. „Wie gesagt ... verurteilt nicht, was Ihr nicht verstehen könnt."

Sie konnte nicht glauben, was er ihr so gleichgültig erzählte. Niemand konnte so grausam sein. „Gewiss hat nur Gott das Recht, so etwas zu entscheiden!", rief Elienor aus. Als er auf ihre Herausforderung nicht reagierte, ließ sie ihren Blick über seinen Körper schweifen und nahm erneut seine gewaltige Größe in sich auf. „Wie einfach es doch für den Stärkeren ist, über die Schwächeren zu richten!", sagte sie voll Ärger und Verachtung. „Ich bin sicher, Seigneur Viking, *Ihr* hättet nichts zu befürchten!"

Er wandte sich abrupt zu ihr um, die Mundwinkel gehoben, als würde ihre Bemerkung ihn belustigen, und in diesem Moment hatte nur Verachtung für ihn übrig.

Seine Augen waren dunkel und anmaßend. „Denkt Ihr das?"

Elienor schaute weg, doch sie spürte eine Hitzewelle, die sich bis in ihre Zehenspitzen ausbreitete.

„Von jetzt an werdet Ihr aufhören, mich als Seigneur Viking anzusprechen", sagte er. „Mein Rufname ist Alarik ... es würde mir sehr gefallen, wenn Ihr diesen zukünftig verwendet."

Ihm gefallen? Sie würde ihn lieber weiterhin als den Dämon sehen, der er war. „Da würde ich mich eher Clarisse anschließen!", sagte sie bitter.

„Auch das lässt sich einrichten."

Elienor Blick huschte zu ihm herüber. Das würde er nicht wagen!

Er lachte er tief, als er auf sie zukam. Herrgott – er würde es tun. Ihr Herz machte einen Satz.

Wieder schien er ihre Gedanken zu lesen, denn er blieb abrupt stehen.

„Die Wahrheit ist, Weib“, sagte er und wirkte auf einmal verstört, „dass mein eigener Vater mich als Neugeborenes umbringen wollte.“

So sehr diese Enthüllung Elienor auch entsetzte, sie versuchte, es nicht zu zeigen. Sie öffnete den Mund, doch es kam nichts heraus.

„Es stimmt“, versicherte er ihr und seine dunklen Augen funkelten.

Das belustigte ihn? Ärger erfüllte sie, doch dieser war mehr gegen sie selbst gerichtet. Warum hätte sie von einem bloßen Barbaren auch mehr erwarten sollen? Schmerz pulsierte in ihrem Kopf und sie schrie auf. Ihre Hand fuhr zu ihrer Stirn.

Innerhalb von Sekunden war er an ihrer Seite, beugte sich zu ihr herunter und legte seine warme Handfläche auf ihre. Sie wich vor ihm zurück, aber er hielt sie fest und zog ihre Handbeiseite, um die Wunde zu betrachten. „Hrolf Kaetilson wird für seine Grausamkeit bestraft werden“, versicherte er ihr mit zorniger und doch eigenartig sanfter Stimme.

Elienor blickte zu ihm auf, während sie versuchte, ihre Hand aus seiner zu ziehen. „Ihr …“ Ihr versagte die Stimme. „Ihr würdet einen Eurer Männer verurteilen, weil er mich verletzt hat?“

Seine silbernen Augen wurden hart und seine langen kräftigen Finger ließen ihre nicht los. „Wie ich es bei jedem tun würde, der sich mir widersetzt“, sagte er und drückte sanft ihre Hand. Sie erschauerte.

Weil er sich ihm widersetzt hatte? *Wieso auch sonst?*, fragte Elienor sich verächtlich und riss sich los. „Ich verstehe.“

Plötzlich spürte sie seine Hände auf ihren Armen, die zu ihren Schultern glitten und sie auf die Bettstatt drückten. „Ruht Euch jetzt aus“, befahl er ihr. „Ihr müsst Eure Stärke zurückerlangen.“ Er zog die Decke bis zu ihrem Kinn. Seine Finger fuhren an ihrem Kiefer entlang und verursachten Gänsehaut an ihren Armen. „Ich bringe Euch etwas zu essen."

„Ich bin nicht hungrig!"

„Trotzdem", erwiderte er und seine Stimme war dabei so tief und unergründlich wie die See, „werdet Ihr essen, was ich Euch bringe."

Er erhob sich abrupt und verharrte einen unbehaglichen Moment über ihr. In seinem Blick stand ... nein, es konnte nicht Sorge sein. Dann wandte er sich zum Gehen. Bevor er sich aus dem Zelt duckte, schaute er noch einmal zurück, als würde er zögern, sie zu verlassen. Seine Augen verengten sich. „Der Junge ... er hat Euch Elienor genannt?"

Als er sie an Stefan erinnerte, kämpfte Elienor erneut gegen das salzige Brennen von Tränen in ihren Augen.

„Ist das Euer Name?"

Verflucht sollte er sein, dachte Elienor, dass er noch nicht einmal den Anstand besaß, Gewissensbisse zu zeigen, wenn er über den armen Stefan sprach! „Oui", gab sie mit einem Kloß im Hals zu. Eine einzelne Träne lief über ihre Wange, doch sie wischte sie weg. Sie schwor sich, keine weiteren mehr zu vergießen. „Ich bin Elienor", sagte sie und fühlte sich plötzlich müde und besiegt.

„Elienor", wisperte er, als würde er den Klang ihres Namens auskosten. Seine Augen bohrten sich in ihre. „Das passt zu Euch", sagte er. „Woher kommt Ihr, Elienor?"

Sie starrte ihn angewidert an. Noch eine Träne tropfte von ihren Wimpern. Sie blinzelte sie fort. „Als wüsstet Ihr das nicht."

Etwas Eigenartiges flackerte in den glänzenden, silbernen Tiefen seiner Augen auf – Reue? Sie wollte weder seine Sanftheit noch seine Sorge. Sie wollte ihn einfach nur hassen!

„Ich meine vor Brouillard. Wer war Euer Vater?"

Jetzt verstand sie, was er wissen wollte. Sie musste ihn in die Irre führen. Wer wusste schon, was mit ihr passieren würde, wenn er von ihrer Verwandtschaft mit Robert von Frankreich erfuhr. „Ich habe in Baume les Nonnes gelebt", erwiderte sie.

Er hob überrascht eine Braue. „Nonnes? Ihr wart in einem Kloster?"

Elienor nickte. In ihren Augen brannten Tränen, die zu vergießen sie sich weigerte.

Sein Blick durchbohrte sie. „Ich dachte, Ihr solltet Comte Phillipe heiraten?"

„Das sollte ich auch. Bis Ihr kamt."

„Dann seid Ihr nicht seine Braut?"

Elienor schüttelte den Kopf und erzitterte, als sie bemerkte, wie ein leises Lächeln seine Lippen umspielte und sich in seinen Augen spiegelte. Sie schwor sich, nichts weiter zu sagen, da sie ihm nicht gefallen wollte.

Als hätte er ihren Rückzug gespürt, nickte er und schien für den Moment zufrieden. Er bückte sich unter dem Zelteingang hindurch und verschwand in seine eigene Welt.

Sie wollte keinen Anteil an dieser Welt haben.

Das Herz schwer vor Kummer beobachtete sie, wie die Zeltklappe kurz hin- und herschwang, dann zog sie die Decke über ihren Kopf, um die Tränen zu verstecken, die sie nicht länger zurückhalten konnte.

KAPITEL 11

Hatte sie wirklich geglaubt, sie wüsste, was Einengung bedeutete?

Elienors kleine Kammer in Baume-les-Nonnes war ihr noch nie so groß vorgekommen wie in diesem Moment. Und doch, da sie keinen ihrer barbarischen Entführer jemals wiedersehen wollte – nicht einmal, um frische Luft zu schnappen –, verharrte sie in der Enge des kleinen Zelts. Dass sie den Dämon Alarik – nicht einmal in Gedanken konnte sie seinen Namen äußern, ohne den Beinamen hinzuzufügen – ertragen musste, war qualvoll genug.

Er brachte ihr Essen und Wasser und in den ersten zwei Tagen hatte er sich gewissenhaft um ihre Kopfwunde gekümmert, doch sie fühlte sich alles andere als dankbar. Ein Teil von ihr – der Teil, der den Verlust und die Schuld am stärksten empfand – wünschte nur, dass er sie in Frieden sterben ließe. Wie sollte sie es erdulden, mit einem solchen Untier zusammenzuleben?

Sie hätte es ausgehalten, könnte sie derweil für jemanden sorgen, jemanden beschützen. Wenn es jemanden gäbe, der sie bräuchte. Doch es gab niemanden mehr. Stefan und Clarisse waren tot und sie hatte in ihrem ganzen Leben nie größere Einsamkeit verspürt, nicht einmal, als sie dem Kloster überlassen worden war.

Sie wandte sich von der Zeltklappe und der dahinterliegenden sternenklaren Finsternis ab und erinnerte sich, was Alarik zu ihr gesagt hatte – dass sein eigener Vater vorgehabt hatte, ihn kurz nach seiner Geburt umzubringen. Sie schloss die Augen, aber die Bilder bedrängten sie weiter. Verzweifelt versuchte sie, ihren Geist von den Gedanken zu befreien, doch es klappte nicht.

Warum konnte sie nicht aufhören, an ihn zu denken?

Warum konnte sie nicht einfach schlafen?

Er war alles andere als verletzlich, das wusste sie. Also wieso war sie töricht genug, ihn so zu sehen?

Sie zog die Decke hoch, vergrub das Gesicht in der rauen Wolle und fiel schließlich doch in einen unruhigen Schlaf. In ihrem Traum prasselte Regen auf ihren Rücken ...

„Wieso bist du hergekommen, Kind?"

Als sie Heloises Stimme vernahm, wirbelte Elienor herum und warf sich in die ausgebreiteten Arme der Nonne.

„Alles wird gut", sagte die beruhigend. „Schwester Heloise wird dich immer lieben, ma bonne petite. Zusammen kümmern wir uns um die Lilien deiner maman. Oui?"

Elienor nickte an der Wärme von Heloises wollbedeckten Schultern. So kratzig der Stoff auch war, er fühlte sich gut an ihren kleinen Wangen an. „Weil maman Lilien mag ... Sie mag sie so sehr ..." Sie seufzte. Hier fühlte sie sich sicher ... beschützt ...

Sie hob ihr Gesicht, lächelte und schaute in ... sein Antlitz!

Dieser Blick! So sanft. Alarik hielt sie in seinen starken Armen und schirmte sie von dem prasselnden Regen ab.

Sie konnte nicht anders. Sie ließ es zu, sank an seine raue, gepanzerte Brust und schlang die Arme um ihn.

Sie fühlte sich sicher ... so sicher ... doch wie konnte das sein?

Die Sonne schien angenehm warm auf ihr Gesicht.

Aber etwas war falsch.

Etwas ... doch sie wusste nicht was ...

Es war plötzlich viel zu hell, die Sonne blitzte auf den silbernen Helmen und Rüstungen. Um sie herum trafen Schwerter mit mächtigem Getöse aufeinander. Aber sie konnte niemanden sehen!

Schilde funkelten.

Als sie ihre Hand von seinem Rücken löste ... entdeckte sie Blut.

Verraten? Hatte sie ihn verraten? Aber wie?

Wie war es möglich, wenn sie ihm doch nie die Treue geschworen hatte?

Es konnte nicht sein.

Auf einmal riss sie jemand von Alarik weg – ein Mann ohne Gesicht.

ELIENOR SCHRIE ...

„Schhhh, Kleines", wisperte eine heisere Stimme. „Schhhh. Es ist nur ein Traum." Eine warme Hand strich ihr die feuchten Haarsträhnen aus der Stirn.

Elienor riss die Augen weit auf, das Herz klopfte ihr bis zum Hals. Als ihre Sicht sich an die Dunkelheit gewöhnte, sah sie, dass er sich über sie gebeugt hatte. Sein Gesichtsausdruck war zärtlich – genauso wie vor einer Weile in der Kapelle ... und in ihrem Traum.

Ihr Atem stockte, als seine Hände ihre Schultern berührten, sie sanft streichelten. Eine Geste, die zugleich beruhigend und in ihrer Intimität verstörend war.

„Ihr?", krächzte sie. Sie umfasste seine Hand in einem verzweifelten Versuch, seine liebevolle Fürsorge zu unterbinden.

Er hielt inne, entfernte jedoch seine Hände nicht.

„Ja", flüsterte er. Seine Lippen waren so nah an ihrem Gesicht, dass sie die Hitze seines Atems spüren konnte. „Ihr habt geträumt. Wieder", fügte er bedeutungsvoll hinzu.

Wieder?

Elienors Herz machte einen Satz. Sie war sich seiner Hände auf ihren Schultern nur allzu bewusst, ebenso seines Mundes so nah an ihrem eigenen. Sie leckte sich über die trockenen Lippen und schluckte. Jede Nacht seit ihrer Verletzung hatte sie denselben verstörenden Traum gehabt.

War er jedes Mal zu ihr gekommen, um sie zu beruhigen?

„Wieder?"

Seine Finger massierten ihre Schultern, unbeirrt durch die Nägel, die sie in seinen Handrücken grub.

„Wieder", sagte er und sein warmer Atem liebkoste ihre Lippen.

Ein Schauer überlief Elienors Rücken. Sie wimmerte leise und erinnerte sich an das letzte Mal, als ein Mann – Comte Phillipe – ihr so nah gewesen war. Die Möglichkeit, dass Alarik sie küssen könnte, ließ ihr Herz schneller schlagen und sie hielt die Luft an.

Was würde sie tun?

Er schaute in ihr verängstigtes Gesicht und wollte sie fragen, wieso sie jede Nacht im Schlaf so verzweifelt aufschrie, aber er fürchtete, zu hören, dass er der Grund für ihre Albträume war. Er versuchte, sich vorzustellen, wie er sich selbst durch ihre Augen sehen würde, und zuckte zusammen. „Ihr habt geweint", sagte er und seine Stimme klang in seinen eigenen Ohren eigenartig. „Ich hörte es und kam zu Euch."

„Es war ... nichts", entgegnete Elienor und schob seine Hände von ihrer Schulter. „Wie Ihr sagtet ... nichts weiter als ein törichter Traum."

„Ja", erwiderte er und ließ sie abrupt los. Er erhob

sich. „Ihr solltet wieder einschlafen." Sein Atem klang so angestrengt wie ihr eigener. „Es ist noch früh ..."

Elienors Herz pochte laut in der Stille, als er auf sie herabschaute.

Und doch ging er nicht.

Er bewegte sich kein bisschen.

Noch änderte sich sein Gesichtsausdruck.

Das Schweigen zwischen ihnen wurde länger, bis Elienor dachte, sie würde durch die Anspannung zerspringen. Sie überlegte verzweifelt, was sie sagen könnte.

„Warum sollte Euer Vater so etwas tun?", fragte sie unvermittelt. Die Stille und die Art, wie er sie ansah, wühlten sie auf. „Mit seinem eigenen Sohn?" Sie verstand, wieso ein Vater seine Tochter der Kirche überlassen mochte – aus Habgier, denn so war es ihr passiert. Aber Mord? „Warum würde ein Vater auch nur daran denken, ein unschuldiges Kind zu verstoßen?"

Alarik hatte ihr vorheriges Gespräch vollkommen vergessen gehabt. Als er es sich ins Gedächtnis rief, spürte er zum ersten Mal seit so vielen Jahren die widerstreitenden Emotionen, die er empfunden hatte, als er sich die Frage selbst zum ersten Mal gestellt hatte. Er wandte sich stirnrunzelnd von ihr ab und ging zum Zelteingang, hob die Klappe und schaute in die stille Nacht hinaus. Sein Gesicht, nur auf einer Seite durch den nächtlichen Himmel erhellt, erschien unheilvoll in den tiefen Schatten unter der Plane.

Nur das Ächzen von Holz, das sich an die rollende See anpasste, und das Schnarchen seiner Mannschaft durchbrachen die Stille.

„Weil ich zu früh geboren wurde", offenbarte er nach einem unbehaglichen Moment. Er drehte sich wieder zu ihr, nachdem er die unerwünschten Gefühle unter Kontrolle gebracht und auch vor sich selbst verborgen hatte. „Zu früh geboren", wiederholte er ungerührt, „und deshalb zu klein."

„Was hat ihn abgehalten?" Etwas in ihrer Stimme ließ Alarik zusammenzucken. Er wollte ganz sicher nicht ihr Mitleid erwecken.

Er wollte niemandes Mitleid.

Er richtete sich zu seiner vollen Größe auf.

Es gab nichts zu bemitleiden.

„Das Weinen meiner Mutter", sagte er schlicht. „Aber er hätte es tun sollen", fügte er knapp hinzu. Sein angespannter Ton untersagte weitere Fragen. Der Blick, mit dem sie ihn in diesem Moment bedachte, war so voller Mitgefühl, dass es ihm durch und durch ging. „Es war das Recht meines Vaters", erklärte er und seine Brauen zogen sich zusammen, als sie ihn weiterhin schweigend aus den Schatten heraus musterte. „Verdammt – ich brauche Euer Mitleid nicht, Weib – bewahrt es für Euch selbst auf! Ihr scheint ja gerade darin zu versinken!"

„Ich bin nicht in Selbstmitleid versunken!"

„Nei? Liegt Ihr deshalb tagein, tagaus hier und starrt mit leerem Blick und stumm an die Zeltdecke?"

Sie funkelte ihn verächtlich an. „Was sollte ich Eurer Meinung nach stattdessen tun?", erwiderte sie eisig. „Jubeln, weil eine Horde von Barbaren mich entführt hat?" Ihre Stimme verriet ihren steigenden Ärger.

Alarik spürte Genugtuung angesichts ihres bissigen Tons. Wenn sie zornig war, empfand sie wenigstens etwas. Je mehr sie sich in sich selbst zurückzog, desto mehr hatten Schuldgefühle an ihm genagt. Doch auf seine Erleichterung folgte eine überwältigende Welle aus Unmut und er verhöhnte sich selbst. Wieso sollte es ihn kümmern, was aus dem Frauenzimmer wurde?

Er blickte aus dem Zelteingang nach draußen und seine Miene wurde so finster wie die Nacht. In seinen Augen war kein Weib mehr als einen flüchtigen Gedanken wert und er machte es sich nicht zur Gewohnheit, über Frauen zu grübeln. Noch vergeudete er seine Zeit mit ihnen, außer um die Bedürfnisse seines Körpers zu befriedigen ... und dafür gab es immer einen willigen Leib.

Ja, es hatte ein paar gegeben, die ihm mit ihren ausgezeichneten Fertigkeiten und hübschen Gesichtern den Kopf verdreht hatten, sodass seine Zunge allerlei Liebesbekundungen formen wollte, doch das hielt nur für eine gewisse Zeit. Wenn sein Körper gesättigt war, kehrte die kalte Realität zurück. Er hatte die Worte nie ausgesprochen. Würde es nie tun. Um sich zur Vernunft zu bringen, musste er sich nur an eine andere Frau erinnern, die so viel in seinem Leben hätte zerstören können. Verrat und Täuschung wohnte ihnen allen inne.

Verdammt! Er verfluchte sich selbst. Sie kümmerte ihn nicht.

Wieso also rannte er an ihre Seite, wenn er des Nachts ihre Schreie hörte? Nei, warum wartete er sogar darauf, damit er zu ihr gehen konnte?

Genau das tat er. Sollte Loki ihn doch holen! Er schüttelte angewidert über sich selbst den Kopf; seine widerstreitenden Gefühle machten ihn noch verrückt. Er widerstand dem Drang, die Zeltplane herunterzureißen, und wandte sich ihr zu. „Bei den Kiefern Fenris, Weib, es ist mir egal, was Ihr tut!", brüllte er. „Schlaft wieder ein – und achtet beim nächsten Mal darauf, dass Ihr Euer Schreien unterdrückt, damit Ihr meine Männer nicht weckt! Ich werde nicht mehr zu Euch kommen – undankbare, lästige Hexe!"

Er schob die Zeltklappe beiseite und trat in die Nacht hinaus.

Hexe.

Der Klang dieses einen Wortes entfachte wie jedes Mal Schrecken in Elienors Herz.

Sie wagte nicht, wieder einzuschlafen. Wagte nicht, zu träumen. Sie schloss die Augen und betete, dass der Morgen bald kam.

KAPITEL 12

*P*ass auf, um was du bittest.

Elienor erinnerte sich an Schwester Heloises Worte und zog eine Grimasse. Die ersten hellen Sonnenstrahlen des Morgens waren viel zu früh gekommen, ohne jede Rücksicht auf ihren müden Körper. Doch trotz ihrer Erschöpfung – oder vielleicht auch deswegen – fühlte sie sich rastlos.

Sie setzte sich abrupt auf, starrte zur Zeltöffnung und umklammerte ihre Knie. Es war mehr als nur wahrscheinlich, dass sie wegen ihm so durcheinander war. Wie konnte er ihr vorwerfen, in Selbstmitleid zu versinken! Vor allem, wenn sie allen Grund dazu hatte!

Sie zitterte plötzlich, rieb sich unter der Decke die Arme und erinnerte sich gegen ihren Willen an die unglaubliche Wärme seiner Lippen.

Denk nicht daran, schalt sie sich selbst.

Wie konnte sie Mitleid für das Untier empfunden haben? Aber erstaunlicherweise hatte sie das – für das Kind, das er einst gewesen war, und für seine Mutter. Zugleich hatte sie einen unerklärlichen Drang verspürt, ihn zu trösten – lächerlich, denn seine Vergangenheit schien ihn in keiner Weise zu beeinflussen. Sein Gesicht war eine undurchdringliche Maske geblieben und wenn überhaupt, so hatte er verärgert gewirkt, dass sie seinen mörderischen Vater hinterfragt hatte.

Sie lauschte den Geräuschen der Mannschaft, die an Deck gerade aufstand, und wünschte sie alle zur Hölle – besonders ihren eingebildeten Anführer.

Sie erhob sich, schüttelte in ihrer Zorneshitze die Decke ab und begann in der Enge des Zelts auf und ab zu gehen. Das gräuliche Ächzen des Masts ließ sie innehalten. Sie schlug heftig mit ihrer Faust gegen den Holzpfahl und wollte, dass es ein für alle Mal aufhörte.

Sie konnte es nicht mehr viel länger ertragen!

Und sie war ganz sicher keine Hexe!

Was war mit dem Traum?, fragte eine leise Stimme.

Elienor schnaubte unschicklich. „Was für ein Traum?", erwiderte sie stur.

Ah, Elienor, du vergisst so leicht – jeder von den vielen –, wie letzte Nacht, als er dich hielt ...

„Das ist nichts als Zufall", sagte Elienor gereizt und weigerte sich, die andere Anschuldigung anzunehmen – dass sie ihm erlaubt hatte, sie zu halten. Es war nur ein Traum. Das hatte Mutter Heloise auch gesagt.

Und das glaubst du immer noch? Kannst du so blind sein? Öffne endlich deine Augen, bien-aimée.

Ein Schauer überlief sie. „Liebes?" Etwas an der Art, wie sie diese liebevolle Bezeichnung vernahm, wie sie so deutlich in ihrem Kopf erklang, verursachte ihr plötzlich Unbehagen. Es brachte Erinnerungen an die leise, sanfte Stimme ihrer Mutter zurück. Sie schluckte und sah sich vorsichtig um.

Ich bin immer bei dir gewesen, bien-aimée. Du musst die Warnungen ernst nehmen.

Elienors Herz raste. Ein Frösteln überkam sie und erzeugte Gänsehaut auf ihren Armen.

„Mutter!", sagte sie und fuhr herum. Sie suchte nach dem Gesicht, das zu der Stimme gehörte.

Nimm sie ernst, Elienor.

Wieder wirbelte sie herum, doch immer noch sah sie niemanden.

Himmel! Sicher war all das nur Einbildung!

Es stimmte, dass sie oft mit sich selbst redete – aber nie so! „Guter Gott! Ich bin verrückt!", rief sie hysterisch aus. Sie betrachtete die Decke, die sie auf die Schlafstatt geworfen hatte, und nahm auf einmal die Kälte der Luft wahr. Wenn sie noch einen weiteren Moment in diesem Zelt bliebe, würde sie unwiderruflich dem Wahnsinn verfallen. Sofern sie nicht zuerst erfror – und es war alles seine Schuld!

„Ich bin wirklich verrückt", flüsterte sie. Jesus, es war so kalt! Sie griff nach der Decke und wickelte sie sich um die Schultern. „Verrückt, verrückt, verrückt!"

„Ich bin geneigt, dem zuzustimmen."

Elienor erschreckte sich fast zu Tode. Sie fuhr zur Zeltöffnung herum, wo der Dämon Alarik stand und sie beobachtete, die Arme verschränkt, den Mund mit kaum verhohlener Erheiterung verzogen. Ein Grinsen breitete sich über sein Gesicht aus und seine sinnlichen Lippen kräuselten sich verschmitzt. „Wer kann schon der Wahrheit widersprechen?", sagte er und in seinen Augen blitzte ein seltener Hauch von Humor. „Fraglos seid Ihr ungewöhnlich, Elienor aus Baume les Nonnes."

Elienor funkelte ihn voll Verachtung an und zwang sich, ihren Blick von seinen Lippen zu lösen.

Ungewöhnlich? Was genau wollte er damit sagen? Ungewöhnlich, in der Tat! Sie wagte nicht, nachzufragen, damit er sie nicht wieder der Hexerei bezichtigen konnte. „Entschuldigt, falls ich Euren Anstoß erregte, Seigneur Viking!"

„Alarik."

Elienor verengte streitlustig die Augen. „Zum zweiten Mal Verzeihung! Alarik, der Dämon", erwiderte sie verwegen. Durch sein Schweigen ermutigt wagte sie sich weiter vor: „Mächtiger Wikinger, Mörder der Unschuldigen!"

Er versteifte sich, als hätte sie ihn physisch geschlagen.

Ihre Stimme erhob sich, als ihre Wut über Clarisses sinnlosen Tod wieder aufflammte. „Alarik, der Henker!"

„Genug!", knurrte er endlich und seine Augen warnten sie. „Es sei denn, Ihr wollt Euch Eurer Freundin anschließen."

Elienor schnaubte, um ihre Angst zu überdecken. „Das hättet Ihr wohl gerne!", fuhr sie leichtfertig fort. Sollte er ihr doch antun, was er wollte! Sie weigerte sich, ihren Stolz je wieder zu vergessen.

Ein Muskel zuckte an seinem Kiefer. „Ja, Weib, das hätte ich gerne ... zweifelt keine Sekunde daran." Seine Augen glitzerten gefährlich.

Und doch machte er keine Anstalten dazu, bemerkte Elienor. Er stand einfach da und starrte sie an.

Sie warf ihren Kopf in den Nacken, schaute ihn mit kaltem Triumph an und forderte ihn mit jeder Faser ihres Seins heraus. Doch je länger er dort stand, desto dunkler wurde sein Blick und umso bedrohlicher wirkte er. Elienor begann wirklich, an ihrem Verstand zu zweifeln.

Was war nur los mit ihr, dass sie ihn so reizte?

Er sagte nichts, verharrte nur stumm, und in seinen Augen brannte kaum mehr gezügelte Wut. Dann nahm er ihr trockenes Gewand und warf es ihr zu.

Elienor keuchte, als der Stoff ihr ins Gesicht schlug. Sie griff danach, bekam jedoch das Kleid nicht zu fassen und es flatterte zu Boden. Sie starrte es wie betäubt an und blickte dann hoch.

Er war verschwunden.

Das war alles?

Sie tat ihr Möglichstes, um ihn zu reizen, und das war alles, was er als Vergeltung tat? Vor Erleichterung fühlte sie sich ein bisschen schwindelig. Für einen vernebelten Moment stand sie einfach nur da, schaute auf ihr vom Salzwasser fleckiges Gewand, das in dem Moment von einem blendenden Lichtstrahl angeleuchtet wurde, und fragte sich entsetzt, wie sie vergessen haben konnte, was sie anhatte – oder besser gesagt, was sie nicht anhatte! Sogleich fiel sie auf die Knie, ergriff mit vor Scham brennenden Wangen ihren Bliaut und blickte wieder zur Zeltöffnung.

Die Sonne schien ihr ins Gesicht und sie schützte ihre Augen. Es erstaunte sie, wie viel Licht er abgeschirmt hatte, als er vor dem Eingang gestanden hatte. Seit seinem Abgang war der Unterstand hell erleuchtet.

Das brachte sie zu der Frage, wie es sein konnte, dass sie seine Präsenz nicht gespürt hatte.

Noch schlimmer, wie lang hatte er verharrt, bevor er sich bemerkbar gemacht hatte?

„Dieser Hundesohn!", sagte sie laut, zog sich das ruinierte Kleid über den Kopf und strich es über ihrem Untergewand glatt.

Der Mann war unglaublich arrogant.

Immer noch konnte sie nicht glauben, dass er nicht mehr getan hatte, als sie mit ihrem Bliaut zu bewerfen.

Er verließ sie, damit sie sich anziehen konnte. Dabei schwor er sich, sich ab jetzt von ihr fernzuhalten – diesem boshaften Frauenzimmer! So viel zu seinem Höflichkeitsversuch. Hatte er sich schlecht gefühlt, weil er sie am vergangenen Abend so rüde behandelt hatte?

Nie mehr!

Von jetzt an würde Sigurd das Essen zu ihr tragen – ansonsten konnte sie ihre Tage in Einsamkeit verbringen, oder sich mit ihrer bissigen Zunge als Gesellschaft zufriedengeben.

Doch während des gesamten Tags konnte Alarik den eingesperrten Blick, mit dem sie das Zelt durchstreift hatte, nicht aus seinem Gedächtnis vertreiben. Noch konnte er vergessen, wie sie leicht bekleidet dagestanden hatte, üppig und sinnlich und – nach allem, was sie über sich verraten hatte – wahrscheinlich auch unberührt. Sollte Loki ihn doch holen, dass ihn dies noch heißer brennen ließ.

Es war unwahrscheinlich, dass Phillipe sich ihr aufgedrängt hatte. Nicht angesichts ihrer frommen Erziehung und ihrer Verbindung zu Robert von Frankreich – wie auch immer diese aussehen mochte.

Das war noch etwas, das ihn plagte.

Er lehnte sich mit dem Rücken an die Schiffswand, ohne die Augen vom Zelt lösen zu können, und schüttelte ungläubig den Kopf. Das dumme Weib besaß nicht einmal genug Verstand, um sich mit der Decke, die er ihr gegeben hatte, zu verhüllen. Jeder hätte hereinkommen und sie so sehen können.

Was ihn am meisten ärgerte, war aber, dass sie ihn immer noch für Clarisses Tod verantwortlich machte. Vielleicht würde er anders fühlen, wenn er das einfache Mädchen tatsächlich über Bord geworfen hätte, doch das hatte er nicht – auch wenn er es verdammt noch mal hätte tun sollen. Noch mehr regte ihn auf, dass die französische Wölfin die Wahrheit nicht einmal erkannte.

Und er konnte es ihr nicht sagen.

Nei, korrigierte er sich, er würde es ihr nicht sagen.

Sollte die Hexe über ihn denken, was sie wollte.

„Hast du ihr erzählt, dass ihre Freundin lebt?", fragte Sigurd vom Steuerruder, als hätte er Alariks Gedanken gelesen.

Alarik schaute seinen alten Freund finster an. Er hob eine Braue, antwortete ansonsten aber nicht.

„Du könntest Clarisse zu ihr senden, um ihr Gesellschaft zu leisten", schlug Sigurd ruhig vor.

„Clarisse?", fragte Alarik mit gerunzelter Stirn.

Sigurd ignorierte den Spott. „Wenn du es ihr erzähltest ... vielleicht fühlte sie sich nicht so eingesperrt ... und ihre Zunge wäre weniger scharf."

„Das steht dir nicht zu, Sigurd!"

„Es war nicht zu überhören", verteidigte Sigurd sich.

Dann zuckte er in vorgetäuschter Resignation die Achseln und richtete seine Aufmerksamkeit wieder auf das Steuern des Schiffs.

Die folgende Stille verhöhnte Alarik.

„Sie hat zwei eigene Beine!", fauchte er seinen Freund an. „Sollte sie sich je scheren, herauszukommen, wird sie es erfahren. Sonst kann sie annehmen, was immer ihr gefällt!"

Sigurd hob erneut die Schultern und Alarik wandte sich wieder dem Zelt zu.

Er konnte im Moment ihre Silhouette nicht erkennen. Nur bei Nacht wurde sie durch das Licht drinnen hervorgehoben, dann neckte ihn ihre ranke und schlanke Gestalt. Und nicht allein ihn – ihm waren die Blicke, die seine Männer in ihre Richtung warfen, nicht entgangen.

Verflucht sollte das Weib in dem Zelt sein. Sie wusste noch nicht einmal, dass sie seine Mannschaft in ihren Bann gezogen hatte.

Es war ihm gleich, ob sie sich eingesperrt fühlte, beschloss er plötzlich.

Sie war seine Gefangene.

Tatsächlich war ihm auch egal, ob sie den selbstgewählten Hungertod starb – stures, giftiges Frauenzimmer. Es würde ihm die Mühe ersparen, sie zu erwürgen.

KAPITEL 13

Alarik bückte sich ins Zelt, ging zu ihr hinüber und warf den Holzteller, den er mitgebracht hatte, achtlos neben sie. Mit einem hohlen Klappern blieb er auf den Planken liegen. „Es ist mir gleich, ob Ihr Hunger habt“, fauchte er sie an. „Ihr werdet dennoch essen – und lächeln, während ihr schluckt!“

Elienor blinzelte. Sein mitleidloser Ton bildete einen solchen Gegensatz zu seinem Handeln. Er scherte sich nicht um sie ... und doch brachte er ihr Nahrung?

Ein Teil ihrer Empörung verflüchtigte sich und machte Verwirrung Platz, gepaart mit Verdruss darüber, wie er sie heute Morgen vorgefunden hatte. Ihr Blick senkte sich zu dem Teller. Bei der Aussicht auf Essen knurrte ihr Magen.

„Versucht gar nicht, es zu leugnen, Weib!“ Er setzte sich auf den riesigen runden Holzklotz, der den Mast stützte. „Selbst Euer Körper widersetzt sich Euch.“ Er grinste plötzlich. „Euer Bauch rumort lauter als Thors Hammer.“

Bestürzt spürte sie, wie ihre Wangen sich erhitzten. Sie starrte ihn finster an und wandte dann ihr Gesicht ab. Dankbar nahm sie wahr, dass sein Lächeln verschwand, denn der Anblick versetzte ihr Herz in Aufruhr. Stirnrunzelnd schaute sie auf den Teller, bemerkte die Auswahl an Käse und Brot und war erleichtert, dass der penetrant riechende getrocknete Lachs fehlte, den er ihr zu jedem anderen Mahl gebracht hatte. Zu ihrem Unmut wurde ihr bei den angenehmen Gerüchen, die in ihre Nase drangen, der Mund wässrig. Sie setzte sich aufrecht hin, bemühte sich, gleichgültig zu wirken, und versagte dabei kläglich. Ihr Magen grummelte erneut und sie verfluchte ihn, zusammen mit ihrem klopfenden Herzen.

Er rutschte von dem Klotz herunter und hockte sich auf die Planken vor ihr. Ihr Herz machte einen Satz. Sie verstand nicht, warum seine Nähe so einen Einfluss auf sie hatte, und versuchte verzweifelt, ihn zu ignorieren.

„Warum bemerkt Ihr es nicht, wenn Ihr mit Euch selbst redet?", fragte er mit ehrlichem Interesse.

Elienor schaute ihn an und zuckte mit den Schultern. „Woher soll ich das wissen?"

„Macht Ihr das schon immer?"

„Solange ich mich erinnern kann", gab sie zu und bemühte sich immer noch, ihr aufgeregt pochendes Herz zu beruhigen. Wieder verfluchte sie ihre Zunge. Wie oft war sie im Kloster deswegen getadelt worden? Zu oft, um es zählen – und immer zur Gebetszeit.

Nach einem Moment sagte sie: „Mutter Heloise meinte, ich hätte einen rastlosen Geist."

Mit jeder verstreichenden Sekunde fühlte sie sich aufgewühlter. Sie versuchte, herauszufinden, warum der Dämon sich so zivilisiert mit ihr unterhielt, doch sie konnte keinen Grund erkennen. Gewiss wollte er etwas von ihr.

Er nickte, anscheinend zufrieden mit ihrer Erklärung, und griff nach einem Stück weichem, weißem Käse, den er zu ihrer Überraschung an ihre Lippen führte.

Elienor hob die Brauen. „Ihr wollt mich füttern?", fragte sie und widerstand dem Verlangen, das ganze Stück auf einmal zu verschlingen – und dabei seine Finger abzubeißen.

Alarik hob seinerseits die Brauen. Er nahm den Käse von ihren Lippen, riss eine ordentliche Portion ab und steckte sie in seinen Mund. „Es sei denn, natürlich, Ihr seid nicht hungrig."

Elienor hatte ganz eindeutig Appetit, aber sie würde nicht um ihr Abendessen betteln. Sollte er es doch selbst verspeisen, wenn er wollte. Sie beobachtete ihn beim Kauen, fasziniert von der Stärke seines Kiefers ... von seinen Lippen, die zugleich so weich und doch so hart erschienen. Ihre Finger wanderten zu ihrem eigenen Mund, aber dann ertappte sie sich dabei und fuhr zusammen.

Fürwahr, was wollte er von ihr? Dass sie alles vergaß, was zwischen ihnen im Verlauf eines Nachmittags passiert war? Kaum möglich.

Als er bemerkte, wie sie stur ihr Kinn vorstreckte, beschloss Alarik, mit dem Scherzen aufzuhören, damit sie nicht durch ihre Sturheit verhungerte. Die Verwirrung in ihrem Gesicht, als sie ihm beim Essen zusah, war ihm nicht entgangen. Wie sie ihre eigenen Lippen berührt hatte, als sie seine betrachtete, ließ Krallen der Begierde an ihm reißen. Er hielt ihr den Käse erneut hin. „Ein Friedensangebot", sagte er.

„Frieden?", erwiderte Elienor. „Zwischen uns?" Wie um sicherzugehen, dass es kein Missverständnis gab, wen sie meinte, gestikulierte sie wild zwischen ihnen beiden hin und her. Ihr Gesichtsausdruck war zweifelnd.

„Ja. Ich würde sagen, das wäre in Eurem besten Interesse", betonte er.

„In meinem? Seit wann schert es Euch, was in meinem besten Interesse ist, Seigneur?"

Seigneur.

Nicht Seigneur Viking?

Alarik grinste. Ihr Entgegenkommen gab ihm das Gefühl, einen kleinen Sieg errungen zu haben.

Seine zinngrauen Augen musterten sie und ein Schauer überlief Elienors Rücken. Sie bemühte sich um ein gleichgültiges Schulterzucken, obwohl sie alles andere als ungerührt war. Er hatte eine Art, sie anzuschauen, die sie im besten Fall verwirrte. Erneut bot er ihr den Käse an und sie beäugte das Stück misstrauisch.

„Verköstigt Ihr alle Eure Gefangenen so?"

„Alle?" Sein Blick wanderte von ihren Augen zu ihren Schultern und dann zu dem Käse ... oder zumindest nahm Elienor an, dass er den Käse betrachtete. Der Hunger in seinen Augen deutete auf eine Begierde hin, die nicht durch Essen zu stillen war. „Nein."

Sie verschränkte die Arme und rieb darüber, um die kribbelnde Gänsehaut zu vertreiben. Als sie spürte, dass ihr Magen sie gleich wieder hintergehen würde, nahm sie ihm ungehalten den Käse aus der Hand und kämpfte gegen das Verlangen an, das ganze Stück in den Mund zu stecken.

„Die Wahrheit ist, Elienor, ich habe keine Unfreien."

„Unfreie?" Gegen ihren Willen kehrten ihre Augen zu seinen Lippen zurück. Während sie ihn anstarrte, spürte sie ein Flattern tief in ihrem Bauch.

Seine Augen funkelten belustigt. „In Eurer Sprache ... Sklaven."

„Ich verstehe", sagte Elienor steif. Sie konnte ihren Blick nicht von seinem Gesicht lösen, während sie an dem Käse knabberte. „Also dann, sagt mir bitte: Was bin ich?"

Alariks Schmunzeln verschwand, da er sich plötzlich in Verlegenheit sah.

Wahrlich, was war sie?

Ehrlich gesagt machte er selten Gefangene. Alle Bediensteten des Anwesens waren freie Menschen, die gegen Bezahlung angestellt waren. Auch wenn Sklaverei für viele Nordmänner die gängige Art war, hatte Alarik sich dagegen entschieden. Vielleicht waren es die Umstände seiner Geburt, die seinen Entschluss begünstigt hatten, denn er wollte keine unehelichen Kinder haben. Er wollte keine Kinder zeugen, die sich unvollständig fühlten ... und den Eindruck hatten, sie müssten der Welt etwas beweisen.

Also dann, was zum Teufel war das Weib, wenn nicht seine Sklavin? Er runzelte die Stirn, als er die Frage überdachte ... und dann fiel ihm der Ring wieder ein und sein Blick wanderte zu ihrem cremeweißen Hals.

„Ich glaube, es gibt eine wichtigere Frage zu stellen. Wie standet Ihr zu Comte Phillipe? Und besser noch: Wie standet Ihr zu Robert von Frankreich ... Weib?"

Er wollte ihr bewusstmachen: Was auch immer ihr Titel bisher gewesen sein mochte ... die Zeit war vorbei.

Elienor verschluckte sich an dem Käse.

Ihre Augen weiteten sich und ihre Hand flog zu ihrer Brust. Sie warf Alarik einen entsetzten Blick zu und seine Augen bohrten sich mit stiller Erwartung in ihre.

Sie sagte nichts, starrte ihn nur mit einem panischen Gesichtsausdruck an.

Durch ihr Schweigen provoziert ergriff er plötzlich ihr Handgelenk und zog sie zu sich, während seine andere Hand die Wunde an ihrer Stirn fand, ohne sie jedoch zu berühren.

Sie versuchte, wegzuschauen, aber er zerrte sie noch näher zu sich. Es ärgerte ihn, wie sie immer wieder seinem Blick auswich. „Stoße ich Euch so sehr ab, Elienor aus Baume-les-Nonnes, dass Ihr vor meiner Berührung zurückweicht? Findet Ihr mein Wikinger-Gesicht immer noch abscheulich, selbst nachdem ich mich um Euch gekümmert habe? Euch mit Essen versorgt habe? Euch beschützt habe? Könnt Ihr nicht aufhören, mich als den herzlosen, barbarischen Nordmann zu sehen, für den Ihr mich haltet, und mich dafür zu verurteilen? Ich mag nicht so sanft wie einige andere sein, aber ich bin auch nicht grausam. Fürwahr! Ich bin einfach ein Mann", schloss er wütend. „Ihr müsst mich nicht anschauen, als wäre ich eine feuerspeiende Schlange."

Elienor schüttelte den Kopf.

Non, wenn sie ehrlich war, stieß er sie nicht ab; sie verabscheute sich selbst und die eigenartige Reaktion ihres Körpers auf seine Berührung – seine bloße Gegenwart. Aber sie dachte, sie müsste sterben, wenn er sie nicht sogleich losließ.

„Ich werde Euch nicht verletzen, Weib", versprach er. „Ihr müsst meine Berührung nicht scheuen."

„Non?"

Die blauen Flecken in seinen Augen vertieften sich und seine Stimme war weicher, heiserer, als er wieder sprach: „Ich gebe Euch mein Wort, dass ich nichts von Euch nehmen werde, was Ihr mir nicht freiwillig gebt."

Sie hob ihr Kinn, als sie sich an seine frühere Drohung erinnerte. „Was stimmt denn nun, Seigneur? Dass Ihr es genießen werdet, mich zu nehmen? Oder dass Ihr Euch nichts nehmen werdet, was nicht freiwillig gegeben wird?"

Einen langen Moment war er zu verblüfft, um etwas zu sagen. „Mein Wort!", wiederholte er schließlich. „Aber passt auf, dass Ihr mich nicht mehr beleidigt", warnte er sie und verengte die Augen. „Ihr solltet Euch ins Gedächtnis rufen, dass ich allein zwischen Euch und meinen Männern stehe. Habe ich mich klar ausgedrückt?"

Er drückte ihr Handgelenk leicht, doch nicht genug, um ihr wehzutun, und hob fragend die Brauen. Als Elienor nickte, ließ er sie endlich los.

Jedoch ohne seine Augen von ihren abzuwenden.

Gefesselt durch seinen Blick rieb Elienor sich gedankenverloren das Handgelenk.

Vor dem Zelt erschallten auf einmal Jubelrufe, die seine Aufmerksamkeit ablenkten.

Plötzlich lag Zufriedenheit in seinem Blick. Der Zorn war vollends verschwunden und das Grau seiner Augen war wie flüssiges Silber.

„Endlich ... der Gareinger Fjord", sagte er. Als Elienor nicht verstand, fügte er hinzu: „Heimat."

KAPITEL 14

Ihr Gesicht war voller Furcht, aber Alarik verspürte nicht den Wunsch, sie schon zu beruhigen – nicht wenn ihr schönes Gesicht für Chaos in seinem Kopf sorgte – nicht wenn sie ihn ansah, als wäre er ein tollwütiges Untier aus der Wildnis.

Ganz abgesehen davon, dass sie ihn durchaus fürchten sollte.

Sie schien plötzlich zu bemerken, dass sie in seiner unmittelbaren Nähe verharrt war, selbst nachdem er sie losgelassen hatte. Ihre Augen weiteten sich, sie keuchte und wich zurück. Ihre Reaktion auf ihn zog ihm den Magen zusammen.

Alarik vermied ihren Blick, als er sich erhob, und verließ sie ohne ein weiteres Wort. Er trat hinaus in das helle Sonnenlicht und fragte sich, was an ihren faszinierenden Augen ihm jeglichen Verstand raubte.

Hatte er wirklich Frieden zwischen ihnen vorgeschlagen, wenn sie doch ganz offensichtlich seinen Kopf auf einem Tablett serviert bekommen wollte? Wahrlich, was war nur los mit ihm?

Als die *Gyllen falk* leicht wie eine Möwe über das sonnenbeschienene Wasser glitt, brüllte seine Mannschaft heisere Hurrarufe zu den beiden kleineren *drakane* hinter ihnen.

Niemand an Bord der Schwesternschiffe konnte die Begeisterung über den Anblick vor ihnen unterdrücken. Alariks Laune besserte sich erheblich.

Ihr Heimatland ragte weiß und stolz auf beiden Seiten des von Eis zerklüfteten Fjords auf und reckte sich prachtvoll dem bewölkten Himmel entgegen.

Der Sprühregen war nun stärker und die eisige Luft roch nach frisch gefallenem Schnee. Mit Genuss sog Alarik die frische, kühle Luft in seine Lunge, bis sie vor Kälte schmerzte. Die Landschaft vor ihm würde nie aufhören, ihn zu überwältigen, ihn mit Zufriedenheit zu erfüllen. Es gab Zeiten während der harten Winter des Nordlands, in denen er sich nach Sonne und Meer sehnte, aber ebenso rief eine Weile auf See ein heftiges Verlangen nach dem zerklüfteten Fjord seiner Heimat in ihm hervor.

Seine Heimat.

Sein.

Sein ganzes Leben hatte er sich bemüht, sich zu beweisen − erst vor seinem Vater, dann vor seinen Leuten und schließlich vor sich selbst. Für sein Recht, dieses Land sein Eigen zu nennen, hatte er Blut und Wasser geschwitzt. Und jetzt gehörte es ihm − alles davon, kahl im Winter und karg im Frühling, aber dennoch alles − so weit das Auge reichte. Er hatte sich jeden Krümel Erde verdient.

Wie eine Mutter, die ihr hungriges Baby an ihre Brust hielt, so schützten die zwei Anhöhen am Horizont sein Anwesen zwischen sich. Er sah, wie das Ende eines eingeschneiten Stegs erschien, und als die *Gyllen falk* eine Biegung des Fjords umschiffte, gewann die Holzkonstruktion vor seinen Augen an Deutlichkeit, als würde sie sich ihm begrüßend entgegenstrecken. Mit dem Stolz eines Vaters stand Alarik da und genoss den Anblick.

Zweifellos waren die roten, rautenförmig gemusterten Segel der *Gyllen falk* gesichtet worden, sobald sie die Mündung des Fjords durchsegelt hatten. Lange bevor der erste *draken* andockte, quoll der Steg über mit fröhlichen Clansleuten.

ELIENOR FÜHLTE SICH WIE EIN EINGESPERRTES TIER. Sie schritt die Enge des Zelts ab und fragte sich, wie lange es dauern würde, bis er sie holte.

Auch wenn sie nicht länger als fünfzehn Minuten gewartet haben konnte, als Alarik endlich im Eingang erschien und das Innere mit seiner Anwesenheit verdunkelte, war sie so angespannt, dass sie erschrocken aufschrie.

„Packt Eure Habseligkeiten zusammen. Wir sind da."

Seine Wortwahl reizte Elienor. „Sagt, meint Ihr etwa *alle* meiner vielen Truhen, Seigneur Viking?", fragte sie mit einem trotzigen Lächeln.

Alarik schaute sie finster an.

„Aber es sind so viele!", fuhr sie leichtfertig fort, hob ihr Kinn und erwiderte seinen eisigen Blick. „Es würde Stunden dauern, sie alle zu packen!"

Mit einem Mal machte Alarik einen Schritt auf sie zu, ergriff ihre Hand und schleifte sie hinter sich aus dem Zelt.

Furcht überlief sie angesichts der Wirklichkeit dieser neuen Welt, die sie betrat und die sich so sehr von ihrer eigenen unterschied.

Allein das vollkommen andere Klima, die unheimliche Kälte der Luft waren atemberaubend. Dennoch verbarg sie ihre Furcht hinter kühnen Worten. „Soll ich nur mit dem Kleid gehen, das ich am Leib trage?", fragte sie sarkastisch und kniff in dem hellen Sonnenlicht die Augen zusammen. „Werden wir die Truhen später holen lassen?"

Er sagte nichts, zog nur weiter an ihrem Arm. Sie funkelte seinen Rücken an.

Jesus, es war so kalt!

Um sie herum waren Menschen, die sich umarmten, lachten und miteinander scherzten. Wie konnten sie nur? Elienor regte das alles auf. Dieser Tag hatte nichts Freudiges an sich!

Alarik blieb plötzlich stehen und drehte sich um. Elienor keuchte, als sie mit seiner ledergepanzerten Brust zusammenstieß. Er hatte etwas sagen wollen, doch bei ihrem Schmerzensschrei hielt er inne. Wieder dieser Ausdruck, als er zu ihr heruntersah. Sie konnte weder seinen prüfenden Blick noch seine Sorge ertragen!

Seine Hand wanderte zu ihrer verheilenden Narbe. „Es geht mir gut!", sagte sie und wich vor seiner Berührung zurück.

Seine Hand verharrte zwischen ihnen und sein Blick verdunkelte sich. Er schaute weg und begann, ohne ein weiteres Wort zu ihr, seinen Männern Befehle zum Entladen der Schiffe zuzubrüllen. Dann zerrte er sie erneut hinter sich her, brachte sie vom Schiff weg und zu einem schmalen Weg, der zu den Klippen hinaufführte.

Der Schnee unter Elienors Lederschuhen war zertrampelt, ein Zeichen, dass an diesem Morgen schon viele Füße über diesen Pfad zum Dock und zurück gegangen waren. Offensichtlich mochte jemand diese Männer gern, auch wenn Elienor sich nicht vorstellen konnte, wer oder warum. Dass sie Familien haben könnten, denen sie etwas bedeuteten, war ihr unbegreiflich.

Auf halbem Weg zu den Klippen sah Elienor voller Kummer über ihre Schulter zu den verfluchten Drachenschiffen, die sie an diesen gottverlassenen Ort gebracht hatten. Und zu ihrer Überraschung erblickte sie Clarisse, die von dem Nackten auf den Steg geführt wurde.

„Ihr habt mich angelogen!", sagte sie zu Alariks Rücken. Als er nicht antwortete, zog sie an seinem Arm. „Clarisse lebt!"

„Das tut sie", erwiderte er gleichmütig.

Wieder zog Elienor an seinem Arm, diesmal heftiger. „Aber Ihr habt gesagt –"

„Ich habe nichts gesagt", fauchte er und sah sie aus dunklen, brennenden Augen an. Er zerrte sie vorwärts. „*Ihr* habt das gesagt, Weib. Ich habe mir nur nicht die Mühe gemacht, Euch zu korrigieren!" Er lief weiter, schleifte sie nahezu hinter sich her.

„Wie konntet Ihr mich absichtlich täuschen?" Elienor stolperte über ihre Füße. Es war ihr unmöglich, mit seinen größeren Schritten mitzuhalten. „Halt! Halt! Lasst mich mit ihr reden, um Himmels willen!"

Er blieb abrupt stehen und wieder einmal stieß Elienor mit ihm zusammen. Doch diesmal wagte sie nicht, aufzuschreien, zu bedrohlich war seine Miene. Die Intensität seines Blicks erschreckte sie.

„Euch täuschen?", fragte er. Seine Stimme war tief und seidig. Er schüttelte langsam den Kopf. „Nei, Elienor aus Baume-les-Nonnes, Ihr wart fest entschlossen, das Schlimmste über mich zu glauben. Ich wollte Euch nur nicht enttäuschen."

Elienor blinzelte und wusste nichts zu ihrer Verteidigung zu sagen, denn er sprach die Wahrheit. Sie hatte das Schlimmste über ihn gedacht. Wie hätte sie auch nicht?

Er drehte sich um und ging weiter den Pfad entlang; dabei zog er sie wieder hinter sich her.

„Seigneur, auf ein Wort, bitte!"

Die männliche Stimme ganz in ihrer Nähe erschreckte Elienor. Sie keuchte und fuhr herum. Was sie erblickte, verwirrte sie. Während sie darum kämpfte, nicht über ihre eigenen Füße zu fallen, sah sie entsetzt zu, wie der Mann an ihr vorbeiging.

Ein Mönch? Hier? Non, das konnte nicht sein!

Sie schüttelte den Kopf und musterte ihn, von

seiner Kutte, die mit einem geflochtenen Band zusammengehalten wurde, bis zu seinem Kopf mit Tonsur.

Elienors Mund öffnete sich, doch sie fand ihre Stimme nicht. Und immer noch hielt Alarik nicht an. Verflucht sollte er sein! Stattdessen schien er noch schneller zu laufen und zerrte sie hinter sich her, als wollte er nicht, dass sie den Mönch überhaupt wahrnahm.

Der Mönch wiederum schien so überrascht von Elienor wie sie von ihm. Er starrte sie an, während er sich bemühte, zu Alarik aufzuschließen.

Abrupt gab er auf und ging neben Elienor her. Sein Brustkorb hob und senkte sich heftig von der Anstrengung.

„Jesus!", rief Elienor schließlich aus. Sie versuchte verzweifelt, Schritt zu halten, aber schaffte es nicht. „Ihr *seid* ein Mönch!"

„Ja!", brach es schließlich aus Alarik heraus. Er blieb plötzlich stehen. „Loki soll Euch beide holen, denn der Mann ist mir so sehr ein Dorn im Auge wie Ihr, Weib!" Alarik wandte sich um und starrte den Mönch wütend an. „Was gibt es, Vernay?"

Der Mönch ignorierte Alariks Ausbruch geflissentlich. Er neigte vor Elienor leicht den Kopf und fügte hinzu: „Ich bin Bruder Vernay, Mada–"

„Bei Gott!", rief Alarik aus. „Odin hat mich verflucht!"

„Seigneur!", sagte Vernay tadelnd und wackelte mit einem Finger vor Alariks Gesicht. Der Anblick war so lächerlich – der kleine Vernay und der riesige Alarik –, dass Elienor die Stirn runzelte. „Ihr sollt den Namen Gottes nicht im selben Atemzug wie diesen anderen nennen!"

Ein Muskel zuckte an Alariks Kiefer. „Das sagtet Ihr bereits, frommer Mann! Ich bin es leid und habe viel zu tun. Am besten sprecht Ihr, solange Ihr meine

Aufmerksamkeit habt, oder Ihr verliert die Gelegenheit, bis es mir passt."

Endlich riss Vernay seinen Blick von Elienor los und wandte sich Alarik zu. „Ah, ja, Seigneur! Was das betrifft –"

„Alarik!", rief eine andere Stimme, diesmal eine weibliche.

Als Elienor aufschaute, sah sie Alarik mit den Augen rollen. Bruder Vernay ächzte und kurz darauf erspähte Elienor den Grund: Eine Gestalt schritt zu ihnen herab – eine Frau, das lange goldene Haar zu einem dicken Zopf geflochten, der sinnlich auf ihrer linken Schulter ruhte.

„Das, Seigneur", warf Vernay leise ein, „ist die Angelegenheit, die ich mit Euch besprechen wollte."

„Nissa?", fragte Alarik und hob die Brauen.

Vernay nickte und verzog das Gesicht.

Die Frau lächelte und breitete die Arme aus, als sie in Alariks Nähe kam. „Endlich seid Ihr zu Hause!", verkündete sie auf Französisch, mit einem starken nordischen Akzent.

Anscheinend nutzte sie die Sprache Vernay zuliebe, denn sie musterte den Mönch mit scharfem Blick, doch Elienor war ebenfalls dankbar dafür, denn sie hätte die Ungewissheit nicht ertragen, wenn sie kein Wort verstanden hätte.

„Ich habe mir solche Sorgen gemacht!", sagte Nissa mit gespieltem Tadel. Doch dann erstarrte sie, als sie Elienor erblickte, die hinter Alarik stand. Ihre eisblauen Augen richteten sich sogleich auf die Hand, mit der er Elienors umfasst hielt. Sie runzelte leicht die Stirn und machte einen Schritt rückwärts. „Aber natürlich ist es das Los einer Frau, zu warten und sich zu sorgen, nicht wahr?" Sie wies auf Elienor. „Wer –"

„Jemand, um den Ihr Euch kümmern sollt", unterbrach Alarik sie. Er schob Elienor vorwärts, sodass sie zwischen den beiden zu stehen kam. „Ich möchte, dass

Ihr geht und mein Zimmer für ihre Ankunft herrichtet", wies er sie an.

Elienors Augen weiteten sich. „Non!", schrie sie und versuchte, seine Hand abzuschütteln.

„In Eurem Zimmer!", rief Nissa.

Elienors Blick flog zu Nissa, deren Gesicht Elienors Entsetzen widerspiegelte. Sie riss sich aus Alariks Griff los und wirbelte zu ihm herum.

„*In meinem Zimmer*", wiederholte Alarik. Er ignorierte Elienor und sah an ihr vorbei zu Nissa. „Ich möchte, dass Ihr etwas Essen für sie bringt, denn ich werde heute nicht im *eldhus* speisen. Ich muss mir erst einiges anschauen."

Nissa schüttelte den Kopf, offenbar verwirrt von seiner Bitte. „A-Aber ..."

„Tut, was ich Euch sage", erwiderte Alarik unnachgiebig.

Nissa gewann die Fassung wieder, auch wenn Elienor das Glänzen zurückgehaltener Tränen in ihren Augen sah, als sie die Schultern straffte.

„Wir Ihr befehlt", sagte die junge Frau leise. Sie wandte den Blick ab. „Sleipnir erwartet Euch auf dem Gipfel, Jarl", offenbarte sie mit erstickter Stimme. „I-Ich ... Ich sollte zurückgehen."

Alarik nickte zustimmend. „Reitet mit Bjorn", wies er sie an. Er schaute zu Vernay. „Mit Euch rede ich gleich!"

Vernay nickte. „Oui, Seigneur." Er schaute vorsichtig zu Nissa.

Alarik scheuchte Elienor weiter den Weg hinauf. Sie stolperte, fügte sich aber, denn sie wusste, dass sie keine andere Wahl hatte. Vernay folgte ihnen schweigend. Nissa rührte sich nicht und als Elienor zu der Frau zurückschaute, kam sie nicht umhin, Mitleid mit ihr zu haben. Es war offensichtlich, dass Nissa entweder Alariks Geliebte oder Frau war – doch in jedem Fall wenig geliebt und geschätzt.

Sie blickte impulsiv zu Alarik auf und musste sich selbst widerwillig eingestehen, dass er ein ansehnlicher Mann war, im Profil sogar noch mehr. Aber wenn er dachte, er könnte ihr kampflos ihre Jungfräulichkeit nehmen, irrte er sich gewaltig.

„Ihr könnt mich zwar in Euer Zimmer bringen – leider habe ich da keine Wahl –, aber seid versichert, dass Ihr nichts anderes einfach so bekommen werdet", versicherte sie ihm mit Nachdruck.

Er schaute mit kalten Augen zu ihr herunter. „Ich habe Euch etwas versprochen. Ihr kommt zu Eurem Schutz in mein Zimmer."

„Schutz?", fragte Elienor ungläubig, auch wenn sie tief in ihrem Inneren wusste, dass es stimmte. Trotzdem konnte sie sich nicht überwinden, ihm dies zuzugestehen. „Schutz vor wem?", fragte sie bitter.

„Bekomme ich dieselbe Begrüßung, die Ihr für meinen Bruder geplant hattet?"

Nissa war so sehr in ihre Gedanken versunken, dass sie weder gehört noch gesehen hatte, wie Bjorn sich ihr näherte. Als sie sein heiseres Flüstern an ihrem Ohr vernahm, zuckte sie zusammen und schüttelte dann die Hand ab, die er auf ihre Schulter gelegt hatte. „Wohl kaum!", sagte sie gereizt.

Beide sahen zu, wie Alarik und seine Gefangene den Gipfel erreichten. Er hob sie auf sein Pferd Sleipnir und stieg hinter ihr auf.

„Ich frage mich, ob Ihr zufälligerweise auch mein Pferd gesattelt hergebracht habt."

Bei Bjorns Frage kehrte Nissas gute Laune zurück. „Gute Frage", erwiderte sie leichthin und lächelte.

Bjorn grinste, doch als er sich umwandte und sah, wie Alarik und die Französin aus seinem Blick verschwanden, schüttelte er angewidert den Kopf. „Ihr hättet sie an Bord sehen sollen."

„Oh?" Nissa neigte fragend den Kopf.

„Er hat unser aller Leben für dieses zänkische Weib riskiert!"

Hrolfs Worte hatten die ersten Zweifel in seinem Herzen gesät, doch Alariks unverständlicher Drang, die Frau zu beschützen hatte diese Zweifel genährt und zum Keimen gebracht. Er konnte immer noch nicht glauben, wie sein Bruder sich in so kurzer Zeit verändert hatte.

„Wie das?" Nissas blaue Augen verengten sich.

„Das ist egal", sagte Bjorn knapp. „Ihr müsst nur wissen, dass es so war. Jedenfalls ist es kein Verlust für Euch, meine Liebe, schließlich habe ich Euch schon zuvor gesagt, dass er kein Interesse an Euch hat."

Nissa schnaubte und runzelte leicht die Stirn. „Ich würde es Euch übelnehmen ... wüsste ich nicht, was Euren Worten zugrunde liegt." Sie musterte Bjorn aufmerksam und ihr Lächeln vertiefte sich. „Ihr möchtet mich immer noch in Euer Bett holen, Bjorn, Eriks Sohn", säuselte sie. „Nicht wahr?"

Bjorn schmunzelte über ihre gewohnte Direktheit. „Wie schlau von Euch, meine Liebe."

Sie lachte und bemühte sich, gleichmütig zu klingen. „Ich enttäusche Euch ungern, aber mein Vater würde nicht viel von Euch halten." Sie kam näher und wisperte in sein Ohr: „Auch wenn ich ehrlich sagen muss", gab sie mit einem Seufzen zu, „hätte ich mein Herz nicht schon verschenkt ... vielleicht würde ich es dann tun." Sie schüttelte bedauernd den Kopf. „Doch so gutaussehend Ihr auch seid, es ist die Position als Alariks Frau, nach der es mich verlangt. Es ist der Wunsch meines Vaters."

„Euer Vater muss der Wahl Eures Ehemanns nicht zustimmen", erinnerte Bjorn sie.

„Mein Vater ist kein Mann, dem man sich widersetzt", erwiderte sie. „Abgesehen davon", fügte sie hinzu und lachte, als Bjorn den Mund öffnete, um ihr zu widersprechen, „vergesst Ihr, dass Alarik auch derjenige ist, nach dem *ich* mich sehne! Immerhin ist er sein eigener Herr." Sie stupste spielerisch seine Brust an. „Und Ihr, Bjorn, könnt keine solche Ehre vorweisen, nicht wahr?"

Bjorn verengte die Augen, als er den Stupser erwiderte. „Ich frage mich, ob Ihr eines Tages Eure Augen öffnen werdet."

„Sicherlich nicht", entgegnete Nissa und berührte ihre Brust. Sie schaute ihn tadelnd an. „Entschuldigt mich, ich muss die Wünsche meines Geliebten erfüllen", säuselte sie und drehte sich zu den Klippen um, in deren Richtung Alarik verschwunden war. „Ich glaube, ich werde die Diener anweisen, ihm morgen ein großes Festmahl zu bereiten, um seinem Gaumen zu schmeicheln. Das sollte ihm zweifellos gefallen. Wahrscheinlich hat er auf seinem geliebten Schiff kaum mehr bekommen als Abfälle."

Sie wandte sich zu Bjorn um und klimperte mit den Wimpern. „Was meint Ihr?"

Wieder seufzte Bjorn. „Ein Pfeil durchdringt niemals einen Stein", entgegnete er weise. „Und oftmals prallt er ab und fliegt zum Schützen zurück."

Nissa rümpfte die Nase.

„Ihr hört mir nicht zu, Nissa", beharrte er. „Und Ihr bemüht Euch umsonst. Alarik war nie an Euch interessiert."

Nissa beachtete ihn nicht.

Bjorn bezweifelte, dass sie ihn überhaupt gehört hatte, denn sie drehte sich um, ohne seinen Rat wahrzunehmen, und lief den Weg zur Klippe empor. Er schaute ihr nach und konnte die Bitterkeit nicht abschütteln, die in sein Herz kroch. Würde es ihm bestimmt sein, immer die Reste seines Bruders zu bekommen?

In diesem Fall würde er noch nicht einmal das haben.

KAPITEL 15

Alariks Schlafzimmer war im besten Fall
geschmacklos, nicht mehr als ein großer, qua-
dratischer Raum ohne Fenster und somit ohne
natürliches Licht. Häute hingen überall, zweifellos um
die wenige Wärme, die vorhanden war, im Zimmer zu
halten.

In der Mitte des Raums befand sich eine kleine,
rechteckige Feuerstelle mit einem steinernen Rand.
Darin flackerte die verlöschende Glut gegen die Dunkelheit an und warf unheimliche Schatten an die
Wände. Der Rauch zog durch eine kleine Öffnung in
der Decke ab.

Nachdem er sie hergebracht hatte, war Alarik umgehend verschwunden. Er hatte sich nicht einmal ge-
schert, ihr einen Grund für sein Weggehen zu nennen –
nicht dass Elienor gerne mit diesem Mann Worte ge-
wechselt hätte! Sie wünschte, sie müsste nie wieder mit
ihm sprechen, doch es war unwahrscheinlich, dass sie
dieses Glück haben würde. Er würde sie kaum in
nächster Zukunft nach Frankreich zurückbringen und
verflucht noch mal, aber er hatte recht: Er war ihr einziger Schutz gegen diese Barbaren.

Zitternd schaute sie erneut auf das Bett – ein rie-
siges Teil aus Eichenholz, verziert mit reichen Schnitze-

reien von Raubvögeln. Es waren Falken, wenn sie sich nicht irrte, doch sie waren viel zu verschnörkelt, als dass sie sich sicher sein konnte. Beim Anblick der Schlafstatt begann sie wieder auf- und abzugehen. Sie weigerte sich, darüber nachzudenken, ob sie sich bei Einbruch der Dunkelheit auf diese Monstrosität legen würde.

Sie blickte sich unsicher um und fragte sich, ob es bereits Nacht war. Ohne Fenster war es nahezu unmöglich, die Tageszeit abzuschätzen. Allerdings brachte es ihr nichts, sich deswegen zu sorgen, also verdrängte sie das Bett ein für alle Mal aus ihren Gedanken.

Sie strich mit den Fingern über die reiche Maserung des Eichenholzes an den Wänden. Häute waren neben schrecklichen Waffen drapiert, die an Haken hingen – Waffen jeder Art: Äxte, Schwerter, Speere. Der Anblick ließ Elienor erzittern. Solch eine Leidenschaft für Gewalt! Sie konnte es nicht verstehen. Welchen Ruhm konnte ein kriegerisches Leben – und ein ebensolcher Tod – schon bringen?

Ihr Blick wanderte durch den Raum zu der Holztruhe, die Diener vorhin hereingebracht hatten. Obenauf lag ein Kettenhemd, dasselbe, das Alarik in der ersten Nacht getragen hatte, vermutete sie. Die Ringe schimmerten wie Diamanten im Licht des sterbenden Feuers. Darüber, an einem Haken, hing ein runder Schild, blutrot angemalt und mit einem goldenen Falken im Flug in der Mitte.

Fasziniert starrte Elienor den Falken an ... sie versuchte, sich zu erinnern, warum ihr der Schild so unheimlich bekannt vorkam. Hatte er ihn in der ersten Nacht dabeigehabt? Wahrscheinlich ... doch es war etwas anderes, das sie quälte ...

Etwas aus ihrem Traum? Aber was?

Süßer Jesus, was konnte es sein? Sie rieb sich die Arme, um sich zu wärmen, schüttelte den Kopf und schob ihre Überlegungen von sich. Sie konnte sich nicht entsinnen und ehrlich gesagt wollte sie es auch nicht.

Erneut huschten ihre Augen zu der dicken Eichenholztür. So verlockend es auch war, sie hatte es bereits versucht und die Tür verschlossen vorgefunden. Auch wenn es nun wirklich keinen Grund gab, sie hier einzusperren. Wo hätte sie schon hingehen können?

„Nach Hause", murmelte sie wehmütig. Ihre Augen brannten.

Mutter Heloise würde es inzwischen erfahren haben und sicherlich vor Sorge die Hände ringen. Aber was war mit Comte Phillipe? Ihrem Onkel? Hatten diese sie bereits vergessen? Elienor war zum Weinen zumute, denn so würde es wahrscheinlich sein. Niemand hatte jemals erfolgreich die Nordmänner zur Rechenschaft gezogen. Das war einer der Gründe, warum sie so gefürchtet wurden. Es gab nichts, was gegen sie unternommen werden konnte. Sie kamen schnell, verbreiteten Schrecken und verschwanden noch schneller wieder ins Unbekannte. Allerdings war diesmal Elienor mit ihnen verschwunden.

Würde es irgendwen kümmern?

„Non", wisperte Elienor leise und schmerzvoll.

Niemandem außer Mutter Heloise hatte sie jemals wirklich etwas bedeutet, überlegte sie traurig. Sie schlang die Arme um sich und blickte mit brennenden Augen zu Boden. Gott stehe ihr bei, sie konnte die Tränen nicht zurückhalten, die über ihre Wangen rannen. Und doch weigerte sie sich, laut zu schluchzen, denn sie wollte nicht, dass irgendwer ihre Niederlage bezeugen konnte.

Sie schaute wieder zum Bett und schwor, sich bis zum bitteren Ende gegen ihn zu wehren, sollte es nötig sein. Sie warf sich auf die Matratze und vergrub ihr Gesicht darin, um die Tränen zu ersticken.

Noch während sie sich sorgte, was der Wikinger tun

mochte, sollte er sie in seinem Bett entdecken, schlief sie ein.

Alarik verstand jetzt, was Bruder Vernay ihm hatte mitteilen wollen. Sobald er sein Schlafzimmer verlassen hatte, war er von einer ganzen Schar an Beschwerden, Bitten und Berichten überhäuft worden – fast alle betrafen Nissa. Bei dem Gedanken, mit ihr zu sprechen, schüttelte er den Kopf, denn von allen Menschen war sie die eine Person, die er nie sehen wollte.

Ejnars Tochter war ihm mehr als nur lästig mit ihren endlosen Fragen und dem nichtssagenden Geplänkel. Er wusste genau, welches Risiko er einging, indem er ihr erlaubte, zu bleiben, obwohl er nicht vorhatte, sie jemals zu seiner Frau zu nehmen. Doch es schien, dass Ejnar der Däne jedes Mal, wenn Alarik ihn darüber in Kenntnis setzen wollte, einen Weg fand, dass Alarik seiner jüngsten Tochter noch eine Chance gab. Und das hatte Alarik schon öfter getan, als er zu zählen wagte. Trotzdem, ganz gleich, was er auch tat, Alarik konnte die Vorstellung, sie in sein Bett zu nehmen, immer noch nicht ertragen. Es lag nicht daran, dass sie nicht hübsch wäre, ganz im Gegenteil: Nissa war sehr ansehnlich. Allerdings war sie auch ein furchtbar zänkisches Weib und war sich nicht zu schade, Tränen zur Hilfe zu nehmen, wenn ihre Zunge ihr nicht brachte, was sie wollte.

Plötzlich sah Alarik Elienor vor sich, wie er sie in der Kapelle erblickt hatte. Die kleine Füchsin hatte stolz dagestanden, während er sie musterte, ohne jede Spur von Tränen. Wie oft hatte er im Vergleich dazu Nissa für ihre verflucht? Öfter, als er zählen konnte. Und wie oft hatte sie wegen Kleinigkeiten geweint?

Elienor hatte sich ganz anders als erwartet verhalten.

Nei, Nissa hatte alle Tricks und Kniffe, über die sie gebot, viel zu lang gebraucht. Er verzog die Lippen vor Abscheu. Wie alt war das Weib inzwischen? Zwanzig? Viel zu alt, um sich in seinem Heim zu verkriechen, und doch schien er ums Verrecken keinen Mann zu finden, der sie ihm abnahm. Er seufzte erschöpft und fuhr sich mit den Händen durchs Haar, als er die Halle betrat und an seinem Sitzplatz auf dem Podium vorbei zu seiner Kammer schritt.

Er war dankbar, dass sie wenigstens dazu taugte, sich um seinen Haushalt zu kümmern, bis er jemanden fand, der das zänkische Weib heiratete. Doch er wollte verdammt sein, bevor er der Furie die Kontrolle über sein Anwesen überließe. Er musste so bald wie möglich mit ihr sprechen, denn er hatte nicht vor, ihr weiter zu erlauben, freie Männer und Frauen herumzukommandieren. Seine Leute kannten ihre Pflichten gut genug und er hatte ihr weder zugestanden, sie zu bestrafen, noch, ihnen andere Aufgaben zuzuteilen.

Ungeduldig schloss er die Tür auf und betrat sein Zimmer. Sofort bemerkte er, dass es dunkel und recht kalt war. Das Feuer war offensichtlich schon längst verloschen. Er runzelte die Stirn. So lange hatte er sie nicht allein lassen wollen. Mit den Augen suchte er den Raum ab und fand sie eingekuschelt in seinem Bett, ihre schmale Gestalt von massigen Fellen verhüllt.

Leise, um sie nicht zu stören, ging er zur Feuerstelle und stocherte in der Glut, doch vergebens. Von einem Holzstapel in der Ecke nahm er neue Scheite und legte sie in die Grube. Danach verließ er das Gemach kurz, um eine Fackel aus der Halterung im Flur gegenüber seinem Zimmer zu holen.

Mit der Fackel steckte er das Holz in Brand und wartete, bis die orangeblauen Flammen höher klommen und an den frischen Scheiten leckten. Als er überzeugt war, dass das Feuer gut brennen würde, brachte er die Fackel zurück. Dann schloss er die Tür hinter sich und ging zum Bett. Er blieb davor stehen und sah ihr beim Schlafen zu. Sie wirkte so friedlich und doch konnte er noch die Spuren von Tränen erkennen. Mit der Hand berührte er vorsichtig ihre Wange.

Elienor bewegte sich leicht und aus der Geste wurde eine Liebkosung.

Sie seufzte leise und sein Körper reagierte heftig, aber er verbat sich selbst den Gedanken, sie zu wecken.

Er hatte geschworen, sie zu beschützen, hatte versprochen, sich nichts zu nehmen, was sie nicht freiwillig gab ...

Allerdings hatte er nichts darüber erwähnt, sich neben sie zu legen, und das würde er sich nicht versagen. Er war überzeugt, dass sie eines baldigen Tages – Schwur hin oder her – seine *abscheuliche* Wikinger-Berührung begrüßen würde ...

WIEDER DIESER TRAUM.

Wieder derselbe. Zuerst hielt Mutter Heloise sie in ihren schützenden Armen, dann war es Alarik, der sie sanft aus seinen stahlgrauen Augen anschaute. Es waren verwirrende Augen, denn die Emotionen, die in ihren düsteren Tiefen wohnten, waren ihr unbekannt – anders als alle anderen, die sie je erblickt hatte.

Ganz plötzlich verschwanden die grauen Augen und mit ihnen diese unbekannten Gefühle. Jetzt waren sie so veilchenblau wie ihre eigenen und voller Sorge. Es gab kein Gesicht, das diese Augen rahmte, und doch erkannte Elienor ihre Mutter in ihnen.

„Was?", fragte sie verzweifelt, da die Augen sie zu warnen schienen. Doch wovor?

Wieder löste sie ihre Hand von Alarik und wieder sah sie Blut.

Verraten.

Der Schild ... wieder sah sie ihn deutlich vor sich ... die helle Sonne brachte den majestätischen goldenen Falken zum Funkeln ... und da war Alarik am Steuerruder seines Langschiffs, nicht mehr an ihrer Seite. Er stieß einen herausfordernden Schrei aus und sprang ins Meer. Elienor sah voll Schrecken zu, wie sein Schild ihm unter die Wasseroberfläche folgte. Mit morbider Faszination beobachtete sie, wie die Flügel des Falken in einer spiralförmigen Bewegung in den aufgewühlten Wellen versanken und schließlich verschwanden. Sie schaute ihre Hand an – das Blut war immer noch da.

Rufe ertönten um sie herum, Drohungen wurden ausgestoßen und Schiffe prallten gegeneinander, hunderte von ihnen. Stahl gegen Stahl.

Doch in diesem Moment schienen alle Geräusche zu verblassen, denn auf einmal verstand Elienor.

Krieg wütete um sie herum ...

Und Alarik würde sterben.

KAPITEL 16

„**B**ei den Hunden!"

Der Schrei ließ Alarik im Bett auffahren.

Sein Verstand war noch vom Schlaf umnebelt, sodass er einen Moment brauchte, um zu erkennen, dass Elienor den Schrei ausgestoßen hatte. Ein weiterer Augenblick verging, bis er merkte, dass sie immer noch schlief, unruhig zwar, aber ununterbrochen.

Mit hämmerndem Herzen legte er sich wieder hin. Es war ihm unverständlich, wie sie bei einem solchen Schrei weiterschlafen konnte – ungeachtet dessen, dass es ihr eigener gewesen war. Verflucht, er war schrill genug gewesen, um Tote zu wecken!

Er strich sich übers Kinn und fragte sich mit einem erschöpften Seufzen, was für Dämonen sie so unbarmherzig heimsuchten, dass sie nicht eine Nacht friedlich durchschlafen konnte. Während er über die Frage nachdachte und den Geräuschen ihres unruhigen Schlafs lauschte, wurde er sich seiner Nacktheit so deutlich bewusst wie nie zuvor.

Nie hatte es ihm solche Befriedigung verschafft.

Nie hatten die Laken sich so kühl angefühlt.

Seine Haut war heiß, trotz der Kälte.

Ein so verachtenswerter Schwur.

Sie wimmerte und er streckte unwillkürlich die Arme aus, um sie an sich zu ziehen und ihr beruhigend über den Rücken zu streicheln. Dass es ein Fehler war, bemerkte er viel zu spät – denn plötzlich lag seine Hand auf ihrem Oberschenkel, wo ihre Chemise hochgerutscht war. Ihre Haut war seidig-glatt unter seinen Fingern. Sein Puls beschleunigte sich, als seine Finger sie sanft liebkosten und das Gefühl ihrer Haut genossen.

Weich ...

Sein Herz fühlte sich an, als würde es gleich aus seiner Brust springen, so heftig schlug es. Langsam und träge wanderte seine Hand höher. Seine Finger bewegten sich über ihren Bauch, bevor sie tiefer glitten und ihren Venushügel flüchtig berührten.

Als hätten sie einen eigenen Willen, ergriffen seine Finger ihr Gewand und rafften es, bis er endlich die weichen Locken ihres Geschlechts an seinen Knöcheln spürte.

War er verrückt?

Ja, das war er – und verloren! Willenlos. Er war schwach, und noch schlimmer ...

Er war ein Lügner.

Er versuchte, sich von seiner Erkundung abzubringen, und rief sich seinen Schwur Elienor gegenüber ins Gedächtnis. Doch ungeachtet dessen glitt seine Hand zu ihrem üppigen Hintern. Er stöhnte vor Lust, als ihre Kurven seine schwielige Handfläche ausfüllten. Mit einem Ächzen drückte er ihre Hüfte gegen sein Gemächt, die Augen vor Erregung geschlossen, den Kopf in den Nacken gelegt. Noch immer im Rausch seiner Schlaftrunkenheit drang er vorsichtig in die süße Wärme zwischen ihren Beinen.

Elienor fühlte sich, als würde sie zwischen Dunkelheit und Licht schweben. Abwechselnd fiel sie in die Finsternis und stieg dann wieder auf, um nach dem goldenen Lichtstrahl zu greifen, der ihre Sinne reizte. Sie versuchte, ihre schweren Lider zu heben, doch vergebens. Sie stöhnte vor Genuss, während ihr Verstand noch immer von einem samtigen Nebel umgeben war.

Irgendwie war Alarik aus den trüben Tiefen des Meeres aufgetaucht, irgendwie hielt er sie fest und liebkoste sie, wie es noch niemand zuvor getan hatte ...

Aber war es nicht nur ein Traum?

Sein Mund schwebte über ihrem, bereit, sie zu küssen, wie Comte Phillipe es getan hatte. Doch bei Comte Phillipe hatte sie nichts empfunden − nicht so etwas.

Verzweifelt konzentrierte sie sich auf diese Bewegungen neben ihr, die so die sich so real und greifbar anfühlten, und seufzte im Schlaf.

Wenn das ein Traum war, wollte sie nie wieder aufwachen.

Nie hatte sie solche Lust empfunden!

Sie versuchte gar nicht, es sich zu versagen, schließlich war es nicht wirklich.

Es war nichts als ein Traum ... ein nebliger ... angenehmer ... Traum.

Alariks Hände hoben ihr Gewand an und enthüllten die dunklen Spitzen ihrer Brüste, die sich im flackernden Licht von ihrer reinweißen Haut abhoben. Instinktiv bewegten sich seine Lippen ihnen entgegen, suchten ihre Hitze, sehnten sich danach, wie ein Baby an der milchigen Weichheit zu saugen.

Er spürte, wie er vollends hart wurde, drehte sie auf den Rücken und folgte ihr, sodass sein Knie zwischen ihren weichen Beinen ruhte, während seine Lippen an ihrer Brust saugten. Dann verharrte er und kämpfte mit sich. Noch während er um die Kontrolle rang, glitt seine Hand, die ihren Hintern umfasste, weiter nach oben zu ihrem Kreuz und hielt sie fest, um seine Lippen wieder auf sie zu legen. Er spürte, wie die Knospe unter der Spitze seiner Zunge hart wurde, stöhnte und um sie ganz mit der Hitze seines Mundes.

In diesem Moment wagte er, sich vorzustellen, wie diese Frau wach und bewusst in seinen Armen lag, begierig darauf, seine Leidenschaft tief in sich aufzunehmen.

Er schaffte es, sich tatsächlich von dieser Vorstellung zu überzeugen.

Beinahe fieberhaft wanderten seine Lippen zu ihrem Hals; er knabberte an ihrer Haut, während er eine Brust mit seiner freien Hand knetete. Er wollte sie verschlingen.

Bei Gott – war er verrückt, eine besinnungslose Frau zu lieben?

Ah, aber sie war so wunderschön.

Für einen kurzen Moment glaubte er zu fühlen, wie sie sich unter ihm wand, und das versetzte ihn in unglaubliche Hochstimmung.

Er glaubte, explodieren zu müssen, doch er brannte immer noch.

Heftig.

Er senkte sich auf sie, halb verrückt vor Verlangen. Schweißperlen standen auf seiner Stirn, als er sich in einem sanften, aber unaufhaltsamen Rhythmus bewegte.

Störte es ihn wirklich, dass sie sich seines Liebens nicht bewusst war?

Machte es ihm etwas aus?

Sie fühlte sich so gut an und er brauchte die Erlösung – es war so lange her ... zu lange ...

Er murmelte unwillig, denn er wusste, dass es sehr wohl etwas ausmachte. Er konnte nicht weitermachen, zumindest nicht, solange Elienor nichts davon mitbekam ...

Sonst war er nicht besser als der Rote Hrolf.

Diese Erkenntnis war ernüchternd genug, dass er sich von der Frau unter ihm löste und sich auf den Rücken drehte.

Verflucht, es machte etwas aus.

Und es gefiel ihm kein bisschen!

Was war nur mit ihm los?

Da er spürte, dass der Morgen bald anbrechen würde, stemmte er sich vom Bett hoch, zog sich im Dämmerlicht an und verließ steifbeinig sein Zimmer, um sich ein für alle Mal von der Versuchung zu befreien.

Elienor streckte sich unter den Laken und fragte sich benommen, wie es Clarisse gehen mochte. Sie überlegte, ob sie die Gelegenheit haben würde, mit ihr zu sprechen, und dann plötzlich ... erinnerte sie sich an den Traum – alles davon – und ihr Gesicht brannte vor Scham.

Süßer Jesus, sie hatte von ihm geträumt – und auf welch schändliche Weise! Und jetzt, im Licht des Tages, ertrug sie es nicht, daran zu denken. Sie blickte sich im Raum um und bemerkte, dass er hell erleuchtet war. Gleich darauf entdeckte sie den Grund dafür und wurde vollends wach, doch zu spät: Elienor keuchte, als eiskaltes Wasser ihr Gesicht traf und ihr den Atem raubte.

„Faule Sklavin!", fauchte Nissa. „Wir können es uns hier nicht erlauben, den Tag im Bett zu verbringen!"

Spuckend öffnete Elienor die Augen und sah Nissa, die einen leeren Wasserkrug in den Händen hielt und sie mit anklagendem Blick musterte. Sie schleuderte den Krug von sich. Er verfehlte Elienors Gesicht nur knapp und krachte gegen die Wand hinter ihr.

„Ich sagte, steht auf! Glaubt Ihr, Ihr könnt hier herumliegen wie die französische Hure, die Ihr seid? Ich schwöre, Ihr werdet Euch nützlich machen und wenn ich Euch dazu prügeln muss!"

Elienors Herz machte einen Satz. Gemessen an Nissas Miene konnte sie sich gut vorstellen, dass die Frau ihr Versprechen wahrmachen würde. Sie krabbelte so schnell wie möglich aus den Fellen heraus, um sich zu fügen. Sobald ihre Füße den Holzboden berührten, ergriff Nissa ihren Arm und zerrte sie vorwärts.

„Los, Miststück!"

Elienor befreite ihren Arm aus Nissas Griff. „Ihr müsst mich nicht misshandeln!", sagte sie.

Nissa musterte sie wütend, erwiderte jedoch nichts und Elienor lief in die angezeigte Richtung. Sie war dankbar, dass sie angezogen war, auch wenn diese verachtenswerte Frau ihr noch nicht einmal Zeit gelassen hatte, die Falten aus ihrem Gewand zu streichen. Nicht dass es etwas ausmachte, wie sie vor diesen Barbaren erschien. Es war ihr gleich, was diese über sie dachten.

Noch interessierte es sie, wie Alarik sie zu Gesicht bekam.

Lügnerin!, verhöhnte eine leise Stimme sie.

Als sie im *skáli* ankamen, war dieser verlassen.

Wie im Schlafzimmer befand sich eine von Steinen eingefasste Feuerstelle in der Mitte des Raums. Dort wogte und kräuselte sich der Rauch, bevor er durch einen engen Schacht in der Holzdecke entwich. Um die Glut herum reihten sich riesige Holztische, an denen Bänke standen, die mit heidnischen Schnitzereien verziert waren. Am anderen Ende der Halle befand sich das Podium mit dem Stuhl des Jarl. Sie stellte sich vor, wie Alarik dort saß, und erbleichte, als sie für einen winzigen Moment ein Bild vor Augen hatte, in dem sie dort neben ihm saß.

Nissa eilte durch die Halle und verpasste dabei einem Welpen einen Fußtritt. Das Tier heulte mitleiderregend und huschte unter einen Tisch, den Schwanz zwischen die Beine geklemmt, die Augen traurig und so verzweifelt, wie Elienor sich fühlte. Sie widerstand dem Drang, stehen zu bleiben und das Hündchen zu beruhigen. Nissas Schreckhaftigkeit verwunderte sie – die Frau blickte sich ständig um, als hätte sie Angst, erwischt zu werden.

Die Küche, stellte Elienor fest, befand sich in einem

separaten Gebäude – ganz wie die Küche auf Brouillard –, wahrscheinlich aus Feuerschutzgründen. Und ebenso wie die Küche auf Brouillard war diese überfüllt und viel zu heiß. An einem der langen Tische ließ Nissa sie los und schubste sie vorwärts.

„Ihr werdet heute hier arbeiten", teilte sie Elienor knapp mit. Sie ergriff ein großes Küchenmesser und stieß es in ein ungerupftes Huhn.

Elienor schluckte und wich zurück. Ihre Augen mussten ihre Angst verraten haben, denn Nissa lächelte dünn. Nach einem langen Moment deutete sie auf den Tisch.

„Ich habe es Euch gesagt. Hier muss jeder seinen Unterhalt verdienen! Ihr werdet die Hühner rupfen und wenn Ihr damit fertig seid –", sie schnaubte, als würde sie die Möglichkeit bezweifeln, „dann geht Ihr zu Alva. Sie wird wissen, was Ihr danach tun sollt." Sie zeigte auf eine mollige, dunkelhaarige Frau, die Elienor mit recht eigenartiger Miene ansah. „Verstehen wir uns?"

Elienor nickte. Ihr Blick kehrte zu Alva zurück. Die ältere Frau schüttelte den Kopf, verzog das Gesicht und seufzte.

„Gut", sagte Nissa. Sie wirkte zufrieden, dass Elienor sich ihren Wünschen fügte, und ging, um andere Aufgaben zu überwachen. Elienor war erleichtert, als sie weg war. Sogleich machte sie sich an die ihr zugewiesene Tätigkeit und griff nach dem Huhn.

„Das ist eine Hochmütige!", verkündete eine Stimme. Elienor blickte auf und sah, dass Alva langsam an ihre Seite trat. „Gott sei Dank ist der Jarl wieder zurück!", rief sie aus. „Er wird das zänkische Weib in die Schranken weisen."

Bei dieser äußerst zutreffenden Beschreibung von Nissa musste Elienor grinsen. „Sie in ihre Schranken weisen?", fragte sie. „Wer ist sie denn ... wenn nicht seine Frau?" Sie ignorierte das aufgeregte Flattern in ihrer Brust, als sie diese Frage stellte. Sie wusste, dass sie sich besser nicht einmischen sollte, aber wenn dies nun ihr Zuhause sein würde, wollte sie mehr über ihre Situation erfahren.

Es hatte rein gar nichts damit zu tun, dass sie neugierig war, ob der Jarl eine Ehefrau hatte.

Es war ihr gleich.

Lügnerin!

Jedenfalls bezweifelte sie, dass Nissa seine Frau war ... Es sei denn, Männer und Frauen schliefen hier nicht gemeinsam im Ehebett.

„Sie ist die jüngste Tochter von Ejnar dem Dänen", erklärte Alva und blickte zur Tür, durch die Nissa verschwunden war. „Ihr Vater bemüht sich schon seit Langem, ein Bündnis zwischen dem Jarl und seiner Tochter zu erwirken, doch der Jarl hat nie Interesse an ihr gezeigt. Dennoch, ihr Vater ist ein mächtiger Mann und es ist besser, keinen Streit mit Nissa zu suchen."

Elienor schaute ebenfalls zur Tür. „Dann ist sie nicht seine Geliebte?"

„Hmpf!", machte Alva und sah dankenswerterweise über den fehlenden Anstand der Frage hinweg. „Weder seine Geliebte noch seine Bettgefährtin – wenngleich sie es oft genug versucht hat! Die Frau ist so unermüdlich wie das Meer. Und doch", räumte Alva ein, „muss man es ihr ein wenig nachsehen. Ich glaube, in ihrem Inneren ist sie gar nicht so boshaft – allerdings würdet Ihr das nicht merken, wenn Ihr mit ihr sprecht. Doch ich denke, sie ist so verletzlich wie Ihr, meine Liebe."

So verletzlich wie sie? Aus ihrer Heimat entführt – gezwungen, das Bett mit einem Mann zu teilen, der nicht ihr Mann war? Unwahrscheinlich! „Wie das?"

Alva schüttelte bedrückt den Kopf. „Sie versucht so verzweifelt, ihrem Vater zu gefallen – vergebens. Der Mann ist grausam."

„Wieso erzählt Ihr mir das?", fragte Elienor.

Die Frau bedachte sie mit einem listigen Blick und

sagte geheimnisvoll: „Der Jarl hat noch nie zuvor eine Frau mit nach Hause gebracht."

„Ich bin seine Gefangene, nicht mehr!"

Die Frau hob ihre Brauen und nickte. „Natürlich seid Ihr das, meine Liebe." Sie schmunzelte und wandte sich dann dem Huhn auf dem Tisch zu. „Schaut her", sagte sie und nahm Elienor den Vogel ab, um ihr zu zeigen, was sie tun sollte. „Ich wage zu behaupten, dass Ihr so eine Hausarbeit nie zuvor erledigt habt. Es ist wirklich nicht so schwer –"

„Aber das habe ich", unterbrach Elienor sie.

Die Frau sah sie skeptisch an.

„Es ist einige Zeit her", gab sie zu. „Aber ich erinnere mich nur zu gut, wie es gemacht wird."

Alva runzelte die Stirn. Sie drehte Elienors Hände in ihren eigenen und musterte sie. „Ich verstehe", sagte sie anerkennend. „Nun denn, am besten geht Ihr ans Werk. Bis der Jarl mit Ejnars Tochter sprechen kann, wird sie Euch das Leben zur Hölle machen, es sei denn, Ihr fügt Euch ihren Wünschen."

Elienor blickte zur Tür und sah überrascht, wie Clarisse von Nissa über die Schwelle geführt wurde.

Nissa schickte das Mädchen zu Alva und beobachtete sie, um sicherzugehen, dass Clarisse ihr gehorchte. In diesem Moment begegnete Elienor Nissas Blick. Sogleich schaute sie weg; sie wollte die Frau nicht weiter reizen. Es war offensichtlich, dass Nissa sie nicht ausstehen konnte.

„Wie kommt es, dass Nissa unverheiratet in Alariks Haushalt leben darf?", fragte Elienor Alva, sobald Nissa wieder verschwunden war.

„Alarik?" Als Elienor diese Anrede verwendete, lächelte Alva wissend. „Nissa lebt bei ihrer ältesten Schwester, die mit Ivar Langbart, einem der Männer des Jarl, verheiratet ist." Als Elienor die Brauen hob, fügte sie hinzu: „Sie kam vor Jahren hierher, nach Gryting, um ihre Schwester bei der Geburt ihres Kindes zu unterstützen, und ist geblieben – zum Missfallen aller!"

„A … Alva?", fragte eine leise Stimme.

Elienor legte das Huhn auf den Tisch und schaute zu Clarisse. Sie war froh, zu sehen, dass es dem Mädchen wirklich gut ging.

„Das bin ich", sagte Alva freundlich. Sie wandte sich zu der bleichen Clarisse um. „Du sollst für mich arbeiten, nehme ich an?"

„Oui, Madame", erwiderte Clarisse leise. Ihr Blick wanderte unruhig zwischen Alva und Elienor hin und her. „Madame", sagte Clarisse dann und ihre Augen flehten Elienor um Verständnis an. „Es tut mir leid, dass ich Euch so viel Schmerz verursacht habe!" Sie ließ vor Scham den Kopf hängen.

Elienor unterdrückte den Drang, das Mädchen zu umarmen, denn sie wusste, dass Clarisse die Zuneigung unangenehm sein würde. Alva beobachtete sie. „Oh, non, Clarisse! Ich bin so froh, dass –" Sie blickte zu Alva.

Die nickte ihr zu. „Lasst Euch nicht stören!", sagte sie fröhlich, wandte ihren Blick jedoch nicht ab, um bloß nichts von dem Gespräch zu verpassen.

Verdrossen durch die Aussicht, dass ihr Leben womöglich nie wieder ihr eigenes sein würde, richtete Elienor ihre Aufmerksamkeit auf Clarisse. Sie legte eine tröstende Hand auf den Unterarm der jungen Frau. „Wirklich, ich bin nur froh, dass es dir gut geht. Ich hatte mich so gesorgt!"

Clarisse hob das Gesicht. Ihre Miene war reuevoll. „Es tut mir so leid, Madame! Als ich aufwachte, wart Ihr in dem Zelt versteckt und ich wollte so verzweifelt zu Euch gehen, aber Sigurd wollte es nicht erlauben."

„Sigurd?", fragte Alva und ihre Brauen hoben sich noch weiter. „Dieses Gespräch wird wirklich immer interessanter – allerdings …" Sie beugte sich vor und flüsterte: „Wenn euch etwas an eurem Wohl liegt, solltet ihr arbeiten, während ihr schwatzt." Sie deutete zu Nissa, die zurückgekehrt war und sie aufmerksam beobachtete. „Nimm dir ein Huhn, Clarisse." Clarisse zögerte. „Komm, komm – steh nicht nur herum, meine Liebe. Such dir eine Henne aus und mach dich an die Arbeit!" Alva lächelte sie an. „Komm schon!", forderte sie das Mädchen erneut auf.

„Oui, Madame!", rief Clarisse und fügte sich sofort. „Wirklich, es tut mir leid!"

„Hmpf! Dir tut viel zu viel leid!", sagte Alva rügend. Sie warf Nissa einen Seitenblick zu. „Doch es wird uns allen leidtun", sagte sie seufzend, „wenn wir uns nicht an die Arbeit machen. Kommt, kommt! Arbeitet – arbeitet – alle beide!"

Als Elienor gedacht hatte, die Küche wäre einfach nur warm, hatte sie sich ziemlich geirrt. Selbst die Hölle konnte nicht so sengend sein! Feuchte Haarsträhnen klebten in ihrem Gesicht und an ihrem Nacken, während sie arbeitete. Sie wischte sie weg und schmierte sich dabei Hühnerfett von ihren Fingern über Stirn und Wangen.

Elienor blinzelte, um ihre Augen zu befeuchten, und schaute sich um. Es war unglaublich, dass es keine Fenster gab. Einfache Lüftungsschlitze in der Decke ließen den Rauch entweichen, doch die Steinwände dieses Gebäudes hielten jedes bisschen Hitze drinnen.

Aus Holz waren hier nur die Arbeitstische und diese waren so weit wie möglich von den Öfen entfernt, um die Brandgefahr zu mindern. Elienor fühlte sich von der schrecklichen Hitze vollkommen ausgelaugt. Stunden später war ihr schwindelig deswegen, doch unter Nissas wachsamen Augen wagte sie nicht, sich auszuruhen.

Sie blickte zu Clarisse und seufzte schwer. Nur wenig hatte sie mit dem Mädchen gesprochen, auch wenn es Alva nichts auszumachen schien. Vielmehr wirkte es, als würde diese sie darin bestärken wollen. Elienor beobachtete, wie die ältere Frau von Tisch zu

Tisch ging, die Arbeit beaufsichtigte, Rat erteilte und mit den anderen Frauen lachte. Es war offensichtlich, dass diese sie schätzten – ganz im Gegensatz zu Nissa, der sie verabscheuende Blicke zuwarfen.

Doch obwohl Alva sie überaus nett behandelte, so näherte sich ihnen sonst niemand. Die übrigen Frauen sahen ab und zu hinüber, manche freundlich, manche nicht, und Elienor bemühte sich, sich aus der Ferne mit ihnen gut zu stellen. Wenn nicht für sich selbst, dann doch um Clarisses willen. Es war offensichtlich, dass diese sich nicht selbst den Weg ebnen würde.

Elienor hatte schon längst beschlossen, dass es am besten war, wenn sie sich in ihre Umstände fügte. Denn so abscheulich es auch war – dies war nun ihr neues Heim, ganz gleich, ob es ihr zusagte oder sie sich etwas anderes wünschte. Abgesehen davon war es das Beste, wenn sie Clarisse ein gutes Vorbild war. In diesem Augenblick über die Situation zu jammern, würde ihr Los nicht erleichtern.

Nur in einem Punkt schwor Elienor sich, nicht nachzugeben – ungeachtet ihrer verräterischen Gedanken und ihres sündigen Körpers.

Süßer Jesus, wie konnte sie es wagen, so schändlich von ihm zu träumen!

Und wie konnte sie es wagen, sich seine Küsse vorzustellen! Bei der Erinnerung an ihren Traum brannte ihr Gesicht noch heißer – das wenn überhaupt möglich war. Gegen ihren Willen verglich sie diese Küsse mit Comte Phillipes unbeholfenen Versuchen, bei denen seine Zunge sie fast zum Würgen gebracht hatte. Ehrlich gesagt hatte er sie abgestoßen – ihr zukünftiger Ehemann! Doch in ihrem Traum hatte sie gewagt, sich nach den Lippen ihres Feindes zu sehen!

Ihr Feind.

Bei den Knochen der Heiligen! Was war nur los mit ihr?

„Es ist ganz normal, Madame", ließ sich Clarisse vernehmen. „Ihr solltet es Euch nicht vorwerfen, dass Ihr Euch zu dem Jarl hingezogen fühlt."

Überrascht sah Elienor zu Clarisse auf. Wieder verfluchte sie ihre Zunge und schüttelte dann den Kopf. „Ich ... ich weiß nicht, was du meinst", erwiderte Elienor, obwohl ihre Wangen verräterisch brannten. Sie blickte auf ihr Huhn herab und bemühte sich geschäftig, es zu rupfen.

„Er ist ein gutaussehender Mann", stellte Clarisse fest. „Ehrlich gesagt habe ich mir auch Vorwürfe gemacht ... zunächst ..."

Elienors Augen weiteten sich, als sie Clarisse anschaute. „Du meinst doch nicht ..."

„Sigurd", antwortete Clarisse ohne Reue und nickte schüchtern. „Er kümmert sich gut um mich, Madame – um einiges besser, als ich auf Brouillard behandelt wurde. Wirklich, es tut mir leid für Euch ... aber ich ..." Ihre Augen baten um Verständnis. „Ich bin froh, dass sie gekommen sind."

Elienor wusste nicht, was sie sagen sollte.

Wie konnte Clarisse so leicht vergessen?

Sie seufzte, als ihre Gedanken zu Mutter Heloise zurückkehrten. Wahrscheinlich würde nur die sanfte Äbtissin sich um sie sorgen; die alte Frau war ihr am ehesten so etwas wie Familie gewesen.

Sie schloss die Augen, als der Schmerz über die Hinrichtung und das Begräbnis ihrer Mutter wieder in ihr aufflackerte. Wie von selbst wanderten ihre Finger zu der Stelle, wo der Ring an ihrer Brust gelegen hatte. Sie wollte ihn verzweifelt zurückhaben, aber sie fürchtete, dass Alarik sie nach der Herkunft des Schmuckstücks fragen würde, falls sie das Thema ansprach. Sie seufzte und verspürte eine unglaubliche Leere wegen des Verlusts. Dann machte sie den Fehler, Nissa anzusehen.

Die Feindseligkeit in den Augen der Frau nahm Elienor den Atem. Sie wandte rasch den Blick ab und schaute wieder auf das Huhn in ihrer Hand. Sie wollte Nissa nicht noch mehr provozieren, als sie es offenbar schon getan hatte.

„Sie mag Euch nicht sonderlich, glaube ich", überlegte Clarisse.

Das war mehr als offensichtlich, dachte Elienor, während sie die letzten Federn ausrupfte. Sie verfluchte Alarik erneut, denn ihre Finger wurden mit jedem Moment wunder.

Alarik stand auf der Schwelle zum *eldhus* und umklammerte mit einer Hand den Türrahmen über ihm, während er seinen Zorn zügelte. Er hatte das Anwesen in der Frühe verlassen, um Ejnar den Dänen zu suchen, doch je schneller er geritten war, desto hartnäckiger verfolgten ihn die Gedanken an die kleine Französin. Er fand Ejnar nicht, war aber entschlossener denn je, sich von Nissa zu befreien – vor allem jetzt, da er gesehen hatte, wie weit sie gehen würde.

Wie konnte sie es wagen, sich seinem Befehl, Elienor allein zu lassen, zu widersetzen!

Nachdem er Elienor nicht in seinem Zimmer entdecken konnte, hatte er sich auf die Suche nach ihr gemacht, nur um sie hier, unter Nissas wachsamen Augen, zu finden. Seine Nackenhaare richteten sich vor Ärger auf, als er die Küche betrat und zu Elienor schritt. Im Vorbeigehen warf er Nissa einen warnenden Blick zu.

„Wer hat Euch angewiesen, hier zu arbeiten?"

Verwirrt schaute Elienor auf und sah, wie Alarik auf sie zukam. Sein Gang wirkte bedrohlich. Sie biss sich nervös auf die Lippe, während sie sich umblickte, und bemerkte, dass alle sie anstarrten. Was? Was hatte sie jetzt getan? Sie legte das Huhn auf den Tisch und wich einen Schritt zurück.

„Wer?", fragte Alarik erneut.

Er trug ein schwarzes Hemd und lederne Hosen, die

seine Beine schamlos umschlangen. Selbst seine Stiefel überließen nichts der Vorstellung, denn sie waren aus weichem Leder und nicht viel mehr als Bänder, die um seine muskulösen Waden gebunden waren. Elienor kam nicht umhin, ihn anzustarren. „N-Nissa", antwortete sie, obwohl sie unsicher war, ob sie das hätte sagen sollen.

Nissa war Alarik gefolgt und blieb nun hinter ihm stehen, ohne sie beide aus den Augen zu lassen.

Alarik drehte sich zu ihr um; er musste gespürt haben, dass sie dort war. „Ihr habt sie angewiesen, hier zu arbeiten?"

„Ja", gab Nissa zu und wich vorsichtig zurück. „War das falsch?"

„Wer hat Euch angewiesen, das zu tun?"

„Nun ... n-niemand", stammelte sie.

„Von jetzt an", informierte er sie, „werdet Ihr gar keine Befehle mehr erteilen, Nissa. Genauer gesagt werdet Ihr Eure Sachen packen. Sobald ich mir Eurem Vater gesprochen habe, werdet Ihr Gryting ein für alle Mal verlassen!"

„Aber warum? Was habe ich getan?"

„Ihr habt Eure Befugnisse überschritten", sagte er etwas weniger harsch, aber immer noch unnachgiebig. „Ihr seid zu weit gegangen", erklärte er. „Und abgesehen davon ... es ist Zeit, dass Ihr Euch ein eigenes Heim schafft ...'

„Aber –"

„Woanders", betonte er. Seine Augen schienen sie zu durchbohren.

Nissa schüttelte den Kopf und ihre Hand flog zu ihrem Mund. Alle Farbe wich aus ihrem Gesicht. Sie wandte sich ab, jedoch nicht bevor sie Elienor einen hasserfüllten Blick zugeworfen hatte. Ohne ein weiteres Wort floh sie aus der Küche.

Elienor schaute wieder zu Alarik. Ihre Augen waren

furchtvoll aufgerissen, denn wenn er einen seiner Leute verbannen konnte, was würde er ihr antun? Sie hatte immer noch keine Ahnung, was ihn so wütend gemacht hatte.

„Kommt", befahl er ihr. Sein Blick war unheilverkündend. Stumm führte er sie aus der Küche und in die große Halle, die nun mit ausgelassenen Männern gefüllt war, die tranken und sich die Zeit vertrieben.

Sobald sie den *skáli* betraten, sah Elienor zu seiner Zimmertür hinter dem Podium. Jeder Schritt brachte sie näher dorthin und mit jedem Schritt fühlte ihr Herz sich an, als wollte es versagen.

Was könnte sie getan haben?

Ihr fiel nichts ein.

Irgendwo in der Halle heulte ein Welpe. Elienor blickte sich sogleich um und suchte nach dem wimmernden Tier. Sie entdeckte es, wie es an den Hinterbeinen – wie ein erlegter Hase – von zwei starken Armen festgehalten in der Luft baumelte. Ihr Blick wanderte von den Armen zu dem Gesicht des Mannes und zu ihrem Entsetzen erkannte sie ihn sofort – Flammenhaar. Ihr Atem beschleunigte sich und ihr Herz verkrampfte sich vor Schrecken. Süßer Jesus, wie konnte sie ihn vergessen haben?

Sein wirres rotes Haar glich dem einer Vogelscheuche. An einer Seite stand es ab, die andere schien an seinem Kopf zu kleben. Sein Hemd war fleckig, mit Essensresten verschmiert, und sein eines Hosenbein war hochgerutscht und enthüllte schmutzige Schnürstiefel. Das andere Hosenbein dagegen war ordentlich. Zuvor hatte er mit dem Mischling nur gespielt, doch als er Elienors Blick begegnete, lächelte er grausam und zerquetschte dem kleinen Hund die Hinterläufe. Elienor zuckte zusammen, denn die Bedeutung dessen war ihr klar: Er hätte es vorgezogen, wenn es ihre Beine gewesen wären!

Plötzlich verstärkte die Hand auf ihrer Schulter ihren Griff. Sie hatte nicht einmal bemerkt, dass sie dorthin gewandert war. Als sie aufsah, war sie überrascht von der Wut, die in Alariks Augen tanzte.

„Hrolf!", brüllte Alarik. Sein Blick kehrte zu dem flammenhaarigen Mann zurück. In der Halle wurde es umgehend still. Einige setzten ihre Trinkhörner ab, andere hielten sie wie erstarrt mitten in der Luft.

Alarik war nicht entgangen, dass Hrolfs Warnung sich an Elienor gerichtet hatte. Er plante, dieser Situation ein für alle Mal ein Ende zu bereiten. „Komm her!", befahl er.

Nach einem langen, unbehaglichen Moment schlenderte der Rote Hrolf auf sie zu und wankte dabei alle paar Schritte. An einem der Tische blieb er stehen, riss einem Mann das Trinkhorn aus den Händen und nahm einen tiefen Schluck, bevor er es knallend abstellte. Danach setzte er seinen Weg zu ihnen fort und grinste dabei Elienor anzüglich an.

„Du wagst es, dich mir erneut zu widersetzen?"

Hrolf antwortete nicht. Er drehte lediglich seinen Kopf zur Seite und spuckte das Bier, das er in seinen Backen gesammelt hatte, vor Alariks Füße. Tropfen davon blieben in seinem Bart hängen, sickerten langsam durch die gelockten Strähnen und fielen schließlich auf die Spitze eines seiner Stiefel. Seine Augen verengten sich zornig, als er Alarik anschaute. „Ich habe auf diesen Moment gewartet", sagte er schließlich und schlug sich mit der Faust gegen die Brust. „Ja, ich wage es!"

Alarik kniff die Augen zusammen. Er war wütend, dass der Rote Hrolf seine Geduld derart überstrapazierte, und verfluchte die Tatsache, dass er nun gezwungen sein würde, deshalb einen guten Krieger zu verlieren. Hrolf wusste sehr wohl, dass er eine solche Herausforderung nicht ohne Vergeltung stehen lassen konnte. Es war der Stolz eines Nordmanns, sich nur von dem Stärksten anführen zu lassen. Als Jarl konnte er es sich nicht erlauben, den Respekt seiner Männer zu verlieren. Er hatte nicht vorgehabt, sich mit dem Roten Hrolf zu messen, doch der hatte die Art seiner Bestrafung durch diese offene Herausforderung selbst gewählt. Alarik war entschlossen, sie auszuführen.

Er nickte und löste Dragvendil von seinem Kriegsgürtel. Das metallische Zischen, als die Waffe die Scheide verließ, hallte wie eine Totenglocke in der Stille des Palas wider. Er streckte die ausgezeichnete fränkische Klinge vor, sodass deren schimmernde Spitze fast den sich hebenden Adamsapfel in Hrolfs Hals berührte. Mit leiser Stimme sagte er: „Weil ich fürchte, dass der Alkohol deinen Verstand vernebelt hat, gewähre ich dir eine weitere Chance, um Vergebung zu bitten."

Der Rote Hrolf hob höhnisch eine Braue, noch ermutigt durch Alariks Angebot. „Ach wirklich?", reizte er ihn. „Zittert mein mächtiger Jarl wie die schwache Maid an seiner Seite bei dem Gedanken, seine Klinge mit Hrolfs zu kreuzen?"

Alarik schaute kurz zu Elienor, die zwar nicht zurückwich, aber die Augen vor Furcht aufgerissenen hatte. Dann senkte er die Spitze seines Schwerts, sodass sie nicht auf Hrolfs Hals, sondern auf dessen aufgeblähte Brust zeigte. Er übte Druck aus, bis er das wollene Hemd durchstach und Blut hervordrang.

Mit vor Wut brennenden Augen wandte er sich erneut zu Elienor. „Geht in meine Kammer", sagte er langsam und sanft, sein Blick war warnend. „Jetzt!", betonte er, als sie sich nicht schnell genug bewegte. Dann fuhr er zum Roten Hrolf herum und verkündete: „Wie du es wünschst, so soll es geschehen, Hrolf! Du tätest gut daran, dich für Walhalla zu wappnen!"

Aus dem Augenwinkel beobachtete Alarik, wie Elienor mit vor Entsetzen und Abscheu verzogenem Gesicht erst langsam zurückwich, sich dann umwandte und durch den *skáli* rannte.

Seine Zimmertür öffnete und schloss sich. Das unausgesprochene Signal für den Beginn des Kampfes.

Es scherte ihn nicht, dass sie ihn barbarisch fand!

Sie verstand einfach nicht, wie unsicher die Macht war, die ein Jarl über seine Leute hatte. Es gab viele, die ihm treu ergeben waren, aber es waren auch immer einige darunter, die Grenzen austesten und den Stuhl des Jarl für sich selbst beanspruchen wollten. Alarik hatte sich sein Ziel lange und hart erkämpft – er würde es niemals aufgeben!

Hrolfs Blick kehrte zu Alariks zurück und er tat einen vorsichtigen Schritt rückwärts. Dabei zog er seine Lieblingswaffe, seine getreue Axt, und schwang sie bedrohlich. Er kicherte irre.

„Wenn du nüchtern wärst", versprach Alarik, „würde ich dir das Herz aus deinem verräterischen Körper schneiden, hier und jetzt."

In Hrolfs Augen glitzerte trunkene Heimtücke. „Ja? Nun, ich bin nüchtern genug – lass uns alle sehen, wie du es versuchst!" Er schlug mit seiner Axt nach Alarik.

Die Tatsache, dass er dem Schlag mit Leichtigkeit ausweichen konnte, macht Alarik noch wütender. Sein Gesicht verzog sich vor Abscheu. „Ich hatte vor, dich nur leicht zu bestrafen", sagte er zornig und parierte mit seinem Schwert. „Aber ..." Er näherte sich dem Roten Hrolf und ließ seine Drohung in der Luft hängen. Ihm war vollends bewusst, dass alle Augen auf ihnen ruhten.

Plötzlich machte Hrolf einen Ausfallschritt auf ihn zu. Er umklammerte seine Axt mit beiden Händen, während er sie durch die Luft schwang. Anstatt auszuweichen, knurrte Alarik und stürzte sich mit einem Kriegsschrei auf ihn. Dabei traf er die Seite der Axt so heftig und unerwartet, dass die Waffe Hrolfs Griff entglitt. Der Kampf war beendet, bevor er überhaupt begonnen hatte.

Hrolf bückte sich sogleich nach seiner Axt, doch Alariks wütende Stimme ließ ihn innehalten. „Lass sie liegen! Du bist ihrer nicht länger würdig." Angeekelt schüttelte er den Kopf. „Du kannst mir nicht einmal wie ein Ehrenmann im Kampf begegnen. Lass sie los!", knurrte er, als Hrolfs Finger sich um den Griff schlossen.

Die Axt fiel geräuschvoll zu Boden. Der Rote Hrolf richtete sich auf, seine Augen blitzten feindselig.

Ein Muskel zuckte an Alariks Kiefer. Er stach mit seinem Schwert nach Hrolfs Herz und hielt erst kurz vor dessen Hemd inne. „Du beschämst mich, Hrolf Kaetilson. Kannst du nicht einmal lang genug kämpfen, um ins Schwitzen zu kommen?" Seine Augen verdüsterten sich zornig. Er zog seine Klinge plötzlich über Hrolfs Gewand und zerschnitt es, wenngleich das Metall kaum die Haut darunter verletzte. „Pack dich fort!", rief er. „Lass dir dies eine Erinnerung sein! Eine Warnung an alle, denen du dienen wirst. Geh mir aus den Augen!"

Der Rote Hrolf schien zutiefst entrüstet, als er den Schnitt erhielt, der seine Brust entstellte.

„Wenn ich dein verräterisches Gesicht je wiedersehe", fauchte Alarik, „werde ich dich mit Vergnügen durch die Blutadler-Folter hinrichten lassen!"

Instinktiv legte Hrolf eine Hand auf seine halbnackte Brust. „Das zwischen uns ist noch nicht entschieden, Alarik! Bastardsohn von Trygvis' französischer Hure!" Er wandte sich zum Gehen, begegnete aber vorher noch einmal Alariks wütendem Blick. Dann drehte er sich um und marschierte aus dem *skáli*.

Alarik ging zu dem symbolträchtigen Stuhl des Jarl, ließ sich jedoch nicht nieder. Er blieb dahinter stehen, die Beine herausfordernd gespreizt, das Schwert immer noch in Händen. „Zuerst Nissa“, sagte er, „dann Hrolf. Hat noch irgendwer vor, mich heute herauszufordern?“

Einige der Männer schüttelten den Kopf. Die meisten saßen wie festgenagelt da und starrten in nachdenklichem Schweigen ihre Trinkhörner an. Der skáli blieb totenstill, während Alarik überlegte, wer ihn als Nächstes verraten könnte.

Niemand wagte, sich zu rühren.

Niemand begegnete seinem Blick.

KAPITEL 18

Sigurd preschte in die Halle und erstarrte. Die unheimliche Stille, die ihn begrüßte, verwirrte ihn.

Auch wenn er keine Ahnung hatte, wieso Alarik so düster dreinschaute, nahm er den Ernst der Lage durchaus wahr und sagte nichts. Stattdessen blieb er stehen und wartete angespannt, bis Alarik sich umdrehte und ihn mit einem Nicken zur Kenntnis nahm. „Reiter nähern sich vom Fjord!"

Da er es nicht erwarten konnte, mit Elienor zu sprechen, verzehnfachte diese Nachricht Alariks Ärger noch. „Wie viele?"

„Zu viele zum Zählen, Jarl! Es scheint Olav zu sein", sagte Sigurd. „Auch wenn wir nicht sicher sein können. Was sollen wir tun?"

Alarik steckte sein Schwert zurück in die Scheide und fluchte stumm. Genau was er in diesem Moment brauchte – Olav, der Mann, der im Mittelpunkt der Unzufriedenheit aller stand. Als hätte er nicht bereits genug Unmut. Dennoch, Olav war sein Bruder und er würde ihn begrüßen. „Lasst sie kommen", verkündete er mit einem Seufzen und stieg vom Podium. Er folgte Sigurd aus der Halle, um auf die Ankunft seines Halbbruders zu warten.

Draußen fiel der Schnee so leise wie ein Flüstern.

Vor der reinweißen Landschaft zeichneten sich die Umrisse und Farben der sich nähernden Streitkräfte klar ab. Nach einem langen Moment konnte Alarik den Fuchshengst seines Bruders in der Menge seiner Begleiter ausmachen.

Das Tier, mit seiner weißen Mähne und seinem weißen Schweif, besaß seinen ganz eigenen königlichen Gang und Alarik würde es immer erkennen. Er bewunderte das Pferd schon seit Langem. Mit Olavs Zustimmung hatte er den Hengst vor zwei Jahren eine Stute aus seinem eigenen Besitz decken lassen. Doch bisher war dabei nur eine kümmerliche Stute herausgekommen – sie sah erlesen aus, doch war viel zu klein, um Alarik zu Nutzen zu sein. Wahrscheinlich würde er aufs Kreuz fallen, wenn er auch nur versuchte, das Biest zu besteigen.

Auch während er über das Tier nachdachte, konnte er Elienor nicht aus seinen Gedanken vertreiben. Von der Größe her müsste das Pferd genau zu ihr passen. Er stellte sie sich auf dem Fuchs vor, wie ihr langes, kastanienbraunes Haar in der Brise wehte, Sonnenlicht auf ihrem Gesicht ... vielleicht würde er ihr das Tier im Frühjahr schenken. Ja, das würde er tun ... wenn der Frühling kam ... vielleicht würde sie sich bis dahin an sein Heim gewöhnt haben.

An ihn.

Bei dem Gedanken überlief ihn ein Zittern.

Von den Minuten, die vergingen, bis Olav und seine Männer das Anwesen erreichten und vor ihm abstiegen, bekam er kaum etwas mit. Erst ihre Begrüßung riss ihn aus seinen Tagträumen.

Olav streckte die Arme aus, um Alarik an sich zu ziehen. „Mein Bruder!", rief er freudig.

Alarik ächzte und erwiderte die Umarmung.

Olav betonte seine Freude über das Wiedersehen mit einigen kräftigen Schlägen auf Alariks Rücken.

Um nicht übertroffen zu werden, schlug Alarik ihm seinerseits nicht gerade sanft auf den Rücken und umarmte ihn noch herzlicher. Er gestand sich grummelnd ein, dass er sich freute, seinen Bruder zu sehen – auch wenn Olavs Zeitwahl wie immer schlecht war.

„Komm, alter Mann, lass uns nach drinnen gehen, bevor wir vor Kälte sterben", schlug er vor.

„Alter Mann?", rief Olav aus. „Dein Körper zählt weit mehr Jahre, als ich es von meinem behaupten kann."

Während sie nebeneinanderher gingen, schaute Alarik Olav missmutig an. „Sag mir, Olav, wie kommt es, dass du es immer zu wissen scheinst, wenn ich gerade angekommen bin? Und warum", wunderte er sich laut und machte damit seinem Frust Luft, „tauchst du immer rechtzeitig auf, um mein Bett an dich zu reißen?"

Olav legte eine Hand auf Alariks Schulter und grinste. „Ich konnte es einfach nicht abwarten, dich zu sehen", verkündete er mit einem herzhaften Lachen.

Alarik blickte ihn misstrauisch an, seine Augen scharf und aufmerksam. „Ist das so?"

Olav schmunzelte und gestand: „Auch wenn ich nie eine Gelegenheit verpasse, meinen treuen Bruder zu sehen, so habe ich tatsächlich nach der Ankunft deiner Schiffe Ausschau gehalten." Er räusperte sich. „Ich hoffte, du würdest mich auf eine Reise begleiten. Tyri wünscht –"

Alarik schnaubte. „Und wie geht es deiner reizenden Frau?" In seinen Augen blitzte der Spott.

Olav schaute ihn finster an und gab dann knurrend zu: „Ich fürchte, sie ist mieser gelaunt als je zuvor." Er seufzte schwer. „Sie hat mich gedrängt, ihre Ländereien in Dänemark zurückzuholen. Man könnte sagen … sie ist sehr unzufrieden, nicht so viel Besitz im Nordland zu haben, wie es einer Königin ihres Rangs zusteht, und vielleicht hat sie recht." Er hob fragend seine

Brauen und Alarik wusste, dass er seine Zustimmung suchte.

Alarik weigerte sich, sie ihm zu geben.

Er runzelte die Stirn. „Als deiner Frau, Olav, fehlt es Tyri an nichts und immer noch verlangt sie nach mehr." Er schüttelte den Kopf und mahnte: „Du weißt, wie ich zu ihr stehe – lass uns heute Abend keinen Grund zum Streit finden. Ich nehme an", sagte er und wechselte das Thema, „dass diese Reise, an der ich teilnehmen soll, dir wichtig genug ist, dass ich nur Tage nach meiner Rückkehr die Annehmlichkeiten meines Anwesens hinter mir lassen sollte?"

Olav seufzte erneut. „Das ist sie", bestätigte er und wirkte erschöpft.

Alarik schüttelte wieder den Kopf. Er dachte insgeheim, dass Tyri seinen Bruder einmal mehr auf eine nutzlose Reise schickte. Jedoch lieber Olav als ihn. Er erschauerte bei dem Gedanken, wie nahe er gekommen war, sich selbst an diese Xanthippe zu binden. „Dann werde ich darüber nachdenken", räumte er ein. „Allerdings ... bis ich mich entscheide, werde ich dir nicht mein Bett abtreten!" Ehrlich gesagt hatte er an nichts anderes denken können als an die süße Qual der letzten Nacht. Warum er sich dem erneut aussetzen sollte, wusste er nicht, doch mit der Zeit, beschloss er, würde sie lernen, ihn anzunehmen ...

Ja, er hatte geschworen, sie nicht zu zwingen – und er hatte sich daran gehalten. Und doch ... es gab andere Möglichkeiten ...

„Wirst du nicht?"

Alarik sah Olav an und runzelte die Stirn. „Was?"

Olav neigte neugierig den Kopf zur Seite, als fragte er sich, was Alarik so ablenkte. „Mir dein Bett abtreten?"

„Nei", bestätigte er und vertrieb die kleine Füchsin, die ihn in seinem Zimmer erwartete, aus seinen Gedanken. „Diesmal nicht. Du musst dir ein anderes Bett zum Schnarchen suchen, denn ich werde dir meins nicht überlassen."

„Ich habe dich auch nicht darum gebeten!", protestierte Olav. „Weder für dein Volk – noch deinen König!", fügte er klagend hinzu. „Obgleich ich dir das verfluchte Teil geschenkt habe!"

Alarik verzog seine Lippen zu einem schiefen Lächeln. „Bis jetzt hast du noch nicht gebeten", stimmte er zu und schaute Olav aus zusammengekniffenen Augen an. „Und in Wahrheit hast du mir das verdammte Bett nur geschenkt, damit deine geschätzte Tyri nicht dort schläft, wo du dich mit deinen Geliebten gewälzt hast."

Olav legte eine Hand auf sein Herz, doch er grinste durchtrieben. „Immer verletzt du mich, mein Bruder! Ich sagte doch, ich wollte dich nicht bitten, dein Bett aufzugeben. Tyri ist nicht bei mir, wie du sehen kannst, und ich werde mich dir nicht aufbürden."

In Alariks Augen blitzte der Schalk. „Mir ist nicht aufgefallen, dass das Mannsweib fehlt", sagte er leichthin.

Olav runzelte die Stirn. „Ihr wird nicht gefallen, zu hören, dass du so etwas sagst. Ohnehin glaubt sie, dass du ihr niemals vergeben wirst."

„Damit hat sie wahrscheinlich recht", gab er zu.

Olav beäugte ihn misstrauisch. „Aber sie bedeutet dir nichts mehr?"

„Nei", erwiderte Alarik ohne Zögern.

„Dennoch vergibst du ihr nicht?", fragte Olav und wirkte langsam ungehalten. „Ich bin nicht sicher, dass mir gefällt, was ich von deinen Lippen zu hören denke", sagte er gepresst.

Alarik seufzte schwer und zog eine Grimasse. „Nei, Olav, es ist nicht so, wie du denkst. Ich glaube, du weißt sehr wohl, wie wenig es mir ausmacht, dass Tyri deinen erbärmlichen Hintern meinem vorgezogen hat. Tatsächlich danke ich Odin bei jeder sich bietenden Gelegenheit dafür."

Olav zuckte angesichts Alariks Wortwahl zusammen. „Ja, nun! Danke stattdessen dem Gott von Abraham."

„Wem auch immer. Was mir hingegen etwas ausmacht, ist, dass sie keinen Gedanken daran verschwendet hat, sich zwischen zwei Brüder zu stellen."

„Ich verstehe", sagte Olav und neckte ihn dann: „Also wirst du Tyri immer ablehnen, weil du mich so sehr liebst?" Er hob die Brauen.

Alarik grinste. „Liebe?" Er schüttelte den Kopf. „Das hast du gesagt, alter Hund, nicht ich!" Dennoch musste er sich eingestehen, dass er seine beiden Brüder mehr wertschätzte als jede andere Menschenseele. Es war nur nicht seine Art, so etwas auszusprechen.

Olavs Humor kehrte zurück und er lachte herzlich. „Nun ... wahrscheinlich glaubt Tyri, dass sie mehr verdiente als nur einen Halbbruder. Du kennst meine Braut – für sie nur das Beste!" Er schaute Alarik an. „Ich habe mich tatsächlich oft gefragt, wieso sie dich überhaupt in Betracht gezogen hat."

Alarik hob grinsend die Brauen und dachte, dass es wohl eher andersherum war.

„Jedenfalls, und das ist die Wahrheit, hatte sie nicht erwartet, dass wir uns so nahestehen würden", offenbarte Olav. „Ich glaube nicht, dass sie sich zwischen uns stellen wollte. Es war ihr einfach nicht bewusst."

Alarik musterte ihn skeptisch. Seine eigene Meinung über Tyri war nicht so wohlwollend. Wenngleich sie nicht gänzlich boshaft war, hatte sie wie Nissa keine Bedenken, zu tun, was immer nötig war, um ihr Ziel zu erreichen.

Olav legte einen Arm um seine Schultern, als sie die belebte Halle betraten. „Wie dem auch sei, mein

Bruder ... Ich habe ein Gerücht vernommen ... Wieso erzählst du mir nicht etwas über dieses Weib, das du aus Frankreich mitgebracht hast?"

Elienor hatte nur zu gern gehorcht. Warum sie einen Augenblick lang ein ungutes Gefühl dabei gehabt hatte, Alariks Seite zu verlassen, wusste sie nicht, aber sie war dankbar, dass er sie in sein Zimmer geschickt hatte. Sie verspürte keine Lust, Zeugin dieses barbarischen Wettstreits zu sein. Und doch war die Versuchung, an der Tür zu lauschen, viel zu groß gewesen.

Was, wenn er verlöre? Was würde dann aus ihr werden?

Sie erschauderte bei dem Gedanken, Flammenhaars Gnade ausgeliefert zu sein, und kam nicht umhin, ein inbrünstiges Gebet für Alariks Sieg zu sprechen. Es war entsetzlich, dass sie für so etwas betete, und doch tat sie es. Sie sagte sich, dass es nur zu ihrem eigenen Schutz wäre und es ihr nur deshalb etwas ausmachte, wer gewann. Dass sie nur aus diesem Grund gezögert hatte, ihn zu verlassen. Denn abgesehen davon konnte er sich in das Fegefeuer der Wikinger scheren, wenn es nach ihr ging.

Ihr war nicht bewusst, dass sie den Atem anhielt, bis die Kampfgeräusche verstummten und ihre Sicht an den Rändern schwarz zu werden begann. Sie sank gegen die Tür, seufzte erleichtert und konnte sich kaum erklären, was soeben passiert war.

Jesus Christus – ihr Kopf schmerzte!

Hatte er wirklich diesen Mann verbannt?

Für sie?

Sicherlich nicht.

Nach einer Weile setzte sie sich aufs Bett, um zu warten, während sie über seine Beweggründe nachdachte. Doch eine halbe Stunde später war er immer noch nicht zurückgekehrt und Elienors Nerven waren zum Zerreißen gespannt. Sie hatte erwartet, dass er schon bald mit finsterem Gesicht ins Zimmer stürmen würde.

Eine Dienerin kam, um das Feuer zu schüren und ihr Abendessen zu bringen. Danach ging sie stumm wieder, und immer noch gab es kein Zeichen von ihm. Elienor legte sich aufs Bett und wagte zu hoffen, dass ihr seine Anwesenheit erspart bleiben würde ... und damit auch seine Wut. Denn sie konnte immer noch nicht begreifen, was ihn so in Rage gebracht hatte.

Irgendwann würde er jedoch in sein Bett kommen müssen und davor fürchtete sie sich am meisten.

Doch sie weigerte sich, jetzt darüber nachzudenken.

Plötzlich stellte sie sich seine Lippen vor, wie sie über ihren schwebten – so nah – und sie aufforderten, sich ihnen zu ergeben. Wieder kam sie nicht umhin, einen Vergleich zu Comte Phillipes nassen Küssen zu ziehen. Aus Achtung vor ihrem Onkel hatte Comte Phillipe nie mehr getan, als sie zu küssen, aber süßer Jesus, sie mochte es abstreiten, so viel sie wollte, doch bei ihm hatte sie nie eine solche ... Vorfreude verspürt.

Selbst jetzt fühlte sie bei dem Gedanken ein sonderbares Flattern in ihrem Inneren – und Alarik hatte sie noch nicht einmal berührt – ganz zu schweigen von einem innigen Kuss! Tatsächlich hatte er sie noch nicht einmal so angeschaut, als wollte er sie küssen. Und doch konnte sie das Bild seiner Lippen nicht aus ihrem Kopf verdrängen.

Fürwahr! Brauchte sie weitere Beweise für ihren Wahnsinn?

❦

„ICH WERDE ES IN ORDNUNG BRINGEN", SÄUSELTE Bjorn und fuhr mit seinen Fingern durch Nissas verstrubbeltes Haar. An den Lagerschuppen gelehnt zog er sie sanft in seine Arme.

„Aber mein Vater!", rief sie und widerstand ihm. „Oh, Bjorn, ich schäme mich so! Ich habe ihn enttäuscht!" Sie schüttelte kläglich den Kopf, die Augen vom Weinen angeschwollen. Ihr Scheitel war von eisigen Flocken bedeckt. „Er wird so unzufrieden mit mir sein!"

Mit klopfendem Herzen streichelte Bjorn über ihren bebenden Rücken und drängte sie, ihre kalte Wange an seine Brust zu legen. Er strich den Schnee aus ihrem Haar, schloss genießerisch die Augen und lehnte sich an das raue Holz. Frischer Schnee fiel auf sein Gesicht. Die Entwicklung der Ereignisse hätte ihn nicht mehr freuen können – abgesehen davon, dass die Frau, die er liebte, vor Angst und Schmerz weinte. Er glaubte wirklich, dass Nissa ihn auch liebte – dass sie ihn immer geliebt hatte, wie er sie. Nur ihr unerbittlicher Drang, ihrem nicht zufriedenzustellenden Vater zu gefallen, hatte sie etwas anderes glauben lassen.

„Ich werde selbst mit Ejnar sprechen, Nissa. Ihr werdet sehen ... alles wird sich zum Besten wenden. Ihr liebt Alarik nicht!", sagte er ihr. Endlich würde ihm etwas Schönes widerfahren. Er hatte vor, Ejnar den Dänen zu überreden, ihm seine jüngste Tochter zu geben, und dann würde er den Rest seines Lebens damit zubringen, ihr ein Heim zu bauen. „Ich verspreche es!"

Nissa wandte ihm ihr tränenverschmiertes Gesicht

zu. „Ich verspreche es!", flüsterte er wieder, noch inbrünstiger, und ein Hochgefühl durchzuckte seinen Körper, als sie seine Umarmung erwiderte. Er starrte sie einen langen Moment an, um zu sehen, ob sie ihn richtig verstanden hatte.

Nissa erwiderte seinen Blick und nickte.

Mehr Ermutigung brauchte Bjorn nicht. Sogleich hob er sie in seine Arme und trug sie in die Lagerhütte, um sie endlich zu eigen zu machen.

VOM PLATZ DES JARL AUS BEOBACHTETE ALARIK, WIE der kleine Welpe, den der Rote Hrolf gequält hatte, neugierig den Kopf hob, dann aufstand und sich streckte, bevor er zu seinem Tisch humpelte. Er warf dem Tier einen Rest von seinem Essen zu und erinnerte sich daran, wie willens Elienor gewesen war, den wimmernden Hund zu verteidigen. Sie schien eine Neigung zu haben, Menschen wie Tiere zu bemuttern – schien den Drang zu verspüren, sie beschützen zu wollen – und stürzte sich auf jede sich bietende Gelegenheit.

Olav schlug mit der Faust auf den Holztisch und fing so seine Aufmerksamkeit ein.

„Ich sage dir, egal, wie sehr ich es auch versuche, diese verdammten Rebellen geben nicht auf! Sie behaupten, dass der neue Gott sie schwächen wird – dass er sie in wimmernde, ängstliche Kreaturen verwandelt, die vor ihrem eigenen Schatten fliehen. Pah! Schaut mich doch an, sage ich ihnen, dann seht ihr, dass das nicht stimmt. Wie viel mehr Kraft muss ich noch zeigen?"

Alarik blickte seinen Bruder ungerührt an, denn er hatte ihn schon oft in dieser Stimmung erlebt. „Vielleicht geht es genau darum, Olav. Vielleicht wird eine weniger strenge Hand dir mehr bringen?", schlug er vor und seufzte, als Olav stur den Kopf schüttelte. „Wie ich dich kenne, hast du ihre Zurückweisung nicht gut aufgenommen."

„Nei – nei, das habe ich nicht. Ganz sicher habe ich das nicht!" Olav lehnte sich vor, stützte sich auf die Ellbogen und stierte in seinen Becher. „Können sie nicht verstehen, wie viel es uns bringen würde, wenn wir uns mit England zusammenschlössen?"

„Hast du es ihnen erklärt?"

„Die Dummköpfe wollen nicht hören!"

„Was hast du ihnen denn erzählt?"

Olav entgegnete nichts, er starrte nur weiter in seinen Becher.

„Ich muss es wissen, wenn ich dich unterstützen soll, Olav."

Olav hob den Kopf und seine klugen grünen Augen begegneten Alariks. „Dann hast du dich entschieden?"

„Nei", sagte Alarik mit einem müden Seufzen. „Das habe ich nicht. Doch du weißt, ich würde dich immer unterstützen, schließlich bist du mein Bruder. Was hast du ihnen erzählt?"

Olavs Gesicht rötete sich bei der Erinnerung vor Wut. „Ich habe ihnen befohlen, den christlichen Gott durch die Taufe anzunehmen ... oder sie würden Odin geopfert."

Alarik zuckte zusammen. „Und?"

„Natürlich hat keiner der Tölpel sich für den Tod entschieden", erwiderte Olav.

„Nun ... was geschehen ist, ist geschehen, aber ich würde behaupten, dass keiner deine Herausforderung auf die leichte Schulter nimmt. Pass auf dich auf", riet er seinem Bruder. Weder die Macht eines Jarl noch die eines Königs war absolut. Die Führung wurde einem Mann nicht einfach seiner Geburt wegen übertragen. Vielmehr verlangte die Position eines Jarls oder Königs nach den Fähigsten und Ehrwürdigsten. Sonst hätte Alarik nicht einmal die Hälfte dessen erreicht, was er jetzt hatte – als Bastard war seine Herkunft alles andere als edel.

Olav machte eine verächtliche Handbewegung. „Pah! Sollen sie doch in den Innereien ihrer heidnischen Götter dahinsiechen! Nun ... erzähl mir von dem Mädchen", verlangte Olav plötzlich. „Du sagtest, sie wurde in einem Kloster aufgezogen?"

Alarik nickte und hob seinen Becher an die Lippen. Er schaute zu der Tür seiner Kammer hinüber. Sie waren seit Stunden im *skáli* – so lange, dass er Elienor schließlich Essen hatte schicken lassen – und er langsam wurde er ungeduldig in seiner jetzigen Gesellschaft. Verflucht sollten Olav und seine Zeitwahl sein! „Das behauptet sie jedenfalls", murmelte er und nahm einen tiefen Schluck von seinem Ale.

Olav seufzte nachdenklich. „Du weißt, dass ich keinen Unfrieden mit der Kirche möchte. Alarik, hörst du mir zu?"

Alarik wandte sich seinem Bruder zu. „Mmhhh."

Er fragte sich, was sie gerade tat.

Er hatte sie nicht mehr gesehen, seit er ihr befohlen hatte, in sein Zimmer zu gehen.

„Ich bin einfach zu weit gekommen, um Streit wegen einer Frau zu riskieren." Olav legte bittend seine Hand auf Alariks Schulter „Vielleicht, wenn sie dir nicht allzu viel bedeutet?"

Alariks finstere Miene vertiefte sich. Das Letzte, was er wollte, war, ein geplagter Ehemann zu werden. Er erschauderte bei dem Gedankengang. Ehemann? Seit wann zog er eine Sklavin als Heiratskandidatin für sich in Betracht? Seit wann dachte er überhaupt darüber nach, sich eine Frau zu nehmen? „Das tut sie nicht."

Olavs Laune besserte sich, als er die erwartete Antwort erhielt. „Nun – das dachte ich mir. Wie dem auch sei", fuhr er fort, „würdest du sie um des Friedens mit der Kirche willen, für mich, zurückbringen –"

Alarik stellte geräuschvoll seinen Becher ab und schüttelte Olavs Hand von seiner Schulter. „Nei! Sie bleibt hier!"

Olav kratzte sich am Kinn und neigte entgeistert seinen Kopf zur Seite. „Aber sie bedeutet dir nichts?"

„Nei", beharrte Alarik mit angespanntem Kiefer.

Olav schmunzelte plötzlich; seine grünen Augen funkelten. „Ich verstehe."

Alarik blickte ihn finster an und schob seinen Becher von sich. „Du verstehst gar nichts, du aufgeblasener alter Hund!" Er erhob sich abrupt vom Tisch. „Ich gehe ins Bett", sagte er gereizt.

Bei dieser Aussage warf Olav den Kopf in den Nacken und lachte dröhnend. „Und da behauptet er, sie würde ihm nichts bedeuten?" Er drehte sich zu Bruder Vernay und stieß diesen mit dem Ellbogen an.

Der unerwartete Rippenstoß führte dazu, dass der Mönch sich an seinem Ale verschluckte. Vermutlich war ihm unwohl dabei, seine Mahlzeit unter so vielen feindlichen Augen zu sich zu nehmen.

Alarik ignorierte die Bemerkung und entfernte sich vom Tisch.

Bruder Vernay räusperte sich. „Ähm ... Seigneur?" Er schob seinen Stuhl zurück und stand ebenfalls auf. „Wenn ich so frei sein darf?"

Alarik wandte sich von Olav ab und dem nervigen Mönch zu, den sein Bruder ihm aufgehalst hatte. Sein Gesicht verzerrte sich vor Ungeduld. Es war der Fluch seines Lebens, dass Olav an dem einen Extrem haftete und Bjorn an dem anderen. „Sprecht", sagte er und runzelte die Stirn, während er den Blick durch die Halle schweifen ließ. Bjorn war nirgendwo zu entdecken und er fragte sich flüchtig, warum er seinen jüngsten Bruder bis jetzt nicht vermisst hatte. Dennoch überraschte ihn Bjorns Abwesenheit nicht. Die Feindseligkeit zwischen ihm und Olav war greifbar und Alarik fühlte sich oft zwischen den beiden hin- und hergerissen.

„Ihr sagtet, die Demoiselle wurde in einem Kloster erzogen?"

„Ja", bestätigte Alarik. „Wenn sie die Wahrheit sagt."

„Nun, denn – wenn ich so frei sein darf, einen Rat zu erteilen: Ich glaube, ich kenne einen Weg, der alle zufriedenstellt."

Beide Männer starrten ihn erwartungsvoll an.

„Oui, nun", fuhr Vernay fort. „Seigneur Olav, ich weiß, wie viel Euch daran liegt, dass ich Euch *l'ecriture sainte* kopiere, und wenn die Demoiselle schreiben kann, könnte sie die Antwort für Euer Dilemma sein!"

Beide Männer sahen ihn mit leerem Blick an, da ihnen kein Dilemma bewusst war.

Bruder Vernay räusperte sich und versuchte es erneut: „Ihr wisst, ich kann nicht schreiben", erklärte er. „Doch die Demoiselle wäre perfekt für die Aufgabe geeignet. Im Kloster haben sie ihr sicherlich das Schreiben beigebacht. Und, Jarl", fügte er an Alarik gewandt hinzu, „wäre das nicht für sie, ein guter Grund, zu bleiben? Wenn sie dächte, dies wäre Gottes Plan für sie? Wenn sie in einer Abtei aufgewachsen ist, kann sie unmöglich widersprechen. Sie müsste nur begreifen, wie sehr sie hier gebraucht wird!"

Alarik nickte nachdenklich.

„Und Seigneur Olav ... Ich glaube, die Demoiselle könnte sogar ein positiver Einfluss auf ... ähm", er deutete mit dem Kopf in Richtung Alarik, „... uns alle sein."

„Ja!", rief Olav aus. Er verstand endlich, was der Mönch meinte. „Ja! Ich glaube, sie wäre tatsächlich die perfekte Lösung. Dann ist es beschlossen!", sagte er begeistert.

„Ähm ... nun, nicht ganz, Seigneur", hakte Bruder Vernay wieder ein. Er runzelte besorgt die Stirn. „Da gibt es noch einige, die wir beschwichtigen müssten –

ihre Familie zum Beispiel –, aber ich würde sehr gerne in Eurem Namen mit diesen sprechen!"

„Sehr gut!", rief Olav aus.

„Ich wage zu behaupten, dass wir keinen Einspruch von der Kirche hören werden", ergänzte Vernay. „Und ich bin sicher, dass allein das großen Einfluss auf die Familie haben sollte. Sicherlich können sie keine Einwände erheben, wenn sie erfahren, dass die Kirche diese wichtige Aufgabe für sie hat. Wisst Ihr, wer sie sein könnten, Seigneur?"

Alariks Blick verharrte auf dem Mönch, während er an den Ring dachte. Er schaute zu seinem Bruder. Zweifellos wäre Olav weitaus weniger geneigt, Elienor zu behalten, wenn er wüsste, dass jemand so Einflussreiches und Frommes wie Robert von Frankreich zu ihrer Verwandtschaft zählte. „Nei", sagte er nach einem Moment und wandte sich ab. „Sie hat es nicht gesagt." Er schaute wieder den Mönch an und sein Blick schien diesen zu durchdringen. „Euer Interesse an dem Weib beruht nur darauf, dass Ihr sie beim Abschreiben der heiligen Schrift anleiten wollt?"

Vernays Augen weiteten sich in verblüfftem Erstaunen, als er verstand, was Alarik meinte. „Natürlich, Seigneur! Ich versichere Euch, meine Leidenschaft gilt Gott allein!"

Alarik nickte. „Nun, denn. Sie kann morgen beginnen ..." Er wandte sich seinem Bruder zu. „Sofern Olav keine Einwände hat."

Olav schüttelte den Kopf und lächelte leicht, als er überdachte, wie schnell Alarik seinem Wunsch zugestimmt hatte. Das war noch nie so leicht gewesen. „Ganz im Gegenteil", versicherte er. „Tatsächlich würde es mir sehr gefallen." Er fuhr sich mit der Hand übers Kinn und lehnte sich auf seinem Stuhl zurück.

Bruder Vernay dagegen strahlte. „Nun gut! Werdet Ihr sie jetzt rufen und mit ihr sprechen, Jarl, oder soll ich das lieber für Euch übernehmen? Mich kann sie nicht abweisen, das versichere ich Euch!"

Alariks finstere Miene kehrte zurück, denn er mochte es nicht, wenn man ihn manipulierte. Er knurrte und entgegnete scharf: „Ich werde selbst mit ihr sprechen, doch nicht sofort. Ich bin erschöpft und möchte mich in mein Bett zurückziehen."

„Dann freuen wir uns auf morgen", verkündete Olav und richtete sich auf, als Alarik sich zum Gehen wandte. „Oh, und Alarik?"

Alarik drehte sich zu ihm. Langsam glaubte er, dass es eine Verschwörung gab, um ihn von seiner Kammer fernzuhalten. Er versuchte, die Ungeduld aus seinem Gesicht und seiner Stimme zu verbannen, aber er fühlte sich so rastlos wie ein Hengst im Stall mit einer rossigen Stute, nur durch Wände und den Willen anderer vom Objekt seiner Begierde getrennt. Er blickte über seine Schulter zur Tür seines Zimmers. Wie der Hengst mit der Stute war er sich ihrer Anwesenheit in seiner Kammer deutlich bewusst.

„Wie lautet der Name dieses Weibs, das ich noch nicht kennengelernt habe?"

„Elienor", erwiderte Alarik mit einem Seufzen, „aus Baume-les-Nonnes." Er wandte sich zum Gehen und schwor sich, dass ihn diesmal niemand von seinem Ziel abhalten würde. „*God natt*, Olav!"

„Schlaf gut, mein Bruder", gab Olav zurück.

Bruder Vernay nickte zufrieden. „Baume-les-Nonnes!", murmelte er. „Seigneur! Jemand muss sie sehr geschätzt haben, denn ich nehme an, es hat einiges gekostet, um sie hinter diesen Mauern zu verstecken."

„Ja", bestätigte Olav und lehnte sich zurück, während er beobachtete, wie Alarik sich bückte, um einen kleinen kläffenden Welpen hochzuheben, bevor er zu seinem Zimmer ging.

„Seigneur?", sagte Vernay noch leiser. „Ich glaube,

wir haben endlich den perfekten Weg gefunden, um Euren Bruder zu überzeugen!“

Olav nickte, strich sich erneut mit der Hand übers Kinn und sah zu, wie Alarik das Tier in seine Kammer trug. „Vielleicht“, stimmte er zu. „Vielleicht haben wir das in der Tat.“

KAPITEL 20

Elienor erwachte mitten aus einem Albtraum, unsicher, ob das Geräusch, das sie geweckt hatte, ihr eigenes Wimmern war oder das Quietschen der Tür. Sie versuchte, sich zu orientieren, denn das Zimmer war mit dem Herunterbrennen des Feuers dämmrig geworden. Nach einem Moment konnte sie Schritte ausmachen. Sie wusste, dass es nur Alarik sein konnte, doch sie wagte nicht, sich zu bewegen, in der Hoffnung, er würde sie schlafend glauben und in Ruhe lassen.

Er durchschritt die Kammer und Elienor beobachtete durch ihre Wimpern, wie seine dunkle Gestalt sich bückte, um etwas auf den Boden zu stellen.

Er spürte sogleich, dass sie wach war.

Elienor hielt den Atem an, als er sich ihr näherte; seine Silhouette wirkte düster und Furcht einflößend im matten, orangefarbenen Schein des Feuers.

Er starrte sie einen endlosen Augenblick lang an.

„Habt Ihr wieder geträumt?"

Elienor wandte das Gesicht ab, doch sie fürchtete, dass er trotz der Dunkelheit die Wahrheit von ihrem Gesicht ablesen konnte, und, noch schlimmer, dass er sie dazu befragen würde. Wie könnte sie es ihm sagen? Und doch, wie könnte sie es nicht? Ihre Finger spielten mit dem Laken. Sie verstand nun, was der Traum offenbarte – hatte ihn so oft geträumt, dass sie sich an jedes lebhafte Detail erinnerte.

Ihrer Vorhersehung nach würde Alarik sterben – jemand würde ihn verraten, auch wenn sie diesen Teil nicht klar erkennen konnte.

Fürwahr, dieses Wissen sollte sie freuen, doch das tat es nicht. Sie hatte Angst.

Er verharrte stumm über ihr und wartete auf ihre Antwort. Elienor schluckte und vermied seine Frage, indem sie ihn mit einer anderen ablenkte. „Ihr ... habt Nissa und Hrolf verbannt?"

„Das geht Euch nichts an!", verkündete er.

Wieso schien diese Erwiderung ihre Laune zu dämpfen? Und warum hatte sie gedacht, er hätte sie wegen ihr vertrieben? Weil er sie in ihrem Traum so sanft umarmte – dumme Törin!, schalt sie sich selbst. Es war schließlich nicht mehr als ein Traum gewesen. Es gab nichts zwischen ihnen. Nichts.

Nichts!

„Sagt es mir, Elienor ..."

Elienor schluckte erneut. Sie wandte den Blick ab, da sie spürte, was er sie fragen wollte. Sie drehte sich auf die Seite und drückte die Decken an ihre Brust.

„Welche Dämonen verfolgen Euch so sehr, dass Ihr nachts nicht schlafen könnt?"

Elienor zerknüllte die Laken in ihrer Faust und wagte nicht, etwas zu sagen, da sie ihrer Stimme nicht traute. Seine umschatteten Augen schienen direkt in ihre Seele zu schauen.

„Es war doch sicherlich etwas?"

„Non", krächzte sie und schluckte noch einmal. „Ich ... ich träume nur von meiner Mutter", sagte sie aus dem Stehgreif. Nicht wirklich eine Lüge, doch auch nicht die ganze Wahrheit. Sie erinnerte sich, dass es eine Sünde war, zu lügen, rechtfertigte sich aber damit, dass die Wahrheit sie auf den Scheiterhaufen bringen könnte.

Und sie war ein Feigling.

„Eure Mutter?"

„Ihr Tod", murmelte Elienor. „Er war sinnlos." Schuld plagte sie. Wie konnte sie mit gutem Gewissen einen Mann sterben lassen, wenn Gott – oder Luzifer – sie vor seinem Tod warnte? Sollte sie ihre Gabe nicht zum Wohl der Menschheit nutzen?

Vielleicht wäre es gut für die Menschheit, wenn er starb, überlegte sie.

Doch war sie besser als er, wenn sie ihn ohne jede Warnung hinscheiden ließ?

Ihre wachsende Verwirrung und Verzweiflung ließ ihr Herz schneller schlagen. Ihre Mutter war mutig genug gewesen, um offen über ihre Visionen zu reden. Warum schaffte sie das nicht?

Weil du ein Feigling bist!

Sie blickte auf, um zu sehen, ob sie die abwertende Selbstanklage laut ausgesprochen hatte. Seine Miene war unverändert, brütend, und sie fragte sich, ob er ihre Lüge spürte.

Plötzlich hörte sie ein leises Wimmern und runzelte die Stirn, als Alarik sich bückte und etwas vom Boden aufhob. Zu ihrer Überraschung setzte er einen winselnden Welpen aufs Bett und ihre Augen weiteten sich, als sie den Hund als das Tier erkannte, das von Nissa getreten und von dem Roten Hrolf misshandelt worden war. Sie schaute verwundert zu ihm auf.

„Ich dachte, Ihr würdet ihn vielleicht haben wollen", offenbarte er mit einem heiseren Flüstern, wobei seine Augen sie durch die Schatten zu durchdringen schienen.

Elienors Herz hämmerte. Sie sagte nichts, doch die Hand, die das Laken umklammert hatte, löste ihren Griff und sie streckte die Finger nach dem Welpen aus. Sie zog das Tier beschützend in ihre Arme und untersuchte jedes Bein auf Verletzungen, ohne eine zu finden.

Alarik beobachtete sie. „Bin ich Euch so sehr zuwider?"

Elienors Herz machte einen Satz, ihr Atem stockte. Er konnte es nicht wissen, versicherte sie sich – konnte nichts von dem Traum wissen oder davon, dass sie ihm das Wissen vorenthielt, das ihn retten könnte! Und überhaupt, wie konnte sie sicher sein, dass ihre Träume mehr waren als Einbildung?

Vielleicht war das alles doch nur Zufall?

Die Stille zwischen ihnen dauerte an.

„Wie kommt es, dass Ihr in einem Kloster aufgewachsen seid?"

Elienor wagte nicht, ihn anzusehen. Seine Gegenwart wurde viel zu verwirrend. Sie ließ den Hund los, raffte die Decke höher. Ihr Selbsterhaltungstrieb zwang sie, vor ihm zurückzuweichen – nicht dass sie annahm, dass er ihr schaden würde. Sie waren oft genug allein gewesen und er hatte ihr nie etwas angetan. Sie fühlte sich einfach zu verletzlich, wenn er ihr so nah war. Der Hund folgte ihr und streckte sich winselnd, um ihr Gesicht zu lecken. Er bettelte um Zuneigung. Elienor konnte ein leises Kichern nicht unterdrücken und streichelte weiter seinen Kopf und Rücken.

Ihr unerwartetes Lachen fuhr ihm bis ins Innerste. Alarik beobachtete, wie Elienors Finger sanft den Welpen kraulten. Sein Puls beschleunigte sich, als er sich vorstellte, diese Finger würden seine Haut liebkosen.

Er hatte keine Ahnung, warum er das verfluchte Tier hergebracht hatte. Er wusste nur, dass die Erinnerung an ihr schmerzverzerrtes Gesicht, als Hrolf den Hund gequält hatte, ihn dazu angespornt hatte.

Was ihn am Boden hielt, war die einfache Tatsache, dass sie ihn nicht einmal anschaute – und wenn sie es doch tat, wandelte sich das Lächeln in ihrer Miene sogleich zu Ekel. Ganz gleich, wie er sie behandelte, wie er zu ihr sprach ... dass er seinen Schwur hielt ... sie sah ihn nur, wie es ihr passte – als Dämon, Schlächter, Henker der Unschuldigen. Egal, wie sehr er sich auch bemühte, er konnte den Klang ihrer anklagenden Stimme nicht aus seinen Gedanken vertreiben ... ebenso wie ihr Lachen; die zwei Geräusche waren unvereinbar, doch gleichermaßen quälend.

„Warum fragt Ihr nach meinen Tagen im Kloster?"

„Bloße Neugier."

„Ich bin ins Kloster gekommen, als meine Mutter starb", offenbarte sie.

„Und Ihr träumt von ihrem Tod?"

„Oui", erwiderte Elienor.

„Ihr müsst nicht darüber sprechen ... wenn es Euch schmerzt."

Elienor nickte.

„Aber ... es gibt etwas, das Ihr mit mir verraten müsst", fügte er hinzu und setzte sich auf die Bettkante. Ihre veilchenblauen Augen musterten ihn misstrauisch. „Ich muss wissen, in welcher Beziehung Ihr zu Robert von Frankreich steht."

„Er ist mein Onkel", sagte Elienor.

Ohne es zu bemerken, atmete Alarik erleichtert aus. Die Anspannung seines Körpers ließ nach.

Wieder die unbehagliche Stille.

„Würde es Euch gefallen, zu wissen, dass wir eine *kirken* hier haben?", fragte er plötzlich.

Sie runzelte die Stirn. „Eine *kirken?*"

„Eine Kirche."

Elienor schnaubte. „Eine heidnische Kirche!"

„Nei, Elienor, keine heidnische Kirche ... eine christliche Kirche." Er schwieg einen Moment, wägte seine Worte ab und fuhr dann fort: „Ihr werdet es bald genug erfahren ... mein Bruder hat Euren Glauben angenommen."

Ihre Augen weiteten sich, auch wenn sie sich gleich

darauf zu fassen schien. „Euer Bruder? Nicht Ihr?", fragte sie.

Alarik ächzte. „Er wurde von einem Wahrsager auf den Scilly-Inseln bekehrt", erklärte er, „und hat den englischen König Ethelred als seinen Taufpaten angenommen." Seine Augen schienen zu glühen, als er zu ihr herabschaute und ihre Reaktion auf seine Enthüllung erwartete.

„Ich verstehe", sagte sie steif und hob die Brauen. „Soll ich nun beruhigt sein, da Ihr mir dies mitgeteilt habt? Denn das bin ich nicht! Ihr habt mich von allen, die ich liebte, weggebracht, von allem, was –"

„Also liebtet Ihr Comte Phillipe?", fragte er scharf und sein Blick durchbohrte sie durch die Schatten.

„Non", fauchte Elienor und funkelte ihn an. Sie zuckte die Achseln. „Wie könnte ich? Ich kannte ihn nicht lang genug, um ihn zu lieben. Dafür habt Ihr gesorgt!"

Alarik spürte, dass weitere Fragen nur für Zwist zwischen ihnen sorgen würden, und beschloss, das Thema fallen zu lassen. Stattdessen informierte er sie über Bruder Vernay und die Heilige Schrift, die für Olav abgeschrieben werden sollte. Elienor war von der Bitte, den Mönch zu unterstützen, so überrascht, dass sie sprachlos war und ihn verwirrt anstarrte.

„Ihr möchtet, dass ich Euch eine Kopie anfertige?"

„Für Olav", korrigierte Alarik. „Könnt Ihr das?"

„Oui", murmelte sie. „Aber ..."

„Solltet Ihr der Bitte stattgeben, werdet Ihr den Großteil jedes Tages mit Bruder Vernay verbringen ... in der *kirken*", offenbarte er. „Den Rest der Zeit werdet Ihr mit mir verbringen und Euch um meine Bedürfnisse kümmern."

Elienor hob ihr Kinn. Es ermutigte sie, dass er zwar den ganzen Tag behaupten könnte, es wäre Gottes Wille, sie schlussendlich aber nicht zwingen konnte, dem Mönch zu helfen. Alarik mochte Clarisse verschont haben, doch sie würde Stefan nicht vergessen. „Und wenn ich nicht zustimme?“

Seine Lippen verzogen sich zu einem schiefen Lächeln. „Dann werdet Ihr den Großteil jedes Tages stattdessen damit zubringen, Euch um mich zu kümmern.“

Elienor zitterte und lenkte sogleich ein. „Ich werde Bruder Vernay gerne unterstützen!“ Sie schluckte ihren Stolz herunter. „Niemand soll sagen können, dass ich mich gegen Gottes Wille sträuben würde“, räumte sie kleinlaut ein.

„Dann ist es abgemacht. Ihr werdet morgen früh beginnen“, teilte er ihr mit. Etwas an seinem Ton ließ sie spüren, dass er mit ihrer Antwort nicht zufrieden war ... doch er hatte bekommen, was er wollte, oder nicht? Mit mürrischem Blick zog er die Kette mit dem Ring von seinem Hals. „Ihr möchtet das zurückhaben, denke ich“, sagte er und reichte ihr das Schmuckstück.

Als Elienor es nur verblüfft anstarrte, streifte er die Kette über ihren Kopf und beobachtete, wie der Ring in ihrem Ausschnitt verschwand. Sie tastete sogleich mit den Fingern danach. „Hat Euer Onkel ihn Euch gegeben?“

Elienor schloss die Finger darum und begegnete seinem Blick. „Oui“, murmelte sie.

„Eine Bestätigung Eurer Verwandtschaft?“

„Gewissermaßen. Für meine Augen allein, denn ich kann niemals als Tochter meines Vaters anerkannt werden.“

„Warum?“

„Weil ich im Alter von vier Jahren von Staat und Kirche enterbt wurde – wie auch meine Mutter –, damit mein Vater sich eine Erbin zur Frau nehmen konnte, die seinen Bedürfnissen besser entsprach.“

Ihre Lider senkten sich. Mitternachtsschwarze Wimpern auf ihrer hellen Haut. Wieder einmal fragte Alarik sich, wie jemand mit so dunklen Haaren so hellhäutig sein konnte.

Angesichts ihrer verlorenen Miene verspürte Alarik überwältigendes Mitgefühl für sie, eine Art Vertrautheit sogar, die nichts mit der körperlichen Begierde zu tun hatte, die er zuvor verspürt hatte. Doch er konnte sich solche Empfindungen nicht erlauben. Also schob er sie beiseite und unterbrach den Moment abrupt.

„Ihr solltet weiterschlafen", schlug er vor und begann sogleich, sich auszuziehen. „Es ist spät." Er streifte sein Hemd über den Kopf, warf es auf eine Truhe und fing an, seine Hose aufzuschnüren.

Elienor keuchte und wandte die Augen ab. „Wo werdet Ihr schlafen?"

Die Abneigung in ihrer Stimme drehte ihm den Magen um. „Auf Euch, wenn Ihr nicht rutscht!", sagte er ungeduldig und seine Brust verengte sich, als sie sich sofort auf die andere Seite des Bettes warf und sogar so weit ging, den Welpen zwischen sie beide zu setzen.

KAPITEL 21

In ihrem Traum ertrug Elienor Phillipes nassen Kuss. Es war ihre Pflicht, sagte sie sich. Ihr Körper verkrampfte sich in dem Bestreben, vor Abscheu nicht aufzuschreien, und sie schätzte sich glücklich, dass er nie mehr tat als das. Dennoch bereitete es ihr Übelkeit und sie sorgte sich, wie sie es erdulden sollte, wenn sie verheiratet waren.

Sie würde eine Möglichkeit finden ...

Es dauerte einen langen, benebelten Moment, bevor sie wach genug war, um zu merken, dass es keine menschliche Zunge war. Dafür war sie viel zu groß – und zu nass!

Ihre Augen flogen auf und sie sah, dass eine eifrige rosa Zunge über ihr Gesicht leckte. Sie prustete überrascht, setzte sich auf und raufte mit dem unbeholfenen Tier, das auf einmal umso entschlossener schien, ihr Gesicht abzuschlecken.

Ein leises Lachen drang an ihr Ohr. „Ich habe mich schon gefragt, wie lange es dauern würde, bis Ihr aufwacht", bemerkte eine raue Stimme.

Elienors Blick erfasste ihn sogleich. Er lehnte entspannt und mit verschränkten Armen an der Zimmertür. Zu ihrer Besorgnis war ihre erste Emotion

Erleichterung – Erleichterung, dass er es war und nicht Comte Phillipe.

Doch das war lächerlich, nicht wahr?

Er war bereits angezogen, wenngleich spärlich, trug eine Leinenhose und hatte sich ein Hemd über die Schulter geworfen. Ihr Atem stockte beim Anblick seiner nackten, gewaltigen Brust. Ihn so zu sehen, war mehr als nur verstörend.

Ein arrogantes Lächeln verzog seine Lippen, als er ihren Blick bemerkte, und seine silbernen Augen funkelten. Der Gedanke, dass er dort gestanden und sie betrachtet hatte, während sie schlief und davon nichts merkte, verunsicherte sie. Elienor schob den Welpen gereizt zur Seite. „Warum habt Ihr mich nicht einfach geweckt?"

„Weil Ihr den Schlaf brauchtet."

Elienor runzelte die Stirn. Wie sollte sie ihn weiter verabscheuen, wenn er so etwas sagte? Schlimmer noch, wie sollte sie ihre Albträume vergessen? Auch wenn sie nicht sicher sein konnte, dass der Traum prophetisch war. Sie schwieg, um sich selbst zu schützen – zu frisch war noch immer die Erinnerung an ihre Mutter, die man für so viel weniger verfolgt hatte.

Sie begegnete kühn seinem Blick und bemühte sich, vollkommen unbeeindruckt von ihm zu wirken. „Man sollte denken, Ihr hättet Wichtigeres zu tun, Seigneur Viking", sagte sie herausfordernd, „als Euren Gefangenen beim Schlafen zuzuschauen."

„Mein Name ist Alarik", erwiderte er und seine sinnlichen Lippen zuckten, als würde er gleich lachen. „Und nei, ich habe gerade nichts Besseres zu tun, Elienor ... Ihr allerdings schon."

Er lächelte angesichts ihrer verwirrten Miene, sagte jedoch lediglich: „Ich habe Euch ein Bad herrichten lassen."

Elienor versuchte, die Kraft in seinen Armen nicht

wahrzunehmen. „Ein Bad?" Gegen ihren Willen kehrten ihre Augen zu seinem bloßen Oberkörper zurück. Sie schluckte und eine neue Welle der Scham überlief sie, als sie die samtige, glatte Haut dort anstarrte. Wieder schluckte sie und bemühte sich trotz des Kloßes, der sich in ihrem Hals gebildet hatte, zu sprechen. „Ein … ein Bad würde ich sehr zu schätzen wissen."

Belustigung glitzerte in seinen Augen, als sie ihren begegneten. „Kommt", befahl er ihr sanft und löste sich von der Tür.

Hatte Elienor eine andere Wahl, als ihm zu gehorchen? Während sie die Decke abstreifte und aus dem Bett stieg, öffnete er eine kleine Truhe, der er einen roten Mantel entnahm. „Ihr werdet etwas mehr als Euer dünnes Gewand brauchen", sagte er und legte ihn um ihre Schultern. Ohne sich selbst einen Umhang umzuwerfen, griff er sie am Ellbogen, führte sie aus der Schlafkammer und durch den *skáli*.

Zu ihrer Überraschung brachte er sie nach draußen und von dort zu einem kleinen Gebäude, aus dessen Dach Rauch aufstieg. Er öffnete die Tür und offenbarte eine gut ausgeleuchtete Kammer mit einem großen, in den Boden eingelassenen Becken in der Mitte. Sie war groß genug, um mindestens sechs Leuten Platz zu bieten. Acht flackernde Fackeln, jede in einer schön verzierten eisernen Halterung, erhellten das Zimmer. An der Wand zu ihrer Rechten flankierten zwei Fackeln eine gigantische Feuerstelle. Unter dem rauchgeschwärzten Kessel brannte ein Feuer. Elienor nahm an, dass der Kessel zum Erwärmen des Wassers diente zu wärmen. Außerdem lagen luxuriöse Felle auf dem Boden verteilt und frische, trockene Tücher stapelten sich auf einem einzelnen hölzernen Hocker.

Elienor schüttelte ehrfürchtig den Kopf. „So etwas habe ich noch nie gesehen!", flüsterte sie und vergaß für den Moment, dass sie erbitterte Feinde sein sollten. Sie kniete neben dem Becken, schüttelte den Mantel ab und tauchte ihre Hand ins Wasser, um die Temperatur zu fühlen. Wie sie vermutet hatte, war es warm. Sie drehte sich um, erblickte Alariks amüsierten Gesichtsausdruck und erklärte: „Im Kloster haben wir nicht gebadet ..."

Seine dunkelblonden Brauen hoben sich überrascht.

„Oh, oui, das haben wir schon!", korrigierte sich Elienor. „Aber nicht in solchem Luxus!" Sie errötete, verärgert über ihr eigenes Ungestüm. „Die Kirche erlaubt solche ... Opulenz nicht." Sie blickte hastig nach unten, auf das dampfende Wasser, und schwankte leicht. Diese plötzliche Benommenheit schob sie auf die Hitze der Kammer und nicht darauf, wie er sie anschaute.

In seinen Augen glomm ein wildes Feuer gleich den lodernden Flammen der Feuerstelle. „Ein privates Badezimmer ist auch im Nordland extravagant", versicherte er ihr. „Es ist derartigen Räumlichkeiten nachempfunden, die ich bei meinen Reisen in den Osten angetroffen habe. Tatsächlich haben die meisten Anwesen hier nur ein einziges Badehaus, das sich alle teilen ... aber dies ist schließlich *mein* Anwesen ..."

Elienor atmete tief ein, um das Flattern in ihrer Brust zu kontrollieren. „Ich verstehe", erwiderte sie und schluckte an dem Kloß in ihrem Hals. Da sie begierig darauf war, ins reinigende Wasser zu steigen, straffte sie ihre Schultern und wies mit ihrer Hand zur Tür. „Nun, da Ihr mich aufgeklärt habt, könnt Ihr gehen. Ich werde schon zurechtkommen!"

Alariks lebhafte silberne Augen funkelten gut gelaunt.

„Ich sehe nichts, was Euch belustigen sollte!", sagte Elienor sogleich und ihre Nackenhaare stellten sich auf.

Zu ihrem Unmut lachte er nur leise. „Weib. Ihr seid kühn, dass Ihr mich aus meinem eigenen Badezimmer schicken wollt", bemerkte er unbekümmert.

Elienor versteifte sich und wappnete sich für die kommende Konfrontation.

„Ihr erstaunt mich immer wieder, Elienor aus Baume-les-Nonnes", sagte er. Die Heiserkeit seiner Stimme vertiefte seine Tonlage.

Elienor funkelte ihn an. Es verwirrte sie, wie er ihren Namen aussprach – voller düsterer Versprechen. „Sicherlich versteht Ihr, Seigneur ..." Sie unterdrückte den Beinamen, der ihrem Mund entschlüpfen wollte, entschlossen, diesmal ihre Zunge im Zaum zu halten. „Sicherlich versteht Ihr, dass ich in Eurer Anwesenheit nicht baden kann?"

Wieder lachte er auf eine entwaffnende Weise. „Oh doch, das könnt Ihr", widersprach er sanft, „und das werdet Ihr auch, denn ich habe vor, hierzubleiben."

Alarik beobachtete mit unverhohlener Belustigung, wie ihre Augen sich weiteten. „Vertraut mir, Elienor –" Er wandte einen Moment seinen Blick ab, schaute sie kurz darauf aber wieder mit erschreckender Intensität an. „Ich habe Euch ein Versprechen gegeben", fuhr er fort, „und ich werde es halten."

Elienor hob ihr Kinn, ermutigt durch den Hauch von Schuld, den sie in seiner Miene erkannte. „Oui, doch Ihr habt mir schon vorher Versprechungen gemacht", erinnerte sie ihn, „und diese einfach wieder gebrochen."

Er zuckte zusammen und sein Kiefer spannte sich an. „Ich sagte, dass ich Euch nicht berühren würde ... es sei denn, Ihr wünscht es?"

Elienor schnaubte und erhob sich. So schmutzig sie nach der langen Überfahrt auf See auch war, sie weigerte sich, in seiner Anwesenheit zu baden! Er würde sie zwingen müssen. „Ihr seid das Letzte, wonach ich mich je sehnen würde!"

Lügnerin!, beschuldigte ihr Gewissen sie.

„Trotzdem!", donnerte Alarik, der für einen Augenblick die Fassung verlor. Er nahm sich einen Moment, um seine Stimme, wenn auch nicht seine Worte, zu mildern. „Ich habe Euch gestern Abend gesagt, dass Ihr mir zu Diensten sein werdet, und das ändert sich nicht, nur weil Ihr zu zimperlich seid, Euch in meiner Gegenwart zu entkleiden. Wenn Ihr es nicht möchtet, lasst es, aber Ihr werdet mir zur Hand gehen", versicherte er ihr. „Im Becken", fügte er hinzu. „Es ist Euer Gewand – ruiniert es, wenn Ihr wollt."

Damit zog er das Hemd von seinen Schultern und warf es auf den Hocker. Der Schwung des Aufpralls sorgte dafür, dass der Handtuchstapel auf die Felle purzelte. Sein Blick durchdrang sie, als er sagte: „Wie dem auch sei, es ist nicht so, als hätte ich Euch noch nicht unbekleidet gesehen, meine kleine Französin. Noch wäre Euch so etwas erspart geblieben, hättet Ihr Euren edlen Comte geheiratet. Als Herrin von Brouillard", überlegte er, „hätte man doch von Euch erwartet, dass Ihr die Gäste Eures Gatten badet, nicht wahr?" Seine Augen glitzerten kalt. „Betrachtet dies als eine solche Gegebenheit."

Elienor tat einen Schritt zurück, noch bevor er einen nach vorne trat. Sie spürte seine Entschlossenheit und wusste ohne Zweifel, dass es ihr nichts bringen würde, auf ihrer Meinung zu beharren. Der Dämon vor ihr würde einfach tun, was er wollte – doch sie konnte sich nicht einfach guten Gewissens vor ihm ausziehen und baden! Noch konnte sie den Gedanken ertragen, ihn in all seiner einschüchternden Nacktheit anzuschauen – unabhängig davon, dass sie diese Pflicht als Comtesse von Brouillard in der Tat hätte übernehmen müssen.

Sie wich noch einen Schritt zurück, während er seine Hose aufschnürte, und stolperte rückwärts in das Becken.

Er lachte tief, seine Augen glänzten wie geschmolzenes Silber. „Bringt mein Anblick Euch so aus der Fassung?"

Elienor straffte sich. „Euer Anblick tut nicht mehr, als mich zu beleidigen", erwiderte sie. Doch ihr Gesicht erwärmte sich aufgrund der Lüge. Das Wasser an ihren Beinen war heiß, dennoch wagte sie nicht, aus dem Becken zu steigen. In einem verzweifelten Versuch, sie nicht ganz zu ruinieren, raffte sie ihre Röcke so hoch wie möglich und hob dabei stolz ihr Kinn. Zu ihrem Entsetzen fuhr er fort, sich zu entkleiden. Entschlossen streifte seine Hose ab. Seine silbernen Augen blitzten scharf und selbstsicher.

„Ich kann Euch nicht baden!", verkündete Elienor mit steigender Hysterie. Sie trat ungehalten von einem Fuß auf den anderen, während ihr Blick durch den Raum huschte.

Seine Lippen teilten sich und offenbarten gerade weiße Zähne. „Könnt Ihr nicht?", fragte er und dann stand er plötzlich vollends entblößt vor ihr.

Elienor wartete nicht, um zu sehen, ob er ihr ins Wasser folgte. Sie wandte sich um und floh zur anderen Seite des Beckens; in ihrer Eile taumelte sie. Zu ihrem Entsetzen wurde das Wasser immer tiefer und ihre Bewegungen umso langsamer. Sie schrie auf, als sie hörte, wie das Wasser hinter ihr spritzte, und konnte die Kraft und Zielstrebigkeit seiner Schritte beinahe fühlen. Plötzlich hielt er sie an einem Arm fest und drehte sie zu sich um. Sie kniff die Augen zu und schwor sich, dass sie zumindest nicht hinschauen würde. Dazu konnte er sie nicht zwingen!

Er lachte leise und der ruchlose Klang sandte Wellen der Furcht durch sie hindurch. Elienors Herz fühlte sich an, als würde es gleich aus ihrer Brust springen.

Alarik brauchte jede Unze seines Willens, um ihr nicht die Kleidung vom Leib zu reißen, so enthüllend war ihr nasses Gewand.

Sie besaß schöne Hüften und wohlgeformte Beine. Bei diesem Anblick floss Verlangen wie geschmolzenes

Eisen durch seine Adern und erregte ihn sogleich. Doch er zwang sie nicht, ihre Augen zu öffnen. Zum einen, weil sie so verzweifelt schien bei dem Gedanken, ihn entblößt zu sehen, und zum anderen, da der Zustand seines eigenen Körpers zumindest nach einem kleinen Maß an Anstand verlangte. „Macht, was Ihr wollt, kleine Französin", murmelte er.

„Wenn ich haben könnte, was ich wollte", fauchte sie, „wärt *Ihr* aufgespießt worden und nicht Stefan!"

Seine Finger schlossen sich um ihren Arm und Elienor keuchte, als sie zu ihrem Handgelenk glitten. Er drehte ihre Handfläche um und drückte etwas Kleines, Hartes hinein ... Seife? und dann in ihre andere ... ein Tuch? Jesus!, fluchte sie stumm und erzitterte bei dem Gedanken, ihn zu berühren.

„Ich ... ich ..."

Ihr Protest endete mit einem Keuchen, als er sie an sich zog. Mit voller Absicht legte er ihre Hände auf seine Brust und ein Schock durchfuhr sie. „Wascht mich!", verlangte er.

Sie versuchte erneut, ihren Protest zu äußern, und öffnete ihren Mund. Doch nichts kam heraus. Ihre Brust verengte sich, als er ihre Hand – zusammen mit der Seife – über seine samtige, glatte Haut zu führen begann. Kleine Härchen stellten sich unter ihrer Berührung auf und zu ihrem Entsetzen stellte sie sich vor, wie diese nass und golden unter ihren Fingerspitzen glänzten. Das Bild ließ sie zittern.

Guter Gott, ihr war so warm! Sie konnte geradezu spüren, wie Dampfschwaden an ihrem Gesicht vorbeiwehten, konnte die Hitze fast riechen. Und ihn. Süßer Jesus, sie dachte, sie würde gleich in Ohnmacht fallen. Sein Körper musste ganz sicher aus Stahl sein, dass er von dieser Hitze nicht beeinträchtigt wurde. Doch er fühlte sich nicht nach Stahl an, seine Haut war beunruhigend weich, aber fest.

Ihre Finger, heiß und weich, setzten Alariks Haut in Brand, wo immer sie ihn berührte.

Er brauchte einen schwindelnden Moment, um zu merken, dass sie aus eigenem Antrieb begonnen hatte, ihn zu waschen. Ihre Bewegungen wurden immer langsamer. Seine Fäuste fielen an seine Seiten, als er sie losließ. Ihr Herz mochte ihn immer noch verabscheuen, überlegte er zufrieden, aber ihr Körper reagierte mit einem eigenen Willen – und dieser verabscheute ihn ganz gewiss nicht. Er wusste, sie war sich des Augenblicks nicht bewusst, in dem aus dem Waschen Erkunden wurde, er allerdings schon. Überaus. Sein Atem beschleunigte sich, als sie instinktiv ihr Gesicht anhob, und der tiefgründige Ausdruck darin ergriff ihn und drückte seinen Magen zusammen. Verlangen in seiner unschuldigsten Form. Sie hatte keine Ahnung, was sie gerade spürte, da war er sicher, denn ihre Miene wechselte zwischen unschuldigem Leidenschaft und völliger Verwirrung.

Ihr Gesicht fesselte ihn – dieses eigenwillige Kinn, die leicht geröteten Wangen, ihre langen, schwarzen Wimpern. Sie wusste nicht, wie schön sie aussah, wenn sie ihr Antlitz nach oben wandte, sodass ihr Haar im Wasser hinter ihr schwebte und sich ihr schlanker weißer Hals voll Leidenschaft streckte. Seine Finger zeichneten die Narbe an ihrer Schläfe nach – selbst diese konnte ihre Schönheit nicht beeinträchtigen.

Ihr weiblicher Duft, vermischt mit dem Dampf, war unglaublich berauschend. Instinktiv zog er sie näher an sich und sein Herz setzte einen Schlag aus, als er bemerkte, dass sie sich nicht dagegen sträubte. Er streichelte über ihren Rücken, ganz sanft, um ihre Konzentration nicht zu unterbrechen. Er konnte sich fast vorstellen, wie sie ohne ihre Kleider aussehen würde, denn so nass, wie sie an ihr hingen, überließen sie wenig der Vorstellung.

Mit jeder Bewegung ihrer Hände wurde Alariks

Atmen angestrengter, sein Denken verworrener. Sein Urteilsvermögen warnte ihn, dem Verlangen, das wie ein wildes, vernunftloses Biest an ihm riss, zu widerstehen, doch sein Körper konnte dem nicht Folge leisten.

Wollte nicht.

Sein Ziel für heute war es einfach nur gewesen, Elienor an ihre Aufgaben heranzuführen, indem er mit der intimsten von allen begann, um sie so mit seinem Körper vertraut zu machen, wie er gerne ihren kennen würde. Er konnte die Abneigung in ihren Augen nicht mehr ertragen und wollte sie zwingen, seinen Anblick zu erdulden.

Doch er hatte so viel mehr bekommen ...

Mit einem Ächzen ließ er seinen Kopf in den Nacken sinken, als ihre Hände, leicht wie Federn, an seinen empfindlichen Seiten herabwanderten und an seiner Hüfte innehielten. Dann, plötzlich, begannen sie einen neuen Abstieg und er stöhnte mit einer Mischung aus Qual und Vergnügen, unfähig, sie aufzuhalten.

Wenn sie dies wünschte, wer war er, es ihr zu versagen?

Seine Hände glitten zu ihrem Kreuz und drückten sie enger an sich. Er genoss das Gefühl ihrer kalten, nassen Kleidung an seiner glühenden Haut. Dann beugte er sich vor und umfasste ihren sinnlichen Po mit seinen Händen, presste sie gegen seine pulsierenden Lenden. Sein Körper zuckte, als ihre Finger seinen Hintern berührten und es ihm gleichtaten. Doch plötzlich erstarrte sie und ein erstickter Laut entkam ihrer Kehle, als hätte sie es gerade erst bemerkt.

Ihre Augen flogen auf und die Qual in ihrem veilchenblauen Blick durchbohrte ihn, doch er weigerte sich, sie loszulassen. Sie standen in einer verschlungenen Haltung da, die Körper so zueinander gedreht, dass sie eins sein könnten, die Gesichter in vertrauter Nähe ...

Genauso, wie es in ihrem Traum gewesen war ...

Elienor verringerte den Abstand zwischen ihnen. Kühn berührten ihre Lippen seine. Gott vergebe ihr, aber sie konnte sich nicht zurückhalten. Sie war treulos und lüstern und ... und in diesem Moment war ihr egal, dass ihr Körper sie verraten hatte.

Nie hatte sie gedacht, sie würde sich nach der Vereinigung mit dem Mund eines Mannes sehnen.

Nie hatte sie sich durch Comte Phillipes nasse Küsse so schamlos, und gleichzeitig so herrlich gefühlt.

Die erschreckende Berührung brachte ihren Magen in Aufruhr. Alarik begegnete ihren Lippen, liebkoste sie mehr, als dass er sie küsste, und ein lustvolles Zittern durchzuckte sie. In diesem unbekümmerten Augenblick erwiderte Elienor seinen Kuss mit leichtsinniger Hingabe. Ihr Blut rauschte aus ihrem Herzen und pochte in ihrem Kopf.

Sie ließ Seife und Tuch fallen, ihre Hände glitten nach oben, ihre Arme schlangen sich von selbst um seinen Hals. Stöhnend verlangte sie nach mehr und spürte, wie ihre Knie weich wurden, als seine Finger ihren Po kneteten. Schauer der Lust überliefen ihren ganzen Körper. Verzweifelt klammerte sie sich an ihn; sie hatte Angst, sie könnte in ihrer eigenen Leidenschaft ertrinken, wenn sie ihn losließe.

Als Phillipe sie geküsst hatte, hätte sie sich nie vorstellen können, dass es so wundervoll sein könnte. Sie wünschte, sie hätte es gewusst, doch sie spürte, dass es trotzdem nicht dasselbe gewesen wäre. Etwas Träumerisches haftete diesem Moment an und da sie sich erinnerte, was als Nächstes kommen sollte, folgte sie Phillipes Beispiel und strich mit ihrer Zunge über Alariks volle, sinnliche Lippen. Er stöhnte und davon ermutigt glitt sie mit ihrer Zunge in seinen Mund. Offenbar hatte sie sich richtig erinnert.

Einen kurzen Augenblick lang dachte sie, der kitzelnde Genuss könnte sie umbringen. Es war gleich, dass sie Feinde waren. Zu ihrem Unmut stellte sie fest, dass dies ihrem verräterischen Körper völlig egal war.

Alarik brauchte einen Moment, um zu begreifen, was sie tat, so sehr hatte er sich in den sinnlichen Freuden verloren. Doch sobald er bemerkte, dass ihre kleine eifrige Zunge in seinen Mund eingedrungen war, knurrte er und schubste sie verwirrt von sich. Er spuckte aus, wischte sich den Mund mit der Hand ab und spuckte erneut aus.

Elienor landete mit einem heftigen Platschen und einem überraschten Kreischen im Wasser und kam prustend wieder hoch.

„Fürwahr, Weib!", fluchte er. „Da verbringt Ihr eine Nacht mit einem räudigen Hund und schon verhaltet Ihr Euch genauso!"

Elienor war so verwirrt von seiner unerwarteten Reaktion auf ihren Kuss, dass sie nichts sagte, sondern ihn nur anstarrte. Ihre Augen waren aufgerissen und ihre Lippen brannten, wo sie seine berührt hatten.

Mit Phillipe hatte es ganz sicherlich nie so geendet.

Zu ihrer Bestürzung wandte er sich abrupt ab und stieg aus dem Becken. Dabei floss Wasser in Strömen von seiner stattlichen Gestalt. Trotz ihres Entsetzens erlaubte Elienor sich, ihn ganz zu betrachten. Sein Hintern war von der Wärme des Wassers rosig, seine goldene Haut glänzte von der Feuchtigkeit.

Süßer Jesus! Wie hatte sie so lüstern sein können? Ihr Gesicht brannte, doch sie konnte die Augen nicht abwenden. Sie verstand immer noch nicht, was passiert war, konnte sich nicht vorstellen, was sie falsch gemacht hatte. Erst verspätet bemerkte sie, dass sie ihn anglotzte, und wandte beschämt den Blick ab.

Er nahm ein Handtuch von den Fellen und rubbelte es forsch über seine Haare, dann warf er es über seine breiten Schultern, zog seine Hose an und marschierte nach draußen. Er sagte bei seinem Abgang kein Wort.

Als die Tür zuschlug, fuhren Elienors Finger zu

ihrem Mund, wo die seine Hitze und sein Geschmack noch hafteten. Sie leckte sich über die Lippen und ihr Gesicht brannte bei der Erinnerung an ihre eifrige Reaktion auf seine Berührung. Um Himmels willen, sie konnte nicht einmal behaupten, er hätte sie gezwungen, schließlich hatte er sie nur gebeten, ihn zu waschen.

Sie war diejenige, die ihm so viel mehr gegeben hatte!

KAPITEL 22

Mit brennendem Gesicht beendete Elienor ihr Bad. Sie scherte sich nicht darum, ihr Gewand auszuziehen. Es war ohnehin ruiniert.

Außerdem hatte sie keine Ahnung, ob Alarik zurückkommen würde, und sie hatte sich schon beschämend genug verhalten. Auch zog sie es vor, dass niemand sie hier entblößt vorfand.

Als sie mit dem Einseifen ihrer Haare fertig war, öffnete sich die Tür und sie sah Alva, die im Eingang stand und missbilligend mit der Zunge schnalzte.

„Ihr habt Euer Kleid ruiniert – aus dummem Anstand!"

„Ich bin reingefallen", log Elienor und weigerte sich, zuzugeben, was sich nur Augenblicke zuvor Schamvolles in dem Badezimmer zugetragen hatte.

„Nun denn!", sagte Alva und ihre gute Stimmung kehrte zurück. „Was passiert ist, ist passiert. Der Jarl hat Euch ein neues Gewand geschickt, ein richtig schönes, möchte ich sagen!"

Elienor unterdrückte den Drang, das Kleid an sich zu nehmen und es in Stücke zu reißen. Stattdessen senkte sie die Augen und sagte: „Ich möchte niemandes Gewänder anziehen, Alva." Sie hob ihr Kinn und begegnete Alvas funkelnden Augen. „Ihr könnt zu Eurem dämonischen Herrn zurückkehren und ihm mitteilen, dass ...“

„Aber der Jarl ist nicht mein Herr“, wandte Alva ein. Sie überging höflich den Beinamen, den Elienor ihm aus Wut gegeben hatte.

Elienor runzelte die Stirn, Neugier überwältigte ihren Zorn. Dennoch konnte sie die Verachtung nicht aus ihrer Stimme verbannen. „Non?“

„Nei“, versicherte Alva. „Er ist mein Neffe. Und dieses Gewand“, fügte sie keck hinzu, „nun, es gehört niemandem als Euch. Das ist die Wahrheit“, beteuerte sie auf Elienors skeptischen Blick hin. „Er kam gestern zu mir und bat mich, etwas aus seiner guten byzantinischen Seide zu fertigen.“

„Seide?“, fragte Elienor verdutzt. Sie musterte den blauen Stoff eingängig. „Er will eine bloße Sklavin in Seide kleiden?“

Alva schmunzelte. „So scheint es.“ Um ihre schlauen Augen bildeten sich Lachfältchen.

In diesem Moment fiel es Elienor nicht schwer, die Verwandtschaft zwischen ihnen zu sehen. Dieses irritierende Lächeln! „Alarik ist Euer Neffe?“

Alva nickte und legte das leuchtend blaue Gewand auf den Hocker. Dann ging sie ungefragt dazu über, Elienor beim Haaretrocknen zu helfen. „Alariks und Bjorns Mutter starb vor vier Jahren am Fieber“, offenbarte sie. „Während sie lebte, hätte sie keinen besseren Sohn als Alarik haben können. Er hat sich um meine Schwester Mathilde bis zu ihrem letzten Atemzug gekümmert.“

Elienor schwieg.

Sollte sie nach dieser Enthüllung anders über ihn denken?

„Wenn sich Bjorn doch ebenso sehr bemüht hätte“, meinte Alva und seufzte bedrückt. „Ich fürchte, Bjorn war der größte Kummer meiner Schwester. Sie sorgte sich oft, er hätte nicht Alariks Charakterstärke und das stimmt. Alarik hat die Umstände seiner Geburt überwunden und sich seinen eigenen Weg geschaffen, um Jarl zu werden. Bjorn dagegen hat nie etwas anderes getan, als über seinen Stand im Leben zu murren. Er trägt eine solche Bitterkeit in sich über das, was ihm fehlt, und er verabscheut sowohl Olav wie auch Alarik deswegen – Olav am meisten!"

„Ich verstehe", erwiderte Elienor leise. Sie hatte mehr Einblick in die drei bekommen, als sie jemals hatte haben wollen. Und doch kam sie nicht umhin, neugierig zu fragen: „Haben alle drei dieselbe Mutter?"

„Nei", verriet Alva. „Mathilde war Trygvi Olavsons Sklavin – nach seinem Tod befreit. Wie auch Ihr wurden sie und ich in Frankreich geboren."

Elienors Augen weiteten sich bei dieser Enthüllung.

„Das ist auch der Grund, wieso ich die Sprache so gut kenne", erklärte Alva. „Wir wurden beide bei einer Plünderung gefangen genommen."

„Wie lang ist das her?", fragte Elienor entsetzt. Diese Offenbarung hätte sie nicht überraschen sollen, sagte sie sich, aber das tat sie.

„Zu lange, als dass ich mich daran erinnern kann. Sie haben Mathilde ergriffen, da sie zu hellhäutig und schön war, um ihr zu widerstehen ... und mich – obwohl ich so dunkel bin – weil Mathilde mich nicht allein zurücklassen wollte, immerhin waren unsere Eltern erschlagen worden. Astrid dagegen", fuhr sie mit dem ursprünglichen Thema fort, „war Olavs Mutter und Trygvis rechtmäßige Frau. Bjorn jedoch ist nicht mit Olav verwandt, außer durch Alarik. Er und Olav haben weder dieselbe Mutter noch denselben Vater, denn obgleich meine Schwester Bjorns Mutter war, so war Trygvi Olavson nicht sein Vater. Es ist verwirrend, ich weiß", sagte sie entschuldigend.

Betäubt durch die verwirrende Geschichte, die Alva so schnell erzählt hatte, konzentrierte sich Elienor auf die eine Sache, die sie klar verstanden hatte. „Ich wusste nicht, dass es eine Sünde ist, dunkel zu sein“, sagte sie empört – nicht um ihrer selbst willen, sondern eher für Alva.

Alva seufzte traurig. „Ah, nun, für Euch ist es das nicht, meine Liebe, denn Ihr seid in anderer Hinsicht hell genug. Für mich ist es anders. Dennoch, grämt Euch nicht für mich, liebes Mädchen, denn ich bin all diese Jahre zufrieden gewesen.“

Elienor war zu schockiert über all das, was Alva ihr offenbart hatte, um zu antworten. Es war unglaublich, dass sie zufrieden sein konnte, wenn man sie unter ähnlichen Umständen ins Nordland entführt hatte wie Elienor.

War es nicht ein Verrat an ihren Eltern, dass sie sich mit ihrem Los abgefunden hatte?

Elienor dachte darüber eine Weile nach und als ihr Haar trocken war, half Alva ihr aus dem Becken, wickelte ein Handtuch um ihren Kopf und machte sich ebenso ungefragt daran, ihr das nasse Gewand auszuziehen. „Ich komme allein zurecht!“, verkündete Elienor sogleich.

„Blödsinn“, gab Alva zurück. „Ich bin auf Bitte des Jarl hier, um Euch aufzuwarten, und eben das werde ich tun. Außerdem, schaut Euch doch an. Ihr habt eine gute Figur“, bemerkte sie. Sie runzelte die Stirn, als sie das nasse Kleid über Elienors Kopf hob. Elienor verschränkte die Arme. Sie war es nicht gewöhnt, so bedient zu werden. „Ihr müsst Euch nicht verstecken, meine Liebe“, wies Alva sie zurecht. „Nun“, sagte sie schmunzelnd, „ich verstehe, warum der Jarl Euch für sich selbst haben will. Ihr solltet stolz darauf sein. Der Jarl ist ein ansehnlicher Mann!“, betonte sie, als Elienor die Augenbrauen hob. „Und auch sanft, habe ich gehört.“

„Sanft?“ Elienor weigerte sich, ihm eine einzige gute Eigenschaft zuzugestehen. Auch wollte sie nicht darüber nachdenken, was fast in diesem verdammten Badezimmer passiert wäre – erst recht nicht ihre eigene schändliche Beteiligung daran! Sie zitterte und war nicht sicher, ob vor Kälte oder wegen der Erinnerung an den Kuss, den sie und der Dämon geteilt hatten ... seine Lippen waren so weich ...

„Sanfter als die meisten", beharrte Alva und beäugte Elienor neugierig.

„Vielleicht", räumte Elienor schuldbewusst ein, „aber ich kann nicht behaupten, dass ich seine sanfte Seite kennen würde."

Alva runzelte die Stirn.

„Der Mann hat mich mit Gewalt entführt, Herrgott noch mal! Und auf seinem Schiff hat er mich in seinem Zelt gehalten, mich nie ans Tageslicht gelassen! Außerdem hat er vor meinen Augen einen unschuldigen Jungen erschlagen – oui, das hat er getan – und dann hat er mich glauben lassen, dass er Clarisse ins Meer geworfen hätte – lebendig! Damit sie von den Kreaturen der See verschlungen würde. Kein einziges Mal hat er erwähnt, dass Clarisse noch lebte, obgleich er wusste, dass ich ihn für diese Tat verabscheute."

Alva neigte ihren Kopf neugierig zur Seite und starrte unbefangen in Elienors wütende veilchenblaue Augen. „Sonst nichts?", fragte sie überrascht.

Die Frage erschien Elienor vermessen. Sie runzelte die Stirn und hob herausfordernd das Kinn. „Sollte es mehr brauchen, damit ich ihn verabscheue?"

Ein erstickter Laut entkam Alvas Kehle und sie bedeckte ihren Mund mit einer Hand. „Könnte es sein?"

Elienors Gesicht glühte unter der eindringlichen Musterung durch die ältere Frau.

„Wollt Ihr mir sagen, dass er Euch nicht ... dass er nicht – nun, kein Wunder, dass er schlecht gelaunt ist!", verkündete sie fassungslos.

❧

ER WAR NICHT UNBEDINGT UNANGENEHM GEWESEN, dieser Wettkampf der Zungen, überlegte Alarik.

Lediglich unkonventionell.

Tatsächlich hatte er Elienor mehr vor Überraschung als Ekel von sich geschoben, denn ihr verweilender Geschmack reizte immer noch seine Sinne.

Als Mann war es seine Aufgabe, zu führen, und sie hatte ihn mental aus dem Gleichgewicht gebracht. Dass sie den ersten Schritt gemacht hatte, war an sich erregend gewesen, doch dann hatte sie seine Selbstkontrolle mit ihrer Kühnheit überwältigt, und das war ein Problem.

Darüber hinaus fragte er sich unwillkürlich, wo sie solche Hurentricks gelernt hatte, und das verstörte ihn am meisten. Auch wenn er von solchen Zungenspielen gehört hatte, war es doch das erste Mal, dass er es erlebte. Dass Elienor so etwas kannte, brachte seinen Magen in Aufruhr.

Er brauchte Zeit zum Nachdenken. Deshalb hatte er Sleipnir gesattelt, wie er es oft tat, wenn er schlechte Laune hatte, und war den halben Morgen ausgeritten. Doch als er jetzt zurückkehrte, stellte er fest, dass seine Laune trotz der Mühe nicht besser war.

Noch war es ihm gelungen, etwas über Ejnars Aufenthaltsort herauszufinden, und er war entschlossener denn je, Nissa loszuwerden. Ehrlich gesagt fragte er sich langsam, ob Ejnar seine Absicht kannte und sich deshalb nicht von ihm finden lassen wollte. Denn Alarik war durchaus bewusst, dass Hrolf damit keine Probleme gehabt hatte. Er hatte am Morgen bereits erfahren, dass der flammenhaarige Hrolf sich Ejnars Truppe angeschlossen hatte – ein weiterer Grund für seine miese Stimmung.

„Ich möchte, dass du Nissa erlaubst, in Gryting zu bleiben!", sagte Bjorn hinter ihm. Alarik hatte nicht gehört, dass er sich ihm genähert hatte, und das irritierte ihn noch mehr. Verdammt, er konnte es sich nicht erlauben, so unaufmerksam zu sein. In diesen Zeiten gab es viele, die ihn gerne zweiteilen würden, allein für die Ehre, die die Stellung des Jarl mit sich brachte – ganz zu schweigen von seiner Verwandtschaft mit Olav. Er drehte sich nicht einmal um. Bjorn passte sich schnell an Sleipnirs lahmen Gang an.

Alarik zog die Zügel an und brachte sein Pferd zum Stehen. „Das kann ich nicht."

Bjorn starrte ihn an. „Du kannst ... oder du willst nicht?"

Alarik zuckte die Achseln. „Macht keinen Unterschied. Ich will nicht, wenn du es unbedingt wissen musst."

„Dann soll Loki dich holen!"

„Sie hat die ihr gesetzten Grenzen schon viel zu weit überschritten", erklärte Alarik. „Und die Schuld dessen liegt bei mir, da ich sie nicht früher weggeschickt habe. Fürwahr, Bjorn, Nissa sorgt für Unmut, wo immer sie hingeht! Sie versucht, Alvas Autorität zu untergraben, und Bruder Vernay –"

„Sie kann Bruder Vernay nicht ausstehen!", warf Bjorn zu ihrer Verteidigung ein. „Er geht davon aus – und nicht sonderlich subtil –, dass er alle zu Olavs verfluchtem Glauben bekehren kann! Deshalb hat Nissa ihn in deiner Abwesenheit der Halle verwiesen."

Alarik musterte seinen jüngsten Bruder gereizt. „Ich möchte dich erinnern, mein Bruder, dass es nicht Nissas Halle ist und sie ihn somit nicht daraus verweisen kann. Es ist meine, wie du zu vergessen scheinst. Auch ist mir zu Ohren gekommen, dass sie Vernay in meiner Abwesenheit geradezu in der *kirken* eingesperrt hat. Ich frage dich jetzt ... welches Recht hat sie dazu? Es ist ein Wunder, dass Vernay seine Beschwerde nicht direkt Olav vorgebracht hat, sondern abwartete, um es mir zu berichten."

„Und seit wann gibst du dich mit Olav ab?", fragte Bjorn wütend. „Du bist sonst immer deinen eigenen

Weg gegangen. Könnte Hrolf recht haben? Könntest du der Hexe und ihrem rückgratlosen Glauben verfallen sein? Mir scheint, dass du dich verändert hast", warf er seinem Bruder vor. Ohne auf eine Antwort zu warten – er wusste, dass er keine bekommen würde, wenn Alarik nicht danach war –, marschierte er davon.

Alarik wendete sein Pferd. Er richtete sich im Sattel auf. „Heirate sie doch, Bjorn!"

Bjorn versteifte sich und blieb stehen. Er drehte sich um und baute sich breitbeinig, die Hände in die Seiten gestemmt, vor Alarik auf.

„Heirate die Furie – nimm sie mir ab –, dann vielleicht würde ich deine Bitte in Erwägung ziehen."

Die Brüder starrten einander an. So kamen sie nicht weiter. Alarik, weil er sich nicht erlauben konnte, mehr nachzugeben, als er es schon getan hatte. Bjorn, weil er wusste, dass Nissa nur bleiben würde, wenn Alarik sie dazu aufforderte. Sie würde ihn nicht einfach so heiraten und beide wussten das. Zudem konnte Bjorn sie nicht umwerben, wenn sie erst wieder unter der Fuchtel ihres Vaters war; sie sehnte sich zu sehr nach der Anerkennung ihres Vaters, um sich gegen seine Wünsche zu stellen. Und Ejnar würde Bjorns Werben nicht einfach so akzeptieren. Bjorn konnte Ejnars Tochter nicht viel bieten. Olav war König eines Reichs, Alarik sein eigener Herr, aber was hatte Bjorn vorzuweisen?

Nicht eine verdammte Sache!

„Da seid ihr ja!", rief Olav, als er sich ihnen näherte.

Alarik und Bjorn drehten sich beim Klang seiner Stimme um. „Ich frage mich, ob ihr zwei keifenden alten Frauen mich zur *kirken* begleitet. Ich möchte endlich diese Elienor kennenlernen!"

Alarik verengte die Augen.

„Nun, du kannst mir nicht vorwerfen, dass ich neugierig bin", verteidigte sich Olav.

„Ihr entschuldigt mich?", warf Bjorn ein. Seine Worte klangen alles andere als höflich. In seinen Augen standen Unmut und Ärger. Er und Olav hatten sich nie als Brüder umarmt und er würde jetzt nicht damit anfangen, nur weil Olav ihn einmal mit einschloss. Er wandte sich dem Langhaus zu und sagte im Gehen: „Ich denke, ich werde ablehnen."

Olav sah Bjorn einen Moment stirnrunzelnd nach, dann kehrte sein Blick zu Alarik zurück. „Du siehst, dass ich es versuche, doch vergebens", beschwerte er sich. „Was quält den Kleinen diesmal?"

Alariks silberne Augen verdunkelten sich. „Dasselbe, was dich ins Tyris Arme trieb, mein Bruder, und Langbart in die von Nissas Schwester ... und unseren Vater in Astrids." Alarik hatte nicht vor, sich selbst dieser jämmerlichen Liste hinzuzufügen. Er hatte geschworen, dass er sich nie von seinen Lenden leiten lassen würde, doch nun musste er sich zügeln, um Olavs Wunsch, Elienor zu treffen, nicht allzu eifrig zu erfüllen. Er hatte vergeblich versucht, sich brauchbare Ausreden einfallen zu lassen, um bei der *kirken* vorbeizuschauen. Was für einen Grund hätte er sich ausdenken können, wenn alle − einschließlich Vernay − wussten, mit wie viel Mühe er sich von der kleinen Kirche fernhielt, die er nur errichtet hatte, um Olav zu beschwichtigen?

Der einzig mögliche Grund wäre, dass er Elienor sehen wollte, und das wollte er nicht zugeben.

Nicht einmal sich selbst gegenüber.

Besonders nicht sich selbst gegenüber.

KAPITEL 23

„*D*ominus vobiscum.“

„Der Herr sei mit Euch.“

„*Et cum spiritu tuo.*“

Elienor schwieg einen Moment, nicht weil sie sich nicht an die Bedeutung des Satzes erinnerte, sondern weil Vernays unablässiges Verhör – zumindest fühlte es sich nach einem an – sie ermüdete. Sie holte tief Luft. „Und mit Eurem Geist“, wiederholte sie erschöpft. „Bruder Vernay!“, protestierte sie mit flehenden Augen. „Ich versichere Euch, dass ich dies weiß! Wie lange müssen wir noch weitermachen?“

Nach ihrem Bad hatte Alva Elienor angekleidet, ihr das Haar geflochten und sie dann auf dem kurzen Weg in das Tal begleitet, in dem die kleine Kirche stand, von der Alarik gesprochen hatte. In die feine saphirblaue Seide gehüllt, die Alva ihr gebracht hatte, kam Elienor sich mehr wie ein verruchtes Weib vor denn eine Dienerin Gottes. Tatsächlich hatte sie sich ihrem spirituellen Selbst nie so fern gefühlt und sie sehnte sich nach ihrem einfachen fließenden Novizinnengewand und der Sicherheit des Klosters. Es gefiel ihr nicht, in dieser Farce einer Kirche zu sein!

Vernay schüttelte entschuldigend den Kopf. „Es tut

mir leid, meine Schwester. Ich kann selbst nur wenig lesen und ich muss sicher sein, dass Ihr der Sprache vollends mächtig seid, bevor wir mit der Abschrift beginnen. Versteht doch, ich kann nicht alle Eure Buchstaben überprüfen", erklärte er ernst. „Ich kann nicht erlauben, dass Ihr fehlerhaft abschreibt, denn es wäre eine Sünde, die Heilige Schrift zu verändern. Ich möchte für ein solch vermeidbares Vergehen nicht in den Feuern der Hölle brennen und könnte auch nicht ertragen, wenn Ihr von diesen Flammen verzehrt würdet! Deshalb müssen wir fortfahren!"

Er hob das Buch, aus dem er vorgetragen hatte, hoch und öffnete eine Seite. An seinem zufriedenen Gesichtsausdruck sah Elienor, dass er die Stelle kannte. Dann legte er den Band auf dem Sekretär vor Elienor ab. „Lest mir dies vor", verlangte er und zeigte auf einen Absatz.

Wenn er es so darstellte, konnte Elienor sich nicht weigern. Sie seufzte und musterte die Seite vor ihr einen langen Moment. Ihre Sicht war von den vielen Stunden, die sie schon auf das beschriebene Papier starrte, leicht verschwommen.

„Domine Deus ..." Die Stimme versagte ihr vor Müdigkeit. Sie rieb sich die Schläfen. *„... Agnus Dei, Filius Patris: qui tollis peccata mundi, miserere nobis."*

Sie hob den Blick und bemerkte, dass Bruder Vernay hinter sie getreten war und nun über ihre Schulter schaute.

„Sehr gut", sagte er. „Nun, wisst Ihr, was es bedeutet?"

Elienor nickte und übersetzte, ohne den Absatz erneut anzuschauen. „,Oh, Herr, Lamm Gottes, Sohn des Vaters: Du nimmst hinweg die Sünde der Welt, erbarme dich unser.' Das ist aus dem Johannesevangelium. Ich kenne es gut. Wie kommt es, Bruder Vernay", fragte sie verärgert, „dass Ihr aus dem Gedächtnis rezitieren könnt – sogar wisst, an welcher Stelle des Buchs sich was befindet –, und doch behauptet Ihr, dass Ihr nicht lesen könnt?"

Vernay entfernte sich von ihr; sein Gesicht rötete sich. Er wandte ihr den Rücken zu. „Ich kann lesen", offenbarte er leise, zögernd, und drehte sich etwas schüchtern wieder zu ihr. „Ich komme nur manchmal mit den Buchstaben durcheinander. Sie sehen für meine Augen nicht immer gleich aus", fügte er bedauernd hinzu. „Und deshalb, weil es mich verwirrt ... lese ich wenig und erinnere viel."

„Oh?", erwiderte Elienor. Sie bereute jetzt, dass sie zuvor einen so anklagenden Ton angeschlagen hatte. „*Je m'excuse*. Ich hätte Euch nicht anzweifeln sollen, das war unhöflich", sagte sie und strich nervös über die Seite. Sie konnte fast spüren, wie sich die Buchstaben der Heiligen Schrift von dem Pergament erhoben. „Es gab eine Zeit, in der diese Worte mein Leben ausfüllten", erzählte sie ihm nachdenklich. „Ich nehme an, deshalb lasse ich mich jetzt nicht gerne zwingen, sie zu lesen." Sie hob ihre veilchenblauen Augen und sah Vernay an, der mitfühlend den Kopf neigte.

„Gott hat seinen eigenen Plan, meine Schwester", sagte er kryptisch und musterte sie einen langen Moment. „Doch Ihr müsst auf Euer Herz hören. Ich denke, es wird Euch nicht täuschen."

Sie schüttelte unglücklich den Kopf. „Ich wünschte, so wäre es", erwiderte sie leise und blinzelte das plötzliche Brennen in ihren Augen weg, „aber ich fürchte mich davor, auf mein Herz zu hören, Bruder Vernay. Denn ich würde nichts als Hass wahrnehmen."

Und wenn sie auf ihren verräterischen Körper hörte, fügte sie stumm hinzu und wandte beschämt die Augen ab, dann würde sie nichts weiter als das verruchte Weib sein – so wie sie sich in diesem Gewand fühlte.

Elienor war verwirrt.

Sie verstand nicht, wer sie sein und was sie fühlen sollte. Alles war so eindeutig gewesen ... bis zu diesem Morgen. Und nun fürchtete sie, dass sie gar nichts mehr wusste und auf nichts mehr vertrauen konnte. Dennoch brachte ihr die wohlbekannte Heilige Schrift einen gewissen Trost und sie schwor, fortan ihr Herz darin zu versenken.

Es würde sie wenigstens davor bewahren, es törichterweise jemand anderem zu schenken.

Die Tür öffnete sich plötzlich, was sowohl Elienor wie auch Vernay zusammenzucken ließ. Als er Alarik erblickte, entspannte Vernay sich und lächelte einladend.

Elienors Wangen erwärmten sich bei seinem Anblick, doch sie wandte nicht beschämt die Augen ab. Sie wagte es nicht, denn Bruder Vernay beobachtete sie neugierig. Sie hob ihr Kinn und kämpfte gegen den Drang an, sich wegzudrehen, als Alarik seine dunkelblonde Braue hob. Er sagte nichts, als er seinen blutroten Mantel ablegte, der nicht so fein war wie derjenige, den er ihr zum Anziehen gegeben hatte. Hinter ihm trat ein weiterer Mann ein, der sie beide ebenfalls musterte. Einen unbehaglichen Moment lang, während sie und Alarik sich anschauten, wirkte die Stille in der Kapelle bedrückend.

Dann erhob der Fremde seine Stimme: „Machen wir Fortschritte?", fragte er Vernay.

Elienor wandte sich dem Mann zu, um ihn zu betrachten, und sein Anblick ließ ihren Atem stocken. Zu ihrem Entsetzen war er nahezu ein Ebenbild von Alarik – er glich ihm in fast jedem Detail, hatte allerdings dunkleres Haar und erstaunlich grüne Augen. Sie schüttelte den Kopf, wollte ihren Augen nicht trauen und blinzelte. Als die beiden nicht zu einer Person wurden, kniff sie die Lider zu, bis sie sicher war, dass ihre Vision verschwunden sein musste.

„Gute Güte", sagte der Mann. „Ich habe seit meinen

Tagen in Danelag niemanden mehr gesehen, der gleichzeitig so dunkel und doch so hell war!"

Elienor öffnete die Augen; sie erbleichte mit jedem Moment mehr.

Der Fremde lachte. „Fürwahr, Bruder! Ich habe viele gesehen, die unsere Ähnlichkeit verwirrt, aber niemanden, den sie so erschreckt. Was hast du dem armen Mädchen angetan?", fragte er lachend. „Sie sieht aus, als würde sie umfallen bei der Vorstellung, dass es zwei von dir gibt."

❧

STUNDEN SPÄTER, ALS ELIENOR ALARIKS ZIMMER durchschritt, konnte sie es immer noch nicht fassen.

Jesus, diese Ähnlichkeit zwischen ihnen faszinierte sie! Und jetzt war sie verwirrter als zuvor – der Traum; wer also würde sterben? Vielleicht war es doch nicht Alarik. Vielleicht war es stattdessen Olav? Oder vielleicht auch keiner von beiden?

Sie spielte mit dem Ring, umklammerte ihn in ihrer Faust und war dankbar, dass Alarik ihn ihr zurückgegeben hatte. „Mutter", wisperte sie unglücklich. „Wie hast du es ertragen?"

Wie als Antwort auf ihre Frage ertönte ein klägliches Winseln aus der Richtung ihrer Zehen.

Elienor blickte nach unten und entdeckte den Welpen, der scheu an ihren Füßen schnupperte. Sie hatte sich kaum gebückt, um ihn hinter den Ohren zu kraulen, als die Tür aufging. Alva trat ein. Überrascht richtete Elienor sich auf und der Hund kratzte protestierend an ihren Schuhen aus weichem Leder.

„Ich habe Euch ein weiteres Gewand gebracht und Euer altes gereinigt", verkündete die ältere Frau und reichte Elienor den ordentlichen Kleidungsstapel. „Die Seide ist prächtig, keine Frage, doch sie wird Euch in diesem Klima nicht ausreichend wärmen."

Seufzend nahm Elienor alles an, brachte als Erwiderung aber nicht mehr als ein freudloses Nicken zustande.

„Ihr habt Olav heute kennengelernt?"

„Oui", antwortete Elienor. „Die Ähnlichkeit zwischen ihnen ist bemerkenswert."

„Das stimmt", bestätigte Alva. „Deshalb konnte Olav auch nie bestreiten, dass Alarik sein Blutsverwandter ist. Doch es gibt viele Unterschiede zwischen ihnen, wenn man danach sucht", fügte sie hinzu. „Oooh, was für ein lästiger Köter!", verkündete sie, als sie den sturen Welpen an Elienors Füßen entdeckte. „Immer irgendwas zwischen den Zähnen. Fort!" Sie wedelte ungehalten mit den Händen, um das Tier zu verscheuchen. „Ich habe keine Ahnung, wieso der Jarl ihn in sein Schlafzimmer gebracht hat!"

Elienor hatte sich das auch schon gefragt, doch sie war froh, dass er es getan hatte, denn sie fühlte sich mit dem armen Hund verbunden.

Als würde er begreifen, dass er der Grund für Alvas Schimpftirade war, huschte der Welpe davon und versteckte sich unter dem Bett.

Elienor sah, wie seine Ohren traurig herabhingen, und verspürte Verständnis für das Tier – nicht dass Alva unfreundlich wäre. Ganz im Gegenteil. Doch dies war nicht Elienors Zuhause und sie fühlte sich hier nicht sonderlich willkommen. Abgesehen von Alva und Bruder Vernay – und Clarisse natürlich – verhielt sich niemand übermäßig einladend. Auch würde Clarisse das Anwesen bald verlassen, denn Alarik hatte sie Sigurd versprochen. Dennoch spürte Elienor, dass es Zeit war, ihre Vergangenheit zu vergessen und sich mit der gegenwärtigen Situation anzufreunden.

Ob es ihr gefiel oder nicht, dies war ihre Zukunft.

„Ich würde vorschlagen, Ihr macht Euch bettfertig", riet Alva ihr. „Ich hörte, der Jarl und Olav wollten morgen früh aufbrechen – um Männer für Olavs Reise zu gewinnen. Wenn das stimmt, wird er bald hier sein, denke ich, denn er wird seinen Schlaf brauchen." Damit wandte Alva sich zum Gehen. Zuvor wies sie Elienor aber noch an: „Beeilt Euch besser, damit er nicht hereinkommt und Ihr gezwungen seid, Euch vor ihm auszuziehen." Sie unterdrückte ein Kichern, als sie die Tür hinter sich schloss, denn Elienor hatte sogleich den Kleidungsstapel aus ihrem Arm aufs Bett geworfen.

So vorgewarnt streifte sie schnell das verhasste Seidenkleid und das zugehörige Untergewand ab. Dann nahm sie ihre eigene Kleidung vom Bett und zog hastig die verschlissene Leinenchemise über. Bevor sie sich jedoch unter den Fellen verstecken konnte, öffnete sich die Tür erneut.

„Täuschen mich meine Augen?", fragte eine raue Stimme. „Oder seid Ihr wirklich so begierig darauf, heute Nacht das Bett mit mir zu teilen?"

Elienor erstarrte. Ihr Herz klopfte heftig, als sie sich zu ihm umdrehte. Um sich zu bedecken, verschränkte sie die Arme, während Alarik die Tür schloss. Ihr Gesicht brannte unter seiner aufmerksamen Musterung. Er trat einen Schritt vor und sie wich instinktiv einen zurück. Sie beruhigte sich mit der Tatsache, dass er sich ihr noch nie aufgedrängt hatte.

Es war unwahrscheinlich, dass er jetzt damit beginnen würde, sagte sie sich.

Und ehrlich gesagt war sie nach heute Morgen auch nicht mehr so sicher, dass sie ihn nicht genauso abstieß, wie sie es von ihm zu sein behauptete.

Sie runzelte die Stirn.

Behauptete?

Non, korrigierte sie sich stumm, *war*!

Er stieß sie ab!

Also wieso fühlte sie sich so eigenartig aufgeregt bei dem Gedanken, er könnte sie begehren? Sie richtete die Augen zu Boden und stammelte: „A-Alva sagte – s-sie sagte, Ihr würdet bald Euer Bett aufsuchen. I-Ich wollte nur …"

„Ihr wolltet Euch bedecken, bevor ich herkam?", fragte Alarik trocken. Sein Blick haftete, trotz ihrer leichten Bekleidung, auf ihren Lippen.

Elienor schluckte und ihr Herz machte einen Satz. Seine Augen leuchteten wie Splitter geschmolzenen Silbers und durchbohrten sie förmlich, während er einen Schritt vortrat.

Zu Alariks Verdruss hatte er den ganzen Tag an nichts anderes denken können, selbst angesichts von Olavs politischen Bedenken. Bei Hellas Fluch, selbst jetzt war er schmerzvoll erregt, wenn er nur an diese warmen, süßen Lippen auf seinen eigenen dachte.

Ihr Blick kehrte zu ihm zurück und die tiefen veilchenblauen Seen lockten ihn näher. Er verringerte die Distanz zwischen ihnen um einen weiteren Schritt und fürchtete, er könnte wirklich wahnsinnig geworden sein, denn erneut hatte ihn in ihrer Gegenwart jeglicher Verstand verlassen. „Habe ich Euch so viel Grund gegeben, mich zu fürchten?", fragte er heiser.

Elienor schaffte es, zur Antwort den Kopf zu schütteln.

„Habe ich mir auch nur die kleinste Freiheit mit Euch erlaubt?"

Wieder schüttelte Elienor den Kopf, denn das hatte er wahrlich nicht.

Sie war diejenige gewesen, die sich etwas herausgenommen hatte – schließlich hatte er sie am Morgen nur gebeten, ihn zu waschen. Nichts weiter.

Elienors Atmen beschleunigte sich, denn seine Augen durchbohrten sie noch immer und brannten mit einer ganz und gar fleischlichen Begierde, als er noch näher kam.

„Genau genommen, wer hat wen heute Morgen gezwungen?", fragte er herausfordernd, als hätte er ihre Gedanken gelesen.

Oder hatte sie sie ausgesprochen?

Sie wusste es nicht.

„Ihr habt mich gezwungen!", erwiderte Elienor leicht hysterisch und wich so weit zurück, bis ihre Beine das Bett berührten. Der zielstrebige Blick in seinen kühlen Augen erschreckte sie. „Ich ... ich habe nicht darum gebeten, Euch zu baden", beteuerte sie. „Noch habe ich ..."

Er blieb vor ihr stehen, streckte die Hand aus und hob ihren dicken Zopf an. Elienor schrie leise auf.

Er strich über die Haare, bewunderte den gesunden Glanz und hielt dabei ihren Blick gefangen. „Elienor aus Baume-les-Nonnes", murmelte er sanft. Ein Zittern durchlief ihn, als seine Augen endlich den Rest ihres Körpers in sich aufnahmen. „Ich schwöre, Ihr habt mich verhext", sagte er leise.

Seine Finger wanderten bis zum Ende des Zopfes und begannen, ihn zu lösen.

Elienor bebte und schloss die Lider, um sich zu beruhigen. Sie fühlte sich plötzlich so schwindelig und hatte so weiche Knie, dass sie fürchtete, sie könnte vor ihm in Ohnmacht fallen.

Man erzählte sich, ihre Mutter hätte ihren Vater verhext ...

Sie weigerte sich, in die Fußstapfen ihrer Mutter zu treten – weigerte sich, weil sie die Konsequenzen nicht ertragen konnte!

„Sagt mir, wer Euch gelehrt hat, Eure Zunge so zu benutzen", verlangte Alarik. Sein Flüstern war leise und sein Atem warm auf ihrem Gesicht.

Mit klopfendem Herzen öffnete Elienor die Augen und sah, dass er aufmerksam ihre Lippen betrachtete.

Jesus, wollte er sie jetzt küssen? Nachdem er sie heute Morgen zurückgewiesen hatte? Sicherlich nicht!

„Antwortet mir."

Elienor schluckte und überlegte verzweifelt, was genau er wissen wollte. „Ich ... Ich ..."

Sie konnte ihre Gedanken nicht ordnen, doch sie spürte, dass es etwas mit dem Kuss zu tun hatte, so wie er ihre Lippen anstarrte. „Ich ... Ich hatte es nicht vor!", schrie sie plötzlich und schüttelte den Kopf. „Ich ..." Die Stimme versagte ihr. „Ich schwöre, ich ..." Ihr Mund klappte zu. Sein Gesicht war ihrem plötzlich so nah, dass sie sogar zu atmen fürchtete, da sie dieselbe Luft atmen könnten.

„Wer hat Euch gelehrt, Eure Lippen so zu benutzen?", verlangte er erneut zu wissen.

„Ph ... Phillipe", erwiderte Elienor ehrlich und hob das Kinn. „I-In meinem Land ist es Brauch für Liebende –"

Seine Finger umfassten ihren Zopf fester und er schwankte leicht, als hätte man ihn geschlagen. „Liebende?" Seine Augen verengten sich. „Wart Ihr Liebende, Elienor?"

Sein Blick verwirrte sie, doch Elienor konnte ihren eigenen nicht von ihm lösen.

Noch konnte sie ihren rasenden Herzschlag beruhigen.

Oder die plötzliche Hitze lindern, die sie bei der Erinnerung an seinen kraftvollen Körper unter ihren Fingerspitzen durchlief. Dass er jetzt bekleidet war, half nicht, die sündigen Bilder von seiner glatten Brust, die durch Schweiß und den Dampf im Badezimmer wie Bronze glänzte, zu vertreiben.

Ein Muskel zuckte an seinem Kiefer, während er ihre Antwort erwartete. „Wart Ihr Liebende?", verlangte er erneut zu wissen. Sein Ton war sanft, aber dennoch schonungslos. Elienor betrachtete unsicher seine Hand. Ihr Herz pochte noch schneller, als er eine Locke ihres Haars zwischen seinen Fingern liebkoste. Würde er sie damit zu bändigen versuchen, wenn sie ihn verärgerte?

Sie schüttelte den Kopf.

Ein Ausdruck grimmiger Zufriedenheit kam über

seine harten Gesichtszüge. Er führte die Locke, die er gestreichelt hatte, an seine Nase und atmete tief den Duft ein. „Das freut mich", sagte er und sein Blick wurde bedeutend sanfter. Seine Finger verloren sich in ihrem Haar und ein Schauer überlief Elienors Rücken, als sie spürte, wie seine Hand ihren Nacken berührte. Hätte sie fliehen wollen, hätte sie es nicht gekonnt, denn er hielt sie fest. Seine andere Hand legte er an ihre Hüfte und sie keuchte überrascht. Er lächelte und drückte sie leicht, bevor er seinen Arm um ihre Taille schlang. Sie schrie auf, als sie im nächsten Moment vorwärts gezogen und gegen die unglaubliche Hitze seines Körpers gepresst wurde.

„Ich kenne viele Arten von Küssen", sagte Alarik direkt und seine Augen glitzerten eigenartig. „Küsse der Freundschaft zwischen Männern ..."

Seine warmen Lippen berührten beide Seiten ihres Gesichts, verharrten, als würden sie den Duft und Geschmack ihrer Haut in sich aufnehmen. Bei diesem sinnlichen Gefühl stieg Elienor das Blut zu Kopf. Instinktiv wusste sie, dass die Küsse, von denen er gesprochen hatte, nicht so ein prickelndes, anhaltendes Gefühl verursachten wie dieser.

„Küsse voller Versprechen", fuhr er rau fort, „die hinter den Rücken von Vätern ausgetauscht werden ... oder zwischen Liebenden", fügte er hinzu und küsste sie sanft auf die Lippen.

Als ihre Münder sich eine Ewigkeit später voneinander lösten und Elienor klar wurde, was er soeben gesagt hatte, war sie seltsam enttäuscht. Doch wieso sollte es sie stören, dass er solche Küsse mit anderen geteilt hatte?, schalt sie sich selbst. Er war ihr Feind, erinnerte sie sich.

Sein Lächeln wurde breiter. „Niemals", enthüllte er inbrünstig und seine silbernen Augen durchdrangen ihre Verteidigung, „hätte ich auch nur gedacht, dass man einen Kuss so intensiv auskosten könnte."

Elienor schaute fragend zu ihm auf und er schüttelte langsam den Kopf. Sein Mund kam näher, seine Lippen berührten ihre, während er sprach. Elienor wimmerte bei der sanften Liebkosung und er verstärkte seinen Griff an ihrem Nacken, wie um sie an der Flucht zu hindern. „Nie habe ich es überhaupt in Betracht gezogen", sagte er. „Denn dies ist nicht unsere Art. Doch Euer Geschmack, Elienor aus Baume-les-Nonnes, bleibt haften", wisperte er. „Wie erlesener französischer Wein – fremdartig im Aroma ... doch berauschend."

Von dem schwindelerregenden Gefühl seiner Lippen so nah an ihrem Mund wurden Elienors Beine schwach. Aber als seine Lippen sich auf ihre pressten, kehrte genug von ihrem Verstand zurück, dass sie verwirrt gegen seine in Leder gehüllte Brust schlug.

Alarik grinste lediglich. „Ich habe Babys gesehen, die sich mehr angestrengt haben", sagte er geradeheraus. „Vielleicht seid Ihr unentschlossen?" Seine silbernen Augen verhöhnten sie.

Ein Schauer rann über Elienors Rücken, doch sie schaffte es, ihr Kinn zu heben. „Lasst mich los!", rief sie leise.

„Elienor", flüsterte er und genoss den Klang ihres Namens auf seinen Lippen. Seine Brauen hoben sich leicht, in seinen Augen stand offene Belustigung. Er lachte dunkel; das Geräusch ließ Elienor beben. „Ihr überrascht mich immer wieder, meine kleine Nonne. Männer erzittern vor mir, aber Ihr scheint mich nicht zu fürchten." Er presste sie erneut an sich. Ein dämonisches Lächeln umspielte seine Lippen. „Und doch könnt Ihr mich nicht locken", bemerkte er und ein Funken Bewunderung lag in seinen Augen, „nur um mich später zurückzuweisen."

Elienor fühlte, dass ihr Gesicht sich erhitzte. Sie öffnete den Mund, um zu protestieren, doch nichts kam heraus. Plötzlich und ohne Warnung beugte er sich herab und nahm ihren Mund in Besitz, als wäre er ausgehungert nach ihrem Geschmack.

Alarik stöhnte zufrieden, als Elienor zuließ, dass seine Zunge über ihre weichen, vollen Lippen strich.

Widerstand zeigte sie erst, als er versuchte, in die seidige Wärme ihres Mundes einzudringen. Sie wimmerte und presste die Lippen zusammen, um ihm den Eintritt zu verwehren – ein letzter verzweifelter Versuch, das wusste er, doch er ließ sich nicht abweisen.

Sein Körper erwachte bei dem Gefühl, sie in seinen Armen zu halten. Er genoss den Geschmack ihrer süßen Lippen, knabberte an ihnen, leckte sie, labte sich an ihnen und drängte sie, sich ihm zu öffnen. Da sie dies nicht zuließ, hob er sie abrupt an, sodass ihr Gesicht auf einer Höhe mit seinem war. Zu lang hatte er gewartet und nun hatte er keine Geduld mehr, keine Vernunft. „Öffnet Euch mir, Elienor", befahl er. Sein Atem ging unruhig. Beim Blut seines Vaters, er hatte geschworen, sich nicht zu nehmen, was sie nicht freiwillig gab, doch er konnte nicht sicher sein, was er tun würde, sollte sie sich weigern, sich ihm zu ergeben ...

Elienor schrie auf, das Herz klopfte ihr bis zum Hals. Sie klammerte sich an Alarik und schloss verzweifelt die Augen. Schließlich gehorchte sie und öffnete leicht ihre Lippen.

Gott vergebe ihr, aber sie konnte nicht anders, konnte sich ihm nicht verweigern.

Sofort nahm Alarik ihre Lippen in Besitz. Halb verrückt vor Verlangen, sie zu schmecken, fuhr seine Zunge hinein, um die samtige Höhle ihres Mundes zu erkunden. Sein Herz hämmerte.

Loki sollte ihn holen! Sie war noch köstlicher, als er sich erinnert hatte.

Elienors Magen begann zu flattern, als sein feuchter, fester Mund eine Reaktion verlangte. Zu ihrem Entsetzen genoss sie den Kuss, obgleich sie sich lüsternen, töricht und schamlos schalt.

Wie flüssiges Feuer erkundete seine Zunge die Wärme ihres Mundes. Er trank von ihr, als würde seine Seele danach verlangen ... und bei allen Heiligen, es gefiel ihr, sie ging ganz darin auf. In diesem Moment kam ihr der Gedanke, dass sie nie für das Nonnendasein geschaffen gewesen war, denn sicherlich würde eine Braut Christi nicht so begierig den Kuss eines Sterblichen erwidern.

Erst recht nicht den ihres Feindes!

Ihr Herz zog sich zusammen.

Er war ihr Feind.

Alarik verlor beinahe die Beherrschung, als Elienor ihm ihre weiche, kleine Zunge darbot. Dennoch schob er sie ungestüm mit seiner eigenen zurück. Er war entschlossen, diesmal die Kontrolle zu behalten. Und plötzlich hielt er inne und zog sich zurück.

„Ich ...“ Alarik schluckte. Er war es nicht gewohnt, um etwas zu bitten. Doch wenn er sie nahm, dann wollte er sie willig oder gar nicht. „Elienor ... ich möchte Euch zeigen, was diese Lippen ... was diese Zunge noch tun kann.“

Sie öffnete die Augen und schaute ihn leicht benommen an.

Elienors Herz machte einen Satz. Sie sagte nichts – wagte nicht, etwas zu sagen, denn sie fürchtete, sie könnte Oui sagen, wenn sie doch Non erwidern sollte. Es musste Non sein! Sie konnte sich nicht guten Gewissens ihrem Feind hingeben!

„Elienor“, drängte er und schob sie plötzlich aufs Bett.

Elienor spürte, wie ein Schrei in ihrem Hals erstickte, als er sie mit seinen Armen umfing. Doch seine Lippen taten nicht mehr, als ihre zu suchen und sie überraschend sanft zu küssen – heiß und andauernd, fordernd, quälend, brennend.

„Elienor?“, hauchte er zwischen ihre Lippen.

Alle Gedanken des Widerspruchs verschwanden, als

seine Zunge erneut in ihren Mund glitt und diesmal leicht Einlass fand.

War sie so treulos? So lüstern?

Ihr Herz schmerzte bei dem Gedanken. Sie keuchte, als Alarik seinen Körper auf ihren senkte. Sie wimmerte protestierend und wandte vergebens ihr Gesicht ab.

Es hielt ihn keineswegs auf. Seine Lippen berührten stattdessen ihren Hals, labten sich an ihr ... und zu ihrer Scham reagierte Elienor auf eine Weise, die sie nie für möglich gehalten hatte.

Ihr Körper wölbte sich ihm entgegen. Lust, wie flüssiges Feuer, floss durch ihre Adern. Ihre Wangen erhitzten sich vor Scham und doch stöhnte sie vor Verlangen, als seine Hände ihr Gesicht umfassten und er seinen Mund erneut auf ihren presste. Seine Zunge begann, in rascher Folge in ihren Mund und wieder hinaus zu gleiten, der Rhythmus war fesselnd. Mit jedem Eindringen beschleunigte sich ihr Herzschlag.

Mit einem selbstvergessenen Ächzen saugte Alarik an Elienors Zunge, gierig nahm er alles, was sie ihm geben wollte. Sein Körper erhärtete sich mit jedem Moment mehr und damit wuchs auch seine Entschlossenheit: Er würde sie nehmen – heute Nacht, bei Odin! Er musste sie haben.

Oder verrückt werden.

Ihr leidenschaftliches Wimmern vermischte sich mit seinem lustvollen Stöhnen, bis diese süße Melodie der einzige Klang war, der seine Ohren erfüllte, der ihn antrieb und seine Sinne entfachte.

Die ganze Zeit über streichelten ihre Hände ihn intuitiv. Er bezweifelte, dass sie sich dessen bewusst war, ebenso wenig wie der Tatsache, dass sie sich unter ihm in keuscher Verzweiflung wand. Als ihre Scham sich instinktiv an seine Lenden presste, rieb er sich an ihr und nahm sich, was sie ihm so naiv anbot.

Mehr als alles andere sehnte er sich danach, sich tief

in ihr zu vergraben – sie war so weich ... so weich und gefügig in seinen Armen.

Er fluchte leise.

Sie bewegte ihr Becken erneut und das Verlangen, das er so lange im Zaum gehalten hatte, brach gewaltsam aus ihm heraus. Lust krallte sich wie ein wildes Tier in ihn und raubte ihm den Verstand. Trotz dieses Moments der Selbstvergessenheit fand er einen Augenblick, um sich hochzustemmen, seine Schuhe auszuziehen und sie hastig auf den Boden neben dem Bett zu stellen. Zur selben Zeit, bevor sie genug zu Sinnen kommen konnte, um zu protestieren, schoben seine Finger ihr Gewand nach oben, bis er ihre intimste Stelle fand. Er erbebte erwartungsvoll, als er ihre Feuchtigkeit spürte.

Elienor schrie auf und fuhr zusammen, als seine Finger überraschend ihre Scham berührten.

Sein Kopf sank voller Leidenschaft in den Nacken, als er sie erkundete, sie streichelte, langsam und verführerisch. Er wollte nichts mehr, als ihr das Kleid vom Körper zu reißen und sie noch intimer unter sich zu spüren. Doch er beherrschte sich, da er wusste, Geduld und Schläue würden ihm mehr bringen. Ein leichter Schweißfilm badete seine Haut in dem Salz seines Körpers, als sein Finger wieder in ihre Tiefe eindrang, den Nektar in ihrem Inneren verteilte und sie auf den ganzen Umfang seiner Männlichkeit vorbereitete. Als sie instinktiv die Beine zusammenpresste, drückte er sie mit vor Lust zitternden Händen wieder auseinander.

Elienor stöhnte und wand sich unter ihm. Als sie die Lider öffnete, war ihr Blick aufgewühlt.

Fraglos, diese Augen waren die bezauberndsten, die Alarik je gesehen hatte. Er starrte sie an, fasziniert von den veilchenblauen Seen. „Ihr seid wirklich entzückend", wisperte er rau und ohne seine Hand von ihr zu nehmen. Er beobachtete, wie ihre Brust sich immer schneller hob und senkte, als sie ihn anschaute, und in diesem Moment verstand er, was ihre tiefblauen Augen und ihr Schweigen ihm mitteilten. Das Wissen erfüllte ihn. Sein Körper erhärtete sich, er teilte ihre Blume erneut und drang langsam mit einem Finger ein. Sie neigte sich ihm entgegen. In ihren Augen glänzte Leidenschaft.

Er lächelte gnadenlos und erschauerte.

Elienor wimmerte, ein hilfloses Geräusch tief in ihrer Kehle, und wand sich verzweifelt. „Ihr ... Ihr ... habt versprochen ... mich nicht zu drängen", sagte sie fieberhaft.

„Das habe ich", gab er zu. „Das habe ich." Seine Augen funkelten. „Möchtet Ihr, dass ich aufhöre?" In seinem Blick lag ein wissendes Glitzern und seine Mundwinkel hoben sich leicht, als ihre Augen sich weiteten.

Sie zwang sich, zu antworten: „Oui!", brachte sie unsicher hervor.

Er zog sich zurück und lächelte teuflisch.

Elienors Herz pochte. Ihr Gesicht brannte, denn anstatt Erleichterung zu verspüren, dass er ihren Wunsch erhört hatte, sehnte sie sich nach der Rückkehr seiner Berührung. Sie schalt sich selbst, dass es eine Sünde war, bei einem Mann zu liegen, ohne mit ihm verheiratet zu sein, doch in diesem Moment wollte sie nur eines.

Vielleicht lag es daran, dass Frankreich, Phillipe, Mutter Heloise und das Kloster so weit entfernt waren, oder vielleicht, wenn sie ehrlich zu sich selbst war, sehnte sie sich nach dem Versprechen von Erfüllung, das seine Küsse verhießen.

War es so falsch, danach zu suchen?

Sie hatte gezweifelt, dass sie je einen Mann auf diese Weise kennen würde – tatsächlich hatte sie vor Phillipe nicht einmal gewagt, es in Erwägung zu ziehen. Doch jetzt ... sehnte sie sich mit einem Wahnsinn danach, dass es beschämend war.

Diese kleine Nonne hatte es nie gelernt, sich zu verstellen, erkannte Alarik. Ihre Augen baten ihn unmissverständlich, fortzufahren, doch er wollte es aus ihrem Mund hören. Seine eigenen Augen verengten sich gnadenlos. „Sagt es, Elienor." Sie hatte ihm einen Geschmack ihrer Leidenschaft gegeben, hatte ihm gezeigt, wie süß es sein konnte.

Er wollte sie willig.

Oder gar nicht.

Elienor schüttelte den Kopf.

„Sagt es", verlangte er. Seine Knöchel streiften ihre Locken. Vor Schreck über seine Berührung schrie sie auf. „Ihr wollt es", wisperte er heiser. Seine grauen Augen schwelten, als er auf sie herabschaute.

Elienors Herzschlag beschleunigte sich.

Sie konnte nicht – würde nicht in diese wissenden Augen blicken! Sie kniff ergeben die Lider zusammen und ihr verräterischer Körper neigte sich seinen Fingern entgegen.

Alarik erbebte, als er ihre Reaktion beobachtete. Sein Gemächt dehnte den Stoff seiner Hose. Schnell löste er mit der freien Hand die Bänder und schob das störende Kleidungsstück nach unten. „Elienor", murmelte er mit belegter Stimme. „Schöne, schöne, Elienor."

Elienor zitterte leicht, als sie ihre Lider öffnete und sah, wie er sein Hemd über den Kopf streifte und es beiseitewarf. Seine Augen musterten sie, doch sie protestierte nicht, als er seinen Körper erneut auf ihren senkte und mit seiner Härte ihre Weichheit berührte. Sie spürte die Veränderung des Drucks an dieser Stelle und wimmerte. Ihre geschlossenen Lider flatterten leicht.

Langsam, ganz langsam, drang er in sie ein und Elienor verlor sich wieder im Moment.

Alariks Herzschlag dröhnte in seinen Ohren. Er bewegte sich sanft, damit er nicht zu tief in sie eindrang, während er sie auf die Felle drückte.

Er zog sich zurück und schob sich sanft vor; er wusste, er musste es langsam angehen lassen, denn er wollte ihr keine Schmerzen bereiten.

Doch während er es schaffte, seine Lust in einer Hinsicht zu zügeln, konnte er sich nicht in allem zurückhalten. Seine Hände ergriffen ihre dünne Leinenchemise und rissen diese in einem Ruck von ihrer Brust. Seine Lippen umspielte ein zufriedenes Lächeln, als die rosafarbenen Spitzen vor seinen Augen hart wurden.

Einen Moment lang konnte er sie nur anschauen. Sie war perfekt. Und sie war sein.

Elienor versteifte sich und ihre Lider flogen auf.

Alarik schwor sich, er würde ihr keine Gelegenheit zum Protest geben. Er war froh, dass sie die Augen geöffnet hatte, denn er wollte, dass sie alles mitbekam, was er mit ihr machte.

„Wie versprochen", murmelte er, als seine Lippen sich auf ihre Brust senkten. Er umfasste ihre Handgelenke und hielt sie über ihrem Kopf fest, während sein Mund tiefer wanderte. Er genoss den Klang von Elienors Keuchen, als seine Zähne sanft eine der Knospen umschlossen und leicht daran zogen. Er spürte, wie sie sich ihm entgegenwölbte ... und hörte ihr Wimmern, als er ein bisschen tiefer in sie eindrang.

Alarik kämpfte um seine Beherrschung, als er ihre Jungfernhaut spürte. Er legte eine zitternde Hand in Elienors Rücken, um sie festzuhalten. Er saugte flüchtig an ihrer Brust und schaute dann durch dunkle Wimpern zu ihr auf, bevor er sanft auf die Nässe blies, die er auf ihrer Brust hinterlassen hatte.

Sie zitterte und schloss die Augen. Alarik wusste nicht, ob es eine Reaktion auf sein Liebesspiel oder Angst war. Doch Angst würde die Leidenschaft einschränken, die er so gern bei ihr sehen wollte, deshalb hielt er in ihr inne. Er stemmte sich ein wenig hoch, um in ihr schönes Gesicht zu schauen, stützte sein Gewicht auf seine Ellbogen und wartete.

Als sie die Augen öffnete, grinste er, denn er konnte darin den Kampf erkennen, den ihre Seele ausfocht.

Das Blatt wendete sich. „Jetzt", wisperte er, „zeige ich Euch die Freuden, die ich versprach ..."

KAPITEL 24

Elienor keuchte, als seine Lippen wieder ihre Brust fanden.

Für einen langen Moment schien sie nicht mehr zu atmen, während Fäden aus Hitze sich durch ihren Unterleib ausbreiteten ... zusammen mit jeder verruchten Empfindung, die sie sich nie hätte vorstellen können. Ihre Haut brannte, wo seine Finger und Lippen sie berührten, und doch sehnte ihr Körper sich nach ...

Was?

„Mehr", wisperte sie.

Sie schloss die Augen, um ihre Furcht zu bezähmen, denn auch durch den Nebel der Lust vergaß sie nicht, was Mutter Heloise ihr über den Schmerz erzählt hatte, der ihre erste Vereinigung begleiten würde.

Plötzlich hielt er inne.

Elienor öffnete die Lider und bemerkte, dass seine dunklen Augen sie prüfend musterten. Verflucht sollte er sein!, dachte sie, denn sein Gesicht offenbarte nichts von seinen Gedanken. Sicherlich musste es mehr geben? Etwas, das sie noch nicht getan hatten?

Ihre Augen füllten sich mit Verwirrung, denn sie hatte weder den Schmerz noch das Vergnügen verspürt. Obgleich sie sich selbst lüstern schimpfte, wollte sie, dass er sie wieder berührte, wollte, dass seine Lippen zu ihrer Haut zurückkehrten, aber das taten sie nicht. Er lachte nur leise und kehlig und der sündhafte Klang sandte tausende Schauer über ihren Rücken.

Plötzlich wallte Ärger in ihr auf und nahm ihr den letzten Rest von Zurückhaltung – Ärger, dass er sie so geschickt manipulieren und dann vor Frust zitternd zurücklassen konnte – Ärger, dass er sie so weit bringen würde, um sie dann unbefriedigt zu lassen – Ärger, dass sie es zugelassen hatte!

Nun, dachte sie und verengte wütend die Augen ... dieses Spiel konnten auch zwei spielen. Er war nicht gegen sie gefeit, das wusste sie jetzt.

Ihre Lippen verzogen sich zu einem leichten Lächeln, als sie die Hand ausstreckte und seine Berührungen nachahmte. Ihre Finger glitten über seine Brust wie Schmetterlingsflügel. Sie streichelte das spärliche goldene Haar und bei dem Gefühl seiner warmen Haut unter ihren Fingerspitzen erwachte ihr eigener Körper von Neuem. Sie beobachtete, wie seine Augen sich verdunkelten und vor Belustigung blitzten und doch fuhr Elienor fort. Sie schwor sich, dass sie ihm zeigen würde, wie es sich anfühlte, unbefriedigt zu sein. Er erbebte und stöhnte, als sie ihn erkundete und seine Brustwarzen berührte. Seine dunklen Wimpern flatterten. Sie lächelte siegesgewiss und stemmte sich hoch, um ihre Finger durch ihre Lippen zu ersetzen. Sie schrie auf, als ihre eigene Bewegung ihn tiefer in sie drängte und sie seinen köstlichen Umfang spürte. Er pulsierte in ihr, doch nicht schmerzhaft genug, als dass sie ihn nicht noch tiefer in sich fühlen wollte.

Elienors Finger umklammerten seine Schultern, als sie instinktiv den Kopf in den Nacken legte. Wie in Trance spürte sie, wie ihre Hüften sich schamlos und rhythmisch bewegten, wie sie ihn langsam immer tiefer in sich stieß. Ihr Herz hämmerte, doch sie spürte, dass es noch mehr gab, und drängte ihn weiter in sich.

Die sanfte, gleitende Bewegung füllte sie mit einer Hitze, die sie verzehrte.

Es schien, als würde sie vor Lust vergehen.

Auch wenn ihr bewusst war, dass nur sie sich bewegte, fuhren ihre Hüften mit ihrem Kreisen fort, suchten etwas ...

Mehr.

„Bitte!", flehte sie ihn an und neigte den Kopf zur Seite.

„Bitte was, Elienor?"

Sie keuchte. „Ich ... Ich weiß nicht!

Alarik hatte vorgehabt, sie das Tempo bestimmen zu lassen, doch jetzt fürchtete er, dass er es nicht aushalten würde. Er hatte sich beherrscht, gab nun aber ihrem Bitten nach und bewegte leicht seinen Unterleib. Sanft übernahm er den Rhythmus, den sie vorgegeben hatte.

„Das", sagte er und seine Stimme war angespannt vor Zurückhaltung, „ist, wozu Eure Zungenküsse mich treiben." Er füllte sie aus, zog sich dann zurück, nur um sogleich wieder in sie einzudringen, jedes Mal tiefer.

Elienors Finger verfingen sich in seinem Haar und zogen seinen Kopf zu ihren Lippen. Sie hob auffordernd ihre Hüften und bewegte sich unablässig unter ihm, presste ihn noch tiefer in sich.

Alariks Herz klopfte mit dem Wissen, dass er ihre Hingabe gewonnen hatte. Er genoss die unbeschämte Reaktion ihres Körpers auf ihn und stöhnte. Seine Hand glitt nach unten, um ihren üppigen Hintern zu umfassen. Er hob ihre Hüften an.

Er beugte sich vor und stieß seine Zunge in ihren Mund, während er gleichzeitig weiter in sie drang, sodass ihre Körper ganz miteinander verschmolzen. Sein eigener Leib zuckte vor Lust, als er ihre jungfräuliche Enge spürte.

Elienor antwortete mit einem Aufschrei. Sie bäumte sich zitternd auf, die Augen dunkel vor Verlangen. In diesem Moment verpuffte der letzte Rest von Alariks Zurückhaltung. Wie ein Verrückter stieß er wieder und wieder in sie, vergrub sich tiefer und noch tiefer in ihr.

Sie war süß.

Sie war Leidenschaft.

Sie war sein!

Seine Arme umfingen sie, seine Zunge drang mit derselben Heftigkeit und in demselben Rhythmus in ihren Mund wie sein Gemächt in ihren Schoß.

Die Gefühle, die in Elienor explodierten, waren unbeschreiblich köstlich und sie klammerte sich an Alarik, während ihre Seele sich in dem Sturm verlor.

Zu ihrem Erstaunen hatte sie nur Lust empfunden, heftige Lust – und gar keine Schmerzen!

Ihre Finger gruben sich in seine Arme, als seine Hände ihren Körper streichelten und seine Zunge ihren Mund erkundete. Wie von selbst glitten ihre Hände über seinen Rücken; sie wollte seine Liebkosungen im gleichen Maße erwidern, doch sie war zu berauscht von der Wonne, die er ihr bereitete. Sie genoss die Stärke seiner Arme, die ausgeprägten Sehnen an seinem Nacken und ihr Körper reagierte mit ganz eigener Inbrunst.

„Und das!", krächzte er, während er sich in ihr bewegte, „ist, was Euer Kuss in mir wachruft!"

Bei diesen Worten zerbrach etwas in Elienors Innerem. Sie schrie auf und ihr Körper zuckte wild.

Mit einem letzten kräftigen Stoß und einem wilden Schrei ergoss Alarik sich in ihr und verspürte dabei tiefere Befriedigung, als er je gekannt hatte. Doch selbst nach dem Akt konnte er sich nicht von ihr lösen, zu groß war das Bedürfnis, mit ihr verbunden zu bleiben. Er vergrub sein Gesicht an ihrem Hals, roch an ihrem Haar und ihrer Haut und stöhnte vor Lust.

Nach einem Augenblick, als er wieder ruhiger atmete, rollte er sich neben sie und zog sie in seine Arme. Sie weigerte sich nicht und er küsste ihre Nase, ihre Lider, ihre Stirn und strich ihr das Haar aus dem hübschen Gesicht.

Er verstand das Band nicht, das sie miteinander teilten, und obgleich er nie zuvor etwas gefürchtet hatte, verunsicherte ihn die starke Empfindung, die ihn plötzlich erfüllte. Liebe war etwas für Tölpel, wie er wusste, also schrieb er das Gefühl seiner Begierde zu.

Doch er gestand sich zumindest ein, dass er sich nach keiner sonst sehnte.

Elienor war in jedem wachen Moment in seinen Gedanken, in all seinen Träumen, und nur wenn er bei ihr war, plagten ihn diese Bilder nicht mehr.

Elienor kuschelte sich in Alariks Umarmung. Ihr Atmen wurde langsamer. Alarik lag hellwach da und lauschte ihren leisen Atemzügen.

Sie hatte ihm alles gegeben, was er sich erhofft hatte, und noch mehr, und nun schlief sie so tief wie ein Baby in seinen Armen. Er wagte nicht, sich zu bewegen, um sie nicht zu wecken, also hielt er Wacht und wartete, bis die Kerzen von selbst verloschen.

Immer noch konnte er nicht schlafen.

Da war eine eigenartige Empfindung in seinem Herzen, etwas, das er bisher nicht gekannt hatte. War es möglich, dass man sein Herz so schnell und vollends verlieren konnte, selbst gegen seinen Willen?

Es musste so sein, denn es gab sonst keine Erklärung für das, was er fühlte, keine Erklärung dafür, warum er den Drang verspürte, sie zu beschützen.

Warum er sich nach ihr verzehrte.

Und nur nach ihr.

IN IHREN TRÄUMEN SAH ELIENOR WIEDER DAS majestätische Drachenschiff, eingehüllt in Nebel. Alarik, oder vielleicht Olav, stand am Bug, den Fuß auf die hölzerne Schlange gestellt – eine Schlange, kein Falke? In der Hand hielt

*er sein Schwert. Aus dem Nebel glitt ein weiterer Drachenbug,
dann noch einer … und noch einer …*

ELIENOR SCHNAPPTE NACH LUFT UND VERSUCHTE,
sich zu befreien.

Alarik war gerade eingeschlummert und erwachte
bei Elienors Aufschrei. Er zog sie in seine Arme, doch
sie sträubte sich immer noch.

„Lasst mich Euch beruhigen", beharrte er.

Endlich hielt sie inne, begann jedoch zu weinen und
das versetzte seinem Herzen einen Stich.

Er presste die Lippen zusammen, als ihm die Ironie
seiner Bitte bewusst wurde, denn wahrscheinlich war er
der Schrecken ihrer Träume.

Er war ihr Albtraum.

☙❦❧

DER SCHNEE SCHIMMERTE IM MONDSCHEIN UND
spendete Bjorn genug Licht, um sich zu orientieren. Er
wagte nicht, eine Fackel zu tragen, damit das Leuchten
nicht vom Haus aus entdeckt werden konnte. Noch
wagte er, zu reiten, denn er konnte keine Spuren ge-
brauchen, die ihn verrieten.

Er war Thor und Odin dankbar, dass selbst so spät
in dieser Jahreszeit noch Schnee fiel, der seine Fußstapfen verbergen würde. Immer wieder schaute er im
Gehen über seine Schulter. Er blieb vorsichtig, auch
wenn er ohne Zweifel wusste, dass die Götter ihm
heute Nacht beistanden – immerhin war es sein Ruf gewesen, dem Ejnar der Däne gefolgt war.

Nicht Alariks.

Der Bote war im Geheimen zu ihm gekommen und
hatte ihm aufgetragen, sich im Tal mit Ejnar zu treffen.
Dorthin war Bjorn nun auf dem Weg. Ein bitteres Lachen entschlüpfte ihm, denn ihm kam der Gedanke,

dass er immer nur das haben würde, was Alarik verschmäht hatte, und nicht mehr.

Nicht mehr – niemals mehr.

Wenigstens beruhigte ihn die Tatsache, dass Nissa seinen Ärger teilte. Dennoch schmerzte es ihn, dass sie in Wahrheit seinen Bruder ihm vorzog. Er war nicht ihre erste Wahl gewesen und er konnte dies nicht aus seinem Gedächtnis streichen, obgleich Nissa eingewilligt hatte, ihn zu heiraten, sollte ihr Vater es gutheißen.

Sobald er den Schutz der Kiefern und Birken erreichte, benutzte er sie als Deckung, um sich zum Opferstein zu schleichen. Es war ein mit Runen verzierter Altar, an dem Thor, dem Gott des Donners – seinem Schutzpatron –, Opfer dargebracht wurden. Ganz gleich, dass Olav es anders wollte! Bei Thor, sein Glaube war das Einzige in seinem Leben, auf das er Einfluss hatte. Olav könnte sich selbst die Augen ausstechen, bevor Bjorn konvertierte!

Und das war ein weiterer Stachel in seinem Fleisch, denn ihm war bewusst, dass Alarik – der Bruder, in dessen Schatten er verschwand – sein einziger Schutz vor Olavs eiserner Faust war. Dafür allein stand Bjorn in seiner Schuld. Solange Alarik den alten Glauben behielt, würde Olav es nicht wagen, Bjorn dazu zu zwingen – selbst wenn Olav nicht einmal davor zurückscheute, seine eigene Mutter seinem Willen zu unterwerfen.

Er kam rechtzeitig zum Abschluss der Riten an und trat kühn in die Mitte der wartenden Männer.

„Wo bist du so lange gewesen?", knurrte eine Stimme. Ein rothaariger Mann trat aus der Versammlung hervor. Es war Ejnar der Rote, Blutsvetter von Jarl Haakon. Neben ihm stand Hrolf Kaetilson.

Bjorn begrüßte Hrolf mit einem Nicken, dann wandte er sich Ejnar zu und begegnete dessen schlauem Blick. „Ich konnte nicht bei Tageslicht kommen und riskieren, dass man mir folgte", erklärte er. „Mein Bruder sucht Euch – wusstet Ihr das nicht?"

Ejnar schaute über Bjorns Schulter. „So hat man es mir erzählt." Er zuckte die Achseln und sah kurz zu Hrolf. „Er wird mich nicht finden, denke ich." Er wandte sich wieder Bjorn zu und grinste. „Du bist sicher, dass du nicht verfolgt wurdest?"

„Ganz sicher", sagte Bjorn. Seine Aufmerksam wurde kurz von zwei Männern abgelenkt, die einen geopferten Tierkadaver von dem alten Stein entfernten. „Mein Bruder ist blind für alles außer seiner französischen Hure", offenbarte er. Er zeigte auf den Stein. „Ihr seid mutig, Ejnar, direkt unter Olavs Nase zu opfern. War Euch nicht bewusst, dass er auch hier weilt?"

Ejnar nickte und seine Augen bohrten sich in Bjorns. „Das wusste ich. Warum, denkst du, habe ich es getan? Hast du ein Problem damit?"

Bjorn schüttelte den Kopf.

„Das ist gut", bemerkte Ejnar und nahm mit Befriedigung die Wut und den Neid in Bjorn wahr. „Was willst du von mir?"

„Nissa", erwiderte Bjorn direkt. „Ich möchte sie zu meiner Frau nehmen, aber sie wird mich zurückweisen, wenn Ihr nicht Eure Zustimmung gebt."

Ejnar hob seine roten Brauen. Er zuckte die Achseln und öffnete seinen Mund, um etwas zu erwidern.

„Ich werde Eure Zustimmung bekommen", schwor Bjorn, bevor Ejnar ihn abweisen konnte. „Was auch immer dafür nötig ist!"

Ejnar runzelte die Stirn. Er nickte und verzog nachdenklich den Mund. „Was auch immer dafür nötig ist?" Interessiert neigte er seinen Kopf zur Seite. Er rieb sich das Kinn. „Vielleicht lässt sich da etwas machen. Aber jetzt geh, bevor wir noch entdeckt werden. Ich werde dir meine Entscheidung bald mitteilen."

Bjorn versteifte sich. „Wann?"

„Wenn es mir passt", verkündete Ejnar und straffte

die Schultern. „Geh jetzt und ich werde dich rufen, wenn es soweit ist.“

Bjorn nickte, zufrieden mit dem Verlauf des Treffens. Er wandte sich zum Gehen, die Lippen zu einem Lächeln verzogen.

„Oh, und Bjorn?“

Bjorn straffte die Schultern, als er sich erneut zu Nissas Vater umdrehte.

„Fass meine Tochter in der Zwischenzeit an und ich werde dich als Nächstes auf den Stein legen.“ Er deutete beiläufig auf den besagten Stein. „Verstanden?“

Bjorn verging das Lächeln. „Ja“, sagte er missmutig.

Ejnar nickte und Bjorn fuhr auf dem Absatz herum, um zum Langhaus zurückzulaufen.

Was er nicht geben würde, um nur einmal – nur einmal! – am längeren Hebel zu sitzen.

KAPITEL 25

Elienor kniff die Augen zu und weigerte sich, aufzuwachen.

Jesus, sie hatte sich – willig – ihrem Feind hingegeben! Scham riss an ihr und sie hätte vor Kummer aufgeschrien, würde sie nicht vorgeben, zu schlafen. Sie hoffte, dass Alarik gehen würde, bevor sie gezwungen war, die Lider zu öffnen und sich ihm zu stellen.

Süßer Jeus, wie konnte sie nur?

Es war undenkbar! Hatte sie sich in der Hitze des Moments verloren? Sie war treulos! Lüstern! Verrucht!

„Aaarghhh!"

Das wütende Knurren riss Elienor aus dem vorgegebenen Schlummer.

Mit einem erschreckten Kreischen fuhr sie hoch und alle Scham, die sie über die vorherige Nacht empfunden hatte, verschwand bei dem Anblick von Alarik, der wie ein wütender Dämon von einem Hocker aufsprang. Mit einem überraschten Schrei duckte sie sich unter die Felle, als er plötzlich den Schuh, den er in der Hand gehalten hatte, durch den Raum schleuderte. Er verfehlte sie und fiel neben dem Bett zu Boden.

„Flohverseuchter Bastard!"

Elienor brauchte einen Moment, um zu begreifen,

dass er den Welpen und nicht sie meinte. Der kleine Hund raste auf das Bett zu und huschte wimmernd darunter. Voller Angst um das Tier rutschte Elienor zum Rand, reckte den Kopf und streckte die Hände aus, um den Welpen in ihre Arme zu ziehen.

„Habt Ihr gesehen, was der kleine Köter mit meinen guten Stiefeln gemacht hat?", brüllte Alarik.

Elienor blinzelte und zog den sich duckenden Welpen neben sich unter die Decken. Beide spähten aus den Laken heraus. Alarik starrte sie weiter erwartungsvoll an und sie schüttelte den Kopf.

„Verdammtes hirnloses Vieh!"

Alarik bückte sich und hob den Stiefel vom Boden auf. „Ich würde mich gern revanchieren – und ihm seinen verdammten Pelz versohlen!" Er wedelte mit dem Schuh vor den beiden herum, die sich unter seine Felle – seine Felle! – kuschelten, auch wenn es ihn etwas beschwichtigte, dass der Hund beim Klang seiner Stimme zitterte. Elienor dagegen starrte den zerfleischten Stiefel nur betreten an.

Er knurrte, als er seinen ruinierten Schuh erneut ansah, und warf ihn frustriert zur Seite. Wahrscheinlich hatte der Welpe die ganze Nacht über daran genagt, um ihn so zu zerfetzen.

Und er selbst hatte so tief geschlafen wie nach einem außergewöhnlich sättigenden Mahl.

Er fuhr auf dem Absatz herum und lief zur Truhe am anderen Ende des Zimmers.

Elienor blickte den Welpen tadelnd an. „Schau, was du angestellt hast!", wisperte sie.

Murmelnd öffnete Alarik die Truhe. Der Deckel knallte so heftig gegen die Wand, dass er zurückprallte und Alariks Finger traf. „Bei den Kiefern Fenris!", brüllte er und zog seine Finger weg, wobei er seine Hand vor Schmerz schüttelte.

Elienor knabberte an ihrer Unterlippe, um nicht zu kichern. Im Augenblick wirkte Alarik eher wie ein schmollender Junge, der sein Lieblingsspielzeug verloren hatte, und nicht wie sonst oft bedrohlich. Eigenartig, in seinen Momenten kalten Zorns und berechnender Zurückhaltung hatte sie seine Ausbrüche gefürchtet, doch jetzt belustigte es sie nur noch.

„Ich werde das verdammte Vieh aufspießen!", drohte er und griff in die Truhe. Doch irgendwie, als sie auf den sich beruhigenden Welpen schaute, der dankbar ihre Hände leckte, glaubte sie ihm nicht. Sie runzelte die Stirn. Er würde dem Hund nicht schaden ... das spürte sie so deutlich, wie sie wusste, dass letzte Nacht mehr als eine bloße körperliche Vereinigung zwischen ihnen stattgefunden hatte. Er würde schimpfen, aber er würde dem Welpen nichts tun ... und ihr auch nicht. Die Feststellung irritierte sie.

Er würde drohen und er würde ihr Angst einjagen ... aber er hatte sein Versprechen gehalten.

So sehr es sie auch beschämte, es zuzugeben, er hatte nichts ohne ihre Zustimmung von ihr genommen. Non, er würde ihr nie schaden. Er hatte sie die ganze Zeit über beschützt.

Hatte er Clarisse nicht allein auf ihr Wort hin verschont? Einen seiner Männer wegen ihr verbannt?

Voll Staunen betrachtete sie Alarik, der soeben ein anderes Paar Stiefel aus der Truhe holte und sich auf den Hocker setzte, um sie zu schnüren. Dabei verfluchte er den Hund weiter ... dennoch akzeptierte er, dass sie das Tier schützte ... obwohl er ihr den Welpen einfach hätte abnehmen können.

Als er die Schuhe angezogen hatte, warf er ihnen beiden einen finsteren Blick zu, bevor er wortlos das Zimmer verließ.

Elienor sah von der zuschlagenden Tür zu den Stiefeln und dann wieder zu dem Hund. Sie hatte sich nie verwirrter gefühlt.

Was sollte sie jetzt empfinden?

✦

DIE TAGE VERGINGEN, DOCH DIE UNGEWÖHNLICHE Kälte blieb.

Das Gut folgte einem geregelten Tagesablauf und Elienor passte sich dem an. Langsam gewöhnte sie sich an die nordischen Bräuche. Zum Beispiel aßen sie nur zwei- und nicht dreimal am Tag. Wie sie es gewohnt war, begannen sie den Tag mit *dagver*, dem Frühstück, aber danach speisten sie nur noch einmal. Dieses Mahl bezeichneten sie als *aftensmat*. Doch zu ihrer Überraschung bemerkte sie, dass sie auch mit diesem neuen Zeitplan gut zurechtkam. Ob es das Klima oder die eigenartigen Zeiten waren, sie empfand nie ein Hungergefühl zwischen den Mahlzeiten.

Alarik verbrachte die meiste Zeit mit ungelösten häuslichen Angelegenheiten. Doch das passte ihr gut, da sie noch entscheiden musste, was sie für diesen rätselhaften Mann empfand. Olav dagegen verbrachte viel Zeit in der *kirken* mit ihr und Bruder Vernay. Manchmal hörte er einfach nur zu, wenn Vernay diktierte und Elienor schrieb. Dann wiederum fragte er Elienor über ihre Vergangenheit aus, über ihr Leben im Kloster und dergleichen. Elienor glaubte ihn zu mögen, auch wenn sie spürte, dass in ihm ein Fieber wütete, das beinahe außer Kontrolle geriet. Er war leidenschaftlich, wenn er über Christus und die Kirche sprach, doch seine Augen zeigten wenig Mitgefühl für diejenigen, die diesen Glauben ablehnten.

Die Kombination ließ nichts Gutes ahnen.

Elienor hörte stumm zu und versuchte, zu entscheiden, ob sein Bestreben etwas mit ihrer schrecklichen Vision zu tun haben könnte.

Etwas ja, das wusste sie ... aber was? Sie würde es bald erfahren, da war sie sicher, denn es schien nur knapp außer ihrer Sichtweite zu schweben. Sie hoffte nur, es wäre nicht zu spät, wenn sie es erfuhr.

Als sie an diesem Morgen zur *kirken* ging, wehte ihr ein frostiger Wind ums Gesicht. Das, dachte sie, war etwas, woran sie sich nie gewöhnen würde – die unglaubliche Kälte. Hatte sie wirklich Frankreich für kalt gehalten? Fürwahr, selbst im Haus war es unerträglich eisig. Kein Wunder, dass Alarik ein Feuer in seinem Zimmer hatte. Ein einfaches Kohlebecken hätte niemals ausgereicht!

Der Schnee fiel so unablässig, dass die Männer gezwungen waren, ihn immer wieder beiseite zu schaufeln, um den Eingang frei zu halten. Nur die Diener wagten sich in den Sturm hinaus, doch da die Lagerhäuser vom Haupthaus entfernt waren, hatten sie keine Wahl.

Ebenso wenig wie Elienor.

Eingewickelt in Alariks Mantel lief sie jeden Tag die kurze Entfernung bis ins Tal. Keine Seele sprach auf dem Weg zu ihr. Es war, als würden sie etwas Abscheuliches in ihr sehen, denn die Blicke der anderen sprachen Bände, wenn sie an ihr vorbeigingen. Sie warfen ihr etwas vor ... aber was?

Schließlich war sie diejenige, die das Recht hatte, sie zu verurteilen.

Sie hätte sich schlecht gefühlt, aber dies waren nicht ihre Leute – sollten sie sie doch verabscheuen, wenn es ihnen gefiel! Wenn sie auch nicht länger Clarisse hatte, so hatte sie doch Alva und auch Bruder Vernay – und Gott. Er war bei ihr, dessen war sie sicher.

Und dann hatte sie noch Frechdachs.

Ein Lächeln umspielte ihre Lippen, als sie den Mantel enger um sich zog und der Welpe sich in ihre Arme schmiegte. Sie kicherte und dachte, dass er sich seinen Namen eindeutig verdient hatte. Alarik hatte an dem Tag, an dem seine Stiefel ruiniert worden waren, kaum das Schlafzimmer verlassen, als der kleine Hund schon wieder etwas ausheckte. Elienor war aufgestanden, um sich anzukleiden, und war nur einen Augenblick abgelenkt gewesen, als sie bemerkte, dass er in der Feuerstelle grub! Bereits in die blaue Seide gehüllt hatte Elienor ihre Röcke gerafft und war in die Hocke gegangen, um Frechdachs' Durcheinander zu beseitigen, bevor Alarik zurückkommen und sehen konnte, wie Asche und Erde im ganzen Raum verteilt waren.

Und jetzt, in Sichtweite der kleinen Kirche, hob sie wieder ihre Röcke, drückte den Welpen an sich und rannte die letzte Strecke, da sie begierig war, aus der Kälte zu kommen. Als sie die Tür öffnete, stieg ihr Atem in weißen Wölkchen auf. Vernay lächelte sie zur Begrüßung breit an. Sie mochte ihn, hatte sie beschlossen. Er stellte sie auf eine harte Probe, aber sie mochte ihn, weil er sie in vielerlei Hinsicht an Mutter Heloise erinnerte. Olav war heute ebenfalls anwesend. Er trat auf sie zu, um ihr den Mantel abzunehmen, und lachte herzhaft, als der Welpe heraus und zu Boden sprang.

❧

Eine Prüfung der Fjorde hatte ergeben, dass vor der Frühlingsschmelze niemand in See stechen könnte. Innerhalb weniger Tage war das Eis wieder dicker geworden, sodass die Schiffe festsaßen. Obwohl Alarik der Gedanke, so bald nach seiner Ankunft wieder aufzubrechen, nicht gefallen hatte, so machte es ihn nervös, zu wissen, dass er es nicht konnte, selbst wenn er wollte.

Oder vielleicht war es eher die Tatsache, dass er wieder zur *kirken* gelockt wurde, wie Metall zu einem verdammten Magneten!

Das, zusammen mit der Wahrscheinlichkeit, dass er Olav dort bereits vorfinden würde, befeuerte seine düstere Laune.

Er hatte seine Männer im Haupthaus gelassen und ritt mit der Wildheit eines Malstroms zu dem verdammten kleinen Gebäude, das ihm so viel Streit eingebracht hatte. Sein blutroter Mantel wehte, als wäre Hel selbst hinter ihm her.

„„Man zündet auch nicht ein Licht an und setzt es unter einen Scheffel, sondern auf einen Leuchter; so leuchtet es denn allen, die im Hause sind‘‘‘, sagte Vernay.

Elienor blinzelte. „Was?“

Vernay machte eine wegwerfende Handbewegung. „Schreibt! Schreibt, *ma petite*! ‚Also lasst euer Licht leuchten vor den Leuten.‘“

Erneut blinzelte Elienor verwirrt. „Lasst mein Licht —“

„Non, non! Noch mal von Anfang an. ‚Man zündet auch nicht ein Licht —‘“

Sie senkte den Blick. „*Je m'excuse*, Bruder Vernay. Ich kann mich heute einfach nicht aufs Schreiben konzentrieren“, entschuldigte sie sich.

„Seid Ihr so unglücklich, Elienor?“

Elienor wandte sich Olav zu und ihre blauen Augen wurden plötzlich feucht. Alariks fanatischer Bruder saß in den Schatten, auf einer kleinen Bank, die Hände vor sich verschränkt. „Was glaubt Ihr, Seigneur?“, fragte sie leise. Ihre Augen baten ihn, zu verstehen. „Wenn man Euch gegen Euren Willen ... in ein fremdes Land bringen würde, das Ihr Euch nicht ausgesucht hättet ... könntet Ihr zufrieden sein?“ Ihr Herz zog sich zusammen, als sie ihr Dilemma aussprach, denn es machte alles noch viel wirklicher.

Olav zuckte die Achseln. Seine Hand wanderte abwesend zum Heft seines Schwerts, als er aufstand. „Alariks Mutter ist auf die gleiche Weise ins Nordland gekommen“, betonte er. „Nach allem, was ich hörte ... hat sie meinen Vater sogar lieben gelernt.“

Elienor blickte zu Boden. „Seigneur... ich kann natürlich nicht für Alariks Mutter sprechen“, sagte sie. „Wohl aber für mich ...“

Olav hob eine Hand, um sie aufzuhalten. „Ihr müsst

nicht mehr sagen", erwiderte er und trat auf sie zu. Mit einem Seufzen legte er eine Hand auf ihre Schulter, tätschelte sie und trat dann hinter sie, um die Papiere zu betrachten, die vor ihr auf dem kleinen Sekretär lagen. „Ich denke, ich verstehe."

Er studierte die Seiten einen langen Moment, sehr zufrieden mit dem, was er sah, obgleich er die lateinische Sprache noch nicht richtig beherrschte. Ihm war, als sollte er sie in irgendeiner Form entschädigen, und er verkündete: „Ich sage Euch, was ich tun werde. Gebt mir Euer Wort, dass Ihr die Abschrift beenden werdet, und dann könnte ich vielleicht meinen Bruder überreden, Euch freizulassen."

Hoffnung erhob sich in ihrer Brust – Hoffnung, die sie sich zu dämpfen weigerte, obwohl sie bei dem Gedanken, Alarik zu verlassen, ein Verlustgefühl überkam. Sie blickte Olav über ihre Schulter hinweg an. „Das würdet Ihr für mich tun?", fragte sie überrascht.

„Das würde ich ... auch wenn ich nichts versprechen kann, außer dass ich mit ihm reden werde. Ich fürchte, mein Bruder hat einen sehr eigenen Willen. Ehrlich gesagt, ich kann ihn nicht zwingen, wenn er nicht will."

„Seigneur!", rief Elienor aus. „Mehr könnte ich nicht von Euch verlangen!" Sie musste heimkehren – um ihres Gewissens, ihrer Seele willen.

„Sagt mir", hakte Olav nach. „Gibt es jemanden, der Euch aufnehmen würde ... solltet Ihr nach Frankreich zurückkehren?"

„Mein Onkel!", rief Elienor sogleich. Sie griff nach dem Lederband an ihrem Hals und zog ihren geliebten Ring aus ihrem Gewand. Dann streifte sie das Schmuckstück über ihren Kopf und reichte es Olav. Dieser nahm es an und untersuchte es.

„Wenn Ihr meinem Onkel Robert den Ring gebt ... wird er wissen, dass Ihr ihm die Wahrheit sagt."

Olav starrte den Ring einen Moment länger an,

dann kehrte sein Blick zu Elienor zurück. „Und wenn mein Bruder sich weigert, Euch freizulassen?"

Elienors Blick sank auf die Papiere. „Dennoch ... wenn Ihr diesen Ring irgendwie meinem Onkel geben könntet", bat sie, „wäre ich Euch sehr dankbar." Sie schaute ihn mit flehenden Augen an. „Auf diese Weise, Seigneur, wüsste er, dass ich lebe ... dass es mir gut geht. Ich bitte Euch."

Olav nickte, bewegt durch die Melancholie in ihrer Stimme. „Nun denn", räumte er ein. „So wird es geschehen. Ich werde bald mit ihm sprechen."

Vernay räusperte sich. „Ähm ... Seigneur?"

„Mmmhhh?"

„Der Tag vergeht. Sollen wir fortfahren?"

„Hmmm? Oh! Ja!" Olav blickte Vernay entschuldigend an. Er trat von Elienor weg. In dem Moment wurde die Tür aufgerissen und Schneeflocken wirbelten herein. Der kalte Wind verstreute die Seiten vor Elienor, doch sie konnte sich nicht bewegen, um sie aufzuheben. Frechdachs sprang von seinem gemütlichen Platz zu ihren Füßen auf und als er Alarik sah, begann er zu knurren.

Bruder Vernay seufzte ergeben. „Seigneur?", sagte er nicht gerade begeistert. „Seid Ihr auch zum Zuschauen gekommen? Ich versichere Euch, alles läuft gut. Die Demoiselle schreibt sehr gut. Wenn wir nur Zeit hätten ..."

Alarik antwortete nicht. Er schaute kurz zu Olav und runzelte ungehalten die Stirn darüber, ihn hier zu sehen. Dann suchten seine eisigen Augen Elienors veilchenblaue und hielten diese fest. Elienor stockte der Atem, während sie darauf wartete, dass er etwas sagte. Gleichzeitig betete sie, dass er wieder gehen würde.

Wusste er nicht, was seine Gegenwart ihr antat? Dass sie sich dafür hasste, was ihr Körper von ihm wollte? Er hatte sie seit jener Nacht nicht berührt und sie wollte auch nicht, dass er sie jemals wieder anfasste. Sie wollte nichts für ihren Entführer empfinden.

Sie wollte Frieden. Ihr Geist und ihr Körper wollten ihr keinen gewähren, solange er ihr so nah war.

Nicht einmal, wenn er ihr fern war, räumte sie ein.

Es war falsch, sich seinem Liebesspiel hinzugeben, sich danach zu sehnen, und doch konnte sie nur daran denken, als sie in seine stürmischen dunklen Augen sah. Sie versuchte, die Erinnerung an seine Berührung aus ihrem Gedächtnis zu vertreiben, aber konnte es nicht. Sie senkte den Blick und wünschte, sie könnte einfach verschwinden.

Wahrlich, sie war schamlos.

Wie viele Jahre hatte sie im Kloster vergeudet?

Nicht vergeudet, bien-aimée.

Elienor hob den Blick, als diese Worte so deutlich in ihrem Kopf erklangen. Sie schaute in Alariks durchdringende silberne Augen. War sie verrückt? War sie nun wirklich verrückt?

Wie konnte sie sich erlauben, ihren Feind zu lieben? Einen Mann, der dem Tode geweiht war, wenn sich ihr Traum erfüllte.

Wenn sie es zuließ, sich ihren Gefühlen hinzugeben – wäre sie dann gezwungen, ihm alles zu sagen?

Und würde sie dafür sterben?

Einen langen Moment herrschte Schweigen.

Alarik warf in einer aufgewühlten Geste seinen Mantel beiseite und sagte sich, dass er nichts für die Frau empfand, deren veilchenblaue Augen seine Seele durchdrangen.

Es war nur Lust.

Lust, die an seinen Eingeweiden riss.

Lust, die dafür sorgte, dass ihr Gesicht seine Gedanken heimsuchte.

Lust, die ihn sich in jedem Augenblick seines Lebens nach ihr verzehren ließ.

Lust. Und nichts weiter.

Sie war eine Frau, erinnerte er sich, und er weigerte sich, seinen Verstand und seine Selbstkontrolle wegen einem Weib zu verlieren. Bjorn war das perfekte Beispiel für Ersteres, denn sein Bruder schien durch seine Liebe zu Nissa nicht mehr klar denken zu können. Und Olav war ein Beispiel für Letzteres, da Tyri über all seine Entscheidungen zu bestimmen schien.

In seinen Augen stand ein Hauch Vorsicht, als er sich Vernay zuwandte, ohne Olav zu beachten. „Für heute ist Eure Arbeit getan", informierte er den Mönch kurz angebunden.

„Nicht wirkl–"

„Sie ist getan", betonte er mit glühendem Blick.

Vernay schaute zu Olav, doch als dieser ihn nicht unterstützte, gab er nach. „Ja, Seigneur. Also gut ... wie Ihr wünscht."

Zufrieden drehte Alarik sich zu Elienor. Seine Miene war verhalten. Er wollte nicht zugeben, dass er ihre Nähe brauchte. Weigerte sich, irgendetwas zuzugeben. Er richtete sich zu voller Größe auf und tat einen Schritt auf die Frau zu, die jeden seiner wachen Gedanken heimsuchte. Doch bevor er seine Absicht aussprechen konnte, sprang Frechdachs auf seinen Stiefel, knurrte wie verrückt und schlug die Zähne in das Leder, als wäre er besessen. „Bei Hels Hunden!", rief Alarik überrascht aus und wich zurück. „Dämonisches Tier!"

Olav brüllte vor Lachen.

Elienor keuchte erschrocken und sprang von ihrem Stuhl auf, um den Hund zu bändigen.

„Es scheint, als würde er Euch verabscheuen, Seigneur", stellte Vernay fest und unterdrückte ein Grinsen.

Elienor kniete sich vor Alariks Füßen auf den Boden und zog Frechdachs von seinen Stiefeln weg. „Non! Frechdachs!", schalt sie ihn, als er sich losriss und sich erneut auf Alariks Schuhe stürzte. Es überraschte sie immer wieder, mit welcher Vehemenz Frechdachs gegen Alarik wütete, vor allem da dieser nie etwas getan hatte, außer den Hund zu verfluchen. Nie hatte er das Tier böswillig angerührt – nicht einmal! Trotzdem glaubte sie, dass Frechdachs Alariks Abneigung ihm gegenüber spürte und sich dementsprechend verhielt. Und Alariks Stiefel schien er auch nicht ausstehen zu können!

Neidisch beobachtete Alarik, wie Elienor das Tier beruhigte. Er wünschte, sie würde ihn so sanft berühren ... aus eigenem Antrieb ... anstatt voller Unzufriedenheit. Er fragte sich, wie es sich anfühlen würde, wenn sie ihn nur einmal noch voll Leidenschaft anschauen würde – nicht voll Angst oder Bitterkeit ... oder Trotz. „So scheint es", stimmte er Vernay zu.

„Man sollte meinen, der Köter würde ihm zumindest ein bisschen Zuneigung entgegenbringen", verkündete Olav und lachte herzhaft. „Seine Mutter war immerhin Alariks Lieblingshündin."

Den Welpen sicher in ihren Armen schaute Elienor zu Alarik auf. „War?", wisperte sie. Ihre Miene war ängstlich.

Intuitiv verstand Alarik, was sie wissen wollte. „Ist", versicherte er ihr und warf Olav einen mahnenden Blick zu. Dann sah er wieder Elienor an. „Sie *ist* meine Lieblingshündin, Elienor."

Elienor runzelte die Stirn. „Wo ist sie? Warum verschmäht sie ihn? Ich würde schätzen, dass der arme Kleine kaum dem Säuglingsalter entwachsen ist."

Alarik hob die Brauen. „Der arme Kleine?", wiederholte er. Sein Kiefer spannte sich an, als er sich an das Gespräch über seine eigenen Geburtsumstände erinnerte. „Ich habe Euch gesagt, Elienor, das Nordland ist gnadenlos. Nur die Starken überleben. Die Mutter des Welpen lebt nur, weil sie dies weiß und sich alleine durchschlägt."

Bruder Vernay trat vor, um den unruhigen Hund aus Elienors Armen zu befreien. „Der Jarl spricht die Wahrheit, meine Schwester. Dieses Land ist streng zu denen, die nicht rüstig genug sind, es zu ertragen." Er nickte, als sie ihn anschaute. Olav nickte ebenfalls.

Dennoch nahm Elienor Anstoß an den Worten, die man ihr erneut entgegengeschleudert hatte. Sie starrte Vernay an und ließ ihn so wissen, dass sie es als Verrat betrachtete, dass er sich auf Alariks Seite stellte – auch wenn sie wahrscheinlich kein Recht dazu hatte, so zu empfinden. Vernay mochte ihr Landsmann sein und ein Bruder im Dienste Christi, doch wie alles andere an diesem tristen Ort – sie selbst eingeschlossen – gehörte er Alarik. Sie verengte die Augen, als sie Alarik wieder ansah. „Vielleicht wäre es weiser für die Starken, den Schwachen zu helfen", sagte sie und begegnete Alariks Blick kühn, „anstatt sie umzubringen, als wäre Leben nicht mehr wert als der Inhalt einer Abfallgrube. Ihr, Seigneur, solltet besser als alle anderen verstehen, dass die Schwachen oft die Starken werden ... und die Starken die Schwachen."

Alariks Kiefer spannte sich an, als er in ihre Augen schaute. Er bereute mittlerweile, dass er ihr etwas über sein Leben erzählt hatte. Doch trotz ihrer erneuten Respektlosigkeit ihm gegenüber ließ der Anblick, wie sie vor ihm kniete, heißes Verlangen durch seine Adern schießen. Er blickte zu dem Welpen, der sicher in Vernays Armen lag und ihn ankläffte – verflucht sollte der räudige Köter sein! –, und dann wieder zu Elienor. Er war unschlüssig, was er sagen sollte, um das zerbrechliche Band, das sich gerade erst zwischen ihnen gebildet hatte, wiederherzustellen. „Ihr habt ihn ...", er kämpfte gegen den Drang an, das undankbare Vieh zu beschimpfen, „Frechdachs genannt?"

„Oui", erwiderte Elienor.

Er räusperte sich, doch die Heiserkeit blieb. „Der Name passt."

„Oui", antwortete Elienor wieder, doch diesmal etwas argwöhnisch.

Sie hielt seinem Blick stand.

In diesem Moment, als sie einander anstarrten, vergaß Alarik, wo er war, vergaß Vernay, vergaß alles und jeden außer der Heftigkeit seines Verlangens und der Frau, die vor ihm kniete.

Wusste sie, dass sie seine Sinne so in Aufruhr versetzte?

Er zitterte und es verstörte ihn, dass ein einfacher Blick von ihr ihn so sehr aus der Fassung bringen konnte. Es war, als hätte sie ihn mit diesen schönen veilchenblauen Augen verhext.

Auf einmal überrollte ihn eine Welle von Gefühlen, ein Verlangen, das er nie zuvor verspürt hatte, zusammen mit Panik und Angst. Nie hatte er eine solche Schwäche empfunden. Er fürchtete, dass Elienor ihn in einem Griff hielt, dem er nie wieder entkommen könnte. Er fiel auf ein Knie und berührte ihren Arm in einem Versuch, seinen Verstand zurückzugewinnen. Seine Finger schlossen sich um die weiche Seide ihres Gewands. Als er in ihre dunklen, veilchenblauen Augen starrte, verdüsterten sich seine eigenen.

Bei der Intensität seines Blicks machte Elienors Herz einen Satz und sie wandte sich ab. Sie konnte es nicht schon wieder passieren lassen. Süßer Jesus, sie konnte schon jetzt nicht damit leben. Sie schüttelte den Kopf über ihre eigene Dummheit, denn wie konnte sie ihn zurückweisen, wenn ihr verräterischer Körper sich danach sehnte, dass er sie hochhob und an sich riss? Dass er ihr die Entscheidung abnahm.

„Sagt mir Elienor", wisperte Alarik rau, sein Blick gnadenlos, „verabscheut Frechdachs' Herrin mich ebenfalls?" Sie senkte den Kopf und er hob ihr Kinn mit einem Finger, obgleich sie sich noch immer weigerte, ihn anzuschauen. „Tut sie das?", verlangte er zu wissen.

Elienors Lider flogen auf; ihre Augen waren umschattet. Ihr Herz schrie vor Qual auf, denn so schamlos es auch gewesen war, sie hatte sich ihm freiwillig und aus eigenem Antrieb hingegen. *Ihrem Feind.* Sie schüttelte unglücklich den Kopf. Sie konnte ihm die Antwort, die er suchte, nicht verweigern, auch wenn sie die Wahrheit von ganzem Herzen verabscheute.

Seine harten Gesichtszüge wurden weicher und er erbebte. „Ihr erfreut mich", sagte er barsch. Er stand abrupt auf und zog sie mit sich hoch.

Elienor schrie auf, als er sie an seine harten Muskeln drückte.

Sein Antlitz senkte sich zu ihrem. „Was kann ich tun, Elienor aus Baume-les-Nonnes", murmelte er seidig, „um Euch ebenso zu erfreuen?"

Vernay räusperte sich dezent, da er fürchtete, die Situation könnte sich unschicklich weiterentwickeln. „Seigneur?", sagte er leise, die Augen zu Boden gerichtet.

Beschämt blickte Elienor zu dem Mönch, dessen Tonsur das Licht reflektierte, und dann zu Olav.

Olav sah nachdenklich aus und sagte nichts.

Sie fuhr wieder zu Alarik herum und versteifte sich. Was für eine Schmach, in so einer schamlosen Umarmung gesehen zu werden – auch noch von einem Geistlichen! Olav konnte sie ertragen, denn Alarik und er waren zwei Seiten derselben Medaille, doch Bruder Vernay – es war schrecklich!

„Ihr könntet mich nach Hause bringen", flehte sie mit gebrochener Stimme. In ihren Augen brannten Tränen. „Bringt mich zurück nach Frankreich."

Bevor ich meine Seele verliere, fügte sie stumm hinzu.

Alarik schüttelte den Kopf. Seine Augen verengten sich missmutig, als er überlegte, wie er ohne sie wäre – leer, unvollständig. Er wollte verdammt sein, denn er konnte den Gedanken, ohne sie zu sein, noch weniger ertragen als die lähmende Erkenntnis, dass er sie überhaupt brauchte. „Nei, Elienor!", sagte er. Frustriert umfasste er ihren Arm und schüttelte sie. „Verlangt etwas von mir, was ich Euch geben kann! Ich möchte Euch erfreuen!"

„Ich will nichts anderes!", verkündete Elienor heftig. „Bitte, lasst mich gehen!"

„Seigneur?", wandte Vernay ein und rieb sich den Arm, als er sah, wie besitzend Alarik sie festhielt.

Olav sagte weiterhin nichts. Er beobachtete, was vor seinen Augen passierte, und prägte sich alles für später ein.

Alarik funkelte Vernay an, dann seinen Bruder, der still am anderen Ende des Raums saß. Sein Gesichtsausdruck war eigenartig.

Plötzlich straffte er sich, als würde er sich zusammenreißen, und ließ Elienors Arm los. Seine Miene wurde wachsam. „Ihr sagt, Eure Arbeit ist für den Tag erledigt?", fragte er Vernay, ohne den Mönch anzuschauen. Auch Elienor sah er nicht an, seine Augen ruhten auf Olav und warnten seinen Bruder wortlos, sich von der *kirken* ... von Elienor fernzuhalten.

„Wenn es Euer Wunsch ist, Seigneur."

„Das ist es", versicherte Alarik. Jetzt, da die feine Linie seiner Kontrolle neu gezogen war, kehrte sein Blick zu Elienor zurück und in seinen Augen brannte ein Verlangen, das kein Maß an Selbstbeherrschung überdecken konnte. „Nehmt Euren Mantel, meine hübsche kleine Nonne ... mir ist, als bräuchte ich dringend ein Bad", sagte er schonungslos.

Olav brüllte vor Lachen.

Vernay verschluckte sich.

Alarik schaute den Mönch an und ignorierte seinen Bruder vollends. Aus dem Augenwinkel beobachtete er zufrieden, dass Elienor zu ihrem Mantel eilte, wie er es ihr befohlen hatte. „Habt Ihr Einwände?", fragte er Vernay.

Vernays Brauen stießen zusammen, aber er schüttelte schnell den Kopf. „Non, Seigneur! Es ist nur so, dass ..."

„Gut!", verkündete Alarik und schnitt ihm das Wort ab. Als Elienor zurückkehrte, riss er ihr ungeduldig den Mantel aus den Händen und legte ihn um ihre Schultern. Dann öffnete er die Tür und geleitete sie hinaus. Dabei versicherte er Vernay, dass sie am nächsten Morgen zur gewohnten Stunde wieder hier sein würde.

Zu Olav sagte er nichts.

„Frechdachs!", rief Elienor, als Alarik die Tür hinter ihnen zuzog.

„Vernay wird dafür sorgen, dass er sicher wieder ins Haus kommt. Er könnte ohnehin nicht mit uns Schritt halten."

Elienor widersprach nicht mehr, als er sie zu seinem Pferd führte und in den Sattel hob. Er selbst stieg in einer flüssigen Bewegung hinter ihr auf und drückte seine Fersen in Sleipnirs Flanken.

Kurz darauf hielten sie vor dem Badehaus und Elienor konnte nur daran denken, dass Frechdachs tatsächlich nicht hätte mithalten können. Alarik war geritten, als wären ihm Dämonen auf den Fersen.

Plötzlich wurde ihr klar, dass sie dies nicht würde aufhalten können.

Sie war nicht einmal sicher, ob sie das wollte!

Alarik stieg hastig ab und zog sie ebenfalls vom Pferderücken. Elienors Knie schwächelten, doch er stützte sie, öffnete dann die Tür zum Badehaus und geleitete sie ins dämmrige Innere. Er hatte sich noch nicht einmal die Zeit genommen, Alva mitzuteilen, dass das Feuer angefacht werden sollte. Die sterbende Glut glomm unheimlich.

„Seigneur!", protestierte sie panisch. „Es ist noch helllichter Tag! Draußen sind Menschen!"

Er schloss die Tür mit dem Fuß und seine Lippen verzogen sich diabolisch. „Niemand wird uns stören", sagte er ihr voller Gewissheit. Er wirbelte sie am Arm herum, bis sie ihm den Rücken zukehrte, und löste dann mit geschickten Fingern die Fibel an ihrer rechten

Schulter. Er musste sie nicht sehen, um sie zu entfernen.

Ihr Gewand glitt auf der rechten Seite nach unten. Elienor schrie auf und presste die Seide an ihre Brust, um das Rutschen aufzuhalten. „Es ist kalt", klagte sie.

„Nicht mehr lange", versprach Alarik und sein warmer Atem strich über ihren Nacken. Die Entschlossenheit in seiner Stimme sandte einen Schauer über ihren Rücken. Er löste die zweite Fibel an ihrer linken Schulter und zog das Kleid mit einer Sanftheit nach unten, die sie ihm kaum zugetraut hätte.

Elienor wimmerte und kniff die Augen zu, als die Seide ihrem Griff entzogen wurde. Aber er war noch nicht fertig. Sobald das seidene Obergewand am Boden lag, löste er die Bänder ihres Unterkleids, streifte er es über ihren Kopf und warf es beiseite. So entblößte er sie vollends seinem hungrigen Blick.

Mit einem wispernden Geräusch landete der Stoff auf den Fellen.

Alarik seufzte lustvoll und zeichnete mit einem Finger ihre Wirbelsäule nach. Für den Moment war er zufrieden, ihre perfekten Formen zu betrachten. Das Erröten ihrer Haut war selbst in den Schatten des ersterbenden Feuers sichtbar. Sie wimmerte überrascht und stolperte rückwärts gegen ihn. Bei der unerwarteten Berührung machte sein Herz einen Satz, als wäre er ein unerfahrener Jüngling.

„Elienor", sagte er durch zusammengebissene Zähne und schloss die Augen. Das Gefühl ihrer nackten Haut auf seiner ließ ihn vor Lust erbeben. „Wisst Ihr, was Ihr mir antut, meine kleine Nonne?"

„Wisst Ihr, was Ihr mir antut?", erwiderte sie so leise, als sollte er es nicht hören.

Er schmunzelte zufrieden und schlang seine Arme um ihre Taille. Er hielt sie einen Moment, dann wanderten seine Hände nach oben zu dem Preis, den er enthüllt hatte. Seine Finger strichen sanft über ihre Rippen.

„Bitte", stöhnte Elienor. „Ich ... Ich ...."

Alarik versteifte sich in Erwartung ihres Protests, obgleich er nach ihrer geflüsterten Bitte wusste, dass es wenig brauchen würde, um sie zu überreden. Sie schien wenig bis keine Kontrolle über ihre eigenwillige Zunge zu haben – in Momenten wie diesem geriet ihm das zum Vorteil. Er bückte sich und platzierte einen langen, anhaltenden Kuss auf den zierlichen Hügel, der ihre Schulter krönte. Sie sagte nichts, wimmerte nur leise, tief in ihrer Kehle, und er atmete zufrieden ein.

Der süße, berauschende Duft ihrer Haare schwebte in der Luft, lockte ihn, umhüllte ihn. Die Wirkung war fast so kraftvoll wie der Klang seines Namens aus ihrem Mund. Mit einem selbstvergessenen Stöhnen vergrub er seine Lippen in ihrem weichen Haar. Dass sie dabei leicht seufzte, entfachte seine Sinne noch mehr.

„Elienor", krächzte er. „Elienor ... Elienor ... Elienor ..."

Bei der Heftigkeit, mit der er ihren Namen aussprach, stockte Elienor der Atem. Sie wagte nicht, sich zu ihm umzudrehen, damit er den Hunger in ihren Augen nicht sah. Sie wagte nicht, zu sprechen, damit ihre Worte und ihre Stimme sie nicht verrieten.

Sie focht einen heftigen Kampf mit ihrem Gewissen aus, während er ihren Körper hielt und liebkoste. Es fühlte sich so richtig an, so richtig und doch wusste sie, dass es falsch war!

Als seine Hände unter ihre Brüste glitten und seine rauen Handflächen sie vorsichtig umfassten, entlarvte ihr Körper sie als die Dirne, die sie war. Sie zitterte erwartungsvoll, als seine Finger sie streichelten und ihre Sinne in Brand setzten. Sie schluckte, das Herz schlug ihr bis zum Hals, als seine Lippen ihre nackte Schulter erneut berührten. „Ich ... Ich dachte ... Ich dachte, ich sollte Euch beim Baden helfen?"

Alarik lächelte über die Unsicherheit in ihrer Stimme. „Das sollt Ihr auch", sagte er herausfordernd und beugte sich vor, um in ihr Ohr zu flüstern. „Aber ich fürchte, das Bad wird warten müssen, meine erlesene kleine Französin."

Elienor keuchte, als ihr seine Härte bewusst wurde, die gegen ihren Rücken drückte. Ihr Herz hämmerte, als sie gegen ihr Verlangen ankämpfte. Sanft strich er ihre Haare beiseite und küsste sie auf ihre andere Schulter.

Sie zitterte, da sie spürte, dass sie kurz davor stand, zu verlieren – nicht nur die Schlacht, sondern den ganzen Krieg.

Ihre Entschlossenheit, sich die Freuden zu versagen, die er ihr geben konnte, wurde mit jeder Berührung seiner geschickten Hände und Lippen schwächer. Als seine Finger sanft ihre Brust kneteten, sank ihr Kopf hilflos in ihren Nacken und sie erlaubte ihm seinen Willen. Zufrieden mit ihrer Reaktion atmete er zischend an ihrem Hals aus und ihre Knie wurden weich.

Alariks Körper erwachte, als sie in seinen Armen schwach wurde. Er stützte sie. „Ihr seid süß", wisperte er. „So ... so ... süß."

Er hörte, wie sie nach Luft schnappte, als er an ihrem Hals knabberte und den Glanz des Verlangens von ihrer Haut kostete.

Das kupferfarbene Licht des Feuers liebkoste ihre cremig weiße Haut. Er konnte sich nicht beherrschen, sie zu streicheln, wo immer das Licht sie ihm offenbarte. Als er spürte, dass sie bereit war, von ihm in Besitz genommen zu werden, ächzte er tief in seiner Kehle, ein Laut des Sieges. Ungeduldig riss er an den Schnüren seiner Hose und löste sie schnell und mit Leichtigkeit. Er bebte vor freudiger Erregung, während er sich der einengenden Kleidung entledigte, ohne Elienor dabei loszulassen.

Zitternd schloss Elienor die Augen und lauschte den

verräterischen Geräuschen hinter ihr – dem Rascheln von Stoff, als dieser von Alariks Körper glitt. Mit jeder Faser ihres Seins drängte sie sich zu, aufzuschreien und zu fliehen.

Dann trat er wieder näher an sie heran und die Hitze seiner entblößten Haut brannte sich bis in ihre Seele. Ihr Herz pochte in ihrer Brust und unterdrückte jeden anderen Laut mit seinem wilden Schlagen. Doch es stockte, als Alarik sie in die Wärme seiner Arme schloss.

Das Blut stieg ihr zu Kopfe und ihr heftiger Puls setzte wieder ein, als er sich unbeschämt von hinten an ihr rieb. Gott sei ihrer Seele gnädig. Sie glaubte, sie würde sterben!

Sanft glitt seine rechte Hand nach unten und blieb ausgestreckt auf ihrem Bauch liegen, hielt sie fest, während er sich rhythmisch hinter ihr bewegte.

Alariks Hände sanken zu ihrer Taille, als er sich hinkniete und sie mit sich nach unten zog. Sein Herz hämmerte und sein Atem ging schwer, während er sich vorstellte, wie er sie diesmal nehmen würde – mit der ganzen Wildheit des Nordlands. Als sie auf Händen und Knien vor ihm kauerte, schmiegte er seinen Körper an ihren Po und suchte sich eine Position zwischen ihren Beinen. Er zitterte angesichts des berauschenden Gefühls. In diesem Moment verspürte er einen unglaublichen Drang, ihr Vergnügen zu bereiten. Seine Hand glitt nach vorne, um sie zu streicheln, während er ihren Rücken küsste und tief den Duft ihrer Haare einatmete. Er schloss die Augen, als er in sie eindrang, und stöhnte.

Elienor keuchte und legte den Kopf in den Nacken.

Mit seinem Kinn schob Alarik ihr die Haare vom Rücken und kostete ihre warme, samtige Haut mit seinen Lippen und seiner Zunge. Dabei prägte er sich genau ein, wie sie schmeckte und sich anfühlte. Er ignorierte die Bedürfnisse seines eigenen Körpers und liebkoste sie, bis sie unter ihm aufschrie. Erst dann schob er sich weiter in sie, hielt ihre Hüften fest und gab sich seinen eigenen dunklen Leidenschaften hin.

Elienor wimmerte vor Ektase bei jedem seiner Stöße. Sie schrie auf, als Hitze in ihr explodierte und ihren Körper mit köstlichen Krämpfen überzog. Gegen ihren Willen rief sie leise seinen Namen.

Der geflüsterte Name brandete durch seinen Kopf.

In einem unglaublichen Hochgefühl umfasste Alarik ihre Hüften fester und ergoss mit einem letzten kräftigen Stoß sein Leben und seine Seele in sie.

Er verharrte, bis er sicher war, dass sein Samen so tief in ihren Schoß gepflanzt war, dass sie gewiss sein Baby empfangen würde.

Er erzitterte heftig, dann löste er sich von ihr und fiel auf die Felle. Er rollte sich auf den Rücken, zog sie mit sich und hielt sie fest. Dabei strich er über ihr Haar, bis er ihre gleichmäßigen, ruhigen Atemzüge wahrnahm. Sie war eingeschlafen. Er liebkoste sie weiter, bis sein eigener Atem sich beruhigte und sein Herz normal schlug.

Immer noch streichelte er sie, denn es fühlte sich richtig an.

Sein letzter Gedanke, bevor er seine Augen schloss, war, dass er nicht mehr dagegen ankämpfen wollte, was er für sie empfand.

Er konnte es nicht länger leugnen.

Die Verbindung zwischen ihnen war zu stark. Wenn es sein Schicksal war, sie zu lieben, dann war dem eben so – zu Hel mit dem Teil von ihm, der ihn warnte, nicht nachzugeben!

Die Anziehung war unwiderstehlich.

Und doch musste er noch eine Weile widerstehen.

Vor langer Zeit hatte er entdeckt, dass das Herz eine mächtige Waffe war. Er konnte seines nicht so einfach weggeben.

Er würde denselben Fehler nicht zweimal begehen.

KAPITEL 26

Alarik holte Elienor jeden Nachmittag früher und früher ab und so überraschte es niemanden, als die Tür eine Woche später schon aufgerissen wurde, nachdem sie erst eine Stunde zuvor das Haupthaus verlassen hatte.

Bruder Vernay räusperte sich und hob eine Braue. „Ähm ... braucht Ihr ein Bad, Seigneur?"

Alarik schaute den Mönch stirnrunzelnd an. „Unter anderem", räumte er ein. Seine Lippen verzogen sich zu einem zufriedenen Lächeln, als Elienor sich sogleich erhob, um ihren Mantel zu holen. Den dämonischen Hund setzte sie dabei von ihrem Schoß. Seine Laune war so gut, dass es ihm leichtfiel, sich nicht von dem kläffenden Welpen reizen zu lassen, selbst als dieser wieder seine Stiefel angriff. Er warf ihm lediglich einen missmutigen Blick zu und schüttelte das Tier ab.

Vernays Wangen röteten sich, als er vortrat, um den wütenden Hund hochzuheben. Die Direktheit des Jarl brachte ihn in Verlegenheit, dennoch gefiel ihm, was er zwischen den beiden spürte. „Ich fürchte, in diesem Tempo werden wir nie fertig", sagte er missbilligend, allerdings mit wenig Nachdruck.

Alarik grinste. „Vielleicht nicht", gab er zu und lächelte Elienor an, als sie zu ihm trat. Der Mönch war vollends vergessen, als sie sein Lächeln zögernd erwiderte.

Es war ein Anfang.

Ungeduldig zog er sie nach draußen und führte sie sogleich zu Sleipnir. Er hob sie in den Sattel, band das Pferd los und stieg hinter ihr auf. Diesmal jedoch lenkte er das Tier nicht zum Haupthaus, sondern davon weg.

„Was ist unser Ziel?", fragte Elienor überrascht.

„Wir machen einen Ausritt", erwiderte Alarik. Ohne Vorwarnung drehte er sie zu sich herum und verfluchte sich selbst dafür, dass er nicht einmal warten konnte, bis sie allein waren. „Ich brenne für Euch, Elienor", gestand er ihr heiser und schnürte seine Hose auf.

Elienors Augen weiteten sich. „Das können wir nicht tun!"

„Ihr seid wie Ambrosia", wisperte er und ignorierte ihren Protest. „Je mehr ich koste ... nach desto mehr verlange ich."

Seine Lust erhob sich wie eine feuerspeiende Schlange in seinen Adern. Das Verlangen, so tief in sie einzudringen, dass sie ihn nie verlassen würde, überwältigte ihn. Er musste sie mit seinem Zeichen versehen, musste wieder hören, wie sie vor Entzücken seinen Namen rief.

Er spürte, wie sie zitterte, und lächelte wissend.

Elienors Herz setzte einen Schlag aus, denn er betrachtete sie mit diesem begehrlichen Blick unter schweren Lidern, der die Glut des verräterischen Feuers in ihr schürte. „Nicht hier!", wandte sie ein.

„Ich brauche Euch, Elienor", murmelte er und grinste. Er zog ihr Gewand hoch und ließ keinen Zweifel an seiner Absicht. Als ihr Kleid nicht mehr zwischen ihnen war, hob er sie abrupt an und setzte sie auf seinen Schoß. Elienor keuchte, als er in sie eindrang – mitten am Tag, unter dem graublauen Himmel, sodass Gott und die Welt es sehen konnten.

Sie klammerte sich an ihn.

Alarik stöhnte und schloss die Augen. Es war ein unglaubliches Gefühl, sie so zu spüren, und seine Erregung intensivierte sich. „Schlingt Eure Beine um meine Mitte", verlangte er. Sogleich kam sie seinem Befehl nach. Dann beugte er seinen Kopf, um ihr eine Bitte ins Ohr zu murmeln: „Liebt mich, meine kleine Nonne."

Elienor schloss die Lider, als seine kühnen Worte einen Hitzeschwall durch ihren ganzen Körper strömen ließen. Doch ein kleiner Teil von ihr hielt an einem Hauch Vernunft fest.

Ein ganz kleiner Teil.

„Alarik", protestierte sie.

„Schhhhh ... bei meinem Leben, ich habe nichts und niemanden je mehr begehrt!"

Elienor unterdrückte die Tränen, die zu fließen drohten.

Sie sank ergeben an ihn und legte ihre Hände auf seine Brust. „Nicht hier", bat sie erneut mit brüchiger Stimme. Doch ihr Herz schrie etwas völlig anderes: Er begehrte sie! „Warum?", wisperte sie. „Warum? Warum?"

„Weil ich Euch brauche!", flüsterte Alarik.

Er wickelte seinen Mantel um sie beide und hüllte sie in einen warmen Kokon ein.

Elienors Finger gruben sich in seine Haut. Auch wenn sie es so gern wollte, sie konnte die verräterische Antwort ihres Körpers auf ihn nicht kontrollieren. Im Moment war es ihr gleich. Sie gab dem Impuls nach und schlang ihre Arme um seine Brust, genoss seine Breite und Stärke und hielt sich an ihm fest, als würden sie sich für immer vereinen. Sie spürte, wie er erzitterte, und seine Reaktion ermutigte sie. Sie vergrub ihre Lippen an seinem Hals, schmeckte das Salz seiner Haut und ihr Herz schrie ihre Liebe heraus, auch wenn ihr Mund dieser keine Stimme verlieh.

Stattdessen wisperte sie seinen Namen.

„Genau so", bestärkte er sie und bewegte mit seinen Händen langsam ihre Hüften.

Elienor kreiste ihr Becken, wie Alarik sie anwies, und sein Kopf sank nach hinten, sodass sich die Sehnen an seinem Hals spannten. Er stöhnte und schon bald bewegten sich ihre Hüften wie von selbst in dem langsamen, köstlichen Rhythmus, den er vorgegeben hatte. Seine Arme umschlossen sie eng, erhitzten ihre Haut selbst durch ihr Gewand hindurch und ließen sie innerlich brennen, bis der langsame Rhythmus zur Qual wurde. Wieder entkam sein Name ihren Lippen.

Es trieb Alarik bis über die Schwelle.

Er hielt sie besitzergreifend fest, als die Landschaft für einen Moment verschwamm. Ohne den Todesgriff, mit dem seine Beine Sleipnirs Flanken hielten, wären sie beide zu Boden gestürzt. Einen Augenblick später dämpfte sie ihre eigenen Schreie an seiner Schulter, seufzte glückselig, schloss die Augen und lehnte sich an ihn. Sogleich drehte Alarik sie herum und hüllte sie in den Mantel.

Erschöpft von ihrem Liebesspiel erlaubte Elienor sich, in seinen Armen zu schlummern.

Sicher in seine Umarmung gekuschelt bemerkte sie nicht, wie er auf sie herabblickte. Er starrte sie so intensiv an, als könnte er dadurch bis in ihre Seele schauen, suchend, testend, fragend. Denn auch wenn ihre Vereinigung jedes Mal den Hunger seines Körpers stillte, verlangte es ihn nach mehr.

Er küsste ihren Scheitel, fuhr mit den Fingern durch ihre Haare. Für einen kurzen Moment, während er sie hielt, schien es, als würde sie ihn endlich akzeptieren. Er wünschte, er würde nie gezwungen sein, umzukehren.

Während er noch darüber nachdachte, korrigierte er Sleipnirs Richtung. Doch bald fiel ihm auf, dass sie an dem Wäldchen vorbeigeritten waren, das sein eigentliches Ziel hatte sein sollen. Seine Lippen verzogen sich reuevoll. So viel zu einem ungestörten Ort für ihr Liebesspiel. Auch wenn sie dieses nicht gebraucht hatten, stellte er mit einem selbstgefälligen Lächeln fest. Seine kleine schläfrige Nonne hatte in der Hitze ihrer Leidenschaft alles um sich herum vergessen.

So wie er auch.

Dennoch grübelte er weiter, als sie wieder zum Anwesen zurückritten. Auch wenn er unwiderlegbar Elienors Hingabe gewonnen hatte ...

Er konnte das Gefühl nicht loswerden, dass ihm immer noch etwas fehlte.

৩৯৩

„ICH BRINGE NEUIGKEITEN, DIE DIR NICHT GEFALLEN werden", sagte Hrolf mit einem Grinsen und stieg von seinem Pferd. Er warf die Zügel über den Widerrist und lehnte sich dann an den nächsten Baum, um zu Atem zu kommen.

Bjorn biss die Zähne zusammen und verschränkte die Arme. Hrolf hatte ihm weit vor Tagesanbruch einen Boten an sein Bett geschickt mit der Nachricht, ihn am Nachmittag in dem Wäldchen zu treffen. Aus Neugier war Bjorn dem Ruf gefolgt. Ungeduldig wartete er nun darauf, dass Hrolf sich erklärte.

Hrolf grinste nur und stemmte einen Fuß gegen den Baumstamm. Er zog einen Dolch aus einer Scheide an seinem Stiefel und wischte sich mit dem Ärmel den Schweiß von der Oberlippe. „Ich nehme an, du fragst dich, wieso ich dich gerufen habe?"

Bjorn neigte gereizt den Kopf.

Hrolf hob die Brauen. „Es scheint, Ejnar erachtet dich seiner Tochter nicht würdig", sagte er endlich. Zufrieden mit dem Blick, den Bjorn ihm zuwarf, stocherte er mit der Spitze seiner Klinge zwischen seinen Zähnen herum, während er begierig Bjorns Reaktion erwartete.

Bjorn reckte das Kinn. „Du rufst mich am helllichten Tag? Ich riskiere alles, um persönlich zu kommen – um mir so etwas anzuhören? Nei, Hrolf, das glaube ich nicht. Wenn Ejnar sich entschlossen hätte, keinen Handel mit mir zu schließen, hätte er sich einfach nicht mehr gemeldet. Ich denke, du hast einen Vorschlag für mich."

Hrolf nickte. „Du warst schon immer recht schlau", erwiderte er. Sein Blick wanderte kurz zu der Klinge in seiner Hand und kehrte dann zu Bjorn zurück. Er musterte ihn aus funkelnden Augen. „Ich frage mich, was wäre, wenn du an Alariks Stelle die Stellung des Jarls inne hättest", deutete er verschlagen an.

Bjorns Hand wanderte zu seinem Schwert und zog es. Das Metall glitt mit einem Zischen aus der Scheide. „Ich habe nie Alariks Stellung begehrt", sagte er hitzig.

Hrolf verharrte, den Dolch in der Hand, und erwartete Bjorns Angriff. Als keiner kam, lachte er spöttisch. „Du lügst!"

Bjorn stürzte auf ihn zu, doch Hrolf wich aus und baute sich wieder mit gezücktem Dolch vor ihm auf. Seine Augen verengten sich und seine Lippen verzogen sich zu einem bösen Lächeln. „Ejnar betrachtet immer noch Alarik als die beste Partie für seine Tochter", offenbarte er. „Er ist überzeugt, wenn er die Französin umbringt, wird Alariks Interesse an Nissa zurückkehren."

„Zurückkehren?", knurrte Bjorn und schlug mit seinem Schwert nach dem Baum. „Mein törichter Bruder hat sie nie gewollt! Verdammter Ejnar! Verflucht soll mein Bruder sein!" Er wandte sich zu Hrolf und war bereit, ihm zuzuhören.

Hrolf nickte. „Ganz meine Meinung. Du und ich verstehen das, aber Ejnar weigert sich, es anzuerkennen. Allerdings ... er kann ein sehr überzeugender Mann sein."

Er gab Bjorn einen Moment, um die Bedeutung zu verdauen, bevor er fortfuhr: „Es ist mir gleich, ob Alarik das Weib will oder nicht. Mich besorgt nur, dass die Französin, zusammen mit Olav und dem Mönch, Alariks Geist vergiftet ... dass Alarik sich bald vom alten Weg abwenden wird, wie Olav es getan hat. Würde er Ejnars Tochter heiraten, fürchte ich die Macht, über die er verfügen würde. Denk darüber nach, Bjorn!"

„Ich kann dir jetzt schon sagen", widersprach Bjorn, allerdings nicht sonderlich leidenschaftlich, „dass Alarik sich nie zum christlichen Glauben bekennen wird. Ich sollte es wissen, er ist schließlich mein Bruder."

„Ja, nun ..." Ohne Warnung trieb Hrolf sein Messer in den Baum hinter Bjorn. Der knöcherne Griff bebte unheilvoll. „Wir wissen beide, welchen Wert er dem in letzter Zeit beigemessen hat." Er hob herausfordernd eine Braue. „Nicht wahr, Bjorn?"

„Das geht dich nichts –"

„Ich frage mich, wieso er sich dieser Tage so oft bei der *kirken* sehen lässt", warf Hrolf barsch ein. „Er schien sich vorher nicht um den Ort zu scheren."

„Es ist kein Geheimnis, dass er sich nach der kleinen Französin verzehrt."

„Nei, aber erinnere dich an meine Worte – es ist nur eine Frage der Zeit, bis er dieselben strengen Methoden einführt, derer sich Olav bedient."

Hrolf schnappte sich seine Klinge und starrte Bjorn verärgert an. Er steckte den Dolch wieder in die Scheide an seinem Stiefel. „Jedenfalls bin ich hergekommen, um dir eines mitzuteilen: Solltest du dich gegen deinen Bruder stellen wollen, hast du meine Unterstützung ... ebenso wie die anderer, denn auch ich bin nicht zufrieden, bei Ejnar zu sein. Es gibt nichts für mich zu gewinnen, wenn ich bei dem Dänen bleibe."

Bjorn richtete sich zu seiner vollen Größe auf und hob eine dunkelblonde Braue. „Was du vorschlägst, ist Verrat."

„Was ich vorschlage, ist Freiheit von Olavs Verfolgung", erwiderte Hrolf. „Denk darüber nach, Bjorn ...

du könntet beides haben, die Position des Jarl ... und auch Nissa. Überleg es dir zumindest", schlug er vor. „Und dann lass mich wissen, wie du dich entscheidest."

Da er alles gesagt hatte, was er wollte, wandte er sich um, ergriff die Zügel und stieg wieder in den Sattel.

Bjorn sah ihm wortlos zu und runzelte die Stirn.

„Du wirst nichts mehr von Ejnar hören – nicht direkt", sagte Hrolf. „Wie du so treffend geraten hast, betrachtet er es als unter seiner Würde, deiner Bitte stattzugeben. Also ... Du solltest meinen Rat gut überdenken."

Damit wendete er sein Pferd, drehte sich jedoch noch einmal um und fügte hinzu: „Oh, und Bjorn ... Du solltest nicht vergessen, sobald Alarik sich Ejnar durch den Bund der Ehe angeschlossen hat, wird für dich alles verloren sein. Melde dich bald bei mir." Damit wandte er sich wieder um und ritt aus dem Wäldchen heraus. Bjorn blieb zurück und fühlte sich machtloser als je zuvor.

Tatsächlich schätzte Bjorn seinen Bruder – auch wenn sie so wenig gemeinsam hatten. Aber was, wenn Hrolf die Wahrheit sprach? Er würde sich nicht zwingen lassen – er weigerte sich, diesen neuen Glauben anzunehmen!

Und dann war da noch Nissa ...

Er schaute zu, wie Hrolf sich entfernte. Dann drehte er sich um und kehrte zum Anwesen zurück. Hrolfs Worte köchelten wie ein bitterer Trank in seinem Kopf.

❦

ALARIK ZOG PLÖTZLICH DIE ZÜGEL AN, ALS ER DEN einsamen Reiter erblickte, der aus dem Wäldchen kam. Selbst aus der Entfernung erkannte er den feurigen Schopf.

Hrolf Kaetilson.

Er versteifte sich, als Augenblicke später auch Bjorn aus dem Dickicht ritt und auf das Anwesen zu galoppierte. Sein Bruder war offensichtlich so abgelenkt, dass er nicht bemerkte, dass er Publikum hatte.

Alariks Augen verdunkelten sich, während er Bjorn hinterher sah. Er schwankte zwischen Wut und Reue, dann fluchte er leise und trieb sein Pferd an, um ihm zu folgen.

KAPITEL 27

Alarik und Elienor kamen bloße Augenblicke nach Bjorn am Anwesen an. Da Alarik wusste, dass Bjorn direkt zum Stall reiten würde, zog er vor dem Langhaus die Zügel an und rüttelte Elienor wach. „Elienor", sagte er heiser.

Schläfrig hob sie ihren Kopf.

„Wacht auf!", befahl er und der schroffe Ton warnte sie sogleich vor seiner düsteren Stimmung. Sie richtete sich auf. Er stieg ab und zog sie ebenfalls vom Pferd. „Ich möchte, dass Ihr zum *eldhus* geht."

Verwirrt durch ihren kurzen Schlummer fragte sie: „In die Küche?"

Alarik nickte knapp. Ein Muskel an seinem Kiefer zuckte. „Sagt Alva, sie soll das Auftragen des *aftensmat* verschieben."

Elienor nickte, erstaunt über seinen Stimmungswechsel und wandte sich zum Gehen.

Er beobachtete sie einen Moment, um sich davon zu überzeugen, dass sie ihm gehorchte. Dann suchte er Olav.

Er fand seinen Bruder im *skáli*, wo er am Tisch auf dem Podium saß, ein Trinkhorn in der Hand. Als er sich den Weg zu seinem Halbbruder bahnte, war seine Miene düsterer als die schwärzeste Nacht, sodass Olavs

Hand, die das Gefäß an seinen Mund führen wollte, in der Luft erstarrte.

Nachdem er sich überzeugt hatte, dass Bjorn nicht anwesend war, schickte er alle aus der Halle und befahl ihnen, nicht zurückzukehren, bevor das Abendessen serviert wurde. Erst als er vor dem Podium ankam, öffnete er den Mund.

„Verräterischer, wehleidiger Dummkopf!", verkündete er. Dann riss er sich den Mantel vom Leib und warf ihn über den Tisch auf seinen Stuhl an Olavs Seite.

Olav schaute überrascht drein. „Meinst du mich?"

Alariks Gesicht verzog sich vor kalter Wut. „Nei. Bjorn! Vor einer Woche hat man mir berichtet, er hätte einen Boten aus Gryting losgeschickt. Der Mann wurde bis weit ins Gebiet des Dänen verfolgt." Er stieß eine Reihe von Flüchen aus. „Heute Nachmittag hat er sich mit Hrolf Kaetilson getroffen. Loki soll den Jungen holen!", brüllte er. „Es hat ihm nie etwas unter meinem Dach gefehlt!"

Olav stellte das Horn ab. „Könnte er Hrolf nicht einfach ungewollt getroffen haben?"

Alarik schlug wütend mit der Faust auf den Tisch. Ihm war gleich, dass er mit der zornigen Geste seinen Schwertarm in Mitleidenschaft ziehen könnte. „Nei!", rief er. „Verflucht soll er sein – eintausend Mal verflucht!"

„Was hast du vor?", fragte Olav ruhig.

Er verstand Alariks Ausbruch gut, denn Alarik hatte den Jungen lange verwöhnt. Sogar als Bjorn sich bedroht gefühlt hatte, nur weil Olav in ihr Leben getreten war, hatte er seinen verletzten Stolz beruhigt.

Olav hatte seinen Vater nie gekannt, denn er hatte das Pech gehabt, in dem Jahr nach dessen Tod auf die Welt zu kommen. Da seine Mutter inmitten derer, die die Nachfolge seines Vaters antreten wollten, um das Leben ihres Sohnes fürchtete, nahm sie Olav und floh. Erst als erwachsener Mann war er allein zurückgekehrt.

Es war unglaublich, die Brüder nebeneinander zu sehen, denn außer der Farbe ihrer Augen und Haare gab es kaum Unterschiede zwischen ihnen.

Es gab Zeiten, in denen Olav Alarik beneidete, da er ihren Vater gekannt hatte. Doch es ging nicht so weit, dass er seinem Halbbruder deswegen böse war, denn Alarik war in vielerlei Hinsicht ein verwandter Geist.

Bjorn jedoch war eine ganz andere Sache.

Olav und Bjorn waren nicht blutsverwandt außer über Alarik, noch brachten sie einander viel Zuneigung entgegen. Von Anfang an hatte Bjorn Olav übel genommen, dass er zwischen ihn und Alarik getreten war, denn der junge Bjorn hatte seinen älteren Bruder verehrt. Olavs Ankunft hatte einen Keil zwischen sie getrieben, auch wenn es Olav inzwischen gleich war. Bjorn hatte jeden Versuch Olavs, sich mit ihm anzufreunden, zurückgewiesen.

Dennoch hätte Olav Alarik gern den Schmerz von Verrat erspart. „Vielleicht könnte mein kleines Vorhaben mit Burislav nützlich sein?"

Alarik seufzte tief und stützte sich schwer auf den Tisch. Er blickte zu Olav auf, die Augen rot gerändert und glänzend. Dann entdeckte er das Lederband mit dem Ring um Olavs Hals. Eine nie zuvor gekannte Wut erfasste ihn, als er das Schmuckstück anstarrte. König oder nicht, Bruder oder nicht, er wollte sich über den Tisch stürzen und Olav mit dem Lederband, das den Ring hielt, erdrosseln. „Ich habe keine Ahnung, was ich tun soll", räumte er angespannt ein. „Aber es wäre gut, wenn wir es für uns behielten ... für den Moment ... bis ich sicher sein kann, was er vorhat." Wieder schlug er auf den Tisch und fluchte.

Olav nickte. „Einverstanden. Wir warten, bis –"

„Wo hast du den Ring her?", verlangte Alarik mit gepresster Stimme zu wissen. Tausende Möglichkeiten rasten durch seinen Kopf, keine von ihnen gefiel ihm, denn Elienor trug den Ring immer bei sich, gut versteckt unter ihrem Gewand. Seine Augen glühten vor Wut.

Olav runzelte die Stirn und seine Hand wanderte zu dem Lederband. Er öffnete den Mund, doch dann blickte er über Alariks Schulter. Eine Bewegung an der Tür hatte seine Aufmerksamkeit erregt. Seine schlauen Augen begegneten Bjorns blauen und dann Alariks eisengrauen. „Wenn man vom Teufel spricht", sagte er leise.

Alarik wirbelte herum, um sich seinem jüngsten Bruder zuzuwenden. Er zwang sich, die Fassung zu bewahren. Verflucht sollte der dumme Junge sein! Ein Teil von ihm wollte Bjorns Herz herausschneiden – ihn durch die Blutadler-Folter hinrichten lassen – seine Lungen herausreißen! Doch er bemühte sich, seine Gesichtszüge zu kontrollieren, um seinen Zorn zu verdecken. Er versuchte ein Lächeln und umfasste Bjorns dargebotenen Arm.

„Mein Bruder?", sagte Bjorn misstrauisch. Alarik nickte und Bjorn fuhr bei dem unerbittlichen Griff um seinen Arm zusammen.

Bjorn drehte sich zu Olav. Seine Mundwinkel zuckten, als er Olavs ernste Miene bemerkte. Olav beobachtete sie, als erwartete er, dass jeden Moment etwas Schlimmes passieren würde.

„Alarik!", protestierte Bjorn, als Alarik seinen Arm nicht wieder losließ. Er legte die andere Hand über Alariks Faust und zerrte an den Fingern seines Bruders. „Mein Arm!", rief er. „Fürwahr, mein Bruder, manchmal glaube ich, du vergisst deine eigene Stärke."

Alarik verzog leicht die Lippen, als er Bjorn losließ. Ein breiteres Lächeln brachte er nicht zustande. „Wir haben dich heute vermisst", sagte er sanft, viel zu sanft. „Wo bist du gewesen?"

Die Stille in der Halle war greifbar.

Bjorn schaute wieder zu Olav und bemerkte, wie unbehaglich dieser mit seinen Fingerspitzen auf dem Tisch trommelte. Sein Blick ruhte auf Alarik.

„Alarik?", warf Olav ein. „Vielleicht würde Bjorn sich uns gerne anschließen."

Alarik sah Bjorn durch verengte Augen an und runzelte die Stirn. Er machte keine Anstalten, Olav zu antworten. „Du hast dich sicherlich mit irgendeinem Frauenzimmer versteckt, nicht wahr?", fragte er Bjorn.

Seine Augen blitzten, als Bjorn nickte. „Nun denn, ich hoffe, sie war es wert."

„Das war sie tatsächlich!", erwiderte Bjorn.

Alarik deutete auf seinen Tisch. „Willst du dich uns nicht anschließen, mein Bruder?"

Bjorn Brauen stießen zusammen. Er spürte, dass Alariks Frage eher ein Befehl war. Unbeholfen umrundete er den Tisch und begab sich zu seinem Platz zu Alariks Linken, mit Abstand zu Olav. Als er sich niederließ, warf er Olav einen missmutigen Blick zu. Er empfand einen Stich der Reue über die Entscheidung, die er gefällt hatte, als er heimgeritten war – doch nur einen leichten, denn in seinem Herzen spürte er, dass sein Entschluss am besten für das Anwesen und seine Bewohner war.

Hrolf hatte recht.

Alarik dachte nicht vernünftig – nicht wenn er einer Meinung mit Olav war.

Die Luft in der Halle schien vor Spannung zu knistern, als Elienor eintrat. Sie spürte die Unruhe deutlich. Als Alarik sie zu sich winkte, widerstand sie dem Drang, an ihm vorbei in sein Schlafzimmer zu flüchten – *sein* Schlafzimmer, denn sie konnte es immer noch nicht als ihres bezeichnen, obwohl sie ihre Nächte dort verbrachte, in seinen Armen.

Es gehörte ihm.

So wie sie selbst, mehr als sie es wahrhaben wollte.

Während sie zum Podium ging, stieß Alarik Bjorn mit dem Ellbogen an und sprach leise mit ihm. Elienor verstand nichts davon, doch sie musste nicht lange raten, was gesagt worden war, weil Bjorn plötzlich aufstand und die Bank umwarf. Er stand breitbeinig da und aus seinen Augen schoss Elienor Hass entgegen. „Du verdrängst mich für sie?" Seine Stimme wurde lauter. „Für sie! Nei! Ich werde mich nicht umsetzen!"

„Das wirst du", erwiderte Alarik leise.

„Das werde ich nicht!", brüllte Bjorn.

Alarik stand auf und schob dabei seinen Stuhl zurück. Seine Hand wanderte zu seinem Schwertheft. „Das wirst du! Und du wirst es jetzt tun", sagte er drohend.

Bjorns Wut brach in einer Reihe von Flüchen aus ihm heraus. Elienor hatte nie solche Worte gehört. „Dann nimm meinen Platz – gib ihn der Hure!" Damit trat er die Bank zur Seite und marschierte davon, ohne sich umzusehen. Elienor erbleichte bei dem Blick, den er ihr im Vorbeigehen zuwarf. Sie schaute Olav an. Dann Alarik. Dann wieder Olav.

Olavs grünen Augen entging nichts. Er hob fragend eine Braue und etwas an seinem Blick rief in ihr eine Erinnerung hervor. Etwas an der Intensität seines Blicks.

Irgendetwas ...

Sie fühlte sich plötzlich schwindlig und streckte die Hand aus, um sich zu stützen. Der Raum verschwamm vor ihren Augen und alles wurde für einen Moment schwarz. Sie sah ihn wieder am Bug stehen – Olav. Er war es, das wusste sie, denn die Augen waren grün. *Grün.* Der Schiffsbug verwandelte sich vor ihren Augen in den Kopf einer Schlage. Im einen Moment hielt Olav sich daran fest, im nächsten lag er im Wasser. Sein blutroter Mantel schwebte hinter ihm in die tiefe blaue See.

„Elienor?" Alariks Stimme drang durch ihre betäubten Sinne.

Doch sie konnte sich nicht von dem Traumbild lösen. Etwas hielt sie weiter fest. Sie war sich flüchtig bewusst, dass er auf sie zuging, dann verdichtete sich die Vision vor ihren Augen. Sie sah ihn auf seinem eigenen Schiff. Er bemerkte ebenfalls, dass Olav ins Meer fiel. Sein Gesicht verzerrte sich. Er war hin- und hergerissen, unsicher, ob er sie retten ... oder seinem Bruder hinterherspringen sollte. Im Bruchteil einer Sekunde traf er eine Entscheidung – er eilte zu ihr. Wie ein Falke segelte er durch die Luft und über das aufgewühlte Wasser auf sie zu. Im selben Moment wirbelte eine funkelnde Axt auf seinen Rücken zu.

Elienor schrie auf. Ihre Knie wurden schwach.

„Elienor?" Alarik schüttelte sie heftig. Der schmerzhafte Griff um ihren Arm brachte sie zurück. „Elienor?"

Sie war sich plötzlich bewusst, dass er sie stützte. Sie richtete sich auf, doch ihr Schwanken ließ ihre Worte nicht gerade glaubhaft wirken. „Es ... Es geht mir gut", sagte sie viel zu schnell und brach ab. Sie blickte auf ihre Hände und ihr Herz pochte unruhig.

Kein Blut.

Da war kein Blut.

Sie schaute wieder zu ihm auf, vor Entsetzen wie betäubt.

Alarik stand leibhaftig vor ihr. Doch ihr Traum sagte seinen Tod voraus. Ihr Blick wanderte zu Olav, der noch immer am Tisch saß, und kehrte dann zu Alarik zurück. Sie zitterte. Beide! Beide würden sterben – nicht einer von ihnen! Bei der Erkenntnis wurde ihr plötzlich übel. „Ich ... Ich ... Ich bin nicht hungrig!", rief sie und drängte sich an ihm vorbei.

Um den Blicken zu entkommen, floh sie in Alariks Kammer und schlug verzweifelt die Tür hinter sich zu.

Alarik sah zu Olav und zuckte die Achseln. Er hatte keine Ahnung, was auf einmal über Elienor gekommen war, doch was immer es war, er würde es herausfinden. Bei Gott, sie hatte ihn einmal zu oft mit solch betäubtem Schrecken in den Augen angeschaut!

Er folgte ihr in sein Schlafzimmer und fand sie dort

auf dem Bett liegend. Als er die Tür öffnete, setzte sie sich mit bleichem Gesicht auf.

Elienor konnte nicht aufhören, zu zittern. „Es war Olav!", murmelte sie voller Schmerz. Tränen glänzten in ihren Augen.

„Was hat er getan?" Alarik ergriff ihre Hände. Sie waren feucht und klebrig von kaltem Schweiß. Er glaubte, er würde seinen Bruder umbringen, sollte er ihr irgendwie geschadet haben.

Dennoch erfüllte ihn die verwegene Hoffnung, dass sie Olav den Ring vielleicht doch nicht freiwillig gegeben hatte.

Verwirrt und beschämt ließ er den Kopf hängen. Bei Odins Atem, er wusste nicht, was er fühlen sollte. Olav war sein Bruder, durch das Blut ihres Vaters. Sein Bruder!

„Er ... Er sprang", stammelte Elienor. „Und dann kamt Ihr ... und da war Blut!" Sie schaute mit wildem Blick zu ihm auf. „Aber nein ... da war kein Blut", sagte sie nachdenklich.

Sie knabberte an ihrer Lippe.

„Ihr sprecht in Rätseln!", warf Alarik ihr vor. Er kniete vor ihr. „Elienor? Geht es Euch nicht gut? Hat Olav Euch etwas angetan? Sagt es mir!"

Elienor schüttelte seine Hand ab. Wie sollte sie es erklären, wenn es ihr das Leben kosten könnte? Sie sah wieder in sein Gesicht, sein schönes, verstörtes Gesicht.

Wie konnte sie es nicht zumindest versuchen? Sie konnte ihn nicht einfach sterben lassen.

Oder doch?

Er schaute sie an, als wäre sie verrückt, und ein Schauer überlief ihren Rücken, als sie sich daran erinnerte, wie ihre Mutter verfolgt worden war. Und darin lag die schreckliche Wahrheit – sie war verflucht, wenn sie es ihm sagte, und verflucht, wenn sie es nicht tat! Ihre Mutter war kaltblütig umgebracht worden. Non, sie konnte es ihm nicht erzählen. Er würde es nicht verstehen.

Außerdem verstand sie die Vision selbst nicht recht. Obwohl sie jedes Mal genau gleich war, war sie doch viel zu chaotisch. Elienor wusste nur, dass es für sie kein glückliches Ende geben würde.

Nimm so viel Glückseligkeit, wie du kannst, bien-aimée ... solange du kannst.

Sie blinzelte nicht einmal bei den Worten, die so deutlich in ihrem Kopf erklangen. Sie nahm sie fraglos hin. Wäre es so falsch?, fragte sie sich. Non, entschied sie. Sie atmete tief ein, beruhigte sich und versicherte ihm: „Es war nichts ... Es geht mir gut." Sie bemerkte, dass seine Hände über ihr Haar strichen. Der Blick seiner Augen war seltsam.

„Vielleicht solltet Ihr Euch ausruhen", schlug Alarik vor, dem die Blässe ihrer Haut auffiel.

Elienor nickte und er stand auf. Dennoch blickte er auf sie herab, als würde er bis ins Innerste ihrer Seele schauen wollen.

Mit dem Handrücken berührte er ihre Wange. „Schlaft. Alva wird Euch später Essen bringen."

Elienor nickte wieder und streckte sich auf dem riesigen Bett aus. Sie schloss die Augen, damit Alarik sah, dass sie ihm gehorchte, und war überrascht, wie schnell die Schläfrigkeit sie überkam.

Vielleicht war sie einfach übermüdet.

Vielleicht würden ihre Träume sich diesmal nicht erfüllen.

Während sie noch darüber nachdachte und es wagte, zu hoffen, und schlief sie langsam ein ...

Alarik wachte einen Moment über sie und grübelte über den entsetzten Blick, der in ihren Augen gestanden hatte, als sie im *skáli* zu ihm aufgeschaut hatte. Dann zog er die Felle bis zu ihrem Kinn hoch und deckte sie zu. Dabei bemerkte er, dass sie immer noch zitterte. Aus Angst vor ihm? Vor Abscheu? Er blieb nur so lange, bis er sicher war, dass sie eingeschlummert war. Danach ließ er sie allein und suchte nach Alva.

Wenn jemand wusste, wie man Informationen aus zurückhaltenden Seelen herausbekam, dann sie. Und die Frau, die so ruhig in seinem Bett lag, verschwieg ihm einige Geheimnisse. Bei dem Kreuz ihres Gottes, er plante, herauszufinden, was genau diese waren.

KAPITEL 28

Als Elienor erwachte, lag das Zimmer im Dunklen. Sie fragte sich, wo Alarik war – und auch, ob es Tag oder Nacht war. Ohne Fenster war es schwer, die Tageszeit zu schätzen. Sie streckte sich, um die Starre aus ihren Knochen zu vertreiben, richtete sich auf und gähnte. Sie hatte kaum die Füße über die Bettkante geschwungen, als Alva die Tür einen Spalt weit öffnete und hineinspähte.

„Oh! Ihr seid wach?" Sie trat ein, ein kleines Tablett in Händen. „Ich habe Euch Brot und Käse gebracht", sagte sie fröhlich. „Ihr seid sicher ganz ausgehungert."

Überrascht stellte Elienor fest, dass sie recht hatte, und fragte sich, woran das lag. Sie nickte, unterdrückte ein weiteres Gähnen und erinnerte sich dann, dass sie nicht am *aftensmat* teilgenommen hatte. „Danke", sagte sie.

Alva stellte das Tablett neben Elienor aufs Bett. „Der Jarl sagte, Ihr fühlt Euch unwohl?"

„Ein bisschen", gab Elienor zu. „Aber es ist jetzt besser. Wie lange habe ich geschlafen?"

„Nicht lange." Alva seufzte. „Der Jarl sagte, Ihr seid direkt vom *eldhus* hierhergekommen."

„Das bin ich", bestätigte Elienor und neigte neugierig den Kopf. „Alva ... wieso nennt Ihr ihn Jarl ... und nicht Alarik?"

Alva zuckte die Achseln. „Ich denke, weil er der Jarl ist", stellte sie nüchtern fest. „Ich habe nie daran gedacht, ihn bei seinem Vornamen anzusprechen. Warum?" Sie ergriff einen Schürhaken und stocherte damit in der Feuergrube, um diese erneut anzufachen.

Elienor nahm ein Stück Brot vom Tablett und hob die Schultern. „Ich habe mich nur gewundert, das ist alles" Sie biss hinein und beobachtete Alva bei ihrer Aufgabe. „Und wie habt Ihr ihn genannt, bevor er Jarl wurde?"

„Neffe", erwiderte Alva mit einem gleichgültigen Schulterzucken. „Der Jarl hat nie viel auf Formalitäten gegeben", versicherte sie Elienor.

„Ich verstehe", antwortete die, obwohl sie nicht verstand. Sie runzelte die Stirn, als sie sich daran erinnerte, wie Alarik verlangt hatte, dass sie seinen Vornamen benutzte.

„Sagt mir, Elienor ..."

„Hmmm?"

„War es Euer Bauch, der Euch Unwohlsein verursachte?"

„Oh, non", erwiderte Elienor leise und wünschte, es wäre so einfach. Dennoch wollte sie es lieber nicht weiter ausführen. „Wo ist Alarik?", fragte sie, um das Thema zu wechseln.

„Ich bin nicht sicher!", sagte Alva schnell. „Sagt mir ... war es Euer Kopf?"

Elienor seufzte schwer. Ihr Kopf, in der Tat. „Oui", gab sie zu und legte das angebissene Stück Brot ab. „Mein Kopf schmerzte." Plötzlich fühlte sie sich nicht mehr hungrig. „Alva ... habt Ihr zufällig ... einen Zweig Rosmarin?"

Alva hielt in ihrem Tun inne, blickte Elienor über das wieder entfachte Feuer an und runzelte die Stirn. „Rosmarin?"

„Rosmarin", bestätigte Elienor nickend. Mutter Heloise hatte geschworen, das Kraut würde Albträume verscheuchen und auch wenn es oft nicht gewirkt hatte, war sie langsam verzweifelt. „Um ihn unter mein Kissen zu legen ..."

Alva verzog ihr rundes Gesicht. „Eigenartige Kur für Kopfschmerzen!", bemerkte sie. Doch als sie Elienors Miene sah, räumte sie ein: „Wenn es Euch beruhigt, werde ich danach schauen." Sie wiegte den Kopf von einer Seite zur anderen. „Vielleicht ist es Eure Wunde, die Euch immer noch quält", vermutete sie.

Elienors Finger wanderten zu ihrer Schläfe. Alles, was davon geblieben war, war eine erhabene Narbe, die sie nicht schmerzte. „Vielleicht", log sie.

Ein entfernter Schrei erregte plötzlich ihre Aufmerksamkeit.

Sie hob die Brauen. „Alva ... habt Ihr das gehört?"

Alva neigte den Kopf. „Ich ... Ich bin nicht sicher ... aber ich glaube schon ..."

Auf einmal klang es, als würde eine Herde wilder Tiere durch die Halle nebenan stürmen. Wortlos eilte Alva zur Tür und riss sie auf. Sie schaute entsetzt zu, wie alle Anwesenden aus dem *skáli* rannten. Dann wandte sie sich mit bleichem Gesicht zu Elienor. „Feuer", sagte sie leise und schwankte, als würde sie in Ohnmacht fallen.

„Die *kirken* brennt!"

⚜

ALARIK STÜRMTE AUS DER HALLE. ER WAR DANKBAR, dass Sleipnir noch da stand, wo er ihn zurückgelassen hatte. Er sprang in den Sattel und wartete nicht ab, wer ihm folgen würde.

Schon jetzt loderte die gespenstische orangefarbene Helligkeit des Feuers in den Nachthimmel.

Das Prasseln der Flammen verstärkte sich, als Sleipnirs fliegende Hufe auf ihrem Weg ins Tal Erde und Schnee in die Luft wirbelten. Wut brannte in Alariks Bauch, als er sein Pferd weiter antrieb – nicht dass er fürchtete, das Feuer könnte sich ausbreiten. Die abgelegene kleine Kirche stand zu weit vom Rest des Anwesens entfernt, um andere Gebäude zu gefährden, und auch der liegengebliebene Schnee würde den Brand aufhalten.

Er erreichte das wütende Inferno weit vor den anderen, sprang von seinem Pferd und fluchte heftig.

Sie waren zu spät.

Das kleine Gebäude war vollends verschlungen.

Olav zog die Zügel an, glitt aus dem Sattel und murmelte wütend. Bruder Vernay, der fast den ganzen Weg zum Haupthaus gerannt war, um Alarik zu holen, kam taumelnd zum Stehen.

Hinter ihm folgten seine Leute, viele mit hastig gefüllten Eimern auf den Schultern.

„Seigneur!", keuchte Vernay. Sein Gesicht war rot im Schein des wütenden Feuers. „Es war Hrolf! Ich ..." Er hielt inne, um nach Luft zu schnappen, und sah aus, als würde er gleich weinen. „Ich ... Ich konnte sie nicht aufhalten! Verloren!", jammerte er. Sein Atem bildete weiße Nebelwölkchen in der eisigen, durch das Feuer erhellten Nacht. „Alles verloren!" Er reckte die Hände gen Himmel. „Unsere ganze kostbare Arbeit!"

„Heidnische Schweine!", brüllte Olav zornig und stolperte rückwärts, als das Dach zerbarst und es glühende Teile regnete.

Hilflos in seiner Wut fluchte Alarik erneut. Er wedelte die feurigen Flocken weg, die auf sein Gesicht und Haar herabsanken.

„S-Seigneur", fuhr Vernay immer noch atemlos fort. Alarik wandte sich dem Mönch zu. Das Feuer in seinen Augen brannte heißer als das in seinem Rücken. Vernay fiel auf die Knie. „Sie haben mir eine Nachricht für Euch aufgetragen. Hrolf befahl mir, Euch mitzuteilen, dass Ihr die *kirken* nicht wiederaufbauen sollt ... wenn Euch etwas an dem liegt, was Ihr besitzt.“

Ein erstauntes Murmeln kam von den Versammelten, auch wenn sie sogleich verstummten, als Alarik auf Vernay zutrat.

Der Ausdruck in Alariks Augen ließ den Mönch zurückweichen. „S-Seigneur?“, flehte er, „Ich bin nur der Bote! Die kleine Kirche trug auch alle meine Hoffnungen! Bitte, Seigneur!“

„Niemand“, brüllte Alarik und packte Vernay an seiner Kutte, „niemand sagt mir, was ich auf meinem Land bauen kann!“

Bjorn drängelte sich durch die Menge nach vorne. „Ich dachte, die *kirken* bedeutet dir nichts, mein Bruder?“, provozierte er ihn. „Ich dachte, du hättest sie nur errichtete, um Olav zu besänftigen? Wieso sollte es dich kümmern, dass sie in Trümmern liegt?“

Schweigen begegnete seinen anklagenden Fragen. Alarik ließ den zitternden Mönch los. Vernay fiel vor seinen Füßen zu Boden. Für einen kurzen Moment wanderte Alariks zorniger Blick zu Olav und beide fragten sich: War Bjorn an dem Feuer mitverantwortlich?

Die Hinweise schienen gegen ihn zu sprechen, denn er hatte den *skáli* vor einiger Zeit verlassen und war nicht zurückgekehrt ...

Bis jetzt.

Und er hatte sich mit Hrolf getroffen.

Dennoch konnte Alarik die Möglichkeit nicht akzeptieren. Er wandte sich zu seinem jüngsten Bruder und hielt seine Wut im Zaum. Doch Bjorn gab noch nicht nach.

„Lass die *kirken* in ihrer dreckigen Asche liegen!“, beharrte Bjorn „Vielleicht schickst du dann auch die französische Furie dorthin zurück, wo sie herkommt!“

Allein bei dem Gedanken, dass Elienor ihn verlassen könnte, erfasste ihn eine nie gekannte Panik. „Nei!“, brüllte er und stürzte sich auf Bjorn. Er ergriff seinen Bruder an dessen wollenem Hemd und zerriss es fast in seiner Wut. Er schüttelte Bjorn heftig. „Das werde ich nicht! Hörst du? Das werde ich nicht! Die *kirken* wird wiederaufgebaut!" Er sah sich nach seinen Leuten um, die ihn mit aufgerissenen Augen anstarrten. Sie wichen zurück; noch nie hatten sie ihn so zornig gesehen. „Jeder, der sich mir entgegenstellt", schrie er und sah einen nach dem anderen an, „jeder! – einschließlich dir, Bjorn", sein Blick kehrte zu seinem Bruder zurück und er schüttelte ihn erneut, „wird Dragvendil kennenlernen, bei Gott!"

Bjorns Augen sahen ihn anklagend an. „Welcher Gott, mein Bruder?", fragte er leise. Obgleich Alarik ihn immer noch am Hemd gepackt hielt und er in der Hitze von dessen Blick schmorte, wagte er, erneut zu fragen: „*Welcher* Gott?"

Alarik schüttelte ihn wütend. „Das ist gleich!", knurrte er. „Was ich in meinem Herzen glaube, geht nur mich etwas an und niemanden sonst!", verkündete er und ließ seinen Blick erneut über seine Leute schweifen.

Er schluckte, als seine brennenden Augen zu Bjorn zurückkehrten – Augen, die vom Rauch schmerzten, und von Tränen, die er nicht vergießen konnte – nicht vergießen würde. Er wollte Bjorn in diesem Moment anklagen, wollte ihn fragen, welche Dämonen ihn besessen hatten, dass er seinen einzigen Bruder verraten würde.

Er wollte auf die Knie fallen und vor Kummer um den Bruder, den er geliebt hatte und für den er gestorben wäre, zu weinen. Aber er sagte und tat nichts davon. Von der stummen Wut wurde sein Gesicht rot. Schließlich schubste er Bjorn mit kaum unterdrückter Gewalt in den schmelzenden Schnee. „Ich hätte mir meine Augen für dich ausgerissen, *Bruder*", sagte er mit voller Verachtung, „und sie dir gegeben ... hättest du nur gefragt!" Damit wandte er sich um und brüllte Befehle zum Löschen des Feuers.

❦

BEI TAGESANBRUCH KEHRTE ALARIK ZURÜCK.

Wie der Rest seiner Leute hatte Elienor den Vorfall an der *kirken* beobachtet, doch angesichts der aufgebrachten Gemüter hatte Alarik sie sogleich zum Langhaus zurückgeschickt, da er um ihre Sicherheit fürchtete. Er wusste genau, dass einige Bjorns Meinung teilten ... doch im Gegensatz zu Bjorn würden sie ihn nie verraten. Im Gegensatz zu Bjorn schienen sie zu wissen, dass er ihnen nie etwas aufzwingen würde. Wenn er es gewollt hätte, hätte er es vor langer Zeit getan, als Olav sich zum Christentum bekannt hatte.

Er stürmte in seine Kammer, rußschwarz und durchnässt von Schweiß und geschmolzenem Schnee. Elienor saß auf dem Bett und wrang die Hände. Sie keuchte überrascht bei seinem Anblick und sprang auf.

Er sah aus wie ein Dämon, das Gesicht mit Asche und Ruß bedeckt, sein gutes Hemd zerrissen und geschwärzt, und doch verspürte Elienor den unglaublichen Drang, sich in seine Arme zu werfen.

Er wandte den Blick ab und schlug die Tür hinter sich zu. „Olav wartet in den Stallungen auf mich!", sagte er schärfer als beabsichtigt. Immer noch konnte er das Bild ihres Rings um Olavs Hals nicht abschütteln.

Elienor knetete die Hände. „Ihr werdet nach Hrolf suchen?", fragte sie zaghaft.

Alarik zog eine Grimasse, schälte sich aus seinem Hemd und warf es zu Boden. „Das werde ich", sagte er und begegnete ihrem Blick.

Elienors Herz machte einen Satz, als sie den Schmerz sah, der in seinen durchdringenden silbernen Augen stand. Verwirrt wandte sie ihr Gesicht ab. Ihr Herz zog sich zusammen ... aus Angst? Ihre Vision kam ihr wieder in den Sinn und sie fürchtete um seine Sicherheit. Mehr als alles wollte sie es ihm erzählen, doch sie wusste es besser.

Es wäre eine dumme Idee, denn er würde ihr ohnehin nicht glauben ...selbst wenn er sich entschließen sollte, sie nicht deswegen hinzurichten.

Er trat leise auf sie zu und hob ihr Gesicht mit einem Finger. „Tränen?", fragte er erstaunt. „Elienor ..." Er verengte die Augen. „Warum weint Ihr?"

Elienor riss ihren Blick los. Sie schüttelte den Kopf, konnte nicht sprechen.

„Die *kirken*?"

Sie nickte, auch wenn es nicht stimmte, und wischte die Tränen ab, die über ihre Wangen gelaufen waren.

Alarik schien enttäuscht. Er seufzte schwer, doch er zog sie trotzdem in seine Arme. „Die Kirche wird wiederaufgebaut", versicherte er ihr. „Das verspreche ich Euch."

Elienor hob ihr tränenverschmiertes Gesicht zu ihm und kämpfte eine neue Flut an Tränen zurück. „Ihr .... Ihr passt auf Euch auf?"

Er blinzelte, als hätte die Frage ihn überrascht, dann trat ein seltener, weicher Ausdruck in seine Augen. Er schaute sie an, erstaunt über ihre Bitte.

Alarik öffnete den Mund, wusste aber nicht, was er sagen sollte. Er schluckte und fürchtete, zu hoffen. Schließlich umfasste er Elienors Kinn mit seiner Hand und nickte. Er bückte sich, um ihre Lippen zu küssen, diese Lippen, die ihn für sie brennen ließen, die ihn immer noch erstaunten und quälten. „Passt auch Ihr auf Euch auf, meine kleine Nonne", wisperte er und löste seinen Mund von ihrem. Ihre Lider schlossen sich, als er auch diese küsste. Er schlang seine Arme um sie und drückte sie an sich. „Um sicher zu sein ... lasse ich meinen besten Mann, Sigurd Thorgoodson, hier, damit er über Euch wacht."

Der Zauber des Moments zerbrach.

Das lebhafte Bild, wie Sigurd nackt in Phillipes Burg um die Leichen tanzte, erschien in Elienors Kopf und ihre Augen weiteten sich erschreckt. „Non!", keuchte sie und riss sich von ihm los.

Ein Schatten legte sich über sein Gesicht. „Ich traue ihm mehr als meinen Verwandten", versicherte er ihr mit angespannter Stimme.

Elienor spürte den Schmerz unter seinen Worten und nickte widerstrebend. Ihr Blick wanderte gegen ihren Willen zu seiner bloßen Brust. Der Anblick ließ ihr Blut schneller fließen und sie konnte sich nicht von ihm losreißen.

Sein Lachen klang tief und voll. Es sandte Schauer durch ihren Körper.

Erfreut darüber, wie sie ihn anschaute, zog Alarik sie erneut in seine Arme. Er beugte sich herab, um sie zu küssen, konnte sie nicht verlassen, ohne sich noch einmal an der Süße zu laben, die sie ihm darbot. Eine Hand legte er an ihr Kreuz und drückte sie an sich, während er mit sanftem Druck ihre Lippen teilte. Elienor öffnete willig ihren Mund und wölbte sich ihm entgegen, um seinen Hunger in sich aufzunehmen. Sein Körper erwachte sofort.

Er genoss ihren Geschmack, mehr als er sich je hätte vorstellen können.

Es schien, als hätten die Franzosen noch mehr zu bieten als Schwerter und guten Wein.

Bei Gott, es wäre so einfach, sich zu verlieren ... so einfach, zu bleiben. Er zitterte angesichts des Verlangens, das seine Adern wie Blitze durchzuckte. Er presste sie an sich, erkundete ihren Mund gnadenlos.

Ihre Hände schlangen sich um seinen Hals und er stöhnte vor Qual, da er wusste, er konnte sie jetzt nicht haben.

Verdammt, er wollte nicht gehen, aber er konnte nicht bleiben ... und zulassen, dass die schmutzigen Täter in der Zwischenzeit entkamen.

Jetzt hatte er noch einen Grund mehr, um Hrolf Kaetilson zu töten.

„Elienor", murmelte er heiser. Er holte tief Luft und zügelte sich. Sein Herz hämmerte wie das eines milchgesichtigen Jünglings. „Wenn Ihr nur wüsstet, was Ihr mir antut ..." Er ächzte bedauernd. „Später", versprach er und bückte sich, die Spitze ihrer Brust zu küssen, die sich unter ihrem Gewand verbarg. Eine Bestätigung seines Worts.

Zu Elienors Scham erfreute sie sein sündiges Versprechen und ihre Knie wurden weich vor Erwartung. Danach ließ er sie los, wandte ihr den Rücken zu und ging zu seiner Truhe. Sie beobachtete, wie er den Deckel hob und erst ein frisches Hemd herausholte, dann sein Kettenhemd. Er legte es neben sich, während er das Obergewand überstreifte, dann kniete er und winkte sie mit einem Finger zu sich. „Ich kann mich nicht allein rüsten", sagte er und der Hauch eines Lächelns umspielte seine Lippen. „Kommt und helft mir, Elienor."

Elienor zögerte nicht. Alarik sah zu, wie sie sich ihm schweigend näherte, und er lächelte, als sie damit kämpfte, sein schweres Kettenhemd anzuheben.

Elienor schoss das Blut in die Wangen. „Ich wusste nicht, dass es so schwer ist!"

„Es ist größer als die meisten, glaubt mir." Seine dunklen Augen glitzerten.

Zusammen führten sie das Kettenhemd über seinen Kopf und als es saß, ließ sie sich wieder auf dem Bett nieder und beobachtete, wie er seine Schwertscheide gürtete. Er nahm seinen blutroten Mantel von der Truhe, legte ihn sich locker um die Schultern und befestigte ihn mit einer Brosche, die aussah wie eine glühende Sonne mit einem Falken in der Mitte. Endlich griff er nach seinem Schwert, musterte es aufmerksam und fuhr mit den Fingern über die Runen, die sorgfältig in die schimmernde Klinge geritzt waren.

„Was bedeuten sie?", fragte Elienor und neigte in kaum verhohlener Neugier den Kopf zur Seite.

Alarik folgte ihrem Blick und nickte verstehend. Seine silbernen Augen begegneten ihren veilchenblauen. „Dragvendil", erklärte er. „Es ist der Name meines Schwerts und das bedeutet, zum Ziehen bereit." Er betrachtete sie bedeutungsvoll von der Seite. „Genau wie ein anderes Schwert, das ich besitze."

Alarik bemerkte, wie sie bei dieser Offenbarung zitterte, wie sich ihre Augen weiteten. Sie wandte sich ab und er sagte sich, dass es ihm gleich war, ob sie ihn immer noch fürchtete.

Aber das stimmte nicht.

Vielleicht könnte Alva ihm etwas berichten, wenn er zurückkehrte.

Wenn nicht, nun, vielleicht wollte er gar nicht wissen, was das Weib plagte.

Schließlich war sie sein, so oder so.

Und würde dies auch für immer bleiben.

Er würde sie nicht aufgeben – verflucht sollte ihr Onkel sein, die Kirche, Bjorn – Olav!

Mit einem unheilverkündenden Zischen glitt Dragvendil in die Schwertscheide. Der Gedanke an Elienors Ring am Hals seines Bruders drehte ihm den Magen um. Schweigend – er war nicht sicher, ob er seiner Stimme trauen konnte – griff er nach seinem Schild und blickte Elienor ein letztes Mal an. Dann nahm er seinen Helm und ging zur Tür.

Nichts an seinem Gang legte nahe, dass er innehalten würde, um sich von ihr zu verabschieden, doch auf der Schwelle fuhr er abrupt zu ihr herum und stand einen endlosen Moment wortlos und mit düsterer Miene da. Ihre Blicke trafen sich und hielten einander fest. Seine silbernen Augen drückten Sehnsucht aus ... als würde er noch etwas anderes von ihr erwarten, doch Elienor wusste nicht, was. Dann sahen sie für einen kurzen Moment traurig aus, als keiner von ihnen ein Wort sagte.

Seine Augen verengten sich zu Schlitzen. „Passt auf Euch auf, meine kleine Nonne", wisperte er mürrisch, „denn ich schwöre Euch, ich werde zurückkehren."

Mit diesem Versprechen verließ er sie.

KAPITEL 29

V*erloren.*
    Alles war verloren. All die langen Stunden des Abschreibens.
Alles.

Dennoch, die *kirken* selbst, die fast ausschließlich aus behauenen Steinen und Pech gefertigt war, stand verlässlich da. Es dauerte zwei Wochen, um das rußgeschwärzte Gebäude zu reinigen, und immer noch war Alarik nicht zurückgekehrt.

Jeden Tag sah Elienor mit Vernay zu, wie die Wiederherstellung der *kirken* voranschritt. Es ärgerte sie, dass sie so viel ihrer Zeit mit dem Kopieren verbracht hatte.

Sie würden von Neuem beginnen, hatte Bruder Vernay ermutigend gesagt, sobald es Frühling würde.

Doch der Frühling ließ sich nur flüchtig blicken; langsam schmolz der Schnee und das erste zarte Grün trieb schüchtern aus. Immer noch war Alarik nicht zurückgekehrt und Elienors Angst um ihn verstärkte sich mit jedem vergehenden Tag. Nachts konnte sie nicht schlafen. Sie lag im Bett und schalt sich selbst, dass sie so ein Feigling war und zuließ, dass Männer grundlos starben. Sie sagte sich, dass es einfach die Furcht davor war, was mit ihr passieren würde, sollte Alarik umkommen. Aber sie wusste es besser. Sie hatte Angst um ihn und mit jedem Morgen vertieften sich die dunklen Schatten unter ihren Augen.

Dennoch verrichtete sie im Tageslicht jede Arbeit, die Alva ihr auftrug, und ignorierte dabei sowohl ihr Herz als auch ihr Gewissen. Dies war, sagte sie sich, die einzige Möglichkeit, es auszuhalten.

An einem späten Frühlingsmorgen, als sie im *eldhus* damit beschäftigt war, Brotteig zu kneten, kam Alva zu ihr. „Ihr liebt ihn, nicht wahr?"

Elienor weigerte sich, es zuzugeben. Sie erwiderte nichts, wenngleich die Art, wie sie den Teig knetete, mehr sagte als jedes Wort.

Alva seufzte. „Meine Liebe ... man muss Euch nur anschauen, um es zu wissen."

Elienors Augen wurden feucht und sie blickte beschämt nach unten.

„Aber, aber! Wieso die Tränen? Erfreut Euch daran, meine Liebe, denn ich glaube, er liebt Euch auch."

Elienor schluckte und schüttelte den Kopf. Warum gab ihr diese Möglichkeit, so unwahrscheinlich sie war, ein noch schlechteres Gefühl?

Zweifellos weil sie sich entschieden hatte, ihn nicht zu warnen ... und nun könnte sie ihn verlieren – nicht dass sie ihn jemals wirklich gehabt hätte, erinnerte sie sich sogleich. Jesus ... sie war so verwirrt. Sie schluckte erneut, drängte wütende Tränen zurück und konnte nicht in Alvas wissende Augen blicken. Gott möge sie verfluchen, denn nicht nur war sie eine Lügnerin ... sie war unbestreitbar ein Feigling der schlimmsten Sorte!

„Bekümmert Euch noch etwas anderes, Elienor? Möchtet Ihr vielleicht darüber sprechen?"

Elienor schaute in Alvas besorgte blaue Augen. Wieso sollte sie es ihr nicht sagen? Was machte es schon, wenn Alarik ohnehin nicht zurückkam? Sie konnte es nicht ertragen! Schuld und Schmerz zerrissen ihr Inneres. Vielleicht war es Zeit, sich dem zu stellen, wofür sie bisher zu feige gewesen war. Was hatte sie zu verlieren?

Ihr Leben, erinnerte sie sich niedergeschlagen.

Doch was war das schon für ein Leben ...

Ohne ihn?

Elienor kämpfte die Tränen zurück und offenbarte Alva alles, leise, damit niemand sonst es hörte. Sie vertraute Alva, aber Nissa war auch da und beobachtete sie, und ihr traute sie ganz und gar nicht. Als sie fertig war, wartete sie angespannt auf Alvas Reaktion.

„Elienor!", tadelte Alva sie. „Das habt Ihr so lange zurückgehalten?"

Elienor runzelte die Stirn. Das war alles? Nichts weiter? In Frankreich hatten sie ihre Mutter getötet – sie selbst als Baby für den Großteil ihres Lebens ins Kloster verbannt – und Alva tat nichts weiter, als sie zu tadeln? Sie neigte den Kopf und ihre Brauen stießen zusammen. „Ich denke, Ihr versteht nicht, was ich Euch sage."

Alva schaute sie irritiert an. „Natürlich tue ich das! Im Nordland ist es kein Verbrechen, ein solches Talent zu besitzen, Elienor! Genau wie die *skalds* werden auch diejenigen, die mit der Voraussicht begabt sind, sehr geschätzt! Es stimmt", beharrte sie, als Elienor sie ungläubig anstarrte. „Tatsächlich sind es die Wahrsager, die am meisten verehrt werden, denn es gibt so wenige." Sie runzelte plötzlich die Stirn. „Dennoch hoffe ich, Ihr irrt Euch mit Eurer Vision ... Ihr sagtet, Ihr wärt bei diesem ... diesem Kampf dabei gewesen?"

Elienor nickte hoffnungsvoll.

„Dann ist vielleicht noch Zeit, um den Verlauf des Schicksals zu ändern. Lasst uns beten, dass dem so ist." Elienor folgte Alvas Blick und starrte in Nissas nordisch blaue Augen. Ein Schauer der Vorahnung überlief ihren Rücken.

„Ich wünschte jetzt, ich wäre eher zu Euch gekommen", wisperte sie.

Alva seufzte. „Was getan ist, ist getan", verkündete sie.

Elienor riss ihren Blick von Nissa los.

„Ihr dürft sie nicht beachten", betonte Alva. „Ich für meinen Teil kann es kaum erwarten, bis der Jarl sein Zuhause endlich von Ejnars Tochter befreit! Sie hat seit dem Tag ihrer Ankunft nichts als Ärger gemacht." In ihren Augen blitzte plötzlich Heiterkeit auf. „Ich verspreche Euch etwas." Sie löste eine der Broschen, die ihr Kleid zusammenhielten, und reichte diese Elienor. Dabei grinste sie schelmisch. Ihr Gewand hing nun an einer Seite bedenklich herab, doch das schien sie nicht zu bemerken. „Wenn der Jarl Euch nicht bei seiner Rückkehr seine Liebe gesteht, werde ich ihm dabei helfen. Doch für den Moment ... wette ich um diese Brosche, dass er bereits sein Herz an Euch verloren hat. Kommt schon ... nehmt sie!"

Elienor wehrte Alvas Hand ab und schüttelte den Kopf. „Das kann ich nicht!"

Alva lächelte nur und drückte Elienor die Brosche nachdrücklich in die Hand. „Ihr könnt", wisperte sie. „Und Ihr werdet. Behaltet sie, denn ich fürchte, ich habe die Wette schon längst verloren!" Ihrem Ton nach klang sie wie ein junges Mädchen in seiner ersten Verliebtheit.

Elienor sagte nichts, doch sie presste die Brosche an ihre Brust. Wagte sie es? Wagte sie es, zu hoffen?

Alva grinste und wandte sich ab. Sie schlenderte weg, um nach ein paar plappernden Frauen zu sehen. Doch anstatt sie zurechtzuweisen, schloss sie sich dem Gespräch an und kicherte fröhlich über etwas, das eine von ihnen sagte. Elienor staunte, wie einfach sie diese Leute angenommen hatte ... und diese sie. Sie hätte Alvas tragische Vergangenheit nie erahnt ... hätte diese es ihr nicht erzählt. Sie schüttelte bewundernd über Alvas Stärke den Kopf und bemerkte nicht, dass Nissa sich ihr näherte. Elienor keuchte überrascht, als Nissa ihr sanft eine Hand auf die Schulter legte.

„Ich hoffe, wir können unsere Vergangenheit vergessen“, sagte Nissa. Entschlossenheit leuchtete in ihren Augen.

Elienors Hände erstarrten. Sie hatte von Nissa eher die üblichen giftigen Bemerkungen erwartet und blinzelte überrascht bei der freundlichen Aussage.

„Bjorn hat um meine Hand angehalten“, erklärte Nissa, „also vielleicht ... vielleicht bleibe ich doch in Gryting.“

„Bjorn?“, wiederholte Elienor verblüfft. „Ich ... Ich freue mich für Euch – wirklich!“, bekräftigte sie und meinte es auch so. Sie lächelte zögerlich. Vielleicht irrte Alva sich in Bezug auf Nissa. Vielleicht war Nissa auch nur eine Spielfigur im Lauf des Lebens wie alle anderen auch? Ihrem Lächeln nach zu urteilen schien sie mit Bjorn zufrieden zu sein.

Verwirrung erschien für einen Moment in Nissas schönen blauen Augen. „D-danke.“ Sie schaute unsicher weg und etwas wie Reue sprach aus ihrer Miene, doch dann begegnete sie wieder Elienors fragendem Blick. „Jedenfalls“, fuhr sie mit fröhlicher Stimme fort, „Bruder Vernay hat mich gebeten, Euch zu sagen, dass er Euch in der *kirken* braucht. Ich mache hier für Euch weiter“, bot sie an und nahm Elienor den Teig aus der Hand. Sie sah auf und bemerkte, dass Elienor in nachdenklichem Schweigen verharrte. „Beeilt Euch“, drängte sie. „Ich fürchte, ich habe schon zu lange damit gewartet, Euch die Nachricht zu überbringen.“ Als Elienor misstrauisch wirkte, zuckte sie die Achseln und fügte hinzu: „Vernay und ich mögen einander nicht wirklich, fürchte ich.“

Elienor entspannte sich ein bisschen und unterdrückte angesichts von Nissas Formulierung ein Lächeln. Es war wohl eher so, dass die beiden einander verabscheuten. „Kein Problem", sagte sie und wischte ihre Hände an einem Tuch ab. „Ich gehe zu ihm."

Nissa erwiderte ihr leichtes Lächeln und nickte. Elienor drehte sich um und nahm ihren Mantel von einem Haken, bevor sie aus der Küche eilte. Sie hoffte nur, Bruder Vernay war das Warten noch nicht leid.

Als sie das *eldhus* verließ, sprang Frechdachs von dem Platz auf, an den er verwiesen worden war, und lief hinter ihr her. Er kläffte freudig. Elienor bückte sich, um seinen Kopf zu streicheln. Er wich ihr aus, forderte sie auf, ihn zu fangen, mit ihm zu spielen, und sie lachte. „Non, Frechdachs!" Sie kicherte wieder, als er bellte und in die Luft sprang. „Bruder Vernay erwartet mich!", sagte sie ihm. Dann ging sie weiter auf das Tal zu und ignorierte den Hund, der an ihren Fersen kläffte.

Was konnte der Mönch bloß von ihr wollen?, fragte sie sich, als sie ihre Röcke raffte und sich auf ein kleines Wettrennen mit Frechdachs einließ. Es würde noch Wochen dauern, bis sie mit der Abschrift von *l'ecriture sainte* fortfahren konnten.

Nun denn, seufzte sie, der Spaziergang würde ihr guttun. Sie brauchte dringend frische Luft nach der drückenden Hitze im *eldhus*. Fürwahr, selbst mitten im Winter war es in der Küche glühend heiß.

Zu ihrer Überraschung kam Frechdachs auf einmal schlitternd zum Stehen. Ungeschickt, wie der Welpe war, überschlug er sich einmal, blieb dann auf dem Hintern sitzen und begann zu bellen. Dabei schnupperte er aufgeregt. Sie lächelte, denn wenn sie es nicht besser wüsste, hätte sie geschworen, der Hund wollte sie zurück nach Hause schicken. Ungezogener Welpe! Elienor schüttelte belustigt den Kopf über Frechdachs' unablässiges Bellen. Vernay hatte ohnehin schon viel zu lang auf sie warten müssen. „*Pardon*, Frechdachs!", rief sie hinter sich. „Später!", versprach sie, „nachdem ich mit Bruder Vernay geredet habe." Ein Schauer überlief sie, als sie sich erinnerte, dass Alarik ihr genau dasselbe versprochen hatte. Wieder verdrängte sie den Gedanken, hob ihre Röcke an und rannte den verbleibenden Weg.

Je eher sie mit dem Mönch sprach, desto eher würde sie zurück im Anwesen sein.

Sie fand die neu eingehängte Türe der *kirken* halb offen vor. Sanft drückte Elienor dagegen, sodass sie weit genug aufschwang, um hineingehen zu können. Sie blieb jedoch auf der Schwelle stehen, um die neue Tür zu mustern. Bewundernd strich sie mit den Händen über das Holz und befand, dass Sigurds Werk ausgezeichnet war. Die Arbeit mit Holz schien ihm zu liegen. Etwas bitter dachte sie, dass es gut war, dass er noch andere Talente als Blutvergießen besaß.

Ein Prickeln überlief ihren Rücken und ein kalter Schauer der Vorahnung durchdrang sie wie ein Wintersturm.

Etwas war nicht in Ordnung.

Sie trat ängstlich in die Kirche und rief leise nach Bruder Vernay. Sie kam nicht umhin, zu bemerken, dass die Wände stellenweise immer noch schwarz verkohlt waren.

Ein weiteres Prickeln.

Vielleicht war es einfach das unheimliche Aussehen dieses Orts. Manches konnte nicht so leicht abgewaschen werden, überlegte sie. Sünden und Erinnerungen hatten es an sich, dass sie zurückkehrten, um einen heimzusuchen.

Ebenso wie prophetische Visionen.

Das Rascheln von Vogelflügeln erschreckte sie.

Mit einem überraschten Kreischen sah sie hoch und erblickte eine kleine Vogelschar, die von den Balken aufflog. Im Moment gab es noch kein Dach und wahrscheinlich hatte Elienors Eintreten sie vertrieben. Die Schreie der Vögel trugen noch weiter zu ihrem unbehaglichen Gefühl bei. Elienor ermutigte sich, indem sie sich sagte, dass es nur ihre angeschlagene Gemütsverfassung war, die sie so beunruhigte. Erneut schob sie ihre düsteren Gedanken fort und rief erneut nach Bruder Vernay. Es würde nicht mehr lange dauern, bis die Kirche vollends wiederhergestellt war ... vielleicht besser als zuvor.

„Alarik wird zufrieden sein", sagte sie seufzend und zog den Mantel enger.

Sie hatte nicht gemerkt, dass sie laut gesprochen hatte.

Noch bekam sie mit, dass in diesem Moment ein Schatten über den Altar fiel.

„Wird er das tatsächlich?"

Elienor erkannte die Stimme sogleich und wandte sich um. Ihre Angst schluckte sie herunter.

Hrolf Kaetilson lachte scheußlich, als er sich vom Türrahmen löste. „Ihr sehr aus, als hättet Ihr ein *spøkelse* gesehen", sagte er und grinste gehässig. „Ein Gespenst", fügte er auf ihren verwirrten Blick hin hinzu. Seine Zähne blitzten hinter seinem roten Bart, als er auf sie zukam. „Aber, aber ... freut Ihr Euch nicht, mich zu sehen, kleine Französin?"

KAPITEL 30

Sein Instinkt trog ihn selten.
Aber er hatte ihn getrogen.
Vollends.

Er fluchte leise, weil er sich erlaubt hatte, so gefährlich abgelenkt zu werden. Alarik ergriff wütend die Zügel. Seine Knöchel wurden weiß von der unterdrückten Gewalt in seinem Griff. Dennoch blieb sein Umgang mit Sleipnir sanft und sicher. Ungeachtet jedes Risikos für sich selbst ritt er fast eine Meile vor seinen Männern. Er war begierig darauf, zum Anwesen zurückzukehren.

Unterstützt durch Olavs verfügbare Truppen hatten sie Hrolf und Ejnar bis weit in das Gebiet des Dänen verfolgt, nur um herauszufinden, dass diese es geschafft hatten, umzukehren, ohne sichtbare Spuren zu hinterlassen. Als sie es endlich bemerkt hatten, war es viel zu spät gewesen, um sie einzuholen, und nun krampfte Wut seinen Bauch zusammen, als er über Hrolfs Ziel nachdachte.

Es gab wenig Zweifel, was ihre Absicht war, denn das Anwesen lag nicht mehr als eine weitere Achtelmeile entfernt und die Spuren, denen sie nun folgten, führten genau dorthin. Odin verfluche den Kerl! Er wusste genug, um zu erkennen, dass Ejnars Richtungswechsel nichts Gutes für seine Leute verhieß.

Er hoffte nur, dass er nicht viel zu spät ankommen würde.

Zu seiner Erleichterung wirkte das Anwesen unberührt, als es in der Ferne sichtbar wurde. Doch je näher er kam, desto unsicherer fühlte er sich.

Vor dem Haupthaus hatten sich seine Leute versammelt – ein unheilvolles Zeichen, das wusste er. Sie unterhielten sich besorgt, gestikulierten aufgeregt, bis zu seiner Ankunft. Dann wurden alle totenstill ... und noch stiller.

Trotz des unheimlichen Schweigens spürte Alarik ihre steigende Anspannung, sobald er die Zügel anzog und vor ihnen anhielt. Sleipnir merkte es auch, denn er stieg leicht, nur um sofort wieder auf tänzelnden Hufen zu landen. Bruder Vernay allein trat aus ihrer Mitte und eilte auf ihn zu. Alarik beobachtete sein Nähern mit einer Beklemmung, die sich mit jedem Schritt des Mönchs verstärkte.

Vernay schüttelte den Kopf. „Seigneur!", klagte er. „Die Demoiselle ... sie ... sie ...“

Ein Prickeln überlief Alariks Rücken. „Sie – was?"

„Sie ist fort, Seigneur!"

Alarik war nicht vorbereitet auf den Schock, der ihn bei dieser Aussage durchzuckte. „Was meint Ihr mit fort? Wo ist sie hingegangen?" Er hatte erwartet, dass man ihm erzählte, die Lagerhäuser wären abgebrannt oder die Kirche erneut zerstört worden, aber nicht das.

„Einfach das, Seigneur – fort!", beharrte der alte Geistliche. „Im einen Moment hat sie mit den Frauen im *eldhus* gearbeitet und im nächsten ... nun ... war sie verschwunden!"

Mit kaum beherrschtem Zorn schwang Alarik sich von Sleipnirs Rücken und bedeutete einem der jüngsten Burschen, vorzutreten. Er gab dem Jüngling die Zügel. „Wenn Bjorn und Olav ankommen", trug er ihm auf,

„schick sie beide sofort nach drinnen!" Der Junge nickte heftig zur Bestätigung.

„Oh! Seigneur!", rief Vernay ihm nach, als er in den *skáli* stürmte, aber Alarik lief weiter, als hätte er ihn nicht gehört. Dennoch folgte Vernay ihm, denn auch wenn er – wie alle anderen – Alariks Wut fürchtete, so überwog doch seine Vernunft. „Seigneur!", rief er wieder. „Das hatte ich fast vergessen!" Er rannte Alarik hinterher. „Ich dachte, es wäre vielleicht wichtig, zu erwähnen, dass der Welpe ... Frechdachs wurde gefunden –"

Alarik wandte sich um und der Ausdruck seines Gesichts erstickte die verbleibenden Worte in Vernays Kehle. Für einen langen Moment konnte der Mönch nicht sprechen, erstarrt durch die kaum gezügelte Gewalt, die in den metallisch grauen Augen des Jarl stand.

Alarik straffte tapfer die Schultern und leugnete den Schmerz in seinem Herzen, den der Mönch wahrgenommen hatte. „Wo ...", begann er heiser, doch die Stimme versagte ihm. „Wo wurde der Hund gefunden?"

„Zwischen hier und der *kirken*, Seigneur. Vielleicht war dies das Ziel der Demoiselle?"

❧

Das Bewusstsein kehrte langsam und schmerzhaft zurück.

Der Geruch von Erde – und von etwas Widerlichem – drang in Elienors Nase. Sie wälzte sich herum und zuckte zusammen, als ein scharfer Schmerz durch ihren Kopf schoss. Ihr armer, armer Kopf ... Ihre Lippen berührten feuchten Boden und sie spuckte sogleich und wischte sich angewidert den Mund ab. Süßer Jesus! Es schmeckte nach Verdorbenem!

Ihre Augen flogen auf, doch sie sah nur Dunkelheit – wo war sie? Sie stöhnte, als Erinnerungsfetzen auf sie eindrangen. Hrolf, wie er auf der Schwelle stand. Hrolf, wie er sie mit dem Heft seines Schwerts schlug.

„Non", murmelte sie gequält.

Nicht schon wieder! Bei den Knochen der Heiligen, sie hätte im Kloster bleiben sollen! Wie oft musste sie dies noch ertragen? Hätte sie nicht so viel Angst, die Aufmerksamkeit ihrer Entführer zu erregen, hätte sie wahrscheinlich hysterisch gelacht über die Absurdität von all dem.

Und ihr Mund war so trocken ... Sie versuchte, zu schlucken, aber es ging nicht. Sie versuchte, ihre Lippen benetzen, doch auch das war nicht möglich. Ihr Mund fühlte sich an, als wäre er mit dichter, haariger Wolle angefüllt. Sie schloss die Augen und bemühte sich, den Nebel aus Schmerz in ihrem Kopf zu durchdringen.

Wo war sie?

Ihr Hals war so steif. Dennoch hob sie leicht ihren Kopf und musterte aufmerksam ihre Zelle. Es war fast zu dunkel, um irgendetwas zu sehen, doch dank eines flackernden Lichts irgendwo über ihr machte sie die Lehmwände aus ... den Lehmboden ...

Ihr Herzschlag beschleunigte sich und sie schluckte – ungeachtet dessen, dass es nichts zu schlucken gab – und versuchte, die aufsteigende Panik zu unterdrücken. Gott im Himmel, sei gnädig!

Non!, sagte sie sich. Ihr würde nichts passieren ... ihr würde nichts passieren ... wenn sie nur ruhig blieb ... ihr würde nichts passieren ...

Zitternd vor Angst rutschte sie rückwärts und stemmte sich leicht in die Höhe. Ihr Atem ging unruhig und schnell.

Süßer Jesus, es wirkte, als würde sie in ihrem eigenen Grab liegen!

Aber es war nicht ihr Grab, versicherte sie sich. Sie schloss die Augen und öffnete sie langsam wieder. Es war eine Zelle, eine einfache Zelle – eine barbarische und quälende Zelle, aber dennoch eine Zelle. Die kleine

Grube war in den Boden einer größeren Kammer gegraben worden und kaum hoch genug, um aufrecht zu sitzen. Sicherlich wäre es ihr unmöglich, zu stehen. Aus dem oberen Raum hörte sie Stimmen, entfernt, aber lauter werdend. Eine von ihnen erkannte Elienor sogleich und ihr Herz pochte schneller, als sie näherkam.

Sekunden später blickte Hrolfs abstoßendes Gesicht durch die dicken Gitterstäbe zu ihr herab. Er grinste, ein Grinsen, das ihr einen Schauer über den Rücken sandte. „Nun, Ihr habt doch nicht geglaubt, ich hätte Euch vergessen?", fragte er sie und sein Grinsen wurde angesichts des Schreckens in ihrer Miene noch breiter.

Ein weiteres Gesicht erschien, das über Hrolfs Schulter blickte. Es war älter, verwitterter, jedoch weniger barsch. Dennoch stand in den eisblauen Augen ebenso viel Hass wie in Hrolfs „Ihr habt einen weichen Schädel", murrte der Mann und grinste. „Ich dachte schon, Ihr würdet nie wieder aufwachen."

Elienor wünschte, es wäre so.

„Hexe! Hätte ich gewusst, dass es ihr so gut ergehen würde", klagte Hrolf, „hätte ich sie härter geschlagen!" Seine Spucke tropfte auf ihr Gesicht. Elienor schrie auf und wischte sie ab. „Ich hätte Euch schon auf der *Gyllen falk* den Schädel einschlagen sollen, als ich die Gelegenheit hatte!"

„B-Bitte", bat Elienor und kämpfte gegen Hysterie und Tränen. Sie griff nach oben, um die hölzernen Stäbe in schierer Verzweiflung zu umklammern, und flehte den Mann hinter Hrolf an: „Bitte, bitte, sperrt mich woanders ein ... Ich ..."

Hrolf trat ihr auf die Finger und sie schrie vor Schmerz auf und zog sie unter seinem Stiefel hervor.

Stille Tränen rannen über ihre Wangen.

Der andere Mann lachte und schlug Hrolf auf den Rücken. „Ich habe keine Verwendung für die Dunkle", sagte er arrogant. „Mein Geschmack ist etwas heller als sie. Mach mit ihr, was du willst, Hrolf. Mir scheint ... ihr zwei seid noch nicht fertig miteinander."

Hrolf warf ihm einen Blick über die Schulter zu und grunzte zustimmend, dann wandte er sich wieder um und starrte in die Grube hinab. Er wartete, bis die Schritte des anderen verklangen, bevor er wisperte: „Da hat er recht ... wir sind tatsächlich noch nicht fertig. Ihr werdet mir meine Ehre zurückgewinnen, Hexe! Vielleicht möchte Ejnar lediglich die Rivalin seiner Tochter loswerden, aber ich werde nicht zufrieden sein, bis Ihr mir Trygvis Bastard auf einem Tablett serviert!"

Lähmende Angst überrollte Elienor, wenngleich diesmal nicht um sich selbst. Ungebeten tauchte das Bild vor ihren Augen auf: wie Alarik von der *Gyllen falk* in die aufgewühlte See sprang, während die Axt auf seinen Rücken zu wirbelte. In diesem Moment wusste sie, wie hoffnungslos verliebt sie in ihn war. „E-Er wird nicht kommen", wisperte sie elend. Sie wandte den Blick ab und betete von ganzem Herzen, dass das die Wahrheit war. Doch selbst während sie betete, wusste sie ... ob er sie holen kam oder nicht ...

Der Traum würde wahr werden.

Jemand würde sterben.

„Ja", sagte Hrolf. „Das wird er ... denn Ihr habt den Tölpel verhext – auch wenn ich nicht weiß, wie! Er wird kommen ... und wenn er das tut ... wird meine Klinge seinen Rücken finden!" Er lachte böse. „Merkt Euch meine Worte, schwarzhaarige Hexe! Und wenn ich mich um ihn gekümmert habe, seid Ihr an der Reihe", versprach er düster.

Hexe.

Elienors Herz zog sich zusammen, denn Hrolf war der Wahrheit näher, als er wusste. Ihre eigenen Leute hatten sie so bezeichnet und sie deswegen verstoßen. Dennoch, wenn sie das Schicksal ihrer Mutter bedachte, hatte sie Glück gehabt, dass sie nicht mehr getan hatten. Süßer Gott im Himmel ... ihre Mutter ...

ihre arme Mutter war mutig genug gewesen, um ihre Meinung zu äußern. Und sie, Elienor, die Tochter ihres Leibs, würde als Feigling gelebt haben und ebenso sterben. Sie schloss vor Elend die Augen.

Wie hatte sie Alarik nicht warnen können?

In diesem Moment dachte sie an Alarik und Vernay und alle anderen, die ohne ihn leiden würden, und fragte sich, wie sie so selbstbezogen sein konnte. Sie wollte weinen. Wollte schreien. Wollte sterben. Sie saß betäubt da, heiße Tränen rollten ihre Wimpern herab. Als sie endlich ihre Lider öffnete und wieder nach oben blickte, war Hrolf fort.

KAPITEL 31

Auch nach tagelanger Suche gab es immer noch keine Spur von Ejnars Lager – obgleich Alarik Berg und Tal durchkämmt hatte. Er wusste zweifellos, dass Elienor dort gefangen gehalten wurde, denn in der *kirken* hatten sie die schöne, goldene Brosche gefunden, die Alva Elienor nur Augenblicke vor ihrem Verschwinden gegeben hatte – durchbohrt von Hrolfs Dolch. Die schändliche Klinge war mit solcher Gewalt durch die Mitte der Brosche getrieben worden, dass das Schmuckstück verbogen und die filigrane Einfassung des Edelsteins zerstört war. Gut sichtbar war die Brosche an die neu eingesetzte Tür gehängt worden, eine arrogante Nachricht an Alarik, denn so verkündete Hrolf, dass ihm gleich war, wer von seiner Niedertracht wusste.

Und doch schien diese wortlose Kundgebung nicht seinen Taten zu entsprechen, denn der Kerl war ein Meister im Verstecken. Er verbarg sich besser als eine Natter in den Wäldern und schlug niederträchtig und schnell zu. Seit Elienors Verschwinden hatten sie Hinweise auf Opferungen in den nahen Dickichten gefunden – zweifellos eine Nachricht an Olav und wahrscheinlich auch an Alarik.

Es half ihnen nicht bei ihrer Suche, dass die Menschen immer unzufriedener mit Olav als ihrem König wurden. Tatsächlich begann Alarik zu vermuten, dass Olav zu seinem eigenen Schutz den Winter über bei Alarik geblieben war, denn Alariks Leute erwiesen sich als treuer als seine eigenen. Es ließ Alarik nichts Gutes ahnen, dass die Anwesen, bei denen sie auf ihrer Suche nachgefragt hatten, zögerten, ihnen zu helfen. Trotzdem hatten die meisten schließlich eingewilligt. Doch immer noch schafften es Ejnar und Hrolf, ihnen zu entkommen. Aus diesem Grund hatte er beschlossen, seine letzte Möglichkeit auszuspielen.

Bjorn.

Er seufzte tief und nachdenklich, als er seine beiden Brüder betrachtete, die mit ihm am Tisch saßen. Ihm war bewusst, dass Bjorn Ejnar schnell genug gefunden hatte, als er das erste Mal nach ihm gesucht hatte.

Vielleicht, mit ein bisschen Manipulation, könnte der fehlgeleitete Dummkopf den Dänen für ihn aus seinem Versteck locken.

Alles andere hatte nichts gebracht.

Der Gedanke, dass sein Bruder ihn im Stich lassen könnte, zog ihm den Magen zusammen, doch auch wenn er hoffte, sein jüngster Bruder würde standhaft bleiben ... so betete er in diesem Moment, dass Bjorn sich gegen ihn verschwören würde ...

Ein letztes Mal.

So verzweifelt wollte er Elienor zurückbekommen.

Loki sollte ihn holen, aber es war ihm inzwischen gleich, dass andere Schwäche in ihm sehen könnten. Er war es verdammt leid, stark zu sein. Er war erschöpft. Zu lange schon hatte er nicht geschlafen, gebadet oder war müßig gewesen. Bei Hellas Fluch, wenn es bedeutete, dass er Elienor zurückbekam ... dann war er eben schwach. Wenn es bedeutete, alles zu verlieren ... dann stürzte er eben. Er wollte das alles nicht ... wenn er sie nicht haben konnte.

So setzte er das Gespräch mit Olav fort, das für

Bjorns Ohren gedacht war. Er beugte sich vor, fuhr mit angespannten Fingern durch seine goldenen Bartstoppeln und schaute Bjorn heimlich von der Seite an. Dabei wandte er sich zu Olav und sagte recht laut: „Ich habe über dein Angebot nachgedacht, mein Bruder ...“

Hinter ihm verstummte Bjorn und beendete die Unterhaltung, die er mit Sigurd geführt hatte. Alarik widerstand der Versuchung, sich umzudrehen, um zu sehen, ob er zuhörte.

Da er den Grund für Alariks Pause ahnte, nickte Olav ihm heimlich zu und bedeutete ihm, fortzufahren. „Und?“

„Ich glaube, ich werde mich deiner Mission, Tyris Land von Burislav zurückzufordern, doch anschließen.“

„Was?“, rief Olav aus und klang, wie abgemacht, recht irritiert. Es würde alles glaubhafter machen, wenn Bjorn dachte, sie würden sich deswegen streiten. „Du dich für einen Augenblick von der Suche nach der Französin abwenden und stattdessen deiner Familie helfen? Womit verdiene ich diese Ehre?“

„Verschone mich, Olav!“, fauchte Alarik und seine Augen wanderten zu Elienors Ring, der immer noch um Olavs Hals hing. Wie sehr er es auch versuchte, er konnte das verdammte Teil nicht ignorieren. „Ich stimme unter einer Bedingung zu ...“

Das Schweigen zwischen ihnen verdichtete sich. Selbst Sigurd verstummte, um zuzuhören.

Olavs Stirnrunzeln signalisierte Alarik, dass dieser spürte, dass seine Wut mehr als gespielt war. „Und die wäre ...“

Alarik glättete seine Gesichtszüge. Seine Seele war zu sehr in Aufruhr, um selbst Olav zu offenbaren. „Dass du mir von Burislav dem Polen mindestens zehn gut bemannte Schiffe besorgst, sodass ich meine eigene Attacke gegen den Dänen starten kann ... und gegen Hrolf Kaetilson. Ich werde nicht ruhen, bis meine Klinge in seinem verräterischen Herz steckt.“ Er seufzte schwer.

„Für den Moment scheinen wir alle anderen Möglichkeiten ausgeschöpft zu haben", fuhr er ehrlich fort. „Aber ich habe vor, die Mistkerle schlussendlich zu finden ... und wenn ich das tue, möchte ich gute Männer in meinem Rücken haben."

Olav folgte Alariks Blick zu dem Ring an seinem Hals und hob nachdenklich eine Braue. „Und was ist mit mir und meinen Männern?", fragte er abrupt. Alariks unerwartete Heftigkeit ihm gegenüber verwirrte ihn. Ihm war, als hätte er diesen Blick in letzter Zeit viel zu oft gesehen. „Wirst du uns auch in deinem Rücken wollen?"

Alarik wartete einen Moment, bevor er antwortete, und wog seine Worte ab. Irgendwie war das Gespräch von dem abgedriftet, was sie abgemacht hatten. Als er wieder sprach, war seine Stimme eher gleichgültig als wütend. „Mir scheint, mein Bruder ... du hast deine eigenen Schlachten zu schlagen. Du hast keine Zeit für meine." Sie schauten sich an. In diesem Augenblick des Schweigens schluckte Alarik seinen Groll hinunter, denn obgleich er wütend auf Olav war ... Olav war sein Bruder ... und mehr als das ... er war sein König. „Dennoch", begann er, da Olav nicht beschwichtigt wirkte, „wenn du meine Schlachten zu deinen machen möchtest ... dann werde ich dich immer ... *immer* in meinem Rücken begrüßen." Er nickte. „So wie ich hoffe, dass du es von mir wollen würdest."

Zufrieden erwiderte Olav das Nicken. „Nun denn ... wenn es möglich ist ... werde ich dir diese Männer von Burislav besorgen ... und dann werde ich meine eigenen hinzufügen. Ich werde da sein, um zu sehen, wie du diesen rothaarigen Heiden aufspießt!" Das Gespräch hielt einen Moment inne. Es war ein Schweigen, das endlos wirkte, denn alle im *skáli* Anwesenden schienen ihrer Unterhaltung zu lauschen. „Sollen wir, sagen wir ... in zwei Wochen aufbrechen?"

Alarik nickte. „In zwei Wochen", stimmte er zu. In

diesem Augenblick spürte er mehr, als dass er es sah, wie Bjorn vom Tisch aufstand. Wieder schaute er nicht hin, um sich zu vergewissern. Irgendwie wusste er es. Schmerz durchbohrte ihn wie die Klinge eines Messers. Er schloss die Augen und hörte zu, wie Bjorn sich entschuldigte. Er fühlte, wie sein Bruder seine Schulter streifte, und öffnete die Lider. Sein Blick haftete an Bjorn, als dieser an ihm vorbei durch den *skáli* schritt und erleichterter aussah als in all den Wochen zuvor. Ein Muskel zuckte an seinem Kiefer, denn auf dem Weg nach draußen blieb Bjorn kurz stehen, um mit Ivar Langbart zu sprechen. Es war nichts Bedeutsames, die zwei grinsten nur, doch es wirkte, als hätte Bjorn auf einmal ein neues Schicksal bekommen ...

Und vielleicht hatte er das.

Vielleicht hatten sie das heute alle.

„Denkst du, er hat den Köder geschluckt?" Olav beugte sich vor, um ihm die Frage ins Ohr zu flüstern.

Alarik beobachtete einen Moment länger, wie Bjorn endlich die Halle verließ, dann kehrte sein Blick zu dem Ring um Olavs Hals zurück. Leise, hintergründig und ohne Emotionen sagte er: „Ich fühlte bereits den Stich der Klinge."

„Gut, dann ... vielleicht bekommst du die Französin bald zurück."

„Vielleicht", erwiderte Alarik.

„Alarik?"

Alarik schaute Olav an und nickte missmutig.

„Mir schien es für einen Augenblick ... für einen ganz kurzen ... als wäre Ernst in deinem Ärger. Gibt es etwas, worüber du mit mir sprechen möchtest?"

Alarik überlegte flüchtig, nach dem Ring zu fragen, wusste aber, dass er es nicht tun würde. Er konnte sich noch nicht überwinden, seine Schwäche für Elienor in diesem Ausmaß einzugestehen. Es reichte, dass alle annahmen, dass er es nicht mochte, hintergangen zu werden, wenn man ihm nahm, was sein war. Wieso sollte irgendjemand von der Trostlosigkeit erfahren, die sich in seiner Seele und seinem Herzen niedergelassen hatte? Wahrlich, sogar in seinen Knochen!

Doch es gab noch etwas, das ihn ebenso sehr beunruhigte. „Olav ... mein Bruder ...“ Er schluckte, denn es war zweifellos das Schwierigste, das er je zu seinem Bruder gesagt hatte. „Ich weiß, du sagst, dass du für diesen Glauben brennst ... dass du aus Liebe für ihn sterben würdest ... aber kannst du ihn nicht etwas weniger lieben ... und mehr praktizieren?“

Olavs Miene verzerrte sich vor Wut. „Was sagst du da, Alarik? Verurteilst du meinen Glauben?“, brüllte er und auf seinem Gesicht bildeten sich Flecken.

Alariks Miene blieb ungerührt. „Nei, Olav. Aber wenn es so wäre ... würdest du mich mit derselben harten Hand angehen, die du gegen andere richtest, wenn sie deinen Forderungen nicht Folge leisten?“

Olavs Gesicht rötete sich. „Eine so unverschämte Frage beantworte ich nicht!“

Alarik schüttelte den Kopf. „Du kannst die Menschen nicht durch Gewalt beeinflussen.“ Er blickte seinen Bruder unnachgiebig an. „Kannst du nicht einen einzigen Schritt rückwärtsgehen?“

„Und du! Kannst du so einfach das Weib aufgeben?“

Schweigen.

„Niemals“, erwiderte Alarik, die Augen scharf wie Dolche. „Niemals.“ Es war die Wahrheit. Selbst wenn es Bjorn nicht gelang, Ejnar und Hrolf aufzustöbern, würde er bis zu seinem letzten Atemzug weitersuchen.

⁂

„Trygvis Bastard wird Euch nicht finden, außer ich will es!“, verhöhnte Hrolf sie, da er Elienors Gebet gehört hatte.

Schmutzig und stinkend durch die Gefängnisgrube, in

die man sie geworfen hatte, fiel es Elienor schwer, ihre Würde zu behalten. Sie würde sich nicht dazu herablassen, ihm zu antworten, sagte sie sich, denn jedes Mal unternahm er etwas Grausames gegen sie, wie durch das Gitter zu ihr herunterzuspucken. Der Mann war böse! Jesus, sie fühlte sich, als wäre sie schon seit Jahren eingesperrt. Hiernach würde sie die Hölle nicht mehr fürchten!

Die Stunden vergingen langsam. Sie konnte nicht viel tun, außer dazusitzen und dem nervtötenden Klang von Hrolfs Stimme zu lauschen. Ihre Beine und ihr Hintern schmerzten von der Untätigkeit. Aber immerhin gaben sie ihr genug zu essen – auch wenn das nur ein kleiner Trost war.

„Olav, der Dummkopf ... er hat alle gegen sich aufgebracht mit seiner Unterdrückung und seinen Drohungen!", verkündete Hrolf. „Tatsächlich gibt es niemanden, der uns im Moment an ihn verraten würde – niemanden, von dem ich weiß. Auch wenn es einige gibt, die *ihn* verraten würden", sagte er kryptisch und kicherte. „Wie Ihr bald sehen werdet ...“

Elienor weigerte sich weiter, ihm zu antworten. Stattdessen hörte sie zu. In den letzten Tagen hatte sie auf diese Art viele Informationen gesammelt. Der Angeber Hrolf schien sie gern Tag und Nacht zu reizen und durch sein Gerede hatte sie schon erfahren, dass ihre Grube mitten in der Halle eines alten, verlassenen Anwesens lag, das sich auf einer Insel inmitten eines Sumpfs befand. Das wiederum erklärte die säuerlich riechende Erde.

„Selbst diejenigen, die vielleicht von sich aus dem christlichen Glauben folgen würden, tun dies nicht, da Olav sie nicht selbst entscheiden lässt. Er schaufelt sich sein eigenes Grab, das sage ich Euch, und er wird seinen Bastard-Bruder mit hineinziehen, wenn er fällt. Alarik, der Tölpel, ist einfach zu treu für sein eigenes Wohl ... und Ihr, *Hexe*, werdet sein Verderben besiegeln ... und dann werdet Ihr zuschauen, wie ich beide mit fauliger Erde begrabe!"

Elienor bedeckte die Ohren und flehte um Stärke. Sie zwang sich, Hrolfs Spott über Alarik und seine schrecklichen Versprechen zu ignorieren. Lieber Gott, betete sie, hilf mir, dies durchzustehen ...

Selbst durch ihre Hände hörte sie, wie sich Stimmen erhoben, und sie entblößte ihre Ohren, um besser zu verstehen.

„Euer Gott wird Euch nicht helfen!", höhnte Hrolf und lachte gemein.

Ein Zittern überlief Elienor angesichts der allzu vertrauten Aussage. Ihr Herz klopfte heftig, als die gedämpften Stimmen deutlicher wurden und auch endlich Hrolfs Aufmerksamkeit erregten. Er verstummte, fuhr zu den Männern herum, die eingetreten waren, und brüllte wild vor Freude. Er verließ Elienors Sichtfeld, um die Neuankömmlinge zu begrüßen, lachte wieder und verkündete: „Endlich ... endlich! Aber ich wusste, dass du kommen würdest!"

„Hör mit dem Krähen auf, Hrolf!"

Elienor schrie leise auf, als sie die Stimme erkannte.

„Die Informationen, die ich bringe, haben ihren Preis ..."

Langes Schweigen.

„Was für einen Preis?", fragte Ejnars barsche Stimme.

Eine weitere Pause, dann sagte Bjorn: „Eure Tochter, Ejnar ... Eure Tochter und mein eigenes Gebiet, wenn Ihr ihn absetzt ..."

Ejnar lachte schallend. „Mistkerl!", sagte er ohne Feindseligkeit. „Du kriegst sie noch ins Bett, nicht wahr? Beharrlich ... kühn ... Das gefällt mir. Nun gut, Bjorn, Eriks Sohn. Wenn die Informationen, die du bringst, es wert sind, werde ich dir meine Tochter überlassen! Was sagst du dazu?"

Elienor hörte ein Grunzen und ein darauffolgendes Seufzen und nahm an, dass Bjorn erleichtert war.

War das der Verrat, von dem sie geträumt hatte?

„Wenn sie dich will", fügte Ejnar hinzu.

„Sie will mich!", schwor Bjorn.

Ejnar lachte wieder. „Es ist unergründlich ... dass die Schwäche eines Mannes auf ewig zwischen den Beinen einer Frau liegen sollte. Eines Tages, versichere ich euch, werden die listigen Weiber noch die ganze Welt regieren!" Alle drei brachen in dröhnendes Gelächter aus. „Kommt!", sagte Ejnar. „Lass uns hören, was du zu sagen hast." Damit bewegten sie sich außer Hörweite.

Als Hrolf einige Zeit später wieder in ihr Sichtfeld stolzierte, glitzerte ruchlose Freude in seinen Augen. Lachend bückte er sich, öffnete aufgeregt das Schloss und riss die Zellentür weit auf. „Kommt raus, kommt raus!", forderte er sie unheilvoll auf. „Es ist endlich Zeit!" Ein erwartungsvolles Grinsen teilte seinen roten Bart und sein Gesicht.

In diesem Moment überrollte Elienor eine düstere Vorahnung, ein Gefühl, das noch finsterer war als alles, was sie je empfunden hatte.

Die Zeit war gekommen, wusste sie, und die Erkenntnis sickerte wie Eiseskälte in ihre Knochen.

KAPITEL 32

Alarik begann sich zu fragen, ob er sich vielleicht geirrt hatte.

Sie waren ohne jeden Zwischenfall im Wendland angekommen, um sich mit Burislav dem Polen zu treffen, und befanden sich nun auf der Rückreise. Doch immer noch gab es keine Spur von Ejnar oder Hrolf. Bei dem Gedanken zog sich sein Magen zusammen, denn es war schon Wochen her, seit er Elienor gesehen hatte.

Zum ersten Mal überlegte er, dass er sie womöglich nicht wiedersehen würde.

Nei, er würde sie finden, bei Gott! Und wenn er den Rest seiner Tage suchen müsste, er würde sie finden.

Im Ganzen segelten sie mit einundsiebzig Schiffen in ihrem Kielwasser und Männern genug, um alles Leben aus jeder Armee zu pressen, die Ejnar aufstellen könnte.

Sie würden ihn vernichten.

Wenn sie ihn finden konnten.

Neben sechzig ihrer eigenen gut bemannten Kriegsschiffe hatten sie es geschafft, noch elf Boote von den Jomsborg-Wikingern anzuwerben. Doch etwas quälte ihn ...

Etwas ...

Über ihnen schien die Sonne hell, als die *Gyllen falk* über die Wellen glitt. Ihr stolzer Falkenkopf segelte majestätisch vor ihnen, aber der Wind wehte dunkle Wolken direkt in ihren Weg. Der drohende Sturm verstärkte sein ungutes Gefühl.

Die Luft um sie herum war ruhig.

Zu ruhig ...

Sein Instinkt sagte ihm, dass etwas nicht in Ordnung war, und er hatte nicht so viele Jahre überlebt, indem er seine Intuition ignorierte.

Das Bauchgefühl hatte sich zum ersten Mal gemeldet, als ihre Abreise aus Wendland sich verzögerte, doch diese Unruhe hatte er seiner Sorge um Elienor zugeschrieben. Nun hatte er Grund, sich zu fragen, ob alles eine geplante Verschwörung war. Er musterte das Wasser vor ihnen und entdeckte ihre Eskorte, die Jomsborg-Wikinger – sie hatten ihre Schiffe viel zu leicht hergegeben, überlegte er, und sein Gefühl der Besorgnis wuchs.

Und jetzt, da er darüber nachdachte ... auch Burislav hatte ihnen die Ländereien, die Olav verlangt hatte, viel zu schnell übergeben ... ohne wirklichen Protest ...

Vor einer Stunde hatte das führende Schiff der Jomsborg-Wikinger sie aufgefordert, ihnen zu folgen, da sie den sichersten Weg durch die Meeresarme der Insel wüssten ... an einigen Stellen wäre das Wasser zu flach für *Ormurin langi* und *Gyllen falk*, um hindurchzukommen. In dem Moment hatte es vernünftig geklungen ... jetzt allerdings ...

Seine Hand wanderte zu dem Heft seines Schwerts, als die kreideweiße Küste der Insel Svolder sich in der Ferne erhob. Das Eiland wirkte verlassen, aber etwas stimmte nicht.

Etwas ...

Und dann erspähte er sie und fluchte heftig.

In diesem Augenblick zogen sich die Wolken über ihnen zusammen und der Himmel verdunkelte sich bedrohlich, als er Olav über das schaumige Wasser hinweg zuwinkte.

Bevor er sprechen konnte, ertönte von der *Ormurin skamma*, einem anderen Schiff, ein banger Ruf. „Mein König! Seht Ihr sie?"

Eine unbestimmbare Anzahl an Schiffen näherte sich schnell. Sie drängten wie hungrige Ratten aus ihrem Versteck. Noch während sie näher kamen, fielen die Boote der Jomsborg-Wikinger zurück.

„Verraten!", brüllte Alarik zu Olav. „Wir wurden verraten! Hisst die Segel!", befahl er seinen Männern lauthals. „Sichert die Schiffe!"

„Aber es sind so viele!", rief jemand von der *Tranann* herüber.

Olav fuhr herum. „Lass meine Leute nicht einmal an Flucht denken!", warnte er. „Ich bin nie vor einer Schlacht geflohen! Gott mag sich meine Seele holen, doch wir werden nicht fliehen!" Er wandte sich zu Alarik. „Weißt du, wer die Flotte befehligt, die gegen uns segelt?"

Alarik kniff die Augen zusammen, als die Sonne erneut durch die Wolken brach und ihn mit ihrer Helligkeit blendete. Er schüttelte den Kopf und drehte sich zu Olav. Mit den Händen schirmte er seine Augen ab. „Es scheint Svein Gabelbart mit seinen Dänen zu sein!"

„Hm. Vor ihm brauchen wir keine Angst zu haben. Die Dänen besitzen keine Tapferkeit. Wer wagt noch, uns herauszufordern?"

„Die Schweden!", rief Sigurd geringschätzig in Alariks Rücken.

„Ha!" Olav schnaubte. „Sie täten besser daran, zu Hause zu bleiben und an ihren Opferschalen zu lecken, als *Ormurin langi* anzugreifen und sich unseren Waffen zu stellen!"

„Jarl!", warf jemand von der *Ormurin langi* ein. „Jarl Håkonsson segelt auch mit ihnen!"

Mit düsterem Gesicht drehte Olav sich zu dem

Mann um, der gesprochen hatte. Dann wandte er sich wieder den sich nähernden Schiffen zu. „Bei ihm", bemerkte er, plötzlich grübelnd, „müssen wir aufpassen!" Er schaute zu Alarik und brüllte über die Wellen: „Wahrscheinlich denkt er, er hätte ein Hühnchen mit uns zu rupfen. Mit diesen Truppen müssen wir uns auf einen intelligenten Kampf einstellen. Sie sind so nordisch wie wir!"

Alarik neigte seinen Kopf. Sein Blick kehrte zu dem Wall aus sich nähernden Schiffen zurück. Er hatte gewusst, dass Olav mit seiner eisernen Hand seine Leute gegen sich aufbringen würde, aber er hätte nie so viele erwartet.

Sie waren weit in der Unterzahl.

Achtunggebietend stellte er seinen Fuß auf die Bugspitze, rief seinen Kriegern zackige Befehle zu und drängte sie, ihre Waffen bereit zu halten. Männer hasteten umher, banden Schiffe zusammen und bereiteten sich auf eine Seeschlacht vor. Alarik stand da und musterte die ankommenden Schiffe. Er suchte ... suchte ... und dann sah er sie ... Ejnars zwei *skeids*, Schiffe, die besonders stromlinienförmig und deshalb schneller als die meisten anderen waren ... und sein Magen zog sich zusammen. Ein Zittern überlief ihn beim Anblick der gestreiften Segel. Es war keine Angst, denn er fürchtete sich nicht, zu sterben, sollte das sein Schicksal sein. Eines Tages starben alle Menschen ... es war vielmehr der Gedanke, zu sterben, ohne Elienor gesagt zu haben, was in seinem Herzen war.

Er wollte nicht sterben, ohne sie noch einmal zu sehen, wollte nicht ohne sie leben, und die Feststellung traf ihn wie Blitz und Donner ... er liebte sie nicht nur ...

Er brauchte sie.

Das Glitzern von Olavs Rüstung erregte plötzlich seine Aufmerksamkeit, als er zur *Ormurin langi* hinüberschaute. Wie Olav trugen die meisten Männer auf dieser trügerischen Seefahrt ihre vollständige Panzerung, doch Olavs Kettenhemd war neu und dichter gefertigt. Kein Pfeil konnte es durchdringen. Eine eigenartige Vorahnung überkam ihn, als er beobachtete, wie Olav auf seinem Drachenbug thronte. Sein prächtiger goldener Helm glänzte in der Sonne und er hielt seinen vergoldeten Schild und sein Schwert kampfbereit. Alarik rief über das aufgewühlte Wasser nach seinem Bruder.

Olav wandte sich ihm zu.

„Pass auf dich auf, mein Bruder", brüllte Alarik.

Olav schenkte ihm ein arrogantes Lächeln. „Nei, mein Bruder, du musst auf dich aufpassen!" Seine Augen blitzten schelmisch und dann plötzlich blieb keine Zeit mehr zum Reden.

Als das Heer der *drakane* sich näherte, flogen Pfeile – einige brennend – wie ein tödlicher Regen vom düsteren Himmel.

Im nächsten Moment stießen die Buge der *drakane* heftig gegeneinander. Enterhaken wurden in beide Richtungen geworfen und ketteten die feindlichen Schiffe an ihre eigenen, sodass die Männer einfach von Schiff zu Schiff gelangen konnten.

Das Rauschen der Pfeile war wie ein gnadenloses Tosen in Elienors Ohren. Sie war eilig mit Seilen an den Mast gebunden worden. Und immer noch verhöhnte Hrolf sie.

„Ich kann es nicht abwarten, das Gesicht des Bastards zu sehen, wenn er Euch entdeckt!", sagte er. Er streckte sich und steckte das Segeltuch über ihr mit der brennenden Fackel in seiner Faust in Brand. Der wehende Stoff entzündete sich sogleich und die Flammen schlugen in der heftigen Brise schnell höher. Er lachte scheußlich. „Jetzt suche ich den Bastard!", rief er und grinste. „Ich werde ihn mit meiner Klinge entzweischlagen, während er zusieht, wie Ihr verbrennt!" Er kicherte böse. „Sagt mir, französische Hexe ... werdet Ihr einander beim Sterben zuschauen? Was für ein poetisches Ende!" Er lachte. „Eins für die Barden, das versichere ich Euch!" Damit ging er, sprang über die Reling auf das nächste Schiff und überließ sie den Flammen.

Elienor sah zu, wie er sich von Schiff zu Schiff vorarbeitete. Sie wusste, es wäre nutzlos, einen warnenden Schrei auszustoßen. Über den Lärm der Schlacht würde er nicht gehört werden. Und da so viele Schiffe sie umgaben, hatte sie keine Ahnung, wo Alarik sein könnte. Sie konnte nur beten ... und damit fortfahren, die Seile zu bearbeiten, denn sie hatte sie bereits ein bisschen lösen können ...

Jesus – sie musste sich befreien.

Dies war ihr wahr gewordener Albtraum!

Sie musste ihn retten.

Verzweifelt zerrte sie an den Seilen, quetschte und scheuerte sich ihre empfindlichen Handgelenke dabei auf. Aber das war ihr gleich.

Sie musste ihn warnen!

Oder bei dem Versuch sterben.

Als das erste Schiff mit der *Gyllen falk* zusammenstieß, wusste Alarik, dass er seinem Gegner nicht genug Zeit geben durfte, um an Bord zu kommen. Bei einer Seeschlacht war es Usus, ein Schiff zu entern, es von allen lebenden Seelen zu befreien und dann als sein eigenes zu deklarieren. Stattdessen ging er in die Offensive und sprang mit einem heftigen Kriegsschrei, der viele erzittern ließ, an Bord des kleineren Boots. Sein Blick ruhte auf den gestreiften Segeln von Ejnars *skeids* – diese waren sein Ziel. Als vor seinen Augen eines der Segel Feuer fing und im Wind aufloderte, verließ ihn jegliche Vernunft. Er kämpfte fieberhaft, mit dem Wahnsinn eines Berserkers, deren legendäre Lust am Töten sie in der Hitze des Kampfes regelrecht verrückt werden ließ.

Bei Gott, er würde weder Hrolf noch Ejnar umkommen lassen – nicht bevor er Elienors Aufenthaltsort kannte!

Und sollten sie sie verletzt haben ... würde er die Eingeweide desjenigen herausreißen, der dafür verantwortlich war, und diese an Ejnar und Hrolf verfüttern!

Die ersten beiden Männer, die sich ihm entgegenstellten, fielen schnell unter seinem wütenden Ansturm. Der dritte, der schwarzhaarige Anführer des Schiffs, schlug mit einer Axt nach seinem Kopf. Alarik wich ihm aus und parierte mit seinem Schwert. Wie Donner traf Metall auf Metall und die unbändige Kraft von Alariks Schlag schleuderte den Mann rücklings gegen die Reling. Der Aufprall brach ihm das Genick.

Ein weiterer Däne stürzte sich auf ihn.

Alarik näherte sich dem Mann mit tödlicher Absicht. Dragvendil durchbohrte ihn schnell und entriss ihm das Leben. Er konnte keine Gnade zeigen, denn sonst würde er selbst den Tag nicht überleben. Mit einem gemurmelten Fluch schüttelte Alarik den Krieger von seiner Waffe. Er empfand keine Genugtuung, als der Däne über die Reling zu den Kreaturen des Meeres stürzte.

Bei Gott, er würde erst zufrieden sein, wenn jeder Däne und jeder Schwede, der sich heute gegen sie gestellt hatte, erschlagen war!

Auch würde er erst ruhen, wenn Elienor wieder in seinen Armen war und sein Schwert schwarz von Hrolfs Blut.

KAPITEL 33

Als er das letzte Schiff geräumt hatte, näherte Alarik sich seinem Ziel um ein weiteres Boot. Hinter ihm rann Blut in Strömen. Der Kampf war so heftig gewesen, sein Denken so auf Elienor ausgerichtet, dass er den Moment, in dem sich das Blatt gegen sie wendete, nicht bemerkte.

Endlich war er nah genug heran, um Ejnars brennenden *skeid* aus der Nähe zu betrachten, doch abrupt erstarrte er. Der Schock, sie zu sehen, fühlte sich an, als würde es ihm die Brust zerreißen.

Er beobachtete wie gelähmt, wie Elienor, die an den Mast gefesselt war, darum kämpfte, sich zu befreien. Ihre veilchenblauen Augen flehten ihn über die Entfernung hinweg an. Sein Magen zog sich zusammen und einen langen Moment konnte er sich nicht bewegen.

Und dann bahnte er sich einen Weg zu ihr.

Obgleich Elienor schrie, schien Alarik sie nicht zu hören. Er kämpfte sich zu ihr durch, sprang über eine Reling nach der anderen, als wären sie keinerlei Hindernis. Sie schüttelte verzweifelt den Kopf. „Non!", rief sie. „Non!"

Mit einem schrecklichen Krachen prallte ein Schiff gegen Ejnars *skeid*. Elienor schrie auf, als der Aufprall sie durchschüttelte.

Sie sah, wie Olav sich an den Schlangenkopf an seinem Bug klammerte, und ihre Brust krampfte sich schmerzhaft zusammen. Keine Zeit – lieber Gott, keine Zeit! Gerade als sie in hoffnungslose Tränen ausbrach, kam eine ihrer Hände aus den Fesseln frei und sogleich machte sie sich daran, auch die andere herauszuwinden.

Während sie die Seile bearbeitete, verwandelte sich die Szene vor ihr in die rauchige Vision aus ihren Albträumen. Es war Rauch, stellte sie mit wachsender Angst fest, nicht Nebel.

Feuer wütete um sie herum.

Einen schrecklicheren Tod konnte sie sich nicht vorstellen! Nachdem sie so lange in dem offenen Grab eingepfercht gewesen war, fürchtete Elienor sich nicht mehr vor dem Albtraum. Im letzten Monat hatte sie sich allen Schrecken gestellt, die nur möglich waren ... zumindest hatte sie das gedacht.

Ihr Herz zog sich zusammen, als Panik sie erfasste.

Auf der *Ormurin langi* kämpfte Olav wie wild. Elienor sah mit angehaltenem Atem zu, wie Pfeile auf sein Schiff regneten. Sogleich rannten seine Männer zur Reling und stürzten sich schreiend ins Meer.

Ihr Blick wanderte wieder zu Alarik und ihre Fesseln lösten sich endlich. Mit klopfendem Herzen stand sie auf und schrie Alarik zu, dass er gehen sollte, dass er sie zurücklassen und sich selbst retten sollte. Verzweifelt versuchte sie, einen Weg durch die Flammen zu finden, doch es gab keinen. Sie schrie wieder, als Pfeile und Speere an ihrem Kopf vorbeiflogen.

Alariks Verstand weigerte sich, zu akzeptieren, was seine Augen erblickten. Selbst in ihrer Not sorgte Elienor sich um ihn und rief ihm zu, dass er sie zurücklassen sollte.

Um sie herum stand Ejnars Schiff in Flammen und Elienor war darauf gefangen. Er würde sie nie rechtzeitig erreichen, noch schien sie dies zu wollen. Hilflos zum Nichtstun verdammt, sah er zu, wie der Mast des *skeids* splitterte und ächzte und seitlich auf die daneben liegende *Ormurin langi* stürzte.

Verflucht sollte sie sein, ihm war gleich, was sie wollte.

Er wollte verdammt sein, wenn er sie einfach sterben ließe!

Die Flammen prasselten und griffen um sich.

In der Verwirrung kletterten immer mehr Männer über die Reling der *Ormurin langi*. Olav erklomm den höchsten Punkt seines Drachenbugs und schrie lauthals.

Hin- und hergerissen zwischen der Entscheidung, ihm zu helfen oder Elienor zu retten, wählte Alarik Elienor. Er wusste, dass sein Bruder sich gut genug um sich selbst kümmern konnte. Elienor nicht. Es oblag ihm, ihr zu helfen oder zuzusehen, wie sie vor seinen Augen verbrannte. Das Feuer breitete sich viel zu schnell aus. Er hoffte nur, dass Olav durchhalten würde, bis er zurückkehren konnte, um ihn zu unterstützen. Doch gerade als er sich entschloss, zu Ejnars Schiff zu springen, gefror ihm das Blut.

Er sah, wie Olav seinen Schild zum Himmel erhob. „Ich trete euch diese Schlacht ab, ihr dreckigen Dänen. Denn sie ist für mich ohnehin verloren!"

Alarik wollte seinen Ohren nicht trauen. Verwirrung und Wut erhoben sich in ihm. „Nei, Olav! Nei!", rief er verzweifelt. Seiner Meinung nach wählte sein Bruder den Ausweg eines Feiglings. „Nei!", brüllte er.

Olav schaute sich nicht nach ihm um. Sein Entschluss war gefasst und lauthals fuhr er fort: „Gott ist mein Zeuge, wie ich hier stehe, niemandes außer Gottes Gnade ausgeliefert! Ich verfluche eure heidnischen Seelen! Mögt ihr in der Hölle verrotten!"

Nachdem er das gesagt hatte, wandte er sich endlich reuevoll lächelnd Alarik zu und löste seinen Griff um den Drachenkopf.

Wie in Zeitlupe stürzte Olav ins Meer, die Füße zuerst. Mit seinem Schild schirmte er seinen Kopf vor den fliegenden Pfeilen ab.

Unter dem Schild drangen Luftblasen hervor, während er versank. Dann kippte der Schild und glitt zusammen mit Olav, den das Gewicht seines Kettenhemds nach unten zog, in die Untiefen des trüben Wassers. Olavs blutroter Mantel löste sich. Er wogte wie eine grauenhafte, stumme Markierung auf den Wellen.

Elienor zog sich das Herz zusammen, als sie beobachtete, wie Alarik sein wertvolles Schwert fallen ließ. Mit unglaublicher Panik sah sie zu, wie er sein Kettenhemd abstreifte und es wütend aufs Deck warf. Er starrte auf das Wasser, wo Olav nur Sekunden zuvor verschwunden war, dann stieß er einen zornigen Schrei aus und wandte sich ihr zu. Sein Blick traf ihren durch die Flammenwand hindurch, seine Brust hob und senkte sich heftig. Elienor konnte selbst über die Entfernung das Gefühlschaos sehen, das in ihm wütete.

Im nächsten Moment rannte er, sprang und segelte über die aufgewühlte See auf sie zu.

Genau wie in ihrem Traum.

In diesem Augenblick hörte sie das verruchte Lachen und ihr Blick folgte dem Geräusch. Wie in ihrem Traum entdeckte sie Hrolf auf einem anderen Schiff, die Hand in die Luft gereckt. Die Zeit stand still, als er den Arm nach hinten und dann nach vorne schwang, den Stiel der Axt fest im Griff. Die Waffe zielte ...

Genau auf Alarik.

Im selben Moment, in dem sie beobachtete, wie Hrolf die Axt durch die Luft wuchtete, grub sich eine andere Klinge in Hrolfs Rücken. Sigurd. Elienor sah den überraschten Ausdruck auf Hrolfs Gesicht, als dieser nach vorne in das aufgewühlte Wasser fiel.

Doch sie hatte keine Zeit, um Genugtuung oder Erleichterung zu fühlen.

Gott stehe ihr bei, sie wusste, dass sie etwas tun

musste. Elienor atmete tief ein und stürzte durch die Flammen. Sie schrie und dann segelte sie wie Alarik durch die Luft. In ihrem brennenden Kleid versuchte sie, zu verhindern, dass ihn die Klinge der Axt traf.

Kurz bevor sie in der Luft zusammenstießen, sah sie einen Ausdruck fassungslosen Erstaunens auf Alariks Gesicht, dann prallten ihre Körper aufeinander.

Mit einem heiseren Schrei versuchte Alarik, Elienor festzuhalten, doch er verfehlte sie. Im nächsten Moment kam wie aus dem Nichts ein Axtstiel angesaust, der ihr seitlich gegen den Kopf schlug. Sie keuchte schmerzvoll, dann schlossen sich ihre Lider.

Beide stürzten ins Meer.

Das Salzwasser brannte in seinen Augen, aber er hielt sie offen und bemühte sich, sie zu entdecken ... ihr Gewand ... ihr Haar ... irgendetwas ... irgendetwas, das er ergreifen konnte.

Das Wasser war blutig.

Er drehte sich wild, Luftblasen stiegen um ihn herum auf und störten seine Sicht. Sein Gewicht zog ihn nach unten ... immer weiter nach unten, bis er schließlich nicht Elienors, aber Olavs wehendes rotblondes Haar erblickte. Instinktiv griff er zu und stieß sich zur Oberfläche hin ab, um dort nach Elienor zu suchen.

Olav hatte die Luft angehalten, hatte vergeblich versucht, trotz des Gewichts seines Kettenhemds wieder aufzutauchen. Seine Lungen fühlten sich an, als würden sie gleich platzen. Panisch riss er an seiner *brynie*.

Auch Alariks Lungen begannen langsam zu schmerzen und er kämpfte verzweifelt darum, wieder die Oberfläche zu erreichen. Das Salzwasser brannte in seinen Augen und er schloss sie einen Moment, um das Brennen loszuwerden, doch als er sie kurz darauf wieder öffnete, trat Olav nach ihm.

Alarik schüttelte wütend den Kopf und verweigerte

den stummen Befehl. Er strebte weiter der nach oben und umklammerte dabei Olavs Haar mit festem Griff.

In diesem Augenblick erspähte er Elienor über ihm. Ihr zerrissenes saphirblaues Gewand verschmolz mit der Farbe des Meeres. Leicht, wie sie war, trieb sie an ihm vorbei nach unten, ihr Körper leblos. Panisch griff Alarik nach ihr und ließ Olav für einen Moment los, um ihre Taille zu umfassen. Dann bemühte er sich, Olav erneut zu erhaschen. Er streckte blindlings seine freie Hand aus und seine Finger umschlossen den glänzenden Ring, der um Olavs Hals hing.

Vergeblich versuchte Alarik, wieder die Oberfläche zu erreichen; an einer Hand hielt er den Bruder, dem er so lange gedient hatte, an der anderen die Frau, die er liebte. Bei Gott, wie sehr er sie liebte!

Er brauchte sie beide.

Und bei Gott, er würde beide retten!

Olav, der sich mit seinem Schicksal abgefunden hatte, schüttelte heftig den Kopf und winkte verzweifelt, um Alarik zu sagen, dass er sich selbst und Elienor retten sollte, solange er noch konnte.

Der Schmerz in Alariks Lungen war stärker als alles, was er je zuvor gespürt hatte, doch er wagte nicht, aufzugeben oder sich des Gewichts, das ihn nach unten zog, zu entledigen.

Er blickte nach oben zu dem feurigen Ring aus Licht, der sich mit jeder Sekunde weiter entfernte. Wie könnte er einfach loslassen? Wie könnte er sich entschließen, seinen Bruder loszulassen – sein Fleisch und Blut?

Doch Elienor lag weiterhin leblos in seinen Armen und er wusste, er musste sich entscheiden.

Da er nur seine Beine hatte, um sich nach oben zu strampeln, sank er immer weiter nach unten, bis er im sich verdunkelnden Wasser Olav genau ins Gesicht blickte.

Olavs Wangen waren aufgetrieben, seine Augen traten hervor und er blickte ihn finsterer an als je zuvor. Er kämpfte gegen Alariks Griff an. „Geh!", schrie er und der Befehl kam mit einer Welle wütender Luftblasen aus seinem Mund. Als dieses eine, sein Leben beendende Wort Alarik erreichte, klang es nur mehr wie ein entferntes Rumpeln in seinen Ohren. Unter ihm zuckte Olav wild, als er das brennende Salzwasser in seine Lungen sog und ein letzter Ruck durch seinen Körper fuhr.

Durch die Faust, die das Lederband um Olavs Hals umklammerte, fühlte Alarik die Krämpfe, die seinen Bruder schüttelten, bis Olav plötzlich erschlaffte, schwerer wurde und ihn weiter nach unten zog ... weiter in die Tiefe ...

Immer noch konnte Alarik ihn nicht loslassen, doch seine Stärke verließ ihn und seine Finger um den kalten Metallring wurden taub. Endlich kam der Moment, in dem er wusste, dass er es nicht länger hinauszögern konnte. Wenn er Olav nicht losließ, würde Elienor ganz sicher sterben.

Er konnte das Leben oder den Tod wählen.

Schließlich war es doch nicht seine Entscheidung, denn Olav glitt einfach aus dem Lederband, das leer in Alariks Griff verblieb.

Schmerz durchzuckte Alariks Brust, als er die plötzliche Gewichtslosigkeit spürte. Doch er konnte es nicht mehr aufschieben.

Sein Atem barst aus seinen Lungen, er kämpfte sich dem schwachen Licht über ihm entgegen und ließ eine Spur aus Luftblasen hinter sich zurück.

Er hoffte nur, dass es für Elienor noch nicht zu spät war!

Beim Blut des weißen Christi – was, wenn es zu spät war? Seine Brust brannte, bis ihm schien, als würden seine Lungen platzen. Odin helfe ihm – Gott helfe ihm – irgendwer – das Licht war zu weit weg!

Er würde seine Seele jedem Gott verkaufen, nur um es zu erreichen.

Er würde Elienor nach Hause zu ihrem Onkel bringen, wenn sie das wollte ... wenn er nur ...

Zu weit!

Einen Moment wurde ihm schwarz vor Augen, als könnte er es nicht mehr aushalten, durchbrach sein Kopf die Gischt und er atmete wieder, schnappte nach der lebensrettenden Luft.

Er drückte Elienor so fest an sich, dass keine Luft in ihre Lungen gelangt wäre, wenn sie denn bei Bewusstsein und in der Lage gewesen wäre, zu atmen. Mit einem kehligen Schrei und seiner letzten Kraft hob er sie hoch in die Luft.

Verschwommen nahm er wahr, dass sie nicht wieder herunterkam – dann streckten sich Hände nach ihm aus und zogen an ihm, zerrten ihn aus dem Meer. Elienors Ring hielt er mit seiner Faust umschlossen.

Als Elienor hochgezogen wurde und dabei gegen die Reling schlug, trieb der Aufprall das Wasser aus ihrer Lunge. Sie hustete und spuckte Salzwasser. Keuchend und würgend schnappte sie nach Luft. Für einen kurzen Moment öffnete sie die Augen, sah ihn jedoch nicht und rief seinen Namen, bevor die Schwärze sie wieder verschlang.

KAPITEL 34

Da alle damit beschäftigt waren, Olav besiegen zu wollen, hatten sie es irgendwie geschafft, dem Kampf zu entkommen, ohne bemerkt zu werden. Dummköpfe! Die Schlacht war erst einige Stunden vorbei und schon gab es Gerüchte, dass man Olav gesichtet hätte, wie er sich auf einem der Schiffe der Jomsborg-Wikinger davonstahl.

Alarik wusste es besser

Sie waren direkt zum Anwesen gekommen. Was ihn betraf, so hatte er sich nie in seinem Leben leerer gefühlt als in diesem Moment. Und die Götter mögen ihn verfluchen! Er hatte sich selbst nie mehr verabscheut.

Elienor war noch nicht wieder aufgewacht und auch das hatte er sich zuzuschreiben. Seine Brust hob und senkte sich heftig vor lauter Emotionen, die er nicht ausdrücken konnte.

Hätte er sie bloß in Frankreich gelassen.

Er hatte kein Anrecht auf sie gehabt – und er hatte auch jetzt keinen Anspruch auf sie.

Herrgott – sie hatte ihr Leben für seines riskiert! Er sah immer noch vor sich, wie sie durch die Flammen auf ihn zugesprungen war. Das Bild würde ihn für den Rest seines Lebens verfolgen. Sie hatte den Schlag abbekommen, der für ihn bestimmt gewesen war. Hätte sie sich nicht auf ihn gestürzt und seine Richtung geändert, hätte sich sein Körper nicht beim Zusammenprall mit ihr gedreht, sodass sie der Stiel traf, hätte die Klinge der Axt sich in seinen Rücken versenkt.

Und er würde für alle Ewigkeit mit Olav zusammen in diesem eisigen Wasser ruhen.

Mit brennenden Augen lief er durch den dunklen, doch vertrauten *skáli*. Elienors bewusstloser, angeschlagener Körper lag in seinen erschöpften Armen. Alva leuchtete ihm mit einer Fackel den Weg. Sigurd und Bruder Vernay folgten ihnen stumm, ebenso Nissa, deren Gesicht ernst und bekümmert aussah. In seinem Zimmer legte er sie sanft aufs Bett. Dann drehte er sich zu Nissa um und eine Wut durchströmte ihn, die er nicht genau bestimmen konnte. Im Moment konnte er nur daran denken, dass sie die Letzte war, die Elienor vor ihrer Entführung gesehen hatte. „Lasst uns allein!", befahl er mit heiserer Stimme.

Nissa nickte ängstlich und floh aus der Kammer.

Elienor lag so still und reglos auf seinem Bett, bleich wie der Tod selbst, dass Alariks Magen sich bei dem Anblick schmerzhaft zusammenzog.

„Wenn du mich fragst, Jarl", sagte Sigurd, „ich vertraue darauf, dass sie genesen wird." Alarik blickte mit glänzenden Augen zu ihm auf. „Du weißt, um wie viele gebrochene Körper ich mich nach Gefechten gekümmert habe. Ihrer weist keine Anzeichen eines nahenden Todes auf." Er nickte ermutigend und als er die Sehnsucht in den Augen seines Jarl sah, hoffte er von ganzem Herzen, dass es stimmte.

Alva schüttelte den Kopf. „Er sagt die Wahrheit", fügte sie hinzu, wenngleich mit etwas weniger Überzeugung.

Alariks Kiefer spannte sich an. Er schloss die Augen und sperrte die wütenden Emotionen aus, die in ihm kämpften. Er konnte den Gedanken, sie zu verlieren, nicht ertragen – jetzt da er endlich die Tiefe seiner Liebe für sie kannte.

Ja, Liebe! Er verfluchte sich selbst. Tölpel, der er war, hatte er sich geweigert, es zu sehen. Er würde sie jetzt nicht verlieren, bei Gott!

Nicht bevor er die Gelegenheit hatte, sich mit ihr zu versöhnen. Er würde ihr ihren Herzenswunsch erfüllen ... sie zurück nach Frankreich senden, wenn sie das immer noch wollte – alles, was sie verlangte.

Alles!

Wenn sie nur zu ihm zurückkehren würde.

Alarik betrachtete ihr schlummerndes Antlitz und spürte, wie seine Augen feucht wurden. Er bedeckte sein Gesicht mit den Händen und ärgerte sich über diese ungewollte Wendung des Schicksals. Seine große Hand glitt nach unten, um seinen zitternden Mund zu verhüllen, und mit zusammengebissenen Zähnen fragte er: „Gibt es nichts, was ihr heute Abend noch für sie tun könnt?" Sein Blick wanderte von Sigurd zu Alva und Vernay. „Irgendwer von euch?"

Sigurd schüttelte den Kopf, Alva und Vernay taten es ihm gleich. „Non, Seigneur", erwiderte Vernay leise. Seine eigenen Augen füllten sich mit Tränen. „Außer, sie würde ..."

„Dann lasst mich allein!", verlangte Alarik und weigerte sich, den Mönch ausreden zu lassen. Sie würde nicht sterben. Bei Gott, er würde es nicht zulassen. „Geht!", rief er, als sie seinem Befehl zu langsam Folge leisteten. Er wollte sich nicht weiter beschämen, indem er wie eine Frau vor ihnen weinte. Er hielt seine Gefühle aus seiner Stimme, als er hinzufügte: „Und Sigurd ..."

Sigurd drehte sich um, während Alva und Bruder Vernay nach draußen eilten und sie allein ließen.

Alarik wartete, bis die zwei gegangen waren, und sagte dann mit ruppiger Stimme: „Ich möchte, dass du Wacht hältst. Ich habe keine Ahnung, wie das Nachspiel der Schlacht aussehen wird, aber ich lasse mir ganz sicher nicht nehmen, was mein ist."

Sigurd nickte. Seine Miene war so mürrisch wie die seines Jarls, denn auch wenn Alariks Worte seine einstige Stärke und Entschlossenheit enthielten, so fehlte ihnen doch die Leidenschaft. Nie zuvor hatte er so niedergeschlagen gewirkt. „Sehr wohl, Jarl", sagte er und wandte sich zum Gehen.

„Benachrichtige mich, sobald du Bjorn siehst!", fügte Alarik grimmig hinzu. „Sollte er es wagen, sein betrügerisches Gesicht zu zeigen."

„Soll ich ihm etwas ausrichten?", fragte Sigurd und blieb auf der Schwelle stehen, um sich zu Alarik umzudrehen.

Alarik schüttelte den Kopf und versuchte, zusammenhängend zu denken, schaffte es jedoch nicht. „Sag ihm ..." Er schüttelte wieder den Kopf. „Sag ihm nichts. Schick den Mistkerl einfach nur zu mir, wenn er kommt – falls er kommt ..."

Sigurd nickte, trat in den Gang und schloss die schwere Tür hinter sich.

Als er allein war, kniete Alarik neben dem Bett nieder und schloss gequält die Augen.

Elienor hatte all das nur wegen ihm durchgemacht. Allein Gott wusste, was sie in den letzten Wochen in Hrolfs Gefangenschaft erlitten hatte. „Ihr sollt leben!", verlangte er anmaßend. „Ihr müsst!" Sein Blick wurde milder, Feuchtigkeit brannte in seinen Augen. Er kniff die Lider zu und berührte seine Stirn. Unbeholfen schlug er ein Kreuz, wie er es so oft bei Bruder Vernay gesehen hatte. Eigenartigerweise fand er Trost in der Geste.

Nach einem langen Moment sprach er wieder, mit barscher Stimme. „Ich bin ..." Er schüttelte in Selbstverhöhnung den Kopf. „Ein sturer, arroganter Dummkopf. Zu lange habe ich das Bedürfnis verspürt, wie mein Vater zu sein ... so sehr, dass ich genau das getan habe, was er bis zu seinem letzten Atemzug getan hat. Ich habe die Liebe aus meinem Herzen verbannt ... wie er ... wie es seine Art war, allen Emotionen zu entsagen, die nicht männlich waren." Die Stimme brach. „Christus ... Tölpel, der ich bin, ich glaubte ihm. Ich glaubte, seine Art wäre die richtige für einen Mann. Ich habe mich geirrt, Elienor ... vergebt mir." Er legte seinen Kopf auf ihre Brust. „Im Namen Eures Gottes, öffnet Eure Augen!", rief er heiser.

Elienor rührte sich nicht und er hob sein Gesicht. Ihm war undeutlich bewusst, dass eine Träne – die erste, die er je vergossen hatte – über seine Wange rollte und auf ihr bleiches Antlitz tropfte.

Blinzelnd berührte er den Tropfen mit einem Finger. Er war erstaunt, ihn zu sehen, sein Herz hämmerte und er wusste nicht, was er als Nächstes tun sollte. Mit einem leisen Aufschrei wischte er ihn weg und beugte sich vor, um ihre Lippen zu küssen. Er nahm ihren Kopf in seine Hände und wisperte rau: „Kommt zurück zu mir, Elienor – oh, Gott, kommt zurück zu mir!"

Lange schaute er einfach nur ihr engelsgleiches Gesicht an. Es war so bleich in dem schwachen, flackernden Licht der einzelnen Fackel. Er wollte fluchen. Er wollte heulen. Er wollte einen Mord begehen. Doch er tat nichts davon. Stattdessen saß er dort auf seinen Knien und hielt stumm Wache. Dabei verfluchte er Hrolf Kaetilson zu einem Tod ohne einen Platz in Walhalla! Er hatte sich nicht selbst an ihm rächen können, da er Hrolf nicht mehr gesehen hatte, aber er betete, dass Hrolf ohne eine Waffe in seinen verräterischen Händen gestorben war.

Während der Stunden, die er an Elienors Seite verbrachte, dachte er an alles, was Elienor durch seine eigenen Hände ertragen hatte, durch die Hände seiner Männer, und er wusste, dass er nie wieder einen Mann oder eine Frau entführen würde. Es war falsch. Er betrachtete ihre allzu reglose Gestalt, die Wunde an ihrer

Stirn. Seine Finger zeichneten sanft die Narbe nach, die vollends verheilt war, und bewegten sich dann zu ihren Haaren, um nach der Beule zu suchen, die der Axtstiel verursacht hatte. Es gab keine offene Wunde, aber der Aufprall hätte sie töten können – könnte sie immer noch töten. Außerdem waren da die Verbrennungen an ihren Beinen, nicht schlimm, da sie ins Wasser gestürzt waren, bevor ihr Kleid ganz in Flammen aufgehen konnte, und doch war es eine abscheuliche Erinnerung an all das, was sie durch seine Schwäche erlitten hatte.

Jeden wachen Moment betete er für ihre Genesung, doch bei Tagesanbruch war sie immer noch bewusstlos. Und bei ihm setzte die völlige Erschöpfung ein. Die Schlacht forderte Tribut von seinem Körper und seine aufgewühlten Gefühle laugten ihn aus, doch er weigerte sich, seine Augen zu schließen.

Da er fast auf den Knien einschlief, zog er seine Stiefel und das blutverschmierte Hemd aus und stieg mit nichts als seiner Hose bekleidet zu seiner wunderschönen Elienor ins Bett.

Immer noch kämpfte er gegen die Erschöpfung an, während er jede ihrer unbewussten Regungen im Auge behielt. Er streckte die Hand aus und griff nach einer Locke, liebkoste sie zwischen seinen Fingern, doch dabei erinnerte er sich an Olavs rotgoldenes Haar in seiner Faust. Wieder durchlebte er den Moment, in dem der Körper seines Bruders seinem Griff englitten und im Meer versunken war, und ein heiserer Schrei entkam ihm.

Mehr Tränen.

Doch es war ihm gleich.

Er hatte zu viel verloren, als dass es ihn kümmerte.

Als Elienor auch am nächsten Morgen nicht erwachte, wollte er sie schütteln. Seine Geduld näherte sich dem Ende. Er fühlte sich hilflos wie ein Baby, da er sie einfach nur anstarren konnte. Es musste doch etwas geben, das er tun konnte, um ihr zu helfen ... irgendetwas ...

Er fühlte sich verpflichtet, zur *kirken* zu gehen. Elienor hatte so viel Zeit in dem kleinen Gebäude verbracht – vielleicht würde er dort Antworten finden. Er scherte sich nicht darum, seine Kleidung zu wechseln. Rastlos, wie er war, lief er aus seinem Zimmer mit nicht mehr als seiner ledernen Hose am Leib.

In dem Moment, in dem er den *skáli* verließ, eilte Nissa nach drinnen und auf seine Kammer zu.

Alarik bemerkte es nicht. Und er sattelte auch nicht sein Pferd.

Stattdessen rannte er den ganzen Weg und ließ dabei seinen Frust heraus. Nach der Hälfte schrie er gequält auf, sank zu Boden und bearbeitete diesen wütend mit den Fäusten.

„Verflucht sollst du sein, Olav!", schrie er gen Himmel. „Ich will verdammt sein. Zum Teufel mit deiner Gottbesessenheit!"

Loki sollte ihn holen. Nicht einmal Svein Gabelbart, der damit beschäftigt war, Dänemark zu konvertieren, ging dabei mit solcher Härte vor, wie Olav es getan hatte. Alarik war so vertieft in seinen Zorn, dass er die sich nähernden Schritte nicht hörte.

Er bemerkte den Schatten, der über ihn fiel, und fuhr herum ... zu seinem Bruder.

Bjorns Gesicht war bleich, seine Augen aufgerissen. „Es ist wahr", rief er und schüttelte den Kopf, als würde er seinen Augen nicht trauen. „Du lebst?"

„Ja!", knurrte Alarik. „Stört dich das, du Bastard?" Er sprang auf die Füße und baute sich vor ihm auf. Wut und Ernüchterung brannten in seinem düsteren Gesicht.

Wenn Bjorn Erleichterung darüber verspürt hatte, Alarik zu sehen, so schwand diese mit dem Aufflackern seines Zorns. „Ja!", brach es aus ihm heraus. „Bei Odin! Ich bin ein Bastard – wie du mich so oft erinnert hast!"

Alarik war einen Moment verwirrt über die Beschuldigung, denn er hatte das Wort nie zuvor in Bezug auf Bjorn benutzt. Und diesmal hatte er es nur aus Ärger getan.

„Das hast du nicht aus meinem Mund gehört", widersprach Alarik. Er ballte die Hände an den Seiten zu Fäusten. „Wenn du daran erinnert wurdest ... dann nur durch dich selbst. Denn du wirst dich entsinnen, dass ich auch ein Bastard bin!"

„Ja? Und was hat dein Bastardsein dir Schlimmes gebracht, mein Bruder?", erwiderte Bjorn. „Du hast alles in deinem Leben, was du dir gewünscht hast. Ich – Ich bin derjenige, der all die Jahre nichts gehabt hat! Nichts! Hörst du mich? Einmal in meinem Leben habe ich eine Gelegenheit ergriffen, kannst du das nicht sehen?"

„Ich sehe nur einen jammernden Tölpel", unterbrach Alarik ihn. Er ging auf ihn zu und Bjorn wich langsam zurück. „Einen Dummkopf, der seine Familie und sein Land verraten hat! Einen Dummkopf, Bjorn, und sonst nichts! Weißt du, was für einen Preis du für deinen Verrat bezahlt hast? Deine Ehre! Familie! Die Zukunft des Nordlands – ganz abgesehen von seinem König!" Er blieb vor Bjorn stehen. Seine Haltung war vollkommen still und doch spiegelte sie die Gewalt, die in seinem Herzen war. „Und das Wissen, dass du das Blut von Brüdern an deinen verräterischen Händen hast!" Alarik lachte, doch es war ein freudloser Klang.

„Du lebst!", entgegnete Bjorn und die Aussage wirkte mehr wie eine Anklage. „Was Olav angeht –" Er runzelte die Stirn und schüttelte den Kopf. „Olav war nie mein Bruder", sagte Bjorn heftig. „Nur deiner!"

„Verwöhnter Bengel!" Alarik stürzte sich auf ihn. Seine Wut war zu groß, um gebändigt zu werden. Die zwei rangen, bis Alarik in seiner Erschöpfung nicht mehr konnte. Er fiel auf Bjorn und hielt ihn unter sich fest, indem er einen Arm auf seinen Hals drückte. Sein

Gesicht war rot vor Zorn. „Du denkst, dass er es nicht war, Bastard?", rief er. „Du denkst, dass er das nicht war? Hat er deshalb deinen schmutzigen Heidenarsch bis zum Schluss verteidigt? Selbst im Angesicht meiner Wut und meiner Anschuldigungen, selbst als ich dich mit Beweisen verurteilte. Ja, Bjorn, Eriks Sohn. Ich weiß genau, dass du dich mit Hrolf getroffen hast, denn ich habe mit eigenen Augen gesehen, wie du aus dem Wäldchen kamst! Olav hat dich selbst dann noch verteidigt!" Seine Stimme brach.

„Nei, Bjorn, Eriks Sohn, du irrst dich. Olav war mehr dein Bruder, als du es je zugelassen hast. Du warst immer derjenige, der Abstand gehalten hat. Du, bei Gott!" Sein Zorn beruhigte sich langsam, gemildert durch den Anblick, wie sein einziger männlicher Verwandter nach Luft schnappend unter ihm lag. Gemildert durch den Kummer über das, was hätte gewesen sein können, aber nie sein würde. „Du und niemand sonst", knurrte er unglücklich. „Denk darüber nach, wenn die Nächte lang werden und du brütend in deinem Bett liegst – und du wirst brüten, mein Bruder, denn das ist es, was du tust!" Er schüttelte den Kopf und nahm seinen Arm von Bjorns Hals.

„Was weißt du schon von mir?", spuckte Bjorn und krabbelte auf die Füße.

Alarik seufzte tief und voller Schmerz, als er sich ebenfalls erhob. „Mehr als du glaubst ...mehr als du weißt ... denk über meine Worte nach, wenn du willst –" Seine Augen wurden melancholisch, als er Bjorn den Rücken zuwandte und weiter zur *kirken* lief. „Erstick an ihnen, wenn du willst!", rief er ihm über seine Schulter zu. „Aber lass mich in Ruhe – verlass Gryting – nimm Nissa und geh. Dein Anblick bereitet mir Übelkeit!"

Bjorn stand da wie festgewachsen. „Ich möchte bleiben!", verkündete er.

Alarik erstarrte und drehte sich um.

Bjorn klang so hilflos wie der kleine Junge, der er

einst gewesen war, und Alarik erinnerte sich wehmütig an den prahlenden Jüngling, der ihm so treu gefolgt war.

Wann hatte es aufgehört, so zu sein? Er konnte sich nicht entsinnen. Bjorn war all die Jahre sein Schatten gewesen. Aber jetzt nicht mehr. Er hatte es geschafft, die Verbindung zwischen ihnen durch seinen Verrat zu zerstören. Alarik hatte gedacht, das Herz könnte ihm nicht noch schwerer werden, aber das tat es, und doch merkte er, dass er niemanden hassen konnte, der von seinem Blut war.

Vielleicht ... vielleicht konnten sie noch einen Weg zurück finden.

„Ich ... Ich wollte nicht, dass es so endet", sagte Bjorn. „Ich ..."

„Wie sonst hätte es enden können, Bjorn?" Alarik schüttelte verdrießlich den Kopf. „Ich kann das nicht jetzt entscheiden", verkündete er, bevor Bjorn antworten konnte. Er wollte keine verdammten Ausreden hören – konnte gerade nur an Elienor denken. Es gab nichts, was er noch für Olav tun konnte. „In der Zwischenzeit kannst du bleiben", sagte er mit einem erschöpften Seufzen. Dann wandte er sich abrupt um und setzte seinen Weg zur *kirken* fort.

KAPITEL 35

G nade, das hatte sie doch schon einmal durchlebt, nicht wahr?

Elienor ächzte, als Schmerz ihren Kopf durchzuckte. Sie drehte sich und versuchte, ihre Augen zu öffnen, aber das Licht war zu hell, sodass sie die Lider wieder schloss.

Und süßer Jesus, ihr Körper fühlte sich so wund an ... ihre Beine ... es war, als wären ihre Rippen und ihr Brustkorb geprellt. Dennoch begrüßte sie den Schmerz, denn er ließ Leben erkennen – wertvolles Leben!

Sie atmete tief ein und fühlte sich einen Moment so gelassen wie nie zuvor – trotz ihres Wundseins, trotz ihrer Verwirrung –, denn sie spürte, dass der Albtraum endlich vorüber war.

„Elienor", sagte eine leise Stimme.

Immer noch orientierungslos öffnete Elienor die Augen. Nach einem unendlichen Moment erkannte sie Nissa, deren Gesicht nah über ihrem schwebte. Mit einem überraschten Keuchen versuchte sie, sich aufzusetzen.

Nissa half ihr. „Darf ich?", fragte sie und legte ihre Arme zur Unterstützung hinter Elienors Rücken. Ihre Miene wirkte ehrlich besorgt, doch Elienor konnte nur daran denken, dass Nissa diejenige gewesen war, die sie in die *kirken* gelockt hatte. Sie versteifte sich bei der Berührung.

„W-Wo ... Wo ist Alarik?", fragte Elienor und schluckte. Sie fürchtete sich davor, zu hören, was sie nicht hören wollte ... dass er im Meer ertrunken war. Wenn das der Fall wäre, würde ihr Herz mit ihm sterben.

Nissa ließ Elienor sogleich los. Sie spürte ihr Misstrauen und senkte den Blick. „Erst jetzt ist er von Eurer Seite gewichen", offenbarte sie leise. „Er sorgte sich sehr", verriet sie und schaute Elienor wieder an. Es schien Elienor, als füllten sich ihre Augen mit Sorge und Reue. „Schmerzt Euch Euer Kopf sehr?"

„Etwas", gab Elienor zu. Ihre Lippen verzogen sich zu einem schiefen Lächeln. „Allerdings ist es ein Wunder, dass ich bei all der Misshandlung, die er erfahren hat, überhaupt noch einen Kopf habe."

Nissa lächelte unsicher. Sie schüttelte ihren Kopf. „Es ... Es tut mir leid", sagte sie.

„Wohin ist Alarik gegangen?", fragte Elienor leise.

„Ich bin sicher, er kommt bald zurück", antwortete Nissa. „I-Ich hoffte, Ihr würdet mich vorher anhören – es tut mir so leid!", wiederholte sie, als Elienor sie nicht sofort zurückwies. „Ich wollte Euch nicht schaden. Es ist nur so, dass mein Vater ... nun, er wollte so sehr, dass ich Alarik heirate. Oh, Elienor – könnt Ihr mir vergeben?"

Elienors Gefühle wechselten von erfreuter Erleichterung, dass Alarik in der Nähe war, zu ihrem vorherigen Misstrauen. „Warum möchtet Ihr plötzlich meine Vergebung?", fragte sie skeptisch.

Stille antwortete auf ihre Frage.

„Nissa?"

„Weil ich in Gryting bleiben möchte!", offenbarte Nissa verzweifelt. „Bei meiner Schwester! Und ... und bei Bjorn", sagte sie leiser und senkte die Lider. „Ich ... Ich glaube, ich habe ihn von Anfang an geliebt", gab sie mit gebrochener Stimme zu. Ein Hauch Wehmut schwang darin mit. Ihre himmelblauen Augen kehrten zu Elienor zurück, unvergossene Tränen schimmerten in ihnen. „Ich habe mich ihm hingegeben, Elienor ... und jetzt trage ich sein Baby in mir. Er möchte so sehr, dass unser Kind hier geboren wird, denn Gryting ist sein Zuhause!"

„Und was ist mit Eurem Vater?", fragte Elienor.

Nissa schüttelte traurig den Kopf und unterdrückte ein Schluchzen. „Nach unseren Gesetzen kann ich heiraten, wen ich möchte. Es ist nur ... Ich wollte auch so verzweifelt meinem Vater gefallen."

„Und jetzt?", hakte Elienor nach.

„Und jetzt ... jetzt weiß ich, dass ich meinem Herzen folgen muss. Ich kann nicht zulassen, dass mein Baby auf die Welt kommt, ohne seinen Vater zu kennen. Mein Vater –" Tränen sammelten sich in ihren Augen und rannen über ihre Wimpern. „Mein Vater muss das verstehen", sagte sie traurig, als würde sie bezweifeln, dass er das tun würde.

„Und wenn nicht?"

„Dann gibt es nichts, was ich tun kann, um es in Ordnung zu bringen. Ich weiß nur, dass ich tun werde, was immer nötig ist", erwiderte Nissa. Ihr Gesichtsausdruck wurde besorgt. „I-Ihr habt es ihm nicht gesagt?", fragte sie ängstlich und führte dann aus: „Ihr habt Alarik nicht erzählt, dass ich diejenige war, die Euch zur *kirken* schickte?" Ihre Stimme klang furchtsam und zugleich hoffnungsvoll.

Elienor schüttelte den Kopf.

Es schien ihr, als würde sich Nissas Miene plötzlich aufhellen. „Werdet ... Werdet Ihr es ihm sagen?", fragte sie zögerlich.

Angesichts des optimistischen Blicks in Nissas Augen wusste Elienor, dass sie die Bitte nicht abschlagen konnte. Sie schüttelte erneut den Kopf. „Ich werde es ihm nicht erzählen", lenkte sie ein.

Mit einem erleichterten Aufschrei vergrub Nissa ihr Gesicht in ihren Händen und weinte. Peinlich berührt von diesem unerwarteten Gefühlsausbruch beobachtete Elienor Nissa für einen Moment, dann berührte sie ihren Arm. Nissa hob ihr Gesicht und runzelte die Stirn.

„Warum?", fragte sie verwirrt. „Warum werdet Ihr es ihm nicht erzählen? Schließlich habe ich Euch geschadet, Elienor."

Elienor zuckte die Achseln und schüttelte wieder den Kopf. „Alarik zuliebe", offenbarte sie leise. „Weil Bjorn sein Bruder ist ... für den Neffen, den er sonst vielleicht nicht kennenlernen würde ... und weil es Euch so viel zu bedeuten scheint", erklärte sie.

„Und Bjorn auch!", versicherte Nissa ihr mit bebenden Lippen. „Er möchte zwischen sich und Alarik alles wieder ins Lot bringen!"

Elienor nickte. „Wo ist Alarik jetzt?", fragte sie erneut. „Ich ... Ich muss ihn sehen." Das musste sie tatsächlich. Mehr als alles andere musste sie ihn mit eigenen Augen sehen, brauchte den Beweis, dass er noch lebte – dass dies nicht Teil eines grausamen Traums war und sie durch eine Laune des Schicksals aufwachen und allein sein würde. Ihre letzte Erinnerung an ihn war ihr Flug durch die Luft und wie sie mit ihm zusammengeprallt war.

„Oh, aber Elienor! Denkt Ihr, Ihr solltet so bald nach ihm suchen? Ihr seid gerade erst aufgewacht. Vielleicht ... vielleicht wäre es besser, wenn Ihr warten würdet, bis er zurückkommt."

„Non!", flüsterte Elienor heftig und diesmal war sie der Verzweiflung nahe. „Non, Nissa ... Ich muss ihn sehen! Ich muss einfach!"

In diesem Moment wechselten die beiden einen Blick wortlosen Verstehens und Nissa nickte. „Dann werde ich Euch zu ihm führen", gab sie nach. Mit einem zaghaften Lächeln half sie Elienor, vom Bett aufzustehen.

❦

ALARIK HATTE DIE GANZE NACHT NICHT GESCHLAFEN. Dunkle Schatten lagen unter seinen stahlgrauen Augen, ein stummes Zeugnis seines inneren Aufruhrs. In seinem Herzen war eine Leere, durch die er sich verletzlicher fühlte, als er es je für möglich gehalten hätte. In all diesen Jahren hatte er fälschlicherweise angenommen, dass Liebe einen Mann schwach machen würde. Jetzt wusste er es besser ... nicht Liebe, sondern die Angst vor der Liebe war die wahre Schwäche. Denn durch sie hatte er alles verloren.

Er kniete vor dem Altar und dachte an Elienor, wie sie so still in seinem Bett lag, und sein Magen verkrampfte sich. Er hatte noch nie zuvor gebetet, denn die alten Götter wurden nicht auf diese Weise angerufen. Dennoch ... ihm war, als müsste er dieses eigenartige Ritual ausprobieren ... um Elienors willen ...

Die Tür war einen Spalt offen geblieben.

In Elienors Abwesenheit war das Dach neu gedeckt worden und das Innere des kleinen Gebäudes war nun schattig. Und doch ... sie konnte genug erkennen, um die Gestalt auszumachen, die vor dem Altar kniete.

Nissa stützte sie, als Elienor stumm auf der Schwelle zur *kirken* stehen blieb. Bei dem Anblick, der sich ihr bot, pochte ihr Herz heftig. Überrascht löste sie sich von Nissa und lehnte sich gegen den Türrahmen. Sie drehte sich um und bedeutete Nissa, sie allein zu lassen, dann wurde ihr Blick wieder – wie Metall von einem Magneten – von dem Schauspiel im Inneren angezogen.

Noch nie hatte sie Alarik beten gesehen ... und auch wenn er es unbeholfen tat, war seine Ernsthaftigkeit in jeder Geste sichtbar. Dennoch spürte sie zu ihrer Überraschung, dass es nichts änderte. Gar nichts. Sie schüttelte verwirrt den Kopf, denn tatsächlich empfand sie dasselbe für ihn wie Momente zuvor.

Sie liebte ihn über alle Maßen.

Alarik spürte die Gegenwart, bevor er die Schritte auf dem Boden der *kirken* hörte, doch weder hielt er inne, noch versuchte er, zu verstecken, was er tat. Es war ihm gleich, wer ihn jetzt sah. Vielleicht hätte Olav sein Vorgehen geändert, wenn er selbst überzeugender gewesen wäre. Vielleicht wäre er sanfter geworden. Wahrscheinlich nicht, gestand er sich reuevoll ein.

Erst als er fertig war, wandte er sich um. Die Brauen missmutig zusammengezogen erwartete er, dass entweder Bjorn oder Bruder Vernay ihn beobachtet hatte, und war verblüfft, keinen von beiden zu sehen. Seine umschatteten Augen weiteten sich bei dem Anblick von Elienor in all ihrer zerzausten Pracht.

Sein Herzschlag beschleunigte sich.

„Elienor?", krächzte er. Er sprang unbeholfen auf die Füße – der Schlafmangel machte seinen Körper schwerfällig.

Einen langen Moment sprach keiner der beiden.

Elienors Augen füllten sich mit Tränen. „Ihr seid", fragte sie und schluckte, „wirklich hier?" Sie berührte ihr eigenes Gesicht, als würde sie seines anfassen, um sich zu versichern, dass dieser Augenblick echt war.

„Ja", antwortete er heiser. Seine Arme sehnten sich danach, sie zu halten, doch er wagte nicht, sich zu bewegen, damit sie sich nicht als eine Erscheinung herausstellte. Er fürchtete, zu blinzeln, damit sie nicht verschwand. Er versuchte, in dem dämmrigen Licht in ihrer Miene zu lesen, doch da ihn die Sonne blendetet, blieben ihm ihre Gefühle verborgen. Selbst als er entschied, dass sie real sein musste, stand er noch immer wie erstarrt da. Er verabscheute sich selbst für all das, was sie erlitten hatte, seit er sie aus Frankreich entführt hatte, und war sicher, dass auch sie ihn deswegen verachtete.

Dennoch flehten seine Augen sie an.

Elienor bemühte sich, einen Schritt vorwärts zu machen, und schwankte leicht. Sie klammerte sich an den Türrahmen und in diesem Moment hätte nicht einmal Odin selbst Alarik von ihr fernhalten können. Er näherte sich ihr schnell, um sie an sich zu drücken, und Elienor stockte der Atem, als er sie in seine Arme zog. Ein leiser Schrei entkam seinen Lippen, als sein Mund ihre Stirn, ihre Nase, ihren Mund berührte ...

Elienors Herz machte einen Satz. Sie schaute auf in seine dunklen, glühenden Augen und konnte nur denken, wie froh sie war, in seinen Armen zu sein – wie froh sie war, ihn am Leben zu sehen. Sie wollte, dass er sie immer so festhielt.

„Schhh ... weint nicht", tröstete Alarik sie mit rauer Stimme. „Nei, Elienor ..." Er legte seine Stirn an ihre und versprach: „Ich werde alles wiedergutmachen – *alles*!" Damit nahm er das Lederband von seinem Hals und drückte ihr den Ring ihres Onkels in die Hand. „Er gehört Euch", sagte er düster. „Ich ..." Er schluckte. „Ich habe ihn Olav abgenommen", sagte er, ohne es zu beschönigen. Die Zeit kleinlichen Neids war vorbei. Nichts zählte außer Elienors Zufriedenheit – nicht einmal der verfluchte Grund, aus dem sie Olav den Ring gegeben hatte. Es war ihm gleich.

Elienor öffnete ihre Hand und starrte verwirrt auf den Ring. Sie erinnerte sich an den Moment, in dem sie ihn Olav gegeben hatte, und gleich darauf ... Olavs Gesicht, als er den Schlangenkopf an seinem Bug losließ und ins Wasser sank. „Ich ..." Ihre Stimme versagte. „Er sollte ihn meinem Onkel senden", offenbarte sie betrübt. Ihre veilchenblauen Augen hoben sich zu seinen. „E-Er versprach, er würde mit Euch sprechen ... damit Ihr mich nach Frankreich zurückschicktet ... zu meinem Onkel ..." Sie schüttelte den Kopf und schaute plötzlich weg. Alarik ließ sie los und wich aus der Umarmung zurück.

Elienor nahm die Trennung intensiv wahr.

Er hob ihr Kinn mit einem Finger. Seine silbernen Augen durchbohrten sie. „Und ist das immer noch, was Ihr wünscht?", wisperte er heiser. Seine Finger wanderten zu der Narbe an ihrer Schläfe, zeichneten die feine Linie nach. Auch wenn sie längst verheilt war, blieb sie eine Erinnerung an das Leid, das sie durch seine Hände erfahren hatte.

Elienor sagte nichts, konnte nicht sprechen, denn das Herz schlug ihr bis zum Hals. Tränen füllten ihre Augen.

In ihrem Schweigen hörte Alarik, was er am meisten fürchtete. Der Kloß in seinem Hals wurde dicker. „Dann ... lasse ich Euch frei", sagte er grimmig und beugte sich vor, um ihre Narbe zu küssen. Er hatte versprochen, es zu tun, und daran würde er sich halten – was auch immer es ihn kosten würde.

Tränen rannen über Elienors Wangen. Das Leben war so ungerecht! Jetzt, als sie endlich bei ihm bleiben wollte und sich ihm mit ihrem ganzen Herzen hingeben konnte, wollte er sie so einfach wegschicken? „Werdet Ihr mir auch mein Herz zurückgeben?", fragte sie und konnte den Hauch von Hysterie, der in ihrer Seele aufwallte, nicht unterdrücken.

Alarik schüttelte den Kopf. Er wollte ihre Worte nicht missverstehen, wollte nicht hoffen, nur um sie wieder zu verlieren. „Euer Herz?", fragte er sanft und sein eigenes hämmerte. Er musterte sie genau, fürchtete, die kleinste Änderung in ihrer Miene zu verpassen.

„Oui!", schrie Elienor aufgebracht. „Mein Herz! Denn so sicher, wie Ihr mich aus Frankreich gestohlen habt, so habt Ihr mir dieses auch geraubt!"

Ein Muskel zuckte an Alariks Kiefer, als er sie wieder in seine Arme zog. „Bei Gott – Elienor!" Da er Angst hatte, er könnte träumen, hielt er sie nur fest. Er konnte den Moment nicht beenden, konnte nicht sprechen, weil er fürchtete, er hätte sie missverstanden. Mehr als alles andere wollte er, dass sie glücklich war, doch zugleich wollte er sie mehr als sein Leben! Er würde alles in seinem Besitz geben, damit sie ihn mit Liebe in ihren veilchenblauen Augen ansah.

„Ich liebe Euch!", rief sie und erstarrte dann in seiner Umarmung, womit sie Alarik enthüllte, dass sie nicht vorgehabt hatte, ihre Zuneigung auszusprechen. Schwindelerregende Erleichterung, wie er sie nie zuvor empfunden hatte, durchzuckte ihn. Wie er ihre ungestüme Zunge liebte! Ein zufriedenes Lächeln umspielte seine Lippen, aber er sagte nichts, während er die Wahrheit der Gefühle genoss, die sie ihm offenbart hatte.

Elienor bereute ihre törichte Liebesbekundung und schimpfte sich tausendmal einen Dummkopf.

Wann würde sie es je schaffen, ihre verräterische Zunge zu beherrschen? Dachte sie, er würde ihr einfach sein Herz zu Füßen legen und ihr seine Liebe gestehen? Wie einfältig musste sie sein, um das zu hoffen? Er war ein Anführer der Wikinger – sie nicht mehr als seine französische Hure! Er war ein vornehmer Jarl – sie nicht mehr als eine erbärmliche ... Ach! Sie konnte sich nicht einmal mehr als der Kirche zugehörig bezeichnen, denn sie war keine reine Braut Christi mehr – in ihren Augen war sie beschmutzt! In einem Versuch, ihre Ehre zu retten, sagte sie: „Ich meinte nichts ..."

„Elienor", unterbrach er sie mit schroffer Stimme. „Möchtet Ihr wissen, wofür ich gebetet habe?" Er drückte sie besitzergreifend an sich, als würde er sie verlieren, sollte er seinen Griff lockern.

Einen langen Moment fand Elienor ihre Stimme nicht. Solange er sie so hielt, konnte sie fast glauben, er würde sie noch wollen. „Wofür ... Wofür habt Ihr gebetet?"

Er beantwortete ihre Frage mit einer eigenen. „Ist es

nicht Brauch bei Euch, Gott zu bitten, dass er vor einer Hochzeit die einzugehende Verbindung segnet?"

Elienors Augen wurden feucht. Sie zuckte die Achseln und kämpfte mit den Tränen. Sie verlor den Kampf und schloss die Lider. „Ihr habt Euch entschieden, zu erlauben, dass Bjorn und Nissa heiraten?", fragte sie ihn verwirrt und mit Beklemmung in der Stimme.

„Das", erwiderte er und schluckte den Kloß herunter, der in seinem Hals steckte, „ist nicht meine Entscheidung. Bjorn und Nissa werden die Ehe eingehen, wenn sie es möchten. Ich habe jedoch beschlossen, dass sie in Gryting bleiben können." Er nahm Elienors freie Hand in seine und befahl: „Schaut mich an, Elienor!" Er wartete, bis sie ihre veilchenblauen Augen wieder öffnete und seinen begegnete. Bewegt durch die Tränen, die über ihre bleichen Wangen liefen, umfasste er ihr Gesicht mit seinen schwieligen Händen, so zart wie die Berührung eines Babys. „Schhh", machte er. „Weint nicht, meine Liebe. Wenn Ihr es möchtet, lasse ich Euch nach Frankreich zurückkehren – wenn Ihr es möchtet –, aber ich bitte Euch, nicht zu weinen!"

Elienor versuchte verzweifelt, ihr Schluchzen zu unterdrücken, doch es gelang ihr nicht. Sie vergrub ihr Gesicht an seiner Brust und konnte sich der Möglichkeit nicht stellen, dass er sie wegschicken würde!

Da er sah, dass ihre Kraft schwand, sank Alarik auf die Knie und zog sie mit sich zu Boden. Dann beugte er sich vor, um ihren Kummer wegzuküssen. Mit jeder salzigen Träne, die er von ihrem weichen Gesicht küsste, spürte er seine eigene Unsicherheit abebben.

„Elienor", wisperte er heiser. „Ich habe Euren Gott gebeten, unsere Verbindung zu segnen – nicht Bjorns und Nissas."

Er hielt ihr Gesicht umfasst und zwang sie, zu ihm aufzuschauen. „Sagt mir, dass dies ist, was Ihr auch möchtet. Sagt mir, dass es so ist!", verlangte er und war dabei dem Flehen so nah, wie er es wagte. Es lag ihm nicht, zu bitten. Wenn sie ihn zurückwies ... dann würde er sie wirklich freilassen. Aber er war sicher, dass sie das nicht tun würde, denn als sie ihr tränenverschmiertes Antlitz hob, wurden ihm alle Gefühle, die in ihrem Herzen wohnten, offenbart. Es war der Blick, auf den er so lange gewartet hatte.

„I-Ihr möchtet ... Ihr möchtet Euch ... mit ... mit mir vermählen?"

Alarik nickte und lächelte jetzt selbstzufrieden, denn er wusste, dass ihre Antwort Ja sein würde. Doch als sie sich plötzlich von ihm löste und auf die Füße sprang, klappte sein Mund auf. Sie ging zum Altar und kniete davor nieder.

„Elienor?"

Elienor hörte die Unsicherheit in seiner Stimme, wandte sich mit feuchten Augen zu ihm um und schenkte ihm ihr heiterstes Lächeln. „Ein Gebet noch", wisperte sie und ihre Stimme brach vor Freude. „Eines noch ... damit auch ich Gott bitten kann, unsere Verbindung zu segnen!" Sie senkte ihren Kopf zum Gebet.

Einige Augenblicke später war Alarik auf den Füßen. Voll freudiger Erregung hob er sie auf seine Arme, als wöge sie nicht mehr als ein Neugeborenes. Er beugte sich eifrig vor, um sie auf die Lippen zu küssen, und fand, es war viel zu lang her, dass er seine kleine Französin geschmeckt hatte. Selbstvergessen in seinem Verlangen, sie zu halten, sie zu lieben, legte er sie auf den Boden der *kirken*.

„Nicht hier!", sagte Elienor bestürzt, lachend und weinend zugleich. „Niemals hier!", sagte sie.

Alarik grinste verlegen, stand auf und zog sie zur Tür ... begierig darauf, sie in sein Bett zu bekommen, und sei es nur, um zu schlafen ... während er sie in seinen Armen hielt.

Elienor sträubte sich. „Lasst mich los", verlangte sie und ihre Augen wurden ernst. „Diesmal sollen keine

Zweifel zwischen uns stehen – lasst mich aus meinem eigenen Willen gehen!"

Alarik blieb abrupt stehen, seine Miene war plötzlich düster. Er erbebte, als er tief in ihre Augen blickte. Elienor errötete und löste sich aus seiner Umarmung. Ihr Körper schmiegte sich an seinen und ihr stockte fast der Atem angesichts der verruchten Empfindungen, die dies in ihr auslöste.

„Fühlt Ihr Euch, als hätte ich Euch gezwungen?", fragte er bedrückt und war plötzlich unsicher.

Das gedämpfte Sonnenlicht, das durch die geöffnete Tür drang, umhüllte sie beide und in diesem Moment war es, als würden sie durch die Zeit reisen ... und wären wieder in der *kirken* in Frankreich. Doch diesmal war er derjenige, der ihr Gesicht nicht ausmachen konnte, während seines von der Sonne angestrahlt wurde. „Non", flüsterte Elienor. Es zerriss ihr das Herz, ihn so verloren zu sehen. „Ich meinte nur, dass ich neben Euch gehen möchte – damit alle, die uns sehen, wissen, dass ich dies freiwillig tue." Ihre Augen baten ihn um Verständnis.

Als sie so auf der Schwelle stand, durch die Sonne mit einem Heiligenschein versehen, wirkte Elienor wie ein Engel auf ihn. Doch sie war weder Engel noch *Valkyr*, wusste er. Sie war aus Fleisch und Blut.

Und sie war sein.

In diesem Moment fühlte Alariks Herz sich an, als könnte es gleich bersten. Er fuhr mit einer Hand durch ihr Haar, bückte sich, um seine Lippen auf ihre gerötete Wange zu drücken. „Ich liebe Euch, Elienor", sagte er heiser und sprach diese Worte zum ersten Mal in seinem Leben aus.

Elienor ging das Herz auf, es brauchte keine Seherin, um zu wissen, dass er die Wahrheit sprach. Er liebte sie und sie schrie fast auf, als sie ein berauschendes Gefühl der Vervollständigung durchfloss. Gott helfe ihr, zum ersten Mal in ihrem Leben wusste sie, was es bedeutete, geschätzt zu werden, denn sie war beim Tod ihrer Mutter zu jung gewesen, um sich an deren liebende Arme zu erinnern.

Endlich. Endlich.

Mit einem Seufzen ließ sie zu, dass der Ring, den sie einst so fest umklammert hatte, vergessen aus ihren Fingern glitt. Sie brauchte ihn nicht länger. Einst hatte er ihr Trost gespendet, ihr die Familie ersetzt. Doch nicht länger.

So sanft hielt Alarik sie in seinen Armen, dass sie sich endlich zu Hause fühlte.

EPILOG

„Mama! Mama! Erzähl uns noch mal von der Vision – der ersten, die du von Papa hattest!", verlangte die Kinderstimme. „Gunnar glaubt mir nicht!"

Als Elienor in den *skáli* eilte, umringte sie eine Traube von Kindern, angeführt von ihrer ältesten Tochter Kirsten, die die blauen Augen ihrer Mutter und das blonde Haar ihres Vaters hatte. Alle schauten sie hoffnungsvoll an und Elienors Augen leuchteten vergnügt auf, als sie sah, dass Nissa die Vorbereitungen für den *aftensmat* beaufsichtigte. Nach Alvas Ableben hatte Nissa stillschweigend ihre Aufgaben übernommen und war ihrem Vorbild gefolgt. Als sie Elienors Blick bemerkte, zuckte Nissa nur mit den Schultern und lächelte, um Elienor mitzuteilen, dass sie es nicht geschafft hatte, die Kinder davon abzuhalten, schon wieder danach zu fragen.

Jesus! Wie oft würde sie die Geschichte noch erzählen müssen? Ihr schien, als hätte sie es schon tausendmal getan. Nun ... Alva hatte sie gewarnt, Gott habe sie selig. Ihre letzte Vision war inzwischen so lange her, dass sie die ganze Zeit dieselben Geschichten wiederholte. Sie wunderte sich, dass niemand sie leid zu werden schien. Sie seufzte und gab nach.

„Nun denn." Sie lächelte, als sie ihren Blick über ihr erwartungsvolles Publikum schweifen ließ, denn unter ihnen waren auch ihre eigenen zwei Töchter: Kirsten und Dahlia. Außerdem Bjorns und Nissas fünf Kinder, vier Mädchen und ihr störrischer Sohn Gunnar. Und der stille Junge, der immer im Hintergrund blieb, gehörte zu Sigurd und Clarisse.

Elienor suchte sich einen Platz, sortierte ihre Röcke und setzte sich. Sobald sie das getan hatte, huschte Dahlia, ihre jüngste Tochter, auf ihren Schoß. Frechdachs, eifrig wie immer, eilte hinter ihr her. Ihre Tochter kreischte fröhlich und umarmte den Hund. Elienor legte einen Finger an die Lippen, um sie zum Schweigen zu bringen, da ihr kleiner Sohn, Krossbyr, schlummernd im Schlafzimmer lag und Alarik über ihn wachte. Es erstaunte Elienor immer wieder, wie viel Zeit er damit zubringen konnte, das Baby einfach nur anzuschauen.

„Du hast Onkel Alarik nicht wirklich zum ersten Mal in einem Traum gesehen!", rief Gunnar.

Elienor lächelte nur, denn das sagte er jedes Mal. Sie fragte sich langsam wirklich, ob das einfach eine List war, damit sie die Geschichte immer und immer wieder erzählte.

„Es war wirklich so", sagte eine dunkle Stimme hinter ihnen. Elienor wandte sich um. Sie war erstaunt, Alarik so bald zu sehen, nachdem er das Baby ins Bett gebracht hatte.

Aber sie war nicht die Einzige, die sein unerwartetes Auftauchen überraschte. Frechdachs sprang auf und stürzte sich auf Alariks Stiefel. Da er längst kein Welpe mehr war, warf der große Hund Alarik dabei beinahe um.

Elienor unterdrückte ein Kichern.

Die Kinder lachten lauthals.

„Oh, Papa!", rief Kirsten aus. „Es ist, als würde er dich verabscheuen!"

„Nei", widersprach Alarik und runzelte die Stirn. Er weigerte sich, zu glauben, dass der Hund ihn nach all den Jahren nicht wenigstens duldete. Er bückte sich, um Frechdachs hinter den Ohren zu kraulen, doch das Tier schnappte nach ihm und verfehlte nur knapp seine Finger. Die Kinder kicherten. Alariks Stirnrunzeln vertiefte sich. „Dämonischer Hund!", schimpfte er. Seine Brauen stießen zusammen, als Bjorn hereinschlenderte, Bruder Vernay im Schlepptau. Die zwei schienen in eine weitere Debatte darüber vertieft zu sein, welcher Gott oder welche Götter die wahren waren. Alarik vermutete, die Diskussion würde nie ein Ende finden, denn beide Männer folgten überzeugt ihrem Glauben. Frechdachs erblickte die zwei und rannte auf sie zu. Erfreut sprang er an ihnen hoch und schlabberte erst Bjorn, dann Vernay genüsslich ab. „Undankbares Vieh", murmelte Alarik leise.

Elienor, die seinen verlorenen Gesichtsausdruck erblickte, schob Dahlia von ihrem Schoß und stand auf, um ihn an sich zu drücken. „Du wirst geliebt!", erinnerte sie ihn mit einem mädchenhaften Kichern.

Als sie sahen, wie ihre Eltern sich umarmten, rannten ihre Töchter zu ihnen und schlangen ihre Arme um Alariks Beine. „Wir lieben dich, Papa!", riefen sie einstimmig und Alarik schickte ein stummes Dankgebet gen Himmel, dass seine Krieger dieses zärtliche Schauspiel nicht sehen konnten. Sie würden es ihn nie vergessen lassen – vor allem Sigurd nicht.

Alarik und Bjorn wechselten einen kurzen Blick, denn auch Bjorn musste sich mit seinen eigenen allzu anhänglichen Frauenzimmern herumschlagen. Er ließ Elienor los und bückte sich, um seine Töchter auf seine Arme zu heben. Doch als beide ihn mit ihren weichen, kleinen Lippen auf die Wangen küssten, überlegte er ehrfürchtig, wie er sich je zu männlich dafür gefühlt haben konnte. Was könnte männlicher sein, fragte er sich, als von den Frauen umringt zu sein, die man liebte?

„Papa?"

Alarik blickte zu seiner jüngsten Tochter herab.

„Wusstest du beim ersten Mal, als du Mama gesehen hast, dass sie die Eine ist?" Ihre Augen glänzten erwartungsvoll. „Wusstest du das?"

Er schaute kurz zur Mutter seiner Kinder und wechselte einen Blick mit ihr. Er unterdrückte ein Grinsen. „Hast du deiner Mutter diese Frage auch gestellt?", fragte er und schaukelte Dahlia leicht.

„Jaaaaah!", riefen seine Töchter gleichzeitig.

Er schüttelte den Kopf, um sein Hörvermögen wiederherzustellen. „Und, was hat sie gesagt?" Er sah wieder seine Frau an und lächelte leicht, während er auf die Antwort wartete.

„Sie hat Ja gesagt", wisperte Dahlia ihm begeistert ins Ohr.

„Sie hat gesagt, sie wusste es, als sie dich das erste Mal gesehen hat!", fügte Kirsten hinzu.

Alarik räusperte sich. In seiner Erinnerung war es etwas anders gewesen. Elienor zuckte die Achseln und lächelte neckisch. „Dann, ja", erwiderte er und zwinkerte Elienor zu. Plötzlich dachte er, dass es vielleicht tatsächlich die Wahrheit war. Er grinste schelmisch. „Vom ersten Augenblick an", bestätigte er und bückte sich, um seine Kinder wieder abzusetzen. Sie klammerten sich einen Moment an seinen Hals und er löste vorsichtig ihre Hände. Dann richtete er sich auf und schaute in die wunderschönen veilchenblauen Augen seiner Frau – so hübsch wie an dem Tag, als er sie zum ersten Mal gesehen hatte. Er streckte seine Arme nach ihr aus und ergriff sie, bevor sie fliehen konnte. „Vom allerersten Augenblick an", sagte er ihr geradewegs ins Gesicht und forderte sie heraus, ihm zu widersprechen.

Elienors Augen blitzten vor Heiterkeit. Sie lachte.

„Vom allerersten Augenblick an", bestätigte sie und erwiderte sein schelmisches Lächeln.

Am anderen Ende des *skáli* gab Bjorn einen erstickten Laut von sich und schaute seine eigene Frau an, sagte wohlweislich aber nichts.

Alarik ignorierte ihn und hob seine Frau auf seine Arme. Sie kreischte leise, als er sie zu ihrer Kammer schleppte, ihrer gemeinsamen Kammer, dachte er mit einem zufriedenen Grinsen. Mit ein bisschen Glück von Freya würde er noch zu seinem jüngeren Bruder aufschließen, schwor er sich. „Du lügst sehr gut, meine Liebe", warf er ihr mit einem schalkhaften Lächeln vor.

Elienor schmunzelte nur. „Genau wie du, mein Gemahl." Sie schlang ihre Arme um seinen Hals.

„Was meinst du, erzählst du mir die Geschichte?", fragte er heiser.

Elienor kicherte und nickte.

„Aber sie hat uns die Geschichte noch nicht erzählt, Onkel Alarik!", protestierte Gunnar und sprang auf.

Alarik hörte seinen Einspruch nicht mehr. Er hatte längst die Schlafzimmertür hinter sich geschlossen.

„Bei Odins Atem!", rief Gunnar aus. „Ich konnte die Geschichte gar nicht hören! Und Onkel Alarik kennt sie doch bereits. Wie oft muss er die Geschichte hören?", jammerte er und im *skáli* brach schallendes Gelächter aus. Denn niemand hatte so oft nach der Geschichte gefragt wie Gunnar Langohr.

ENDE

NACHWORT

Olav Trygvason von Norwegen ist tatsächlich annähernd so gestorben, wie ich es hier beschrieben habe. Allerdings ist er allein ins Wasser gestürzt, denn Alarik und Elienor leben nur in meinem Herzen – und ich hoffe, jetzt auch in Ihrem. Ich habe mich sehr bemüht, nahe an den Erkenntnissen aus meinen Recherchen zu bleiben und Olav so darzustellen, wie ich ihn aus der Geschichte kennengelernt habe. Dabei bin ich sogar so weit gegangen, Dialogzeilen einzufügen, die ihm laut *Heimskringla* (*Die Leben der norwegischen Könige* – von Snorre Sturlason, bearbeitet von Erling Monsen) zugeschrieben werden. Aber ich habe mir recht viel schriftstellerische Freiheit herausgenommen, was die Umstände um die Schlacht von Svolder ebenso wie den Kampf selbst angeht. Wahrheitsgemäß ist jedoch, dass Olav Trygvason von Norwegen ein pflichteifriger Mann war, der – ob er an seinem Glauben festhielt oder nicht – sein Volk derart unterdrückte, dass die Menschen keine andere Wahl sahen, als sich gegen ihn zu erheben. Einige derer, die sich gegen ihn stellten, waren selbst Christen (wie z.B. Svein Gabelbart), denen Olavs Ultimaten und seine eiserne Hand zuwider waren.

Es gab durchaus Gerüchte, dass er die Schlacht

überlebt haben könnte. Doch er kehrte nie zurück, um Anspruch auf seinen Thron oder sein Land zu erheben. Die verbleibenden skandinavischen Könige teilten sein Reich unter sich auf.

EIN HERZLICHES DANKESCHÖN!

Ich danke Ihnen von ganzem Herzen, dass Sie *Des Wikingers Preis* gelesen haben! Es gibt buchstäblich Millionen von Büchern dort draußen und ich fühle mich geehrt, dass Sie sich für eines von meinen entschieden haben.

Wenn Ihnen dieses Buch gefallen hat, erwägen Sie bitte, eine Rezension zu verfassen. Rezensionen helfen anderen Lesern, interessante Bücher zu finden, und ich schätze alle Bewertungen – egal, wie lang oder kurz.

Die Romane von Tanya Anne Crosby standen bereits auf mehrere Bestsellerlisten, einschließlich der New York Times und USA Today. Sie ist bekannt für ihre emotionsgeladenen und humorvollen Geschichten mit den darin vorkommenden ausgefallenen Charakteren. Ihre Romane werden von Lesern und Kritikern gelobt. Sie lebt mit ihrem Ehemann, ihren zwei Hunden und zwei launischen Katzen im nördlichen Teil des US-Bundesstaates Michigan.

Weitere Informationen:
Website
Email
Newsletter

WEITERE BÜCHER VON TANYA ANNE CROSBY

DEUTSCHE BÜCHER

Die Frauen der Highlands

Eine Frau für MacKinnon

Lyons Geschenk

Ein unverhoffter Antrag

Unbezähmbare Herzen

Die Magie der Highlands

Neue Hoffnung Für MacKinnon

Die Hüter des Steins

Highland Fire: Ein Highlander-Roman

Das Schwert des Königs

Für den Laird

Die Jungfrau aus dem Nebel

Es war einmal eine Highland-Legende

Novellen

Eine Bescherung für den Herzog

Mit Herz und Hündin

Des Wikingers Preis

Das Verlöbnis

Eine Braut für den Silberwolf

Perfekt in meinen Augen

Geküsst

Glücklich bis ans Ende ihrer Tage

Romantischer Krimi

Die letzten Stunden der Florence W. Aldridge

Der Zunge Gewalt

Du sollst nicht lügen

Erlösungslied

JEWELS OF HISTORICAL ROMANCE

Wenn Ihnen meine Bücher gefallen haben, würde ich Ihnen gern einige andere Autoren empfehlen, die bei Ihnen sicher Anklang finden werden!

Wir gehören einer Gruppe mit Namen "The Jewels of Historical Romance" an, bekannt für erstklassige historische Romane voller Detailreichtum und fesselnder Liebesgeschichten. Klicken Sie einfach auf die entsprechenden Links, um die deutschen Titel auf der jeweiligen. Viel Spaß beim Lesen!

CHERYL BOLEN
BRENDA HIATT
TANYA ANNE CROSBY
CYNTHIA WRIGHT
LAUREN ROYAL
LUCINDA BRANT